切割高原的河

李子白 著

迟高鹿题

上海文艺出版社

目录

李子白小说印象记（代序） - 1

跌宕 - 1

失联十五天 - 61

三十七计 - 95

暗室 - 138

切割高原的河 - 154

有香儿的夏天 - 165

水存 - 185

高尔夫 - 197

最后一片森林 - 210

蜜果与疏影 - 230

苍茫时节 - 240

公儿 - 255

红鞋 - 277

蜂王 - 290

野渡 - 299

意外 - 304

乞杀 - 310

春风醉晚 - 317

我的爱国兄弟 - 326

陌生之城 - 338

铁算 - 353

天空案件 - 358

新世说三篇 - 369

迷局 - 377

长城故事 - 383

后记 - 404

李子白小说印象记（代序）

李子白的小说选要出版了，而且是由与我有着密切联系的上海文艺出版社出版，这叫我十分高兴。我与上海文艺出版社交情很深，我的《想象一个部落的湮灭》《灵魂自述》都是在这里出版的。这部小说选，收有李子白先生多年来创作的二十五篇中短篇小说，像《有香儿的夏天》《跌宕》《暗室》《蜂王》《三十七计》等等都是追求不俗的小说，我尤其看重的是《水存》《切割高原的河》和《三十七计》。有一年，我省文学作品年选上选了《三十七计》这部中篇小说，它发表在当年的《中国作家》杂志上。我阅读过后，感到很不过瘾，就向李子白先生要了他即将出版的这本小说集的电子稿。我读了其中的《水存》，午饭过后，又读了《切割高原的河》。本来想把集子中的小说全部读完之后，写点儿感想，但我阅读过《水存》和《切割高原的河》，就无法再按捺住自己了，强烈的感觉，不把它立即呈现到文字里，把它们凝固铸造到页面上，无疑就会有遗珠之憾。

《水存》给予我的阅读冲击已经相当地大了。"水存"尽管是同名短篇小说中主人公的名字,可它却在我的意识里呈现出了更为深远的含义:像水一样存在,有了永恒的性质,也有了广阔无边的浩大感。而小说中的主人公——水存的形象,在我的记忆里留下的印象似乎也是不灭的。水存是小说中叙事者"我"的少年朋友、初中同学,他当时是班长,因为家母突然发病,中途辍学,回乡照顾病中的母亲。作为少年的"我"难得有个贴心的发小,水存的离去,似乎把"我"的一半抽离开了。我独自前往水存的家乡去看望他以及他病中的母亲,还托人给他捎去了"我"当时所积蓄的七元人民币,数目不大,却几乎是"我"所有的财产。后来也就再也没有见过面。"这次"竟然是水存召集开同班同学联谊会,"我"放弃了已经制订好的家庭旅游计划,赶回故乡所在的县城。小说就是从这里开篇的。时间集中压缩进展,显得十分紧凑。去了以后,方才得知是水存替其他同学,当然是有相当官位的一位同学召集的大家。水存在县城一家单位给人家烧锅炉,养家糊口,他孩子众多,拖家带口,生活十分贫苦。在旅馆联谊会上,我就想给水存一些钱,想帮助他,怕伤了他的面子,便在联谊会结束后,特意到了他工作的锅炉房。小说的精彩之处是在这里,让人心灵震颤的细节和场景就在锅炉房里。

"找到贸易局已是下午三点,我与妻打问着进了水存的工作间。只见一位着了工作服的工友在锅炉前忙碌,待发现有人来,转过身一脸涂炭般乌黑,竟如同京剧里的包公脸谱让人喷饭。工友咧嘴一笑，露出白白的牙齿，叫出我的名字。我确认这是水存无疑。水存掂着两只满是灰土的手，在工作服的前襟揩擦了几回，终没伸出和我握手。"

"我"掏出五百元钱，叫水存收下，"不等我把话说完，水存雄狮般唰地往起一蹿，狠狠地抽了一口手中的烟蒂扔到地上，脚尖用力地一踹，张口说这不成！这让人心里胡翻腾"。"我"见他用灰黑的那双手推托，就脆声喊道：水存！还向他解释为何没有当着同学们的面给他，就是怕伤他，说我并不是瞧不起他，没有丝毫侮辱之意。水存便蔫了一样"一堆烂泥背倚墙根瘫软下去"，"任我和妻放下钱离去，连个送字都没有吭"。

小说结束在这里，当然就不会有多大意思了。小说一波三折的效果还在后面。我（这是作为读者的我）没有想到小说家接下来安排了二进锅炉房。"我"（这是作为小说中人物的我）的妻子早不落东西晚不落东西，偏偏就是在这个节骨眼上把包落到锅炉房了。"我"回去找包的时候，看见"伴着炉火与水阀的韵律，水存蹲在墙根前，一颗头深埋在两臂间，没有丝毫遮掩地牤牛般号啕"，"那五张百元大票被抛撒在地"。"我恍然，那是一个伤透自尊的男人金子般的眼泪"。"我慌恐地立在一边，不知如何才能给他以安慰，而且不再加深对他的伤害。嗫嚅了许久，我唐突地叫了声水存，我的好兄弟！我再什么也说不出来。水存慢慢地抬起头，只见经过两行热泪洗濯，一张

李子白小说印象记（代序） 3

黑脸上流出两道健康的肤色,样子滑稽。我笑不出,反倒觉得眼眶里溢满了噙不住的泪汁,我突然发现,我想和水存一样,痛痛快快地号啕大哭一场!""我这是怎么了?好多年不这样了。我弯腰捡起那五百元,顾不得那双沾满泥土的糙手,把五百元塞进去,然后紧紧地攥住,说水存,真对不住!早知道这样我就不会……水存伸手擦擦腮上的泪,使那张憨厚的脸精彩到一抹黑,露出雪白的牙齿说,没事,我只是难受!我再也抑制不住我的笑腺,冲着那张憨态十足的花脸膛。但我明显感到,我的笑声里含着抑郁含着忧伤。""我"赶快拿了妻子的手包,几乎是落荒而逃。"在街上,对着妻子我哽咽饮泣。妻子说,别这样,让路人看见,以为我糊涂,让你受了不少委屈。闻言,我再也克制不住自己,竟然出声哽涕"。

我(作为阅读者的我)为何如此费劲地引用大段大段的原文?我想着重分析分析文本。没有文本,读者如坠五里迷雾,分析者往往吃力不讨好。小说家李子白提供给我们的场面和细节,是不是叫我们想起了我们民族的大文豪鲁迅先生的《故乡》?我上面引用的段落,这些文字与《故乡》相比,似乎一点也不逊色,反倒效果还更强烈一些。这里我着重强调一下文本中的"轻逸"手法的应用。这是意大利大作家卡尔维诺在一本专讲文学技巧的书里阐述的八种重要文学技巧之一,可以说本文作者的使用得心应手。在哭的总体场面中,点缀了笑。这点缀的笑把哭衬托得更为悲伤。这笑无疑是无力控制的哭,以笑代哭的结果。真正的哭，是远离了少年朋友水存之后，在妻子面前的"出声哽涕"。阅读过文本，我们不得不反思人间终究是个什么样的人间，同学年少时，大家在教室里，在班上，拥有同样一个身份：学生。平等在这里，平等在少年时代，在学校，在教室里。这里仿佛就是天堂。但是长大以后，人就有了等级，有了尊卑，有了穷富，有了高低上下。"我"的泪就是为这个不公的人间流的，"我"的"出声哽涕"就是为我们曾经拥有的那个平等的世界不复存在了而号啕的。少年世界与成人世界的反差实在是我们脆弱的心灵无力承受的。

《切割高原的河》把艺术家的苦难阐述到了一个新的高度之上。艺术家的成功与否，绝非艺术家个人所能决定，艺术家只有把他个人的才华无私无怨地贡献给人间的权利。同出一门的画家李北漢与秦国南，世俗画作的成功与显赫与阳春白雪巅峰艺术的冷落寂寞，形成的对比叫人触目惊心。迟到晚来的成功的喧嚣与壮观，把已经中风多年的画家李北漢的苦难提升到了喜马拉雅山珠穆朗玛峰的高度。如刀锋利的河流，把壮阔浑厚的黄土高原切割成了一具骸骨。

《三十七计》中塑造的苏子是一个时代的典型，小说文本的多人物多角度叙述，也给小说文本注入了新鲜的元素。土豪刘汉，其女刘二妮，千子、鹏哥，还有"我"（一个教师兼职作家）都是时代的亮丽声响。题材时尚，形象鲜活，还有黑色幽默的浓厚韵味。

我只分析了小说家李子白先生这部即将出版的小说选中的三篇，还有许多小说文本有待阅读，还有许多更为优秀的小说文本值得研究值得条分缕析，我的这篇文章不过是抛出的一块砖石而已，相信它会引出真正的宝玉来。

寇挥

2022 年 8 月于汉中

跌宕

一场继承风波，让锁子自嘲作解：人一辈子可以活得平凡，但绝不能过得平淡，特别是不能没有一些偶发或自找的花絮般的镶嵌。那是丰富的阅历，那是成长的经见——

一

和律师的第一次见面，怎么想怎么来气儿！像一张揉皱的纸，无论怎么捋都难使它平展复原。反倒让人一心不悦。

半年前的一天，当时是赤日炎炎，一家省城里非常有名的律师事务所找上门儿，巧语花言，说什么都要陪他去医院抽血化验，做DNA测试，也就是比对血型。他莫名其妙，不明就里，坚持要求对方说明来意，究竟要干么？否则拒绝。来人这才告诉他，受一位因车祸去世的富翁委托，有一大笔遗产，少说也有几千万，指定由他来承继。既然是受托，那他们就得负责任地核准了，确认了，在法律意义上站住了，万无一失地完成使命，他们也就尽心了，安妥了，对得起富翁的在天之灵了。这事关事务所的声誉哪，请他体谅和理解。毕竟时隔二十多年，他又在高中时改了名，他们得确认，他是不是遗嘱上那个只有乳名的人——就是逝者的长子。现在看他们唐突了一些！不过到今天，他们已经耗费了近一个月的精力，从寻找他的母亲着手，追查到老人从秦北中学的教师岗位上已经退休，追查到他在秦北市沙漠治理研究所工作，年龄四十出头。做DNA测试，是遗产继承必然的一步。

聆听完对方的解释，他淡淡地说，那你们得给我几天考虑的时间。凡事得稳妥。我不聪明，压根就不会灵变。这么大的事儿，听着倒像天上掉馅饼，奇迹要发生！是福是祸，我还一下子看不明白。面对他的平静，来人生敬，虽然口中应诺：我们尊重你的想法，我们可以等等，不过希望你能早点决断！遗产继承对谁都是好事……但眼神里充盈着吃惊和不解，分明是横空飞来一笔天大的财富，多少人拼了老命也未必能撞见。没病吧，考虑个傻啊！锁子读懂了对方眼中的语言，不悦地说：是祸是福我得琢磨琢磨。由人盘算，天底下能有穷汉？想想就能来钱，还要生意人干吗？来人无奈，说那倒也是。事业是干出来的，钱是辛苦赚来的。奇迹真还是凤毛麟角少得可怜。再说现在被骗的人多，躲陷阱和蹚雷区一样，摸不着在哪儿触雷爆炸。大家的警惕性高点再正常不过了！每天最大的困扰，就是明辨判断不出真假。

二

锁子和妻子芳都在市沙漠治理研究所上班。全单位满打满算六七十号人，却占着几百公顷的沙地，由省上直管。开初，单位建在秦北市的郊区，除了几栋办公楼和紧挨着的住宅小区，连着成片成片的研究地，有点偏僻。谁成想城市摊大饼式发展，二三十年时间，研究所竟被卷进了白菜芯。管城建的市领导没少打这片地的主意，在他眼里，农田、绿化带都是可以撑起摩天大楼的建筑用地，何况一片沙原！只惜研究所属省上直管，协调无果，垂涎没用，这位怀揣地产经济的领导才死了心。研究所的沙地才得以保全。

除了几栋办公楼和紧挨着的住宅区，成片成片的研究用地开放式管理，压根就没修围墙没建栅栏。几任领导沿袭治沙研究先得打理好自己的庭院，别人才能看到他们治理沙漠的能力，要不办公的地方都戈壁荒滩，向沙漠进军还不是吹牛空谈？研究所和周边沙地经改良，成了喧嚣繁华的市声之外一片安谧宁馨、绿荫如盖、偏僻幽静的天然公园。这里远离车流，望不见楼群，看不到广场舞大妈张牙舞爪，蹬鼻子上脸；听不到音响震天，滋扰耳觉。都市里这样的清静已很难找。除了本地原有的乔灌草木，公园里还种植了红枫、国槐、桃叶李、银杏、龙爪槐等引进树种，还有红花酢浆草和玉簪，在冬日的北方凋敝中形成一片绿地，在夏日的燥热里生得缕缕凉意。这才时不时便会撞见附近居民，尤其是院校的学生在灌木丛生的小径、泥沙混合的土路、树影婆娑的林荫道上散漫流连，更有成双成对的男女青年谈情说爱——卿卿我我地啃脸。如此一片好去处，被省上评为"园林式绿化单位"那是当然。不少人羡慕，治沙所是一处世外桃源，在里边上班的人都是神仙！

秦北市地处毛乌素沙漠边缘，与黄土高原的接合部属多沙地带。治沙所建立之初，黄沙成片成片。经过这些年的人进沙退，比戈壁滩上的绿洲还要美艳。

恰恰是律师的造访，让这个平静了好多年的学术单位顷刻间炸了锅。有好几天，好像锁子继不继承这笔遗产成了单位的研究课题，大家都在那儿切磋琢磨；就连数里外母亲居住的教育小区，那些平日见面只是点点头甚至连头都没点过的邻居居然会主动上前来搭讪。人家不是势利，人家只是对幸运的人表达表达祝福和敬意！又不是人家和你打招呼了，你就会拿出一笔继承来的钱分给人家。真要那样，小区外进而全市内的人都会跑来和你打招呼、套近乎！

人脉的凝结，让他平静的生活突掀波澜，不，准确点讲是巨浪滔天！他在一种虚幻不真实的状态中度过了最初的几天。用稀里糊涂来描述，似乎没有反对意见。

他记不起自己是在什么情状下，告诉了已经退休数年的母亲这一切，隐约记得母亲听完前夫全家车祸而逝的噩耗，儿子将继承几辈子都吃不尽花不完的遗产后她愣怔片刻，一言未发地离开餐桌，去了卧室，一两天几无进食。有些日子，母亲很少说话，既不谈对他即将继承巨款的祝贺，也不提对逝去前夫的悼念。他担心本就少言寡语的母亲想不开、自闭，出事儿；但焦虑中又不知怎样来慰劝开导母亲！除了叮咛妻子芳盯好了，看牢了，精心服侍外，他在担忧里把这事告诉了他最最要好的高中同学岗子和韶子，想从他俩那儿寻找一点思路和心理支持！岗子和韶子对视片刻说，老人这儿真还没有什么好法子，毕竟分开平静了这么多年。这是重揭昔日伤疤旧痛的事儿，给谁都是一道坎！悱恻缠绵，心里别扭，那是正常的。也只有叮咛专人精心看护，以人生无常、逝者已矣劝慰开导了。

冲着他将继承巨额遗产这茬儿，岗子和韶子没商量地几乎同声喟叹：老天有眼！

三

母亲是在他十二岁那年遭父亲遗弃的。那时他上小学四年级，虽说社会伦理的大道理他不是太懂，但爱憎已经分明，可谓清楚。他已不止一次听大人们议论，让糟糠之妻下堂的男人肯定好不到哪儿！

尽管在省城已经混得人五人六的父亲表达了想带他走的愿望，他竟指着父亲说："我跟我妈，你坏人！"就这样，他便有了前四十年跟着母亲相依为命的人生履历！谁想到，这一分近三十年，父子未曾再有见面的机缘。近三十年，这可不是个小数目。按活六十岁算，那就是人生的一半；即使能活个耄耋之年，那也差不多三分之一。按几十亿人口的比例看，能活到这个岁数的，真还少得可怜！

母亲似乎被这次失败的婚姻伤透了心，当时尽管不到四十的年龄，一年时间她的两鬓便被雪染，学校每有正式活动她都会染发。任由多少好心人规劝，母亲再未动过改嫁的欲念。自此她把所有的爱倾注到儿子和自己的教学上。上好课、教育培养好儿子，成了母亲的一切！他在母亲的呵护下，既长个子，又长见识。母亲继续做她的乡村中学教师。正是母亲的认真敬业，不久被市里评为模范教师，先是调入麟谷县中学进而秦北市的重点中学。他随着母亲从乡村、从县城再到市里上学。学校给母亲分了房子，是市里教育系统教师们聚居的小区。按咱们老家人的理儿，有房就是扎根，就是立足！这套房，就是母亲现在居住的两室一厅、一卫一厨的小单元，拢共不过七十来平米，对一母一子的单亲家庭来说，已经是天大的一片私人空间。房子旧是旧些，毕竟是母子依偎的小天地，安身立命的好处所！这里催生了他的成长，留存着他们母子的气息。

往回里想，这三十年间，真还总结不出几句母亲教育他的至理名言。母亲压根就没有给他教授什么大道理，只有日积月累的耳濡目染和相濡以沫。母亲说，在一些人看来，人活着就一个"争"字！争名夺利。名，如果是你努力后自然来的，推都推不掉的，有人抢也是瞎忙活，到头还是你的；利，要是够温饱了，不影响你做事了，过了就是多余。知道了争夺不休那些人的共同结局，争什么争啊？临了不都是仰卧面天，入土为安么。哪个不是?!

这都是母亲日常的言语,反反复复无数次了。尤其是父亲离去后,他和母亲相依为命的这些年,母亲成天盯他的脸色看。只要他稍有郁闷或不开心写在脸上,母亲便会说一些看似不经意的话,说知识是一个人骨头硬起来的钙片!用知识研判自己的周边,平平淡淡、与人为善地过一辈子,蛮好的。要说记忆深刻,当是母亲多次谈及,知足者常乐太过,会安于现状懒惰;只争朝夕的拼搏,容易焦虑出错!人是不需要攀比的,不需要争奇斗狠。母亲说,看看那些山呼万岁的,哪个活过了百年?身后,混得好点的,躺在自己修建的陵寝里,享受安然,就这,不定哪天被盗墓贼惦记给掘了;一般的占个土堆立块碑,荒山野郊里小草一样任风吹打。谁的身后都是凄凉的。生活在城市里的更干净一些,火化后变作灰土一撮,装进小小的骨灰盒。留下功名的能有几个?功过是非,留给了历史,留给了后人评说。从这一点说,武则天的无字碑说明她是一个头脑清醒女人,那是读懂了历史看透了世情的最佳抉择。

他明白,母亲之所以老话重提、重提老话,让他听得耳朵都起茧子,那是母亲在揣测他的际遇。多数时候,他会回以母亲微笑或说不用担心,他挺好的。他知道,微笑是人和人之间最近的距离,是交流相偕的暖。许多误会和忧怨会因它而化解。他在母亲的这种渐进浸淫的教育中,掌握了丰富的知识,养成了单亲家庭孩子特有的敏感、隐忍与倔强的性格,尤其是在人际的处理上,疏密有度,游刃有余……

四

  让同学们大跌眼镜的是，他们一直以为学得很好的锁子，在高考时没有报考北大和清华，执意填报了西北农林科技大学，学了植物学。毕业后他没进党政机关从政做官，反倒是整日与草木为伴。想想，这当然与其母亲的教育有关。

  就为这，官瘾十足的岗子调侃锁子内心里堆积着文化人的酸：把身后的声名看得比当下的存活要重。自以为活得洒脱，活得清高！一副仙风道骨般地作壁上观。看看历史，知识分子们哪一次逃脱了社会动荡中首当其冲的清算?！什么株连九族？是文人都会被株连，至少你得被审查一番。自古而然，自古而然哪！虽然恩怨祸端是那些少数、极少数所谓的有天下意识，想在职场中捞个一官半职文化人惹的，但看看历朝历代就明白了。只要有被波及、遭殃的，不是几个，是整片整片，说干脆点就是所有的文化人没能够安然，无一幸免！当然了，他承认，文化是极具穿透力的，那是潜移默化的浸润、远功，而非即刻见效的急功近利。朝代可以更替，制度可以废弃，唯独文化流芳百世，是千古流传的最好载体。这是需要时间来传承、岁月来积淀的。不是一日即可生效、两天即可见功的事儿。与创造财富发展经济的 GDP 不能作比。唐朝持续时间长，如果没记错的话，应该是两百八十九年，差不多三百年时间，后人能记住的不就李白、杜甫、白居易那么几位！皇室里也就李世民、武则天、唐玄宗、杨贵妃……至于另外那些皇帝你记得谁？他们活得也真可怜！除了研究历史的专家学者和史学爱好者，谁能记得他们？……岗子说得激动了，说，锁子你别把身后的留名看得比现实的福禄重！过得像个苦行僧。说献身文化事业，即意味着献身清贫。文化不是畅销书，不是炒股的一夜暴富，是清汤寡水的餐后高汤，是回味无穷的香，看着丰富，食之无物。锁子笑笑说，士别三日刮目相看，没想到几天不见，喋喋不休的岗子宏篇大论还长进了。亏你是我的铁哥们，对我你就知道这么多！岗子不服气地讥讽道，你这种未来主义者"雁过留声，人过留名"的追求很蠢！然后嘟囔，我是一个现实主义者，我看重眼下的吃喝玩乐，死了也就了了！别人爱怎么盖棺定论，爱怎么说怎么说。反正，人活一辈子，不该亏待自个！

韶子感觉岗子的言语重了，说岗子，咱弟兄仨，你说这些伤人的话干吗？锁子挥手阻止韶子说，他说他的，我做我的，这不冲突。认识不同和价值取向不一，才使人千差万别。你看重的，你才觉得最有价值！如果你不看重的，属可有可无之物，丢了也就丢了，缺憾有，但怎么会心疼呢！这就像玉的收藏，手表的牌子。玉对那些不识货的人来说，它就是块好看的石头。你卖得价高了，他会问凭什么呢？手表时间准了，也就行了，贵与贱不是它的本质、它的功效。但还是有标价几十万上百万的，那里边蕴含的观赏性、贵族气，不是人人愿意追求的。锁子说完笑笑，笑得勉强和不悦！

因为出自单亲家庭，锁子有自己独特的人生体验。他努力勤奋，考上了大学，进入了公门，娶了同事，生了一对儿女，单位还给分配了福利房……岁月静好地过着安澜日月。锁子真心想研究出几种固化沙漠变绿地的植物，造福人类，这是往大处说；往小里说，要对得起那份工资，月月拿得问心无愧，心安理得！虽说他至今没有大红大紫，却养成了遇事沉稳、考虑周全、非常冷静的性格；也有好友一二，遇有大事，岗子和韶子都是他全天候的高参。

五

他们仨，都是二十世纪七十年代生人。锁子最大，属马，生于1978年；岗子老二，与锁子同庚，小了两个月；韶子第三，属羊，小他俩一岁。韶子说自己的出生，坐的是七十年代的末班车。

韶子来自农村，性格有点内敛，闷骚的那种，总是不显山露水，不亢不卑，轻易好像没有主见不表态。但他内心里扑腾的不是熔岩就是火焰，典型的平静时默然，骚动时暴烈。自己的事儿没见动气几件，乡村和家人的事很少提及，一旦议及人间世态和社会上的热点，便会义愤填膺火光冲天。三人中虽说他的年龄最小，但脑子最好使。要不人家怎去学了算账的财会专业？韶子的人生轨迹和锁子一样，高中毕业后考入了邻省的一所财经学院，毕业回来考上了公务员，在市政府上班。没两年因嫌工资少还总受单位的规章制度约束，对外宣称的理由却是学非所用，这就辞了职跳槽到一家外资企业当会计，据说月收入是在单位时的五倍。这才娶妻生子浮躁归于平淡。韶子有出身寒门者的矜持、坚韧和现实的品格。前些天，锁子的继承事起，韶子打电话过来问他，满城都在传，是真的吗？确认属实后，在那边的电话里吼他，那你还等个毬啊！这事儿你得主动出击，到手的铁比铜强，这是真理！错失机遇，空欢喜一场的事儿还少么！

岗子和他俩考入本科不同，因为他有位当煤老板的父亲，家境丰殷，从上幼儿园就没把学习成绩当回事儿，考上的是大专，毕业后照样进入了事业单位。因为他的经济背景，朋友聚会、同学有难，他成为理所当然的召集人和出资者。在精于算计的人来看，岗子的傻大方，是因为有钱！

六

这些年锁子被动地参加过几回初高中和大学同学聚会，当境的情景是，大学同学因为各自都有一份相对稳定的职业，到一起谈天说地，探讨家国大事口若悬河、头头是道，系统条理、一清二楚的程度，你感觉他们就是国家政策和文件当初的制定者甚至是草拟人，至少是有深度的参与者。可仔细想来，这些话题与他们各自供职的单位业务和收入基本没有多少关系；高中同学聚会就是别一番洞天，多数有正式职业，家长里短，谁跟谁离婚了，谁跟谁有一腿，世界万象，人间百态，尘俗尽现；初中同学聚会就有些让人慨叹，能进入公职的差不多十之二三，多数是自谋职业抑或打工者，有的甚至至今在原籍种地，除了炫耀炫耀子女的才艺，他们多数对自己的经历少有提及……

　　同科室的老樊就给锁子发牢骚，他对近年的同学聚会有意见，隔三岔五，间隔太短。他理解的同学聚会，应该是偶尔为之。几十年了，各忙各的，没什么联系。突然间有人召唤，是那份昔日的同学情谊驱使，也图个新鲜；第二次他去，是情面。他不想掉链子落个不合群的名声。大家到一块已不是当年挥斥方遒的少年意气，人生理想基本闭口不谈，尽是家长里短，生儿育女，孙子顽皮等等老年话题。这些年，他一直自诩心态好，心态年轻，总是用少年般乐观的激情拥抱生活，欢度人生——恰恰是同学聚会的提醒，给自己警示：已步入养老序列。老是一拨长者邀你聚餐，你的身上能流淌青春的血液？物以类聚，人以群分哪！这理儿傻子都懂。就连那些街头散发野广告的小年轻见你，也会主动上前来散发传单或小卡片，鼓动你去听什么养老保健讲座，买什么延年益寿膏药。赶着年龄大了，才知道需要保健，是不是有点中共中央候补委员？直害得他回家趴在镜前想从自己沧桑的脸上搜寻出我是老年的信息密码。老樊说，这不是岁月，是同学聚会，是晚辈的蹿长，不，是五十九岁效应，见一次感觉老一次地催人老啊！简直就是心灵的摧残，是生活让你玩完。他说，让他至今受不了的，是上次聚会，一位一直摆摊设点卖早点的同学正在炫耀儿女多么优秀，去了澳大利亚留学，旁边一位据说是老总的，冷不丁地突兀一句，他妈的，这几天股市暴跌，知道吗？三天内我就赔了五百万。他说完还一脸满不在乎的轻薄容颜，一下子让喧嚷的语境从喜马拉雅山巅坠入了马利亚纳海沟。海拔与海沟的落差，大啊！所有的同学噤了声。现场就像一幅静默的油画，因为各自在社会中所处的地位、扮演的角色不同，神态各异。你想想，巨大的落差，让你感觉坐一块的同学压根就没有共同语言。这也是一些曾经的同学不再愿意参加后续聚会的原因吧。聚在一起的闲聊是扯淡，是寂寞的老人们抱团取暖。那天，所有的在场者不再言语，也没人接话茬儿。老樊说，他忽然意识到他的同学聚会就是晚年的风景，是抵达终点站前——更像捉奸现场找不到遮挡私处衣物的凌乱。看到锁子皱了下眉头，老樊说，我当然知道这比喻并不贴切，我只是想说明问题。我分明看到大龄同学聚会，跟当年村头大树下、墙根底蹲蹴，自说自话，并不怎么相互倾听的长者没有区别，谈的都是无关紧要、不痛不痒的废话。当然会有看不开的人，年龄大了还把自己当小青年，老感觉这个社会对自己有亏欠，带着一身戾气，言谈里充斥着争奇斗狠的火药味！

是啊，毕业一别，各有各自完全不同的几十年。关注点、追求、境遇不同，有的事业有成，有的赚了大钱，有的判刑入狱，有的夭折早逝，可多数还是平淡……因为年龄向老，重新聚拢一起，为什么不聊那些能共同接受的话题，非得比出个你

跌宕 13

成功我失败的你高我低？老樊他们那个年龄段是这么一拨，他们这一拨也状况频生：两位至今清贫的同学，任岗子怎么解释是他掏钱邀宴而不是打平伙人人出份子钱，还是听说他们因害怕出AA制的份子钱，两人愣是一次都没露脸。

　　锁子内心慨叹，他们才过不惑，人生倦态业已呈现。难怪比自己大了近二十岁的老樊嫌烦！老樊说他们这个年龄，也算到了人生的一个转折点，是一道坎。有的提前有的已经彻底退了，有闲；有的处在似退非退的半退状态，管理上松散，单位上放得宽；可像他这种业务骨干，迟到十五分钟即被查问的人，哪能召之即来，来之能闲？！老樊一脸人在江湖身不由己的苦衷，絮絮叨叨不见停歇，锁子早已走神儿，思忖好在至今没人动议小学、幼儿班同学聚会，否则他会有更多的烦。几十年不曾见面没有交往，他压根就想不起和谁幼儿班、小学同过学；他更庆幸自己没有上过研究生、博士，要不一年三百六十五天聚会能有个完？他不得像个陀螺挨了鞭子似的旋转？！

<h2 style="text-align:center">七</h2>

　　岗子脾性好，是那种热心肠的人。他对待人际情有独钟，乐此不疲，特别是熟人有个头疼脑热，他都会提前给你挂了号、约了大夫，赶着你到，如同机场安检，走的是贵宾通道，少了许多麻烦。岗子的人脉，说实了是日积月累，能人的口碑来自点点滴滴的积攒。说是有份工作，也就挂个名。平日里只

是到单位照个面点个卯。有了那份家底，出手阔绰，仗义疏财，人缘自然好。他在市内地标性的大厦里买了一层楼盘，说是父亲公司的办事处，实际上他一个人占用了多一半。自然便成了同学、朋友聚会的点。人来人往，门庭若市，熙熙攘攘，人气忒旺。单位领导先还提醒他，注意影响，注意群众反映，可到年底选先进、评优秀，岗子满票！领导傻眼，心里琢磨，要是自己选，不是二八就是三七，顶多不过四六开，这不自个埋汰，人缘比岗子差！机关单位么，除非你与所有人没有利害冲突，哼哼哈哈，真正想做事的人想满票也是一种傻！恰恰是那些有作为的，可能口碑还有点差，因为他动了小市民的蛋糕啦。考核仅凭投票来决定一个人的优劣，要么是有人有意为之，要么是技穷无招。如同应试教育的高考，招录公职人员，这和西方的选举差不离。就像当年的希特勒，如今的特朗普，都是票选。不这样，有更好的办法吗?！

渐渐领导也就懒得理他，反倒是岗子做东时，领导也会随了大家来，美美地吃一顿大餐，偶尔还会在餐桌上风趣幽默一下。这不蹭个饭饱肚圆不说，还能和大家拉近距离，打成一片么？一举两得——既不用埋单，又能笼络人心，多好的事儿。即使开会或出差不能来，领导也会给岗子个电话，道个不能参加的歉！大小职务的公家人，脱离群众等于是把自己往悬崖上赶！领导心知肚明，即使自己掏钱请客，也做不到的事儿。现在的人，哪像三年自然灾害时的日月，受饿呀！那时候能被人请，多荣耀的事情？既能果腹，又有体面；富裕了的眼下，请

跌宕 15

人难哪。不是因为人际,谁也不饿着。设宴客人能来,那是赏你面子。人气么!至于吃什么不吃什么根本就不是事儿了,更不是钱不钱的。这反倒逼得做东的人,不得不拔高了菜品的规格。

得票的结果,让岗子得意起来,在欣赏自己的情商之余,给领导更多的礼遇与抬举。岗子与领导的关系,这就你好我好大家都好起来!岗子就是岗子,无人能比。手头没钱,还真比不了。这不,花心养小,你得手头阔绰;豪爽设宴,你得有财源。压根就一个温饱型的家底,那你就老老实实,安分守己,处心积虑,吝啬算计,别干打肿脸充胖子、博取豪爽美誉的事儿,如此这般,家里方可安泰祥和。岗子不同,钱不是问题,身边的女孩成天换,换得锁子和韶子眼花缭乱。刚记住了这个的名字,再见岗子时身边已是另一张俊俏的脸面。有一次韶子就认错了一位姑娘。问岗子怎么又换了?那姑娘发嗲说,人家今天没画眼影,换了个口红颜色,韶哥我就换了个马甲,你就装得不认识了?看着韶子懵了般的窘态,岗子哈哈大笑说,我是一个真人,活得率性,没有绯闻。那些有绯闻的人,多数是因有事儿却不承认。

深究起来,主要是岗子有钱,无聊,一天无所事事,只知灯红酒绿地享乐,女人不时地换;你不让他分外地重视交往、重视人际,他没事做。

当岗子听说锁子传奇般的遗产继承故事,这就给锁子和韶子撂句话,你们别管了,这是我的事了!锁子把自己的银行卡号记好了，等着钱到账数钱数得手抽筋吧。于是他动用了所有的人脉关系或者说他父亲公司的所有人力资源，接下来与律所的接洽他成了全权的代理人。锁子反倒像个事不关己的闲人，欣赏地注视着岗子与律师事务所的人，你来我往一招一式地办理继承的手续。

八

  岗子就这么个人，社会上无所不能，连他爸公司的人都乐意围着他团团转。他爸，噢，他在人前总是称自己的父亲为老岗子，前两年要他接手自己的产业，说自己累了，应该歇歇了。岗子出人意料地说，爸，你是真没看懂，还是不愿意看明白?! 我压根就不是块做生意的料。要说情商我是高中高，能比得上我的没几个人儿！要说智商，我是你生的，你还不清楚？我就不是做生意的料。我人心软，一经手害怕赔光了你一辈子的心血！老岗子气得脸歪了又斜，青了还黑！他狠狠地说，你个狗东西，骂老子还绕着弯。你就直接说老子心狠手辣、五毒俱全得了！你个狗屁情商，就是拿着老子的钱，满世界天女散花搞慈善，能没好人缘？你不操心这份家业，你总不能让老子老黄牛一样没个晚年没个歇，一直干到进棺材闭眼！
  岗子惭愧，感觉老岗子骂得在理儿，便郑重其事地向父亲推荐了锁子，而且讲锁子情商智商是多么地厉害，多么地能征善战。

轮着老岗子吃惊得张口结舌，发愣了老半天问，你，你是说把咱这份家业交给外姓人来继承？你有这么高尚的思想境界！我摸爬滚打一辈子的资产，让你一下子就玩完?！岗子嘲笑地说，看看，看看，观念老旧了吧！我是说让他来管理，不是继承！咱给他挣工钱。给他个百二八十万的年薪，看他干不干！传统的民营企业同样应引进新兴的管理模式，只有这样事业才会继续发展，昌盛不衰。你勤俭持家，聪明智慧，能逮时机，精于算计，这些儿子都服你。不过现代企业的创新管理，你还真得捯捯。如果按传统的代代世袭的子承父业，遇了我这样的败家子，便没有了千秋万代！明白吗？到我这儿就会像秦二世，葬送了大秦江山，让躺在临潼兵马俑纪念馆的秦始皇也有苦难言，憾恨不已。说到这儿，岗子自个儿挞了自己一嘴巴，嘟囔了句：这比方打的。

老岗子闻言，说：去去去，油嘴滑舌，说那些老子听不懂的历史。你比老子就强了这么一点。然后他沉吟不语。

九

过了几天，老岗子给锁子电话，问有没有空一起坐坐？锁子当时不明就里，问，叔，你有事儿？这两天单位正好有个研究项目走不开，星期天成吗？星期天我吆了韶子和岗子一块过来，咱一起聊天。

老岗子沉吟了片刻说，没什么事儿，叔有个想法，就是想和你单独谈谈，就咱父子俩坐坐。老岗子问，需要我的车过来接你吗？他把"接你"两字咬得很重。锁子云山雾罩中说，谢谢叔！公交挺方便的，七八站就到了。你就别费心了！挂了电话，锁子懵懂，老岗子的"单独"是什么情况？他、韶子、岗子，历来是一把韭菜，不零卖的。老岗子知道这点。这次老岗子把他仨拆开，有什么话不想让他俩知道呢？锁子一头雾水纳了闷，琢磨不透老岗子有什么要和自己谈？还单独！他琢磨，老岗子该不是也有婚外恋被婶子发现，闹得鸡犬不宁？看着他沉稳，让他来参与灭火；要不就是煤矿的土脉出了什么问题，或者矿区地表准备美化，需要些树种请他推荐？这是他的专业。他胡思乱想了个遍，纳闷纠结了两天。

锁子早到了二十分钟，先给自己要了一杯菊花茶。这几天上火，嗓子发炎。他往茶里放了冰糖后环顾一下周边，邻桌多数有人，都私语窃窃。如今不大声说话、不惊扰别人被视为一个人在公众场合有素养的体现。茶秀是老岗子事前预订的，市区数一数二的高档吧。锁子称意。比之猜拳喧嚷的酒楼闹市，茶秀当算中国大地上比较清静的地儿。过去说寺院是清静之地，是让人心安的地方。现如今旅游业让那些香火旺盛的佛禅纷扰于喧嚣，甚至被莆田系承包市场化了。偏僻的修仙问道处压根就没几个人涉足，都市中的茶秀反倒成了繁盛里的些微偏安。

茶秀里其实也有隔断、屏风半遮半掩的雅间。对面的板壁上悬挂了一幅三尺斗方的书法。画框中式的典雅简洁，装裱的鱼白色绫子与土黄色的纸面非常和谐，内容是行楷书写的"茶道修静"。好认！是市里一名书法家的墨迹。锁子揣摩这里的"静"当指心。大凡浮躁失衡，俗欲过盛，多为心态扭曲，气韵不顺；静下来不是四大皆空，是审时度势的冷静理性。这理儿多数人不懂，懂了的少数人做到的又能有几人？正思谋间，老岗子驾到，说句对不起，让你久等了！锁子立起身回以应该的应该的。这时服务生过来一脸春风问，红茶还是绿茶，青茶还是白茶？当然话前还有两字"先生"。老岗子考究一番，要了壶乌龙。老岗子这才问他，愿不愿意辞职去他那儿？年薪五十万，养老、医疗保险等一项不落，奖金根据效益另算。怎么样，愿不愿意和叔一块打理打理商界？老岗子一脸期待地望着满脸惊讶的锁子。

锁子忘了喝茶，目瞪口呆连说几声这太突然！切切地说，叔，我没想过这事儿，真的有些突然。这一时半刻我还真不知道怎么回答。只是我觉得自个眼下也蛮好的，不劳心不费神，安逸。虽说工资不多，够吃够喝的，多少还能留点积蓄。

老岗子听了，和蔼地说，看看，看看，这就是你们文化人让人尊敬的地方，也是你们有名无利的真正原因。你觉得挺好，那是因为用你们文化人的话怎么说来着？对，对，是安于现状，是你给自己定的生活标准低。那是因为你们停留在温饱型思维，好像是电视上说的，叫轻易满足的不思进取。你试着过一段有钱人大把大把花钱，按年轻人的说法是高档消费的日子，不拆东墙补西墙才日怪哩。那时候，你就会知道生活压得你直想喘气!

　　锁子愣怔片刻无话。老岗子说,年轻人,我了解你的经历,说实话我赏识你!想想吧,过几天,成不成给我个话。

　　锁子一激灵,突兀一句,叔,我想不明白,你怎么相中了我?要说现成的韶子可能比我更合适。老岗子说,是岗子推荐的你。我这个儿子浑身毛病,但就是看人这一点我服他。他交往广,阅人无数啊!韶子人是好,可他学的是财务,盯的是钱。做生意不能只懂经济,还得有些另外的东西。

　　老岗子的话再度让锁子瞠目结舌。他不明白,老岗子所说的另外的东西是些什么?这么说,自己身上还有另外的优点?自打与岗子同学起,他们即形影不离。老岗子就成了锁子见得最多、观察和敬畏也最多的一位长者。他文化不高、识字不多,一副市井中人的憨厚尘俗。可他使劲学习,出来进去,走哪儿手中都拿着《新华字典》和报纸、书籍。但凡有学习机会,老岗子都不缺席!锁子明白老岗子的家业为何能做这么大,那是因为有一颗精明的大脑在支撑啊!

　　当晚,他给岗子打了电话,问为什么不向老岗子推荐韶子却推荐了他?岗子回他,咱俩好兄弟,本不该说这话。韶子当然好了,但他没有你的眼光大!锁子说,那你让我现在怎么回答你爸?岗子答,这有何难?想干就从单位辞职;不想就拒绝,拉倒作罢。

　　过了几天,锁子专程跑到老岗子的矿上作了解答:自己就一个学植物的,暂且还不想辞职离开自己喜爱的专业。十几年安安然然地过来了,突然要改变,真还不是一句话!老岗子心里怎么想的不得而知,表面上还是笑呵呵地问他:兼职呢?下班后空歇时可不可以给我这儿操操心?锁子愧疚地说:让我想想吧!

这是去年律师找上门前两个月的事儿,继承的事一发,也就放下了。

十

锁子跟着律师带了公证处的人去医院采了血。没两天,血型比对结果显示,他的血型与逝去的富翁百分之九十九点九地重叠,也就是说他是富翁的儿子确切无疑!律师脸上的容色好像继承遗产的是自个,那才叫一个乐得灿烂、乐得开花!

律师给他一份父亲的遗嘱复印件,他百感交集地逐字逐句反复看了好几遍。

不知父亲是不是有预感,遗嘱立于车祸前半年。父亲在遗嘱里写,与儿子十二岁那年一别,父子再未见面。那个当时只有乳名的儿子和前妻如今日子不知过得怎样?!歉疚与牵挂之心昭然。所以他在遗嘱上写明,身后把自己苦心经营的百分之二十的遗产,交由这个近三十年没有见面的长子继承,用于赡养他的前妻和用于创业,也算自己当年狠心抛弃他们母子后赎罪的一点补偿。剩余部分均由后妻所生的小儿继承,继续他的事业,期望后生的小儿子能在自己的基础上做大做强,有更好的发展。

律师告诉他，令尊没想到的是自己会和家人——即后妻及所生的小儿子一同在车祸中丧生，这是令尊没有预见到的意外。加上令尊的父母先期双亡，又无兄弟姊妹，锁子成了富翁遗产事实上的唯一继承人。这意味着富翁三个多亿的资产——知道吧？三个多亿呀！将由他一人来继承。他理不清逝去的父亲究竟是良心发现还是遭遇坎坷与不幸，在自己几乎将他忘却的中年，给他留下如此丰厚的一大笔遗产！这段日子，锁子感觉自己好像读了网络小说般虚幻，或者说穿越，身处天方夜谭的天界，意识天马行空般失重后自由自在地随处飘荡。他的内心突然滋生一股从未有过的悲悯，为那个人，那个名义上的生身父亲。他愣怔，自从十二岁一别，他再没有见过这个人，更别说这个人对自己履行一位父亲的职责；那以后的自己一直在含辛茹苦的母亲羽翼下成长。从这个角度说，他对这个人有恨。但恨得程度有多大，不能称斤论两计算。想想自己也够狠的，三十年几乎再没想他，更没想过见他一面。上天对人最重的惩罚，就是不让血浓于水的亲人有所牵挂！他想不明白，当年，这个男人是用什么手段骗取了母亲的信任、赢得了母亲的感情，直到有了自己，然后又因身境的变化将母亲抛弃！他曾无数次地妄想，母亲会遇到另一个男人，一个喜欢母亲的男人，他们结婚，他就又有了父亲！每每看到同学和邻居孩子在父亲面前撒娇并获恩宠，他都会独自躲到角落发怔、落泪，却又不能让母亲有知。甚至有段时间，他都想张罗给母亲介绍个老伴，为自己寻找一位父亲。他渴望给自己建一个完整的家，重新体味父爱的醇香。这份心思持续了很久很久，直到自己工作、找了对象，才日渐从他的心中淡出，成为回忆中的鲁莽。

十一

母亲和父亲是省城一所名牌大学的同级校友，父亲学中文，母亲学数学。在校时并无多少亲近，只是在同乡聚会时见见面。父亲活跃，在校时即风传和一位城里的同班姑娘相好谈对象。赶着毕业，人家姑娘留了校，父亲和母亲却鬼使神差地被一块分回了中湾乡中学。母亲知道父亲在校时的传闻。相隔千里的距离让父亲和留校的姑娘没了联系，致使父亲把构建未来的眼光放在了眼前。母亲是孤儿，一直寄养在舅舅家，因此有沉默寡言、专注倔强的独特性格。父亲也是单传，父母供他大学毕业、工作，眼看着能享享回报了，却又"子欲养而父不待"，没福气地相继仙逝。同是形单影只的社会背景，让人际关系简单的父亲追求了母亲，两人很快结了婚，一年后便有了锁子这个婚姻的结晶。

童年记忆里的父亲，是个知识渊博的能人，是锁子心目中的偶像式人物。乡村中学虽说地处偏远，父亲的身边却总少不了请教的学生。父亲低沉悦耳的男中音，挥动着手臂的肢体语言，伴随着旁征博引的阐释与解答，让提问的学生钦佩且兴奋如愿——每每是此时此刻，锁子会依偎到父亲身前，趁意中似乎要向大姐姐大哥哥们宣示这个知识满满的人是自己的父亲！这是童年虚荣的满足。锁子内心深处记得，在中湾中学的十多年间，农人的憨厚、质朴，乡村的烈日与山月相叠，山野的春夏秋冬轮换，山顶的孤树，山沟的小溪，换了一茬又一茬的学生和庄稼，以及玉米棒、南瓜、红薯与土豆缺油少盐的蒸煮……乡村教师的苦辛，三口之家的欢欣，充斥着锁子的童年记忆。

恰恰是改革开放的春风，冲击了父亲那颗骚动的心，下海的大潮席卷，使原本乡村教师就紧缺的中湾中学不得不同意一意孤行的父亲留职停薪。很快父亲成为屈指可数的万元户，在乡县远近闻名，享有经商能人的美誉。聚少离多的一两年，父亲有了新欢。据说是一家省城私人地产企业老总的独生女儿，有钱。没得选，母亲承担了离婚的必然。这都近三十年前的旧事，跟陈芝麻烂谷子似的，他对那个并没有尽到责任、十二岁后再未见面的父亲所知就这么多。至于父亲和母亲离婚后，什么时候与地产商的女儿结婚，什么时候生了"弟弟"，什么时候继承了地产商的财产，并日渐成为省内有名的地产商？面对律师的陈述，锁子只有听的份儿。

眼前他成了三个多亿遗产的继承者，这天上掉馅饼地下冒黄金的骤然剧变让他晕眩！

十二

岗子不止一次给锁子和韶子说过，他们家的致富过程有点传奇，是有渊源的。往早里说，他的爷爷是他们发家致富的起源，也可以说爷爷是他家的富源。

解放前，岗子的爷爷是一家染坊的小伙计。因为既聪明勤快又忠厚老实，颇得染坊主东家信任，十多年下来扮演了管家的角色。那时候，咱这偏僻的北方城市主要是粗布和市布，洋布和绸缎很少见。加上东家人敦厚，基本做到了"货真价实，童叟无欺"，因此不管远近，无论城乡，知名度很高。染坊的生意特别好。

染坊是东家的父亲在清朝末年开的。几十年下来，东家积攒了不少硬货，当然是金条、元宝、银元，因为当时流通的纸币贬值！可是东家的心病在于，大儿子早早地参加了国民党，并在外省的省府里做事儿。抗战时还好说，到了解放战争时，东家一天一天地不安起来。应该是一九四九年春分过后的一天，东家叫了爷爷，单独对爷爷说，他想和家眷去外省的省府找大儿子住些时日，坊里的生意暂且让爷爷代管。他或则三两月、或则半年就会回还，然后给了爷爷一百个银元，二十个让爷爷留着，剩余的作为发给工人们的工钱，然后携了家眷道别而去。

没两月战事吃紧，市面混乱，不得已爷爷遣散了员工，挂牌歇业，自己便成了东家旧宅的看门人。到了夏天，一次大雨，院子里的花坛前凹陷，冲开一尺大的一个洞，爷爷寻下去，竟找到两个罐子，里边全是银元。避人躲清静处，爷爷独自一数，五百！整整五百个银元！爷爷受的惊吓不小。仔细想想，这些年只见东家赚钱，从没想过他怎么存钱。他离开的时候顶多带些金条细软，这些重物带着便是负担。自从东家离开，爷爷真的没有坏过心思，动一点邪念。直到大雨冲出了银元，这才有此盘算。那么，东家究竟在地下埋了多少金银元宝？是不是不止这一处还有别的地儿？另外的藏宝处是比罐子更大的瓮和坛子，爷爷没往这边想，倒是老在猜想东家找到了大儿子没有？是否一起去了台湾？杳无音讯中，爷爷焦虑不安。爷爷担心大雨冲出来的银元，哪天被小偷窥视惦记被歹人抢劫，到时候东家回来，任由自己长上一百张嘴也解释不清楚。他拿什么还？！思来想去，爷爷分批把银元转移到了自己家里不起眼的地方，权当暂时保管，待东家回来了交还。爷爷垫平了花坛前的塌陷，使之修旧如旧，恢复如初。

半年过去，眼见临年，东家没见回还。倒是迎来了全国解放，旧宅被军管会征用，他这个守宅人失业。在作了必要的说明和交代后，爷爷回到了祖宅，把临街的房改建，开了爿卖针头线脑日常用品的日杂店。现在类似的小店都叫小超市、便利店了，一回事儿。染坊的经历始终是爷爷的一块心病。解放后，虽也有数次的盘询和澄清，并未受到东家什么牵连，成分依然被定性为普通的小手工业者生存下来。爷爷说，自己无数次从睡梦中惊醒，胡乱猜测，东家到底有没有找到儿子？是不是去了台湾？究竟有没有在战乱中遭难或者是在历次运动中被清算？这话憋在心里三番五次地反复转圈，除了给不出答案的自个，再没敢问第二个人儿。这才叫个憋！好几次他担惊受怕地想把那些银元交出去，以求彻底解脱能心安。可是他翻来覆去想，这样一来，与东家的关系就很难撇清，更害怕他哪天回来向自己讨还，他即使长了一百张嘴哪说得明白。至于还有没有别的藏宝处，他哪说得清？好在他不知道，也没再见露馅。这两罐已经让他够犯惆怅。真要再出来了，会是他更多的负担！

这不，一晃几十年，从解放经过"三反五反"、大跃进、"文革"直到打倒"四人帮"，银元他一直在自家院子的墙根底埋着，原封不动地一埋几十年没敢动窝。老岗子结婚第二年有了岗子，思谋着在院墙前盖个厦屋，话刚说了一半，愣是被爷爷呵斥着泡汤了。平日在家人面前爷爷守口如瓶，连不起眼的墙根扫都不扫一眼。他遮着掩着，等着候着，总以为东家哪天会回来。等待与期盼中的苦苦煎熬，这几十年都说不清是怎么过来的。当时的那份煎熬不亚于热锅上的蚂蚁，爬来爬去，临了重新跌回锅底。绝望到你看不出有爬出去的一天。东家回还这事儿，现在看来是不可能了。爷爷冲老岗子说，到如今，连我这小他三十来岁的人也要走了，他是回不来了！他活着也该有百十岁了。想必他在出逃的当年就殁了。因此，这银元也就不上缴了，这不清不白的人我做了，就算我留给你和岗子的一份家业。你们得好好地活人哪！

如今想回来，东家也活得冤。你说他苦心经营那么些年，抠掐积攒下的黄货（黄金）只能埋在地下。这么多的金银财宝，包括爷爷发现和没发现的，竟然不知最后谁是它的主人。

它们的东家曾经过手,仅仅是过手,不是主人的那种过手,最后竟不知道它的归属。我们有些人拼命地赚钱,到头却不知道为谁忙活。想想都让人心寒。当年,染坊东家精打细算,近似抠门,你说他图啥?干吗?难道是为给别人攒钱?世事啊这个变迁,真是没长前后眼!

爷爷临终时,把老岗子和岗子叫到病榻前交代:东家是十九世纪生人,具体生于哪一年他想不起来。反正外逃时快六十,年长自己三十来岁。现在活着差不多一百岁了。这可能性极小!东家的后人联系不上,已难寻了!所以,你们今后上坟给我烧纸时,在旁边画个圈,权当给东家化点纸钱,让他在阴曹地府有饭吃有衣穿,过得不要太艰难。毕竟他对咱家有恩。爷爷说完,这才仿佛解开了心结,怜惜地望着老岗子父子,慢慢地合上了眼。

爷爷仙逝于一九八六年七月二十四日,岗子略带哽咽地说,那年我八岁了,还小,可这个日子我记着。

十三

律师和岗子、韶子陪了锁子,到公证处作了公证,确定了他是这笔遗产的唯一继承人!

韶子开玩笑说,锁哥,钱到账了小弟给你打理经管,我不敢打包票让它翻番,但我敢说让它效益满满!咱不能放银行里吃那点利息,那是最本分最没有出息的资本拥有者的做派,那不是咱!

岗子认真了，黑着脸说这叫什么屁话？咱要稳扎稳打地让它发扬光大，既要使效益顶格，又不许有泡沫虚高！咱成立一家公司，对，就叫三兄弟信贷股份责任有限公司，咱专搞投资。有好的项目咱投资。包赚！我和韶子多少也放点钱，占点股，比起你这财大气粗的大股东，当然是小份额了。嗨，可惜做生意这行没我，我压根就不是这材底。去年春上，老岗子让我醒醒脑，接手他的产业，要不直接传给孙子！这不威胁我？哥们想想，我儿子小岗子才几岁？老岗子尽说梦话！费脑筋算计，也就是你们说的做生意，我哪儿在行？再说我也不感兴趣。他得另想办法。所以我向他推荐了锁哥，聘用你管理我们的家族产业。老岗子说，他考虑考虑！正思谋间，有了你要继承遗产这一出，我家的事就放下了。锁哥，你这笔款到手了，你可以这么盘算，留够了必要的生活费用，剩余的咱要它发挥最大的社会价值！到时候，你可以辞职，做名正言顺的老总，嫂子也可以回家做全职太太。这不算完，这只是有钱任性的一种开始，另一种表现方式——岗子一脸坏笑地说，人不都说男人不坏，女人不爱；女人变坏就有钱，男人有钱就变坏么——绕口是绕口了点，跟辩证法似的。从此，你就别再眼红我了，也可以隔天换女秘书，轮番地换！

韶子说，看看，说你长出了肚腩，你就气喘；说有梯子，你就登天，原来装了一肚子不正经的坏水子。锁哥真要变坏了，你就不怕嫂子知道是你出的鬼主意，在废了锁哥的同时，她还不把你的腿打折?!

岗子呵呵一笑说,韶子放你七十二个心,男女这一档事,在我这儿只要不涉及伦理即可。到了锁哥那儿,非得像逆行的火车,追求心灵对撞。撞出了火花才走心才来电!你别担心,我也就说说。被别人说说就能改变的人,他能有多大出息?他能成事!

大家都淫浸着乐!连锁子上小学五年级的女儿也说,她要买个像样的笔记本电脑和手机了。国产的联想和华为都可以,不一定非得用奥巴马、默克尔的"黑莓"。妻子芳没听懂,问女儿什么是黑莓?女儿知识人的样子自负地说,据我所知,它是目前世界上最昂贵的手机,是国家元首们用的,安全保密!然后冲她妈说,落后了吧?得我教你!九岁的儿子对姐姐的选择有些不屑地说,你老旧了,我买就买机器人,一买就买好几个。一个给咱做饭,收拾家里,让妈妈歇着;一个在咱门外站岗,给咱家当保安,咱有钱了得防坏蛋;还有一个代我学习,我就不信我还会不及格……

入夜,芳主动钻进他的被窝里来说等钱到了,咱买套大点的单元,板式的南北通透,告别这住了十几年的老旧楼,把婆婆接过来一家人真正地过过现代生活。如果你同意,我想给那边的爸妈也买一套,让他们也住住,享享晚年的福。锁子听了说,这算个啥?手续不还在办吗?钱真到了,我还给你买辆高档的车,顶级的牌子,叫宾利还是凯迪拉克,是不是比法拉利要好些?咱是外行不懂,反正配置要高点,让你独领风骚,扬眉吐气,时尚时尚,风光风光,扬达扬达,嘚瑟嘚瑟!这时的锁子,感觉忒好:好口才,好惬意,好满足!他搂了芳说,有了这钱,咱就给俩孩子找最好的学校,请最好的家教,让他们到剑桥到斯坦福大学去留学。另外咱们还可以给农村的留守儿童、敬老院的老人们捐些,做点慈善……妻子也动情地搂紧了他。

接下来的房事,他感觉妻子要比平时卖力,想着法子让他乐。他有些晕乎,感觉自己像雪花像柳絮,轻盈悠闲地在空中飘舞恍惚——

十四

第二天是周末,起床后,妻子问他,早点想吃点啥?锁子说,早上你别忙活了,放假!我想到外边走走,回来时买些油条、豆浆,伙食改善一下。说着他出了门,来到楼下在天然公园里转了一圈,然后来到早点摊卖油条的餐车前,冲正在手忙脚乱的老板递上五十元说,给我来四根油条、四杯豆浆。老板正擀好面剁成块,拉扯成条放油锅里炸煎,腾不出手来,便向前努努嘴巴,示意他看前边。他按着老板嘴巴努的方向,发现餐车的标牌上贴了两张二维码,一个支付宝,一个微信支付。他明白了,老板要他手机扫一下,手机支付两便。他笑着摇摇头说,二维码上的字我认识,只是怎么支付,不会操作!

恰此时,一衣着邋遢的小伙子骑了共享单车停在跟前,耳朵里塞着耳麦，嘴里叽叽哼哼地哼着歌曲，间歇来一声，两根油条一杯豆浆，然后扫了一下二维码。老板面案上的手机响了一下。小伙子接了老板递来的包装袋说声得嘞，转眼掉头骑车没了影儿。

老板一边收他的钱找零，一边递上打包好的早餐说，看看，打工仔微信支付都这么熟练。你是坐办公室的吧，那肯定是文化人了，原本应比他们老练。他刚要转身，听到老板的话，脸上倏忽涌上一股炽热。

老板说，学吧！

他也木讷地重复一句，学吧！既像自言自语，又像对老板的答复。

是啊，这些年，埋头治沙研究，身边的许多变化自己咋就没在意呢！身处在这个千变万化的时代，自己真的落伍啦！想想，高铁、动车、网购、支付宝、共享单车，这都是身边发生的事啊！三四十年前谁能想到会有私家车，而且这么普遍。谁敢想啊？韶子前几天也买了私家车，岗子更是换了好几茬！有趣的是，前些天看的一则微信文章，叫什么来着？对，对，叫《愤怒的小偷》，说是警察抓了一位砸车的中年人，问他这是干吗？中年人苦着脸沮丧地讲，偷自行车吧，这共享单车一出，前边偷下的都没人要了；偷手机吧，现在的设置都有密码，用不成卖不掉，和块废铜烂铁一样，谁还偷它！当年他们练挟包，在沙里插、在肥皂水里挟，反反复复，把手指练得那才叫个灵活着哪！也算苦心钻研，勤奋好学。可自从有了手机支付，多数人已不带现金，也没几个人带钱夹，我练了十多年的一门好手艺就这么废啦！失业啊，大哥！我不砸车不没饭吃么，大哥！警察听了乐，哈哈一笑说，活该你啊！找个事做，挣多挣少糊口总不是事儿吧！像你这种懒汉，扶贫都扶不到啊！当时看完，他心里直夸，编这段子的人才么——

是啊，倒退三四十年，重新回到那个时代，医院里只会望闻问切，算账的地方算盘不时响起，学校的黑板上只用粉笔，单位里就几部黑色的摇把电话，紧急了发个电报，送信送报的仍是骑着自行车的邮政绿……那时候哪有快递？是啊，我们身处在一个瞬息骤变的时代，自己怎就麻木到不去适应、学习一些新东西？！

油条大哥随口一句"学吧"，看似不经意，对他却是金属的撞击，振聋发聩，直击心底！

回家，他冲在客厅里等早点的妻子和儿女喊，老婆，教教我买了东西怎么拿手机给人家付钱？

女儿高兴地跑过来，喊声，爸爸，我教你吧！

十五

女儿早熟，小大人一般，爱看些前卫、先锋、高精尖的书，什么《中国历史十五讲》《美国十讲》《资治通鉴》《贞观政要》《激荡三十年》《文明的冲突与世界秩序的重建》《追风筝的人》《朗读者》……看着女儿的书单，锁子感觉自己读起来也可能吃力。这些书女儿究竟有没有读懂？他明白不能过问磕碰，毕竟读书是好事，鼓励才对。反观自己，读书越来越少，最主要的是参加工作后，读书的热情没有过去那么高了，偶尔吧。这不是一种落伍吗？但作为家长，作为一种以应试教育为主导的教学体系下的家长，锁子说，好好学习课本内容，将来考大学不要受课外读物影响，要读就读几部经典。女儿说，课堂的知识是基础，课外的读物是素养，二者相辅相成，没有一样可以或缺；只是得把握好度，在学好课本知识的基础上，大量地读，轻松地读，涉猎之广是指课外读物。这本《中国历史十五讲》就和课本不一样，课本是按朝代鱼龙混杂，泥沙俱下，可这本书哲学是哲学，农业是农业，专题式让人有个一清二楚的概念……说得锁子哑口无言，自己没读过，都不知道怎么和女儿去争辩。孔老二说的"不读诗，无以言"，大抵说的就是自己的眼前。一个现代人，和孔夫子隔了几千年，竟然被他说中，真真正正地丢人现眼。最最主要的是，他发现自己没有和女儿的对话资格。这才是他的真正纠结。对于经典，女儿说，宁吃仙桃一口，不食烂杏一筐。这理儿都懂。问题是那些没有被界定为经典的书里有许多好书！它们活得有点冤。

女儿讲，互联网时代所经历的两个阶段，即台式与移动两个阶段，中间交叉间隔了一个笔记本，由于它携带方便，它就像手机，可以被人们走哪儿带哪儿。所以，它兼具台式与移动功能，与台式和移动同存共享，是二者间过渡楔接的桥梁。互联网对现实生活的颠覆是全方位的，整个世界被互联网改变着。锁子感觉，自己从女儿这儿学到的知识是在校时没有的，是需要跟上时代更新的。自己不仅仅是年龄老了，自己的知识结构也老了。说实话，他平日里非常乐意被女儿指教。

当然了，女儿毕竟还是个孩子，做作业时，不光握笔的手在使劲，连嘴角也用着劲呢。他一边看着，也想给女儿添一臂之力。

有意思的是，一天早晨，女儿第一次来月经，女儿大呼小叫，把锁子和芳吓了一跳。赶快跑进她的房间，望着女儿浑身上下查看自己，问母亲自己哪儿破了？芳问怎么回事儿？女儿指着床单上殷红的血迹，说伤口流出血了。锁子和芳对视一眼会意，锁子退出了房间，轻轻地拉上了门儿。芳开始给女儿讲解女人的生理。

吃饭时，女儿这才有些羞赧，自始至终没有给锁子正眼看。有一两个月，锁子发现，女儿借了好几本女性生理的书籍阅读。有一天，女儿对锁子说，生理课上我们讲过的，我当时没在意。我以为那是别人的事儿，跟我无关。这下好了，我是当事人儿。我没想到会这么早发生在我身上。爸，我是一名成熟的女性了。别再把我当孩子看！

这把锁子说的，都不知道怎么去接女儿的话茬。

十六

天有不测风云，说的是人生没有预设。那些万事如意、一生平安的话都是祝福。

　　仅仅是几天后，岗子手机叫锁子到自己的工作室来，说韶子与律师翻了脸，让他来看怎么着！他去了，看见律师鼻青脸肿，嘴角挂花，岗子告诉他这是韶子打的。见锁子进来，律师一脸的可怜兮兮哀求容色。不等他开口问，律师滔滔不绝，翻来覆去地向他解释——自己的无辜和出乎意料。他算听明白了：七八年前，父亲给另一家关系不错的地产公司担保，把自己的资产作了抵押，为那家公司融资数亿元。如今地产业衰落，那家公司破产，最可恨的是那家公司的老总妻儿三年前已移民加拿大，所以事前向国外转移了现款，前些日子又卷了金银细软跑路了失联，据身边人讲极有可能是潜逃出国。投资的散户虽说金额不等，大约是两三千人，上访闹事拧成了一股绳，数次拥堵了省政府的大门。这可是严重的治安事件，更不是哪个领导所乐见！政府有法，下令冻结了那家公司的不动产和锁子父亲所有的资产，并依据法律决定用当事公司和担保人资产来偿还投资者的损失。经有关法律程序核算，当事公司的不动产和父亲公司的资产全变卖了，算下来还欠着一百四十七万。政府正筹划准备将那家公司的不动产和锁子父亲的资产公开拍卖，变现给投资人还款，以平息事态，维护安定团结的大好局面。同时责令公安机关发布了通缉令，想尽早让跑路的老总归案。列没列入"红色通缉令"没人说得清，关键是尚未确定他是否身在国外和确切的藏身地点。

　　律师说，政府这一冻结，连他们事务所此前为他继承遗产所关联的一切费用，眼看也要打了水漂。接他这一单极有可能的结果，是肉包子打狗有去无回！没有收益，反倒赔钱。这哪儿是他们省城知名律师事务所的行事风格！律师说，这不，他正给岗子解释，站一旁的韶子就动手了。这能怨他吗？他还巴不得继承有成，他也好交差回省城，还有钱赚。他这也是一份工作啊。当然了，打不打他，与还不还款无关。搞不好那剩余的一百四十七万还得锁子来承担偿还，因为他是法理上的债权继承人，他有权利继承遗产，也有义务偿还债务。岗子双手向外一摊，说你看这事儿办的，跟欺负老实人似的。韶子黑青了脸打断律师吼，你们他妈开始就预谋找个人还这笔款！说着，提了拳头又要打。律师流着泪抱了头闷声喊，是中途变故才有的这档子事儿！锁子拉住了韶子，面无血色、有气无力地说，这他妈真不是个事儿。然后冲了律师喊，滚，滚蛋！

十七

一次高中同学聚会时，酒后的岗子说，有了爷爷留下的五百个银元和那片日杂店，他们家有了发家致富的基业。"文革"一结束，银行开始银元兑换人民币，和人民币是一兑一。就这兑换的人还排着队。不久，也许是银元少了，也许是有些人有了收藏意识，总之去银行兑换的人日渐少了。银元贵起来。一个银元可以买到四五十。这个时候，老岗子出手了，拿出了一部分银元换成了人民币，转手既买临街的铺面又买宅院。他们家成了既有铺产又有租房的万元户。当时临街的门面房也就两三千元,有的一个宅院也就两三万块钱。老岗子下赌注似的买了两个宅院、三间临街的门面,和日杂店连成片,翻修后留两间继续开百货店,其余的出租赚钱。

赶着秦北城市重新规划,摊大饼式发展,他们家赶上了城中村拆迁。改革开放之初,他们家在城郊的村子里,仅仅十来年,他们村到处都是水泥路面的街区,发展为市中心的一片。当然了,地名还叫村,但没了村的一点痕迹。没了种庄稼的地,没了农舍,没了成片的树林,没了村边的水渠……但岗子依然对以前风景依依不舍,非常怀恋。

这时的岗子喝酒,根本不需要人劝,自斟自饮地又喝了一杯说,大家想想,这二三十年,有多少像我们这样的村子消失了,城乡接合部变市中心了。大批的农户、庄稼人失去了土地,变成了城镇人口,住进了洋楼,吃上了食堂饭,过上了城里人的生活。但他们的日常习惯、文化素养没变,骨子里依然是村人的风格。这里的租房便宜,这里的文娱低端,用社会学家的话说,开发区、城中村在转型中,由于教育、管理没能同步,这里成了社会问题集中地区,是藏污纳垢的处所,也是公安、工商等管理部门头痛的地方。这些问题随着社会发展、人口流动、开发建设相伴而生,这需要我们去研究去应对!岗子还说:不过我还得说感谢,我首先得感谢我的爷爷!是他那阴差阳错的五百个银元和那间用二十个银元撑起来的日杂店,使我们家有了第一份家业;其次,我得感谢我们家的老岗子!是他那颗充盈智慧的脑袋，使那些宅院和铺产通过城中村拆迁，给我家换回了二十来套单元和一笔为数不小的存款。他盘掉了日杂店，在煤炭行业低迷时，投资几百万元买了一座煤矿，不久就被评估值几千万上亿元。的确，是我们家的老岗子让我们家从富裕户变作了民间财团，这才有我胡吃海喝的今天；第三，我得感谢咱们身处的这个好时代！如果没有改革开放，说什么都不会有老岗子的神通尽显。当然也没有社会经济的迅猛发展。别的人怎么说，嘴长在他的脸上，我管不了。可我岗子总不能昧了良心，吃着娘的饭，砸着娘的碗！跟风辱骂今天。

是的，有人会说，生活里的乌七八糟负面问题那么多。我一点都不否认它们的存在。以我为例，我就说说眼下的社会矛盾：今天，咱们聚在一起，那是因为咱们曾经的同学情谊。咱们可以开怀畅饮，说地谈天，上下五千年的人事没有我们不可以评点的。但只要认真想想，我和大家之间，贫富悬殊的问题突出明显，这个矛盾形成的原因来自方方面面。

这时，韶子拽拽岗子的衣服说，岗子，你喝多了！岗子说，没事儿，这事儿我不能回避。如坊间言，江湖不在台上，而在台下。所以常常在台面上说实话的人被说傻，常常台面下做手脚的被称智啊！韶子大概觉得岗子酒后吐真言，这样的场合不合适。

岗子接着说，所以，我在日常生活中，努力做一些善举，哪儿地震了、水灾了、塌方了，我都会鼓动我们老岗子捐款；即使在座的大家有个头痛脑热我也会竭尽全力去接济。是，这与我们家获得的财富相比较，只是鸡毛蒜皮，但我的确想努力做点"均贫富"的事儿。你别看一些人吃斋念佛的妆扮，因为没有善心，他的善行远远抵消不了他的恶为，他的修为只能是恶业。所以说到底仍是一个坏人。我明白这点！因为我受的教育，我获得的文凭就是让我理性地看待世间的一切，而不是魔鬼式地冲动，骂天骂地。那不解决问题！这些天我在想一个问题，就是我们建立怎样一种机制，让社会矛盾缓解……

一位同学竖起大拇指喊，啊哈，真看不出来，我们的岗子还是一位政治家呢，想事儿想得这么哲学！

坐另一桌的锁子远远地望着岗子慷慨激昂的模样就想，的确，老岗子是个非同凡响的人。自从那次他找自己谈话，希望他能兼职管理煤矿后，他经过深思熟虑回话说暂且还不能辞职。老岗子给他慨叹自己的事业交谁？总不能打拼了一场全交慈善事业。不久，他就听说老岗子在煤矿上推行了股份制，把有智慧的人吸纳进来，共同管理企业。让那些和自己一起打拼的人死心塌地，同操心，共患难，让他们人人明白矿兴我兴，这里是自己的家业。这不是一般民营企业家能做到的！这还不算，老岗子速成教育式地精心培养岗子的儿子小岗子，把家业未来兴盛的希望寄托在孙子身上。这些做法让锁子发自内心地钦佩！

十八

从将要继承数亿遗产到尚欠一百四十七万元需要父债子

还，这消息像长了翅膀飞满了天，又成了锁子母亲居住的小区和单位舆论的焦点。锁子躲在家，不愿意见人，他不知道自己上辈子造了什么孽，究竟得罪了谁?! 先是遭遇一段情感缺失的少年期，好不容易在母亲的呵护关爱下，平静地度过了青少年，刚刚步入中年，竟又遭此天劫！那看似囊中探物的数亿资产，让自己晕乎了半年，如今又从疑似亿万富翁跌落为需要偿还百万元的负债者！他真不知道如何面对这寒来暑往、岁月轮换的日子。如今冷静里往回想，父亲和母亲的结合压根就是一个错误。母亲是那种恶劣环境里生长，具有适应、倔强、安分或者说随遇而安的性格；可父亲就不同了，他与母亲的结合，是一种当境的现实选择，一旦有了新的土壤，那些流动在血液里的活跃骚动、不安分的因子就会迅速膨胀、扩张、嬗变，所以他的身上有种主动外溢的倾向……想想一个被遗弃的独身女人拉扯着一个半大不谙世事的孩子，磕磕绊绊，一路走来的不易，他就由不得揣测，负心的父亲当年究竟用什么手腕，骗取了母亲的信任，然后有了自己。他替母亲抱屈。可这又是子女们最不该去探究和质疑的。思已至此，锁子告诫自己，关于父母的过往，作为后人再不能胡思乱想。但任自己怎么劝说，不由自主地又这么反复地想了，以致他红着眼睛不停地在疲惫中自责！

岗子和韶子害怕他想不开，说白了就是害怕他寻短见，所以只要有空，想着法盯死看牢，不离左右地守在他身边，相同的是大家都茫然四顾，愁眉不展。

锁子除了闷声不语，表面上有种事不关己的平淡与坦然。这反倒让所有的亲朋颇感担忧和不安。

平日从不大声说话的芳，这些日子一脸倦容小心翼翼地陪他，总是默默地坐一旁充当配角。看着他白天黑夜里睁着眼，她心痛地说，这不是你的错！这是咱们运气不好。但不管咋说，咱有吃有喝有得房住，积蓄虽说不多，可上有老下有小的天伦之乐也受活！芳人贤惠，锁子当年相中她，恰恰看中的是这点。有一次同学聚会扯淡，一位在家惧内颇受约束的"妻管严"讲，他琢磨好女人的标准已好几年，最近想通了。大家撺掇他别卖关子，快讲！他说其实就两个字：曰静，曰净！前者安宁，后者皎洁，是气质上透析出来的本真！女人可以贫穷，褴衣薄裳下依然可以释放高贵兰馨。然后，他突然间低了声，左右看看后说，我老婆肯定没有达标。大家哄堂大笑。他待人稍静，又说，锁子哥有福，嫂子芳这俩标准兼具！便有赞同之声。芳的贤淑大家公认。就连女儿也随芳，给他劝慰和宽解。只有年龄尚小的儿子，因见不到那几个机器人了，这才吊了个脸，冲终未谋面的爷爷说：笨，你怎么就给他们担保呢！

岗子和韶子是变换了方式地介入，有一句没一句地找着话题和他谝闲，目的就是干扰他的注意力，想把他从继承不继承这事上扯开。至于想别的什么事儿，管他呢，随便；芳和他们是一门心思，但因为成天在一个锅里搅稠稀，一个被窝里钻，话就来得直接，没那么多遮遮掩掩绕弯弯：说想想别的事儿，转移转移视线；要不，你放开嗓子美美地嚎上两声，这样可能

跌宕 43

好受点！母亲自然不同，面对面沉默许久，拍拍他的肩说：儿啊，越过了这道坎，你会发现眼前是另一种风景——

十九

锁子望着母亲走进卧室的背影，忽然想起自己给母亲做媒的事儿在当时的县中学风传。所有的老师和知情者都觉得这孩子可怜，为他的聪慧懂事心生体恤。

母亲遭遗弃后第三年，被调到了县中学任教。锁子也刚好上初一。母亲工作上谨严，总会把早晨准备的午餐装进饭盒，带了和锁子一块上学。中午放学到下午上课的时间短，回家做饭来不及。上灶一个人的工资两个人吃，省不下钱。母亲清楚，锁子将来高考上学，成家立业都需要钱。她是孩子唯一的依靠，得有一笔积蓄给孩子备着。所以她总在教师办公室的炉子上热饭，锁子随了母亲一块吃。冬天还好说，到了夏天天气热，办公室不生火，赶着中午放学饭会馊，还是冷饭。开初母亲把饭盒拿到教师灶上热，给厨房添了点麻烦，没两天便有闲言，最难听的，是农村来的，穷家薄业，掐着痛扭着也痛，该大气的地方小家子气。母亲偷偷地落了泪，便不再到厨房去。厨师虽主动来，母亲婉言谢绝了！

门卫庄大叔五十出头，人好和善，对人有种先天的亲近感。听他们说他也曾上过大学，因为农村的父亲年迈多病，中途辍学；直到老人上山，他才到县中学当了门卫，这一当也差不多二十年。

庄大叔发现了锁子母子的困境,便主动地告诉母亲,以后进门就把饭盒搁他那儿,他的门卫室有电炉子可以热饭。学校有规定,教师的办公室和学生宿舍都不允许使用电炉子,那样电房老跳闸断电。只有他这儿学校允许使用电炉子,热个饭烧个水啥的。母亲迟疑着同意了,最主要的是她和儿子又有了热饭吃。只要有空,锁子愿意到门房坐坐,和大叔聊聊天,谈的话题像模像样。庄大叔摸摸锁子的头说,孩子,难为你的,你早熟!

让锁子感动的是一次到庄大叔的门房转,锁子发现母亲把饭盒交给庄大叔后,庄大叔会到水房打了凉水倒水盆里,然后在水中放了饭盒,这样饭盒在夏日的闷热中升温慢,延长了变馊的时间。锁子告诉了母亲。正在洗衣服的母亲有片刻的愣怔,然后笑笑说,你庄叔是个好人!

如此一来,锁子到门房的次数就有点勤。有天锁子去门房,郑重其事突兀地说,叔,我妈人挺好的!庄叔愣怔了一下说,那当然,要不她怎么会是模范教师,被调到县中学。锁子仍无笑意道,哪你为什么不想想这事儿,你就不能主动一点儿?出乎意料的庄叔差点被击溃,诧异了许久才说,傻孩子,你不知道,我有家,有一个女儿!国家只让生一个,要不老二肯定是个男孩子,像你!望着吃惊的锁子,庄叔似乎想起自己面对的是个孩子,这才柔和了语气说,你可能没注意,校门外右边那个卖早点的是我的妻子。我女儿大学毕业了,工作在市里……

　　锁子真的吃惊不小，竟然没了话题。庄叔明白里揣糊涂，最主要是体恤锁子的苦楚心机，他并无责备，上前来怜爱地摸摸他的头说，你个十五六岁的孩子，苦了你！

　　门房是个人来人往的地方，问询的、取报刊的、打电话的，门庭若市，络绎不绝。加之人世间压根就没有不透风的墙，很快，锁子给母亲做媒的事校园里疯传开了——锁子突然感觉自己愚蠢至极，这么个事儿怎就不懂保密。这闲言碎语一出，自己仿佛被人扒掉了裤头，转瞬间什么隐私都没了，赤裸裸地丢人现眼。最最让他难受的是由此给母亲带来的难堪。

　　有天母亲怔怔地望了锁子很久，没好气地问：为什么？怎么会有这样的奇怪想法？锁子做错了事般低头答：妈，我想让你幸福！我也想有个爸爸，我想有个完整的家！看着别的同学在父亲面前热乎，我难受——母亲搂紧了他说，孩子，你的心事妈懂，难得你这份孝心。今后有什么想法先和妈说，咱一起解决它。他泪眼汪汪地昂起头来，分明看见母亲的笑脸，但两行泪水默默地流下下巴，泪滴滴到他的脸上。他紧紧地抱住了母亲。那一幅镌刻在他记忆里的画面，有些许悲情，有些许温馨。

　　锁子和母亲交往的人少，社会关系不多，庄叔一家是他们至今来往较多的。只是，有了继承遗产之事后，庄叔一家不知为啥再未露脸。

二十

因为事情的性质发生了逆转——锁子从三个多亿的资产继承者变成了负债者。接下来事情是简单了,但锁子面临的是要么偿还那一百四十七万的欠款,要么被债权人起诉到法院,接受法律的审判。最终与债务撇清撇不清,还得看临场的尘埃落定……锁子想不通自己究竟做错了什么?怎会遭遇股市般涨跌的戏剧人生?从韶子打了律师那天开始,他连着几天盯着天花板,整夜整夜地失眠,吃不下饭。他对岗子和韶子说,回想这半年的一切,自己像坐了一趟过山车,刺激,紧张,癫狂。半夜都能笑醒的喜悦,凭空就能掉泪的哀叹,这跌宕起伏的戏剧人生让他好些天便秘,吃了芳买的麻仁润肠丸才有所改变。

还好,一次重走人生路的旅游,让他想开了许多。

认真地回想,这段时间,除了正常的点卯上下班,剩余的便是酒后晕晕乎乎飘飘然。晃荡了大半年,自己什么也没干。

一场继承风波,让他感觉就像在海上冲浪,一会儿天堂,一会儿地狱,人生两极皆已品尝,还拥有了人的命运无法左右、人的命运都是自己写就的感受和体悟。听说可以继承数额巨大的遗产,他如同登上了人生的巅峰,整日沉浸在喜不自禁的亢奋中;现在要父债子还了,他又像坠入了人生的低谷,憋屈郁闷!思来想去,人生如同演戏,一会儿兴奋不已,一会儿忧伤悲戚;一会儿高山巅峰,一会儿沟壑谷底,反差剧烈。继承风波像一场天大的笑话,是和老实人开的玩笑,是在和寂寞的人逗着玩。

从不抽烟的他,几天里,竟然把一整条烟抽完,直抽得口干舌燥、嗓子冒烟。思来想去,反侧辗转,结果他拿定主意,担当认责!拿出原准备供儿女上学和买房的几十万积蓄,那是他和妻子从日常生活里克扣积攒了多年的节余。再和朋友们借点,从银行里贷点,把先父这笔欠债还了,把这件原本以为唾手可得的福事,转瞬变作父债子还的祸结了。无论如何他不能到法庭去!这里有个主动和被动的区别。主动,那是你人品的展现;被动,会承受舆论的质疑、法律的审判!如果当初律师找上门,自己对继承这档子事一口回绝,不承认那份缺失了近三十年的血亲关系,不接受遗产继承,或许眼前父债子还的问题不会出现,就不会有今天!自己仍能静享平淡里的平淡。但如果那样就不真实了。承认不承认父亲和自己的血缘关系,事实存在着,人要尊重事实!何况自己当时做了DNA测试,继承或者说重拾了父子关系,从法理上已经铁板上钉钉子,需要还债了怎能逃遁躲避?先父对自己没有尽到父亲的责任,这是真的。难道现在自己也要放弃儿子的义务权责?世人耻笑事小,否认子承父责才是大节!无论如何让这件令人憋屈的事态平息,这才是他、全家乃至友朋们首当其冲的头等大事儿。这是大局!他不想有被别人诉讼的污点。他告诉了母亲自己思来想去的这些。

二十一

久已少言寡语的母亲来到他的身边,开口说,你的选择是对的!虽说那个死鬼(他听明白那是特指已经逝去的父亲)对你没有尽到父责,和我未能相伴终老,但我们认了,那是一段历史的存在,是真实的曾经。母亲说这话时吃钢咬铁的,铮铮有声。然后她拿出一本塑料袋里包的存折,递给他说,这几十年,除了教育好我的学生和培养好你,我的积蓄都在这儿了!这只够欠债的五分之一,但不管走了的死鬼对咱娘俩多么有欠,儿啊,这债咱得还啊!人你不能见了利益就上,见了责任就撤,这样活人其实是不完整的,至少不是一个敢作敢为的担当者!人其实应该多一些经历,这样就会丰富了自己。

稍作停顿,母亲又说,生活其实是很残酷的。它从不会以谁的愿望和意志改变原本的样子!它要来的时候,会横冲直撞,就像山洪刷过河床,让沿途遍体鳞伤。只是时过境迁后,伤口愈合,日子仍然得过。儿子,这次遗产风波是山洪,你当了一回河床!

他有短暂的愣怔,即刻眼睛湿润了,感觉坐在对面的母亲是一个真正意义上的硬汉,一座巍峨的大山!他想到这几十年母亲的不易。沧桑在母亲这里不是一个词句,是实实在在的体验和经历。想想母亲含辛茹苦和自己相依相偎走到今天,却因为自己没有出息,贪心想继承那份遗产才有了今天的结局。如果当初不是贪心，一口回绝了，不承认前缘，也就不会有今天的后果。他破涕哽咽，母亲再没有言语，只是轻轻拍他的肩抚他的背。他反应过来，横了心说，妈，我明白了！这钱不能动。这是你一生的心血，是你养老送终的费用。你放心，父亲的欠债我想好了，我来想办法，我还！

母亲不为所动，硬把存折塞入他的手中说，妈知道，你会，你能！把这三十万拿着，你就可以少借一点、少贷一些，哪个父母不想让儿女好？妈你别担心，还有退休工资，还有社保基金。母亲一字一顿说得很轻，闻之掷地有声。

人这一辈子，谁不是这么几十年时间，谁没有一两出戏剧般的经历?!

人生没有预设。预设的都叫理想或目标。锁子心里的母亲就是人生楷模，过去是，现在是，将来还是——

二十二

锁子决定进行一次"重走人生路·母校寻访之旅"。他概括为：从现在出发，到他的出生地、成长地那些一路走来的重要地方，回顾历史，反思过去，走好未来。这是他此行的真正目的。这口号喊得有点大，说实了就是四个地方，也就是中湾中学、麟谷县中、秦北中学和西北农林科技大学。秦北中学就在母亲的住宅小区附近，是锁子、韶子、岗子上高中的地方，抬头不见低头见的，几次高中同学聚会就在母校里。所以他的出行地实际只有北边的中湾、麟谷，南边的西北农林科技大学三处。

最近他有闲，突然发现自己这四十来年和学校有缘。先是中湾中学，那个中小学混搭的地方，他从出生成长到十五岁，一直生长在校园里；然后是麟谷中学，虽然在这里时间很短，大概不到两年时间，但那是他初中学业最关键的时期；再就是秦北中学，在这里他上完高中，并参加了高考；最后一站是西北农林科技大学，他在那里度过了他黄金的青春岁月。从此后，他参加工作，在治沙研究所一呆十四五年，直到今天。锁子没去过什么景点，更没出国旅游，大学时登了一次华山，还是同学们暑期相约，南峰高耸，西峰险峻，特别是那块"星天袖拂"的碑刻令他记忆深刻。参加工作后，他有两次去北京参会的机会，会后，他登上了八达岭，游了枫红的香山，那颇具张力的山风，那婆娑作响的枫叶，令人心旷神怡，烦忧皆忘……所以，这次寻访被他看作是自己有生以来第一次真正意义上增长见识的旅行。

二十三

他告诉了母亲自己的想法。母亲沉默了一会儿，鼓励他说是该走走，既能出去散散心，看看户外的田野风光，又能重拾昔日的记忆，最主要的是可以反思反思自己的成长和人生得失。

他叫了刚刚买好私家车的韶子同行。

岗子不愿意了,说用车应该向他吱声。他的两三辆都是一分钱一分货、几十上百万的好车随便挑;耗油维修方面,不是他财大气粗,怎么也比韶子的承受力强一些。总之一句话,锁子这次出行,该由他陪才对!

锁子笑着说,韶子考取驾照都好几年了,平时也就是用别人的车练练手,现在好不容易有了私家车,是该让他上长路变作老手了;何况新车也该磨合磨合,这就像做人,都是必经之路。所以岗子你就别掺和了。你外出的机会多,一会儿英国,一会儿美国,什么样的风景你没见过?我们这些土鳖也就是国内转悠转悠。你就别跟韶子争了。我这家里一摊子事儿,特别是父债子还这档子事后期手续不得你操心安抚?!几句话说得岗子泄了气。锁子这才和韶子打点了行李上了路。

春光无限的沿途生机勃勃,鹅黄点点春树,田野里如同地衣的新苗,以及偶尔可以看到的农夫与耕牛,游走的野狗。最最主要的是空气中如酥的暖意,满眼所见都是春和景明的写意。锁子说,怎么回事儿?你我活四十年了,我怎么感觉从来没有过这么美的春天!是我疏于观察,少于留意,还是今年这个春天非常特别?驾着车的韶子说,心境,是心境使然,"境由心造",知道吧!说的正是你眼下的情状。没有咱这年龄,没有你独特的经历,你断然体会不到这些感觉。我有这种体验。小时候在农村,看着什么都新鲜;赶着进初中上高中,回家看着哪儿都觉得家乡落后,不顺眼。奇怪的是,这些年城市里呆得久了，孩子上学，医院就诊，雾霾，堵车，行人横穿马路……都是些堵心的事儿。再回乡忽然发现，自己家乡的一山一水、一草一木和当年的小伙伴一样，是如此可爱、如此亲切！这不是心境是什么？这不是经历和年龄的增长是什么？没有丰富的阅历，不到一定的年龄，你就是个瓜娃。

听着韶子的经验之谈，看着路边树木山野的后掠，锁子说：是这么回事儿！你把播放机打开，咱听听音乐！韶子拧开了车载播放机的旋钮，放的是小提琴协奏曲《梁祝》，刚好到了"化蝶"那一节，优美的旋律里流淌着哀伤和幽怨——

二十四

中湾中学是他们抵达的第一站。说是中学，其实就是曾经的旧址。当他和韶子走进院落，撞入眼帘的不是朗朗的书声，不是活蹦乱跳的孩子的喧嚷和院中旗杆上国旗的飘扬。一线十五六孔窑洞，业已断壁残垣，破败不堪，杂草丛生的荒芜凋敝。剥落的墙壁上留有陈旧了的"好好学习，天天向上"的标语。

院子东头，当年中湾小学占用的三四孔窑洞，如今是一家承包户的养鸡场，一股鸡粪和饲料搅拌的混合气味扑鼻。脚上蹬了长腰雨鞋的主人正在喂鸡，他放下手中的红色塑料桶，在藏蓝腰裙上擦了擦手相询。当听锁子说自己是这个院子里长大的孩子到此故地重游时，他才放轻松了说，我还以为是买鸡蛋或鸡仔的。

也许是身处偏僻人孤寂，看着来人喜气，鸡场主人不等问便主动介绍这学校因生源稀零流失而关闭闲置，他是如何从乡上承包了这几孔窑办鸡场……他说他的理想就是等生意好了，他将扩大经营，把整个院落租下来，说着，他似乎实现了小人物的抱负，看见了满院跑动的仔鸡活蹦乱跳，一脸灿烂地笑。

主人说，那你们先坐下歇歇，我给你们倒杯水喝。锁子和韶子谢过了，迫不及待地来到西边尽头的一孔窑前。他们趴在几无窗纸的窗棂上往里望，透过窗格射进的阳光，照在窑洞里的浮尘上，照出缕缕迷茫。锁子似乎看见了父母在这里谈情说爱时的欢愉，看到了自己的出生、成长，两行热泪涌出，泉涌般流淌。是啊，他出生在这里，成长到十五岁，直到他随母亲调到麟谷城里。这里有太多太多父母欢欣的记忆……

看他落泪，韶子上前来拍拍他的肩胛，却什么也没说。

接下来，他们回到县城，来到麟谷中学，看望了已经年迈的庄叔和锁子熟悉的师长；然后走高速一路向南，来到西北农林科技大学，见了老师和留校的同学，惊喜，欢叙，也曾几度酒醉……

归途，恰逢油菜花开，鲜嫩的藤黄被隔断在耕垄里成片耀眼。在晨光里，在夕阳下，像海水在不同的光照下色泽深浅不同地切换。犹如火山口喷薄而出的熔岩溢漫，随着炽热到冷却，赤橙黄绿青蓝紫地变幻，直冲视觉。锁子便联想起自己的昔日所见，春日柠条和连翘花开，深秋白杨和银杏经霜，何曾见如此壮观？莫非毛泽东诗句"战地黄花分外香"，所指即是油菜花黄？

结束十来天的旅程，他们回到了出发地。

二十五

得知锁子母子决定分担逝去富翁尚欠的近一百四十七万债务，岗子坐不住了。岗子说，锁子继承遗产一事自他接手以来，他是做了不少努力，可现在认真反思每一道手续，感觉开初在与律师沟通法律文书上有考虑不周之处，总以为三亿多到账是迟早的事，根本就没去想万一有变如何处置，这才导致了锁子眼下由继承者变为负债者的尴尬被动结局。所以这事上他是有责任的，因而一再向锁子道歉，不停地自责没把事情办好，让煮熟的鸭子飞了！他口口声声说自己辜负了锁子的信任和委托，这让他愧疚，睡不着觉，嘟囔要是自己具备这个能力，就该做到即使继承不了遗产也不该承担债务的，他早该这样去考虑并与律师交涉，真要这样就不会有今天了！锁子戚然地说，先父给别人担保，是谁也不曾料到的事儿，岗子你别往自己头上扣屎盆子，别把责任给自己揽，先父给人担保与你无关。岗子捶打着自己的脑袋，骂自己混蛋！

韶子拿出了二十万积蓄，锁子拒收。韶子红了眼说，怎么嫌少了？这是我的一点心意，不需要打借条不需要还的，你把我当兄弟你就拿着！

庄叔也托女儿来家，带来五万元现金，让无论如何要收下，说钱不多，是份心意，也算助锁子一臂之力。

一旁恍惚的岗子见状，似乎一下子灵醒了，喊了声，你们说什么呢！要说这事儿起首与我无关没错，但自从我接手就成了我的事儿。这话当时我给你们说过，是我无能把事儿办砸了，那就得我来了结！再说，你们那点工资凑起来得猴年马月？岗子义无反顾地涨红了脸说，这点钱对老岗子来说是零头，让他出点血！

不管锁子和芳怎么阻拦，岗子从老岗子那儿拿钱，通过律师向债权人偿还了一百四十七万。这还不算完，等给对方打完款，岗子带来了一个纸袋，兜底倒出房产证和过户手续，这才说：去年春上，我打算把自己东郊离沙漠治理研究所附近的一套单元给锁子，已经办理了半拉子手续，中途忽然听说锁子你要继承几个亿的资产，这才让停了下来。我以为你有了那笔钱，肯定看不上这一百四十平米的小单元，怎么说也得整个别墅住住。谁知道这一波三折地白天不知夜的黑。这倒好，是你的，想扔都扔不了！别想了，拿着。一百四十平总比你现在这六十几平的宽敞，何况是板式的南北通透，南面的阳台可以沐浴阳光，北边的背台可以纳凉。说实话，我听你和嫂子念叨这老旧小区六十几平够挤的、准备攒钱买房听得有点烦了，所以我早就这么打算了。你们知道，老岗子给了我几套房，我放着无非收点房租，给你一套我心安。岗子说，这社会呀真他妈有点不好评说。按理说，真正被抬举敬畏的是你们这一拨，你们的研究眼前能不能见效不好说，可你们研究的是未来，是我的孩子和后人们的未来呀！而老岗子们创造的却是眼前的吃喝，眼前的财富，遇了昧良心缺德的还会欺蒙拐骗。像我这种既不你也不他的，想回来混混了，用酒囊饭袋、行尸走肉冠名那才叫个合适！岗子说这话时眼眶里噙着泪花，把自己个真诚的！任你有多大气儿，你都原谅了他。

二十六

晚饭后，锁子起身准备出门，正在清洗碗筷的芳扔下手中的活计，从厨房跑到跟前，在腰裙上干干手说，你想出去？我陪你！他望望妻子，会意一笑说没事，别担心！我就想独自走走，调整调整自己，转个弯好回到从前，回到昔日。

芳说，那是，咱有吃有喝，有住有穿，啥也不缺！只要两个孩子争气，咱心安。他会心一笑，笑得戚然，少有地抚摸一下妻子的脸，笑说，我憋闷你的跑车没了，给岳父母的单元也没了，我说谎了，我欺骗你了！我得把这些从记忆里抹掉，适应适应这一会儿天上人间，一会儿地狱历练。你忙吧！说完，他出了门，踏进单位和住宅区周边夏日绿荫如盖、冬天落叶满地的天然公园，独自徘徊，独自思忖。

与一般意义上的北方公园不同，研究所的丛林里，因为外来乔灌木的引进，冬末春初不只有落叶，仍然有绿色。锁子无暇顾及那些融入夜色的植物，继承风波就像甩不掉的影子纠缠着身子，稍不留神，思绪不由地又跑到这事儿上去了。

回想这半年的经历，真是梦幻！亢奋了几天的自己进入理性阶段。妻子要买房；女儿要手机；儿子要智能机器人；岗子和韶子都有了组建三兄弟投资公司及发展的设想；自己还给妻子承诺买辆像样的跑车……转瞬之间，一切都没了，还搭上了一百多万的欠款。人生怎就如此戏剧化地颠簸，这跟历史上朝代的兴衰如出一辙。人生没有如果，没有假设，但他还是由不得问自己，要是当年父母离异，他跟了父亲生活，他的人生会是什么样子？那样当然就没有继承遗产这一出，更不会有父债子还的后续。他似乎看到了冥冥之中父亲那无奈的容颜。他问自己，你怎能想到自己会回到原点，如同他没想到自己会有继承这么一出经历。即使回到了原点，那也是表象，他的心他昔日的平静也能回到原点吗？他有种恍如隔世的感觉，感觉那场继承风波与自己无关。难道是自己麻木了？不！这是大痛之人痛过头的反应。这种痛，或许是持久的、永远的，隐忍在心备受煎熬的，刻骨铭心终生难忘的。他感觉自己站在一处江流的漩涡前，漩涡中心有个遗产继承风波的标签。自己是局外人、旁观者，没有一点可以掌控漩涡的力气，只能眼睁睁地看着标签随着江水沉浮起落旋转——只有白天从别人的嘴里听见，眼神里证实，现在的自己是那场曾经风波的主角！但他听着是说别人的事儿。

昨天已成历史，明天也必定成为历史。只有今天才是真切，你的人生厚度来自每一个今天的积淀。不管你过去有什么经见，你都得努力善待过好今后的每一天！他一再叮咛自己：这样，你的人生才会真真切切。

望着晕晕染染的月亮，他感觉今夜的月亮有点忧伤，有点戚然。当年嫦娥为什么要奔月？是托尔斯泰的安娜·卡列尼娜，是易卜生的娜拉，感情不睦的女人都要出走吗？也许她们只是渴望，不是奢求，只是寻求改变和期望不同的日子。本没什么大不了的，但对男人而言，程式即意味着停滞与慵懒。想想牛郎，想想织女，想想一年里只有七夕才能见一面的鹊桥相会，想起隔开星汉的天河，这千古凄婉的传说，只能增加王母娘娘的可恶！他是不是把牛郎织女和嫦娥吴刚搞混了？他不知道，混了又有什么关系？！随着卫星上天，太空船、火星探测器往来于宇宙间，嫦娥奔月或牛郎织女的故事是否会继续流传？如果真切，那就接嫦娥回来住一段时间，让她重返人间，讲讲广寒宫里的寂寥与孤独。这是不是他应该想的事儿？换了人间的世界仍在亘古既有的日月交相辉映下，当年李白看到的和自己今天看到是同一个月亮。隔了一千多年，也没见月亮变老长胡子。只知明月曾阅古，遥想隔空断识今。他不知这两句是古诗词里有，还是自己脑子里蹦出来的，想想也代表不了什么。不老的是自然，易老的是人，这个规律谁也无法更改。是啊，他内心慨叹，无辜的月亮，你心情好时，它就清澈晕黄，玉璧模样，你会看见玉兔给嫦娥捣药；你沮丧时，它就清冷苍凉，桂树的枯干，吴刚的落寞，画屏般荒野疏景，映入脑海，爬进眼眶——他在想，再想——

突然，从不夜出的母亲站在自己的身旁说，回吧！儿子，没什么过不去的。再怎么坎坷，都可算作丰富的经历。今后的日子才是最重要的！

立在母亲身边的芳，月光下看不清脸面，但颔首点头的动作，剪影般表达着自己是母亲话语的赞成者。他忽然有种想抱抱她的冲动，可他在母亲面前不能说出来。

他立起身，搀了母亲说，回吧，明天还得上班！

二十七

第二天一早，他给老岗子打了个电话说，叔，你可以歇歇了！有空的时候，我会为你出谋划策。你别管我辞职还是兼职，薪水我一分不要。免单！

中午吃饭时，他对母亲说，他想在这个清明节携妻儿去省城，去安葬父亲的公墓祭奠祭奠，让在天的父亲安歇！

久不多言的母亲，这次几乎是不假思索地说，去吧，该做的一样也不要缺！

失 联 十 五 天

佛禅有言，人的所有苦难，源于多欲和执念。

这是一次蓄谋已久的旅行。

一想到自己给这次旅行下的定义和结论，准确地讲是冠名，内心便会弋荡起幢幢帆影，诡异的笑容即刻就会浮上涟漪的心。他感觉痴想时的自己就如同急于献身的处子，那个怀春梦游般善于幻想的少女，所以想想都激动了自己。只要是想起，他都会坚定信心陶醉其间——去，去出行，去放飞！那里有大海的宁馨，有天空的澈蓝无比，有心灵的放松彻底——他会得意地面带微笑。

任何人可以被这个喜忧参半的世界舍弃，任何人却离不开这个有情又无情的世界。即使那些坐了宇宙飞船在太空舱里待了十天半月的宇航员，临了他还得回到这个纷扰的人世间。人生来应感谢这个世界的博大和对自己的接纳！如果有谁觉得这世界欠了自己什么，那必定是他缺了不该缺的东西，多了怨妇般卑怯的情绪。王阳明说，人的问题都是心的问题。想想在理。那么心的问题能不能自我调理?! 哈姆莱特说过,这是一个问题。当然那是谈生死的。如果一个人调整不了自己的心理,抑郁的轻重只是时间问题,重要程度和生死几无区别。想到这里,他就想不如来一次失联,作一次自我测试:试试和这个社会、这个世界来一次短暂的谁也不需要谁的切割。看看自己有多大的依赖性和承受力,自己的心里到底有没有问题?!他想知道自己究竟离不离得开这个世界,能离开多久,自己有没有潜力不需要导师独自深度修行?这是不是对自己耐力和意志的测试或历练?当然了,这种离开是短暂的稍后回来,和那种决绝的远行是两回事儿,不能相提并论,不可同日而语!记不起是谁告诉他的,离开社群越久的人独自生存能力越强!光有想法不行,去落实,去行动。他兴奋到了极点。

这种亢奋,足足有小半年时间。独自还好,那是笑给自个;上班就出状况了,同事们视他神态可疑,有的问他:你没事吧?有的说他:你神秘兮兮搞得哪门子鬼?!也有可怜他的议论,看看,看看,单身就容易犯懵孤僻……他一概不予回应,还是那么自管自顾地吟吟笑意,笑出自满自得的诡异。无法淡定的单位高管请他到幽静的茶秀小坐:说吧,心里有什么不痛快发泄发泄!我一定替你保密。别把自己憋成了抑郁!轻度与重度没什么区别,都挺吓人的。他在翻葫芦倒水罐五次三番语无伦次表达谢意之后,一再表示:请领导放心!我活得是自我了点,我是活给自己看,没怎么考虑别人的感受,没顾及周边。这是我的错,我向大家道歉!我向领导和组织道歉!这状态自私是自私了些,可我活得好好的,再正常不过了。我就想如果所有人活得都像我这样,这世界不就天下太平、万事大吉了?!怎会有那么多的烦恼苦闷?除了为生存发生的冲突与对撞,别的人和人之间的龌龊都不可理解和原谅!感情问题有点复杂,我是不是给简单化了?你说的抑郁是一种贵族生活,是情绪滞后。那不是我。我怎么能抑郁得了?我可是活得有些超前,是三五十年或者更久以后的自在。滞后与超前,这两种状态一前一后都不在眼前,表现起来是有些特别。不过请领导别担心,我会打理好自个。高管盯着他眨都没眨一下的眼睛,没看出里边有多少真诚,也没看出哪些是谎言。领导在质疑自己判断能力的同时,摇着头告诉他,有什么不高兴了愿打电话愿发语音,或者微信留言,反正就那一部手机,各种功能任他选,只是别给咱弄出跳楼、割腕、煤气中毒、天然气泄漏那些乌七八糟的现代玩意。再不痛快,生命最值钱!活人只有一次,任你有多大的脸面,哪怕是马云和王健林般有钱。听懂了没有?生命的唯一性也就是它值老钱的地方,压根就没有打麻将推倒和了重来;哪有什么来世?所谓的人生没有后悔药,就是告诉你关键的重要的事儿你得小心谨慎。连这辈子都过不好,还指望下辈子万种风情风光无限!这不痴人说梦,梦得无边无沿。记住,生命只有一次!有生命才有一切:不论是喜怒哀乐,还是情仇恩怨,它们充其量是些生命里的小数点,都可以省略。生命是本,别的不过细枝末节。什么压垮英雄的是最后一根稻草,最后一根稻草能有多大分量?再重也就几两几钱。绕回来了不是？都是前边的负荷造的孽！高管既是奉劝又是告诫，说的话都是缺乏信任的成见，说完给他扔下两条猴王牌香烟告别，还说抽的时候悠着点，抽烟有害健康，妇孺皆知，包括全世界。

这让他独自笑了好几天，笑得泪眼婆娑，恨语切切：我说我没事儿，怎就没人理解！我相信我听到的都是真话，别人却质询我的语言真假。我说我是正常人，他们非得把我当神经病人看，我哪儿和别人有别？倒是我看见，看我的人他们的眼光里边，充斥着臆想和疯癫。你们自个把自个整得不正常了不是！难道是你们疯了？！我是不是正常人我知道，你们说了不算！

笑归笑，出行计划按部就班——

别人的一日三省怎么回事儿，他不知道！自己的一日三省是肯定没有做到。别说一日三次，细想回来，三天一次都稀缺。平均起来大概就是半月十天间隙猛然想起，检讨检讨自己这些天的经验得失，最主要的是失误，提醒提醒自个往后得注意的请注意。什么？三省不是三次，是多的意思！没关系没关系，现在一天能做到一次的人都是了不得的大师。这次他得集中精力，专心致志地反省了自己——对对错错，错错对对，逐一他得捋捋。他知道这是一次心灵的远涉，是一次辟谷，是一次远遁，是一次修行，是一次看似无我的心的冬眠，是一次真真正正寻找自我的远足！他得静下心来，剔除一切尘风俗雨，真正的一日三省、四省、五省地坐禅，甚至整天整天地反省，浑身通体上下搜寻自己的缺点。他明白，自己所以想回头看看，也可以说是总结，那是因为自己对自己的过往严重不满！他这是在突围。他想起鲁迅那句"躲进小楼成一统，管他冬夏与春秋"名句。刻意安排的"出世"与遁世不同，出世是修行，遁世是逃避。前者是一种安放，不与当下纠缠，为了今后的更好面对；后者却是怯懦失望的远离！人活着需要勇气，担当就是勇气，敢于愤怒就是勇气。想想自我设置的短暂出世让他激动不已。太者比大多了一点。尊崇本心，无需告白。人最贱的是贫嘴，是浅薄多余的语言。话多，严重时是杀死自己。只要学会闭嘴，在人海看似木讷拙笨不太会狡辩——那是口德泰福——是难得的自我救赎。记得小时候邻家阿姨那句：看惯的就看，看不惯的慢慢往惯看。看惯看不惯咱谁也说了不算！关键的关键，是为人处事时的敏思讷言。沉默是金可不可以这样理解！日常生活里口拙胜于善辩！如《道德经》第二章句，"行不言之教"，那么多废话干嘛！身教胜于言教，行动才是心思的外泄。伪者才只有语言华彩绚烂。伪娘和伪劣没有区别。别说自个高尚，别因为小人物人微言轻悲叹！其实我们能改变的非常有限，甚而什么也无法改变。洁身自好恐怕是正人君子的一切！当然，郁愤过头了会有几声呐喊，和着风的流动弥漫。对着旷野，对着空谷，对着荒无人烟。所以蒙克的《呐喊》油画他超喜欢。若云有冤，诉状就是弱者伸张的强悍！

年初，他就思谋了好几种年休假的样式：是吆喝几个驴友结伴，到国内的某一个景点，或名山大川，听那些似是而非、似有似无的言传；或出境观光旅游，坐坐威尼斯的船，吸吸普罗旺斯的空气，吹吹夏威夷的风，或者到澳大利亚的海滩游泳，享受享受日光浴的灿烂……抑或独自背负行囊，寻访名寺古刹，在神像前膜拜参悟，思后想前。天下好看的风光多了去，不乏亮眼的看点。如今身居都市，立耳便是市声喧嚣尘俗，睁眼即是高楼广厦雾霾，厌倦和审美疲劳是必然的事儿；而那些昔日令人神往的田园牧歌，风吹草低见牛羊的野外生活已不多见。这就像夫妻间相处，到后边处得是经验和习惯，处得是信任和依恋。哪儿有那么多天天新鲜！要不看俄罗斯世界杯，那是四年一届的盛典，是所有球迷的佳节。整整一个月，一个月时间的球迷疯癫。俄罗斯的时差与中国差不离，大致可以按平时的作息习惯。上届巴西球赛，东西半球的时差让球迷们像贼偷昼伏夜出，黑白颠倒——夜晚啤酒撸串，心跳加剧，亢奋坚挺狂颠；白天像烈日烤灼了的花草萎靡不振，心不在焉，晕了日月的疲软。铁粉球迷和赌棍一样输钱还伤身体。休假不是吃了睡、睡了吃的慵懒，那和猪哼哼结拜成了兄弟，没有区别！休假是让紧绷的肌肉和心松弛，使它们富有弹力。一直紧绷的东西，老化会加速。张弛有度才可以使它的生命延缓。这让他游移不决。究竟以怎样的方式度过年中任由自己主宰的半个月时间？费思量了些。他就一个想法，给自己一个高质量有意义的年休假！就像进高速路边的服务区——加油、添水、抽烟、歇脚甚至用餐，上洗手间，为的就是接下来的行程中保持旺盛的驾车精力。年休假和进服务区就一回事儿！好的年休假度完，除了神清气爽，身体休整，重中之重是要解决心的疲惫！

他知道，再好的衣衫，也是穿给别人看的。回家了，脱光了，向毛重告别。站在自家的穿衣镜前，像模特风情万种地猫步般扭捏；左脚踩着右脚的站姿，撩心挠痒的那种，逗乐了自个。上磅称体重货真价实——没有一点附带杂质，净重了。衣服和商品的包装是一样的，货卖一张皮似的给消费者看，如同前些年八月十五中秋节，高档月饼堵眼。月饼没值几个钱，包装费翻番，还美其名曰：货卖一张皮！临了月饼没人吃，放干，隔年；包装却进了垃圾站，好活了那些不停研发包装和收破烂的人儿。有时候人就是月饼，高档的衣衫就是那些包装盒。任你外部多么光鲜，月饼是什么馅才是关键。有的人不管他穿了多么高档的品牌服装，再怎么也掩饰不了他人渣般的内核！就是我们平时说的不是什么好货色！生活中要懂事儿，就是由表及里地从现象看本质。阅读文学作品，尤其是经典阅读就是个这。人物、故事、情节，都是作家思想的阐释。哲学恰恰相反，是先有论点，然后再寻找事例证实。当然了，人和服装一块称叫毛重，但实用的是内里的货物，人当然是胴体。包装它一方面是害怕内里的东西受到破损，一方面是欺骗不知情的视觉。所以包装也可说衣服都带有欺骗性，不该收费的，衣服是人的包装，自然也该免费。到服装店走走，哪个便宜了？哪个

失联十五天　　67

掏得不是老多钱？免费穿衣服白日梦了不是？

自己上的是哲学系。从初中开始选定目标到大学毕业，他一直引以为傲的是自己的学科——哲学，他始终以为哲学是人类的思想领域、精神世界，是区别于体力劳动的形而上非物质部分。它的大是归纳过去的世相万千和人生哲理，规划世界的未来，研究当下精彩人生。他学的是当下，是运用。他原来的想法，就是毕业后站在高点，指导或划拉世界——对对对，就是指点江山！是这种信仰让他抖擞百倍地度过了青少年时期，完成了大学学业。令他没想到的是，当他毕业进入社会的时候赶上大学生毕业不再统一分配，竟然就不了业。命好的人儿，什么他都能撞见！他进入社会的第一课，是某大公司的面试官给他上的，面对前来应聘努力想给对方留下好印象的自己，面试官竟不耐烦地说，你别给我说什么博士后研究生，那些虚的好看没用。我只问你写得了写不了文案和公文？懂不懂江湖人情？我们公司聘人就是看实际工作能力，说简单点就是用人。别给我讲你大学里的那些大学问，那在实际工作中没多少用！职场里最不缺的就是自以为是指手画脚的官员，别想一到岗就成人物。那是理想主义者，和现实差着十万八千里。就像孙悟空在五指山下撒泡尿，自慰了自个。他没发现如来佛在神秘的远天笑看。所有应聘者都应调整好心态，要么做产业工人，要么就小干事一个。至于你将来能有多大产业做多大官，那是后话，与眼下的我无关！做不到这点，再高的文凭有个屁用！请别搭理我——我烦！

现在回想起来，那是他人生路上遭受的第一次沉重打击，让他从万米高空重重地跌落地面。说实话，当时介绍罢自个，他感觉自己就是广告公司的推销员。面试官的话是不好听，嘴也贫了点，但内容却给了他震撼与触动，面试官成为他回到现实的启蒙老师。近二十年了，想起那张肥硕的胖脸，他就心存感激。

早就听说过大学生一毕业，只要与社会一触碰，都会被打回原型。根本就不是校园里的好高骛远，家庭供给和青春男女的浪漫！一切不切实际的虚幻都会在惶恐中消失，然后是人生的直面。只有那些毕业后可以继续啃老的没有感觉。他意识到他的这堂课来得早了点！

他没想到自己会成为一只单身狗。

过去的生离死别——情感不离不弃、配偶夭折撒手——自己都是看别人的。当然也曾读杜甫的"三吏""三别"，那是说别人的。可这次却是遭逢了，是发生在自个身上的亲自。两个年头过去，自然少不了续弦的说合。别人是好心，是对他的一种关心和温情，也是社会资源的一种物尽其用。人身上的所有机能，闲置不用，就是浪费和犯罪！包括性。但他都回以他还没调整过来，他还得一段时间。好啊，有人说他要给前妻守孝三年，都什么时代了，还有这么封建传统守旧的迂腐。他不回应，只是懒于争辩地笑笑，笑得非常难看。他不想随便找个人迁就，那样的日子他宁可独守。情感哪能随便！

亡妻菊与他情投意合，所以婚后好得如胶似漆，一塌糊涂。说好了的两人要一路携手，白天走到黑的白头到老。可是菊白血病了，什么原因得的不重要了。重要的是不到半年就撒手人寰，留下他一个人照看房子——

生命中的亲情和友情，你总希望它存放得久远一些，最好是相拥相偕，终老相守。实际上往往是中途无奈地隐去与伤逝——不是夭折即是疏离，亲情如此，友情莫外。这样的结局几人能逃离，几人能回避？伤感是萦绕于心的空谷余音，具有碎心的穿透力。他是被深深地伤害到了，以至像变了个人儿。

是的，这一两年，特别是去年后半年以来，他感觉自己出了问题——不是身体！体检的大夫告诉他，他是百分之八九中的完全健康人之一。问题出在心理，是精神上的。这是他的臆断，他得想办法治愈。"形我"的问题好解决：比如温饱，比如住行，比如性欲，比如破衣褴衫；可"心我"的问题就麻烦一些，得心静，得神安，得怀澄，得用智慧修炼。年休假是一次机会——

现实中没少见人卑躬屈膝，不管是自身内化还是外部教化的结果，你都很难让他站起来，拉他扶他都没用。他得的不是膝盖处的滑膜炎，是软骨病。人的站立，权宜之计的形外没什么薄厚苛责，但内在骨子里的精神站立，谈何容易，也难能可贵。

有时候他感觉自己活得像个太监，眼睁睁地看着别人拿刀割掉自己的睾丸，使自己身上的雄性激素荷尔蒙尽失。最让他感觉被伤害的是仿佛做了阉割手术，比变性手术还差些，竟行不了男女苟且。他发出的内心呐喊是：这也算人儿?!

所有的当时激奋，过头懊悔，都使我们坠入了情绪掌控理性的愚蠢境地。是我们太性感，不，是感性，这是两回事儿。冲动是魔鬼！先贤说得一点都不错，错得是犯了冲动的人，这时的人和魔鬼等同。不由你不信。

朋友们看他见天形单影只，鳏居的老男人一枚，但凡有聚，列他为首选。像拥有二手房炙手可热的鳏居大叔，多数是非富即贵的金主。别的你得经受挑拣。他没有富贵者热络，也不是剩男那么平淡。这就有了他夜宿街头的经历——

四年前的夏夜，上届巴西球赛间的场景。妻病逝不到一年。爱球赛的几位朋友强拉了他，到大排档去看。说是改变他的伤痛与苦闷，说有现场感和气氛——几十号小年轻，男女一个德性：扎啤当水喝，喧嚣当发泄，醉酒了不知不觉。迷友们一边看球赛一边啤酒撸串，赶着球赛完已夜半，彼此摇晃着道别，然后在摇摇晃晃中四散。他摇到一处街巷，觉着屋宇摇晃微颤，醉倚了墙根瘫软入眠。

虽说是夏夜，睡梦中却刮着寒冬的风，鹅毛般的雪花倾泻中俯冲向他的面孔，他感觉自己蜷缩了身躯躲避严冬寒风扫落叶的无情，忽然一袭宽大毛绒的棉被加盖于身。菊回来了，在他睡梦中抚摸他的脸庞，翼翼小心。他一把搂抱了妻子相拥，不失时机地展示自己的激情……这些美好的曾经，让自己的春心荡漾在秋千上，像纸船，在雨巷、在小溪里摇曳晃荡……他饥渴中伸出舌头舔湿干裂的嘴唇，他惺忪着睁开眼，晨光中自己拥抱着一只流浪狗，它久已不洗的皮毛板结。狗用自己温润的舌头在舔他脸上或嘴边的呕吐物。对狗而言，这是佳肴美餐，这结论肯定！于他却是畅意酒中求的街头小景。扫街的大爷，抱着体恤的笑给他盖上了自己的夹克，呼一声：醉汉别凉着了。有些年头了，一直以为自己很刚强，一点都不想服软！这是心态，是必须，不是自欺欺人。应该是学习哲学之后，他只在父母的葬礼上落过泪。可眼前，扫街大爷那件环卫工作服披在夜宿街头的自己身上，当即让他在自责中流了泪。他想不起是如何倚着墙根瘫软入眠，不是妻逝他就不会在大排档中消夜看球赛，更不会和流浪狗相拥抱团。平日的他，在单位同事和朋友的眼里是何其强悍！可今天沦落街头的他岂止是狼狈？！

这勾起他苍蝇逐臭的联想：嘤嘤嗡嗡，无论在餐厅还是厕所，都是被人厌弃的形象。你说它逐臭在厕所罢了，你还说它逐香在餐厅和厨房，这还真的说不通了。苍蝇究竟是喜香还是好臭，人类未必知晓。他虽身倚墙根，但随处就哲思的老毛病又犯了！别再相信低度酒不会醉人的鬼话。任何事都有个度的把握，过量的低度酒和高度酒一样，任谁都驾驭不了。这就像做人，一定要知道自己的度和量。不管你平日里如何地温文尔雅，那只是一副假的面具；只要你醉酒后失态，那就是真人呈现，一次足矣。醉酒后的人才是真人！自己醉宿街头的事儿，知道的人没几个，可他自个不能原谅了自个。自此，他与酒绝交！

如果用年休假看俄罗斯世界杯，就得踌躇决断前后半月。因为自个的工龄只能休十四天，加上曾立三等功一次可以加一天。而世界杯从开场球到最后决赛，整整一个月时间。你想看全？除非你辞职，做场场不误的专业铁粉。这是个狠角色，得有万贯家财，或甘愿妻离子散，倾家荡产！和景阳冈上打虎的武二郎一副德性：要么把老虎打死，要么被老虎吃掉，二者必居其一，没得选。这种城乡对立、非好即坏的二元思维，直接毁掉了混沌论的模糊性与和谐。凡事痴迷的人，多数是些生活在幻境中人。他们可以被称为铁粉拥趸，但绝对不是生活在眼前的现实中人。要么穿越回到远古，要么超前混迹未来。用当下的眼光看，都不是些正常人儿！看看，自个就是想怎样度过年休假的十五天，怎就翻搅出铁粉的弊端，找抽了自个！要选就选往后的十五天，看十六强后八分之一、四分之一比赛、半决赛、决赛，场场不误。咱是小职员，一年的年休假就那么十几二十天。珍惜了不是！有位球迷和他持有相同观点：告诉他说，看世界顶级的两大球赛——不管是世锦赛还是世界杯——精彩都在前边，刚开赛大家都长着冠军脸，谁优秀谁跌份，赛事一开大家都在同一条起跑线，拼命地奔跑争抢，人人都有一拼成名天下知的心愿，能不好看？越到后边越平庸乏味。你就说冠亚军赛，输了也是老二，如同买了保险。这就松了劲。会好看！他觉得和自己看法一致。用年休假看球赛瞻前顾后只能看一半，前不着村，后不搭店，就像老辈人评说看电影：花钱买票哭鼻子，那不傻子干的事儿！再说也不利心结的开解。得，用年休假看球赛的计划挂了。

前边那些相约出行的度假游方式一一被否定后，他忽然惊喜地发现，独处十五天这个想法是自己的最佳抉择！这就有了他的预设：

思考前边的对错，期望余生高质，死后平和。大不过得此结论：世界离得了微不足道的自己，自己却离不开这个喜忧参半的世界。此次出行哪怕是一次失败的体验。管它呢，这不还没有开始么，到结果的时候自然会明了。去休假成了他萦绕于心、虔诚神往的圣殿。他筹备了很长时间。筹谋时他专拣偏僻的地儿，一脸期盼，独自悠然。这就被熟人撞见，丧偶后他的性情有些内翻——这话风传——几乎成了他的标签。他不争辩，反倒呈一副无所谓的嘴脸。他买了防晒窗帘，外银灰内漆黑，拉上了白天像黑夜；他准备了几箱方便面、矿泉水，冰箱里塞满了速冻的水果和蔬菜，当然是土豆、萝卜、大白菜等好储存的，包括从超市里买来的面包、馒头、水饺和汤圆。那些娇贵放一两天就会变质发霉的蔬菜和食物，不在他考虑的范围。不知情的如见，一定会吓一跳，猜测如此丰厚的战略储备意欲何为?! 这段日子，他得给自己创造一个养尊处优的环境。你不能缺东少西，你得给自己营造一个基本生存不影响胡思乱想的环境，一个只要闭上眼睛妄想自己在哪儿就在哪儿的环境。这次他无须重返旷野，它们是标配。他无须回到远古蛮荒，把生存放在第一位——侏罗纪还是白垩纪。他这次要解决自己精神上的思想里的心灵中的那些沟沟坎坎——让它们平坦，让它们舒展。相当于儒家说的"修身、齐家、治国、平天下"中的"修身"。是人成长融入社会的第一坎，正是首要和首先，就是先把自己打造好了——这才可能有接下来的娶妻生子，参与社会治理，安抚天下……所谓的机遇是给有准备的人的，此话无错！修身就是为自己往后能逮住机遇，深度地参与社会管理作准备！出行是他给自己定的小目标。人家王健林定个小目标是一个亿，我也给自己定个小目标：失踪十五天！十五天里的重点是检讨既往，着眼未来，在剩余的时空里还能活着的日子里天天豁达乐观：不想从前，没有过去，犹如新生。

2007年港澳游，因无经验，事前未开通漫游，到地儿才发现手机只留了一个功能，只能看时间，无法给家人报平安。内心的惶恐，平添惴惴不安。那时候妻在，他感觉自己回到了洪荒的远古，被遗弃到与世隔绝，像束飘蓬，没有归属感，一片茫然。也好，这就有了地老天荒的感觉——回还，就有如饥似渴的远别胜新婚的浓烈！他在妻子的身上、肉体的交欢中找回了在港澳失去的自信和安全感！他无法否定这次独处的灵感，来自十几年前的港澳游手机失联！

现在想想往回看，正是面试官的教育，让他在此后的十几年里憋屈，总是看着别人的脸色行事，被赞识人间烟火，知道眉高眼低，尊重别人的感受，能忍辱，懂规矩，有公德意识！这也让他获益成为单位的股肱之臣，中流砥柱，高管的左膀右臂。但他发现这一过程中,恰恰是自己被忽略——是自个忽略自个,快到了忘我的境地。他发现入世越深,离真实的自我越远。以致某一天他忽然问自己:我哪儿去了?!这次失联,也可以说是寻回自己。什么时候开始越来越看重别人的评价?已无记忆。自己是不是也随意在工作之外评价别人?这不彼此伤害么。所谓个性,其实也就是缺点,是多数人没有你独具的特征。别以为展示个性是什么好事,好些人倒霉就倒霉在了个性。有时候领导望着一个人的背影,不是欣赏而是摇头说:有个性!完了完了,你的仕途,你的前程,就成了水中捞月一场空。你说贪污了受贿了触犯刑律了这倒也罢,你说因走路扬手了说话声高了为人处事直爽了,这就被指责了?这划得来么!这顶多算些生活的小节、习惯,怎么就成了缺点?!

最干净的应该算呱呱坠地的婴儿,也就是老话说的人之初。可他从出生第一天起便开始接受社会的规则教育:铁匠炉前少站,麻将桌前少看。这不先人老教你远离是非,远离漩涡,安全!待年长了成熟了也就满脑子仁义伦常地平庸了。有人说这是契约精神,有人说这是必由之路——每一个人的成长,就应该沟沟坎坎,有专家总结说这是挫折教育。仔细想想这样培养人是不是有点犯罪?!

人是在矛盾纠结中终其一生的。既想前呼后拥地整天参加些风光无限的活动,又想潜心不受干扰进行学术研究。整天坐在镁光灯前亮相,未必就有取得学术成果的真实和荣光。"既想当婊子,又想立牌坊"的话糙是糙了点,可对人类患得患失的"婢妾心态"挖掘得既准确又深刻。他一直期待在思想里构筑一个虚拟的国度，整日整夜地自由狂欢。解脱现实的烦郁，与自己的精神对话。随意地点评秦皇汉武。在自己的单元房里建立一个国家，一个人的国家。他不时地颁发政令，随意地调兵遣将，把家具搬来搬去。家中的一切——无论衣物、厨具、洗衣机、电冰箱、电视、沙发和茶几，都是他的属下和臣民，他可以颐指气使，它们无不臣服！但他发现，自己能支配的是被称为"我的"的私有财产，按马克思的理论，私有制和阶级都应该被消灭！他当着元首，整天地发号施令，然后一一落实执行兑现。单元里的所有物件，无论是冰箱彩电，抑或桌椅板凳，它们都是自己的属下臣民，听任他差使调遣。所以他的写字桌可以两天向西，三天向东，只要自己能折腾有体力，从小区到单位竟无一人持不同意见。尽管《共产党宣言》中有"建立没有阶级、没有私有制的新社会"这样的话，眼下是社会的初级阶段，家是他的领土，家是他的国家，这让他乐此不疲地来劲，经常使自己生活在新的变化环境中。他感觉自己生活得自在逍遥。和宣布独立自主无二，国王了自个！

人这一辈子有许多概念须理清了：比如富裕，说到底是一个相对而言的概念。怎样才算富有，怎样才算贫穷？国家每年发布的城市居民生活平均指数即是标准。以上为富裕，以下为贫穷。现实中人，有的富人感觉自己集聚的金银财宝还不够，那叫欲壑难填；有的穷人，基本的吃穿住解决了就满足，被评不思进取。这两类人前者叫奋斗，后者叫知足，他俩谁更幸福？费思量了不是！所以，钱，够花为富。凡事有度，适可为贵。他为自己的野马脱缰般的哲思洋洋自得。

机器人替代了一切，真人都成了懒汉。未来，长寿的人会越来越多，丧失劳力的人越来越多，楼群越来越多，水泥地面越来越多，土地、森林、花草越来越少，瘦人越来越少，粮食越来越少。如何让人充饥温饱成了人类面临的最大问题。他梦见很多年以后，科学有了新发明，有一种针剂，叫耐饱注射液，有效半年。即注射后有效期内可以不吃饭，时间到再打一针，又可以半年不吃饭。只是这药贵得出奇，开始只有富人和贵夫人打得起，抢着打，因半年不吃体型不变，还需要什么减肥练什么瑜伽？！这风气流行了几十年。赶着普通人开始打了，富人和贵夫人已厌倦，说这打一针后的感觉半年就像一天，一个百岁老人想想也就活了两百天。而且味蕾与食欲都被闲置，口福之欲丧失，人活得少了基本的乐趣……这就又返回来，说不打才是原生态的绿色环保，是传统的精华再现。

未来究竟会是什么模样？真还揣测不了。反正那时已没多少人愿意与真人结婚，许多人都会定购性爱机器人，选的都是明星脸。机器人公司收集了东方西施和潘安以来，西方玛丽莲·梦露和阿兰·德龙等所有漂亮明星的照片。只要你点名，你定购的机器人彻底完全和明星本人一般。而且高矮、胖瘦还可以调整，只要用户吭声，保证满意度百分之二百。反正那时候没几个真人间结婚。当然了，那些明星的真假后人起诉到了法院，说是有的性爱机器人侵犯了他们祖先的肖像权，赢得一些判赔也花了这笔钱。那些明星无论在天堂还是地下，都没有感觉。

和真人结婚麻烦，柴米油盐酱醋茶，过日子难免磕磕碰碰。耍脾气、闹情绪是人的本性，再怎么涵养好也不可能没有触碰。是人就有思想。思想又各各不同，真人间的情仇恩怨由此而生，什么矛盾不是思想的差别闹的。和机器人结婚没这事情，一切都会顺从着你服服帖帖。就连性，那床上功夫好生了得。你让他（她）向西向东，机器人的精准，误差绝不会错过一公分。甚而还回应一句：遵命，圣上！那时候你才知道，什么叫上帝的感觉。机器人阶层，成为社会的二等公民，和当年的奴隶属性相同——它是商品。商店里称你为上帝，当然有个前提条件——你得掏钱才是，不掏钱靠边。和性爱机器人上床，那是另一回事儿。性爱机器人对人类的最大挑战，不是商品还是情感的问题，而是纲常伦理的紊乱！

当有了机器人，人就成了上帝。我说这话的根据是上帝创造了人。到那时机器人也是人，只是品种不同，真人和假人无法分辨。所以创造机器人的人就成了上帝！我的意思是，人就是上帝，上帝就是人。

不管购买者长得俊长得丑，也就是不管购买者长得漂亮与否，买来的性爱机器人没得选。它是商品不许有情感，它对购买者无权表达嫌弃与喜欢，它必须尽职履责地不要奸。从这个角度讲，人类没有给机器人足够的人文关怀！如果你迎娶的是真人，你试试看，今天嫌你丑明天嫌你懒，后天还可能嫌弃你有外遇肥水流了外人田。

互联网是科技，科技让人类日新月异。科技也让人越来越丧失自己的体能，人的力量变得越来越小，本事将越来越小。官话叫蜕化了。一位记者朋友告诉他，前两年他曾参加过一个被当作非遗文化的纪念馆活动，是由一个家族承传的舞狮班主办的。舞狮班已经五代人了，时逾百年。纪念馆里陈列着四个铜制的狮子头。第一颗是清末民初间，爷爷的爷爷留下来的，有一百二十斤重。据说当年太爷舞着它威名遐迩，流布盛传；到了爷爷的父亲那辈，嫌太重，制了颗百斤重的，也就是第二颗，那也是威风八面；到了爷爷那辈儿，力气小了，舞动的是第三颗，八十斤的；到了父亲就六十斤了；到了眼前这一代，赶着他去参观，舞狮的后人正在磨制四十斤的，说遇了时逢八节，怎么说他们也得搬出来演练演练，以彰显先辈的遗风，光宗耀祖一番。当时他钦佩得和狮家相谈甚欢，讨论舞狮申报非物质文化遗产。待离开了那地儿两三小时，他才幡然醒悟，狮家的后人真是打脸，跟九斤老太所念"一代不如一代"如出一辙，有什么区别！

猪的生活很悠闲，基本是吃了睡，睡了长；醒着时哼哼，睡着时呼噜。不用劳作，不要奋斗，不需思索，不知烦忧，没有压力。除了那些因瘟疫或口蹄疫被宰杀或窖埋的，多数会膘满油肥时挨刀宰了，供人类享用。这是多数豢养动物逃不脱的生命归宿。就连山林中不是圈养的同族，逮着了也少不了这一刀子。或腌制腊肉，或剁馅包了饺子，就连肠衣也药用了，皮做了鞋子或夹克。野生动物们躲过了人类的侵袭，却要面对和遵循弱肉强食的丛林法则。真正能自然终老化为粪土的能有几个?！没统计过，也没法统计。拿人的手软，吃人的嘴短。猪的手是短，可嘴却长了些，也就少不了那一刀子的终了。做一头幸福无忧的猪也不那么简单。他不想做一头无忧无虑的猪！

他不喜欢加班。他的工作任务都会在上班时的哔哩哗啦中解决。偶有的加班，他会发现自己多数是身在曹营心在汉，心猿意马精力分散。这就一到下班的钟点，急迫中惟恐耽搁了时间，风风火火地搭车赶路，好像家有吃奶的孩子——那得急事急办！可是一旦回了家，进了门，电视频道切换，脱裸体了，不挂一条线，紧绷的神经彻底地松弛，和皮筋一样富有弹性，不紧不慢闲散到对时间无感。正因为回家即脱光的习惯，他是小区里唯一一个一年四季都拉着窗帘开着空调的人。邻居们看不到他家中个人的小天地，和私人空间里发生的一切，想象和臆断即挟裹着谣言，长了翅膀一样在小区风传。

人年轻真好！敢想也敢干，也可以说不要脸，敢不要脸，追求女孩子那才叫个勇往直前！年长了你试试，老不正经了你？跟个急屁火烧的小猴子一样，毛手毛脚。年龄小人家会原谅，老也老了该注意点晚节！听听，听听，这说谁哩？人有人样，鞋有鞋样，过了五十岁你就得有个老汉的庄重模样。

早年，他以为自己会成为国家的栋梁，当然是大厦里的顶

失联十五天　81

梁柱子，就是俗称的庙堂之器。有学者说那是悲悯情怀，天下意识。好像自己生来对这个世界有什么亏欠需要偿还。宗教里说的"原罪"是不是这个意思呢？！同样是学者说的，说这是"契约精神"，是对接纳自己的世界怀有感恩和报答之心。但有些人就不！生来就认为这世界亏欠他的，所以时时处处讨债似的，以自我为中心地把自己打扮成个博取同情的弱者，要求社会要求周边要求与他交往的人关照呵护自己，变着法儿攫取社会资源，原本应分给别人的福利，塞进了他的兜里。天公怕的恶人，爱哭的孩子吃奶多，什么狗屁法则！仔细想想，私欲很可恨的！私有制很可恨的！私有制是鼓励私欲膨胀的，这才有了贫富有了阶级。但凡人间的所有罪恶，贪污受贿，权钱交易……都是以私欲私有制为基础的，私有制是万祸之源。所以《共产党宣言》要消灭私有制是对的！

他一直想早日抵达人生的高点。这导致了他此前几十年的艰辛。等你七老八十了，还冲刺个屁，脚崴了骨折了，所以你得趁着年轻的勇猛，早玉与晚器虽说各有千秋，毕竟成名早才有享誉之说。这是一种执念！一个人愿意独处，因为心有依托而不觉孤独，更无抑郁倾向可言。这都是年轻混账闹的。现在想想，自个的人生虽无大红大紫，总的也算成功。一同学挺滋润，好职业好官，俊妻高薪优越，某天跳楼终结，听说是纪委准备找他约谈。听说和传闻是一回事儿，一个是书面文字一个是口头语言，具有刀子一样的杀人内核！听说与传闻就让他的这个同学死亡变现。后来又传纪委表示压根就没的事儿，是他自己腔子下边不干净，算自个心虚，被听说吓死了自个。

人的感觉非常可怕！你感觉身后有人，这就鬼影幢幢，你的背上落满了绿里发光的关注目光，手持利刃，只要稍稍用力，自己就会浸染血泊，悲壮报销。这时你发现感觉左右了一切。小时候，鬼故事听多了，夜半路过漆黑的小巷，感觉就是路过乱坟岗，头皮发紧，毛骨悚然……有时候感觉是错的。什么叫美好？就是你感觉美好的时候叫美好！绝对不是康德所述，我没遇到的皆为虚无，我遇见的才真实有之。显然这理论糊涂，因为你没看见的存在仍然存在着。这是真实！

感觉，夜行时身后有鬼，把自己吓得够呛。不苟言笑的同事对自己有意见，就搜肠刮肚地寻找什么时间什么地点触犯了龙颜，如同郑人失斧，让猜测左右了理智，距事实甚远。郑人怎么看怎么觉着像贼偷。这竟然被归结为判断。斧子找到了，郑人的嫌疑也就解除。这感觉真正可恶！事后，曾有的猜忌，说出来的谓之浅薄，没说出来的权当没发生过，反倒享了智者的美誉。敏思讷言是官场和处世的绝招。

我们眼前的许多百思不解，其实古人早已说透，只是因为我们寡闻，因为我们孤陋，因为我们没有对先贤的文化遗产精髓到位的解读。我们与先人的成长之路重复。我们眼前的所遇，以为是自己的第一次，也真的是第一次，甚至以为是人类的第一次，其实先人们早已破解，我们只感受到了和先人同样的经历，却没看到先人的总结，以致增加了人类成熟的年限。应该多读读先人们人生经验的书，让一代又一代的新人不重蹈覆辙，变得成熟！

　　一个人如果愿意把自己的隐私也就是拿不到台面上的那些鸡零狗碎呈现给另一个人，这说明另一个人获得了前者的信任。如果他们的未来有变，不是前者性情有变，就是后者泄露了前者对他的倾诉——那些原本应该烂在肚子里的绯艳！友情不止是欢乐与忧愁的分享，有时还是隐私和苦难的储藏。

　　他知道，晒丑不是自己的长项。但人活到一定的年龄就得拿手术刀解剖解剖自己。一年半载，三月五天。这段时间里的得失对错。道行深的人都有这一出。其实就是反思总结，作阶段性的回顾，和一日三省的曾子当然有差别。人家是圣贤，咱是草芥。这样剔除恶瘤，让自己的身体健康良性向前。

　　同学们到一块胡吹冒聊，有的谈意外继承遗产，有的说一夜情遇艳，有的谈炒股一夜破产。正经话题没几件。他就说他的这次体验。

　　人就是件电器。这些年他看着，跳楼的抑郁的越来越多，和高血脂似的，那不是吃喝问题，那是心路有了故障，思路发生了拥堵，和城市里人多的街道一样，交通不畅。他的清醒，就是坚决不愿做他们中的一份子。怎么才不会成为他们中的一份子呢？那就是解决思想问题。人生在世，做什么事儿不是先要解决思想问题？人这一辈子，什么事儿也得先解决思想问题！这是他这次出行的最初动机。

　　事实上，十五天里，乌七八糟、胡思乱想了不少。对别人保准没用，自己脑子里的想法他们看不到；对他自个，兴许从此就活明白了——他算彻底地明白了：世界可以没有我，我却离不开这个世界！每一个人都该这么想。

人的感觉极其重要。对的时候他是你的敏捷，直觉，第一判断；错的时候他让你失败，懊悔，叫苦连天。人，最可怕的是感觉。这失忆之夜，感觉之夜。

妻子在时他爱锻炼，霾多后买了跑步机，在家消耗体力。设备至今触景生情地矗在那里。正常人一天不得少于六千步，这问题好解决。难在人已去、物犹在的伤感。翻看妻子的照片，突发奇想，不妨向美国爱娃公司发个邮件，把妻子的照片发过去，订购一个和妻子一模一样的性爱机器人。荒诞！想过了自嘲一遍，怎就怪异了不是？他为自己有此一想痴笑！

妻在时常常睡在床的右边，他躺左边。婚后的十几年，入夜他们常常百看不厌地彼此对视，然后钻被洞，行天伦，男欢女爱，爱意未减。妻子用身体告诉了对他的在意理解。可惜命运断裂，妻走了，走得突然，走得猝不及防，走得他心寒孑然。妻走后无数个夜晚，他独坐失眠。

某天他突发奇想，在妻的睡位躺下，重温妻的体味，想妻当年躺在这里面对自己时的音容笑貌、所思所想……不一会儿他迷糊了。那夜，他睡得很香！是妻走后他睡得最沉的一夜。凌晨，他梦见了从前——

人生的第一美事是做梦。梦见的都是自己情有独钟的事情。梦醒发现多数都不可能。摇摇头，独自发笑。控制不住，竟出声。

很快,他发现妻走后的失眠,因为调整了睡位一去不见。

他尝到了甜头,便有意地使之成为习惯。干脆每夜都睡在妻子昔日的床位上。醒时望着空着的对面,痴想那些年妻子温情绵绵地望着自己。他忽然悲从中来,美美地鼻泪涕泗地哭了一场。那是妻离开后最有分量的一场!他不认可人生来的原罪,但他非常感恩这个世界和社会接纳自己,感恩父母给了自己健全的身体,让他用眼睛遍赏森林的绿、鲜红的艳;用嘴附在妻子的耳边倾诉爱意,用嘴唇亲吻妻子的鼻尖表达情感。可惜妻不生育,要不自己如今也有一二子息……

人生本来就是纠结。他依然故我,任谁动续弦之议,他的脑袋都会像拨浪鼓一样摇头拒绝。感情不是一件可以凑合的事儿,必须得精挑细选!

妻子走后,经过近五年鳏居,他有了大片大片时间想事儿。读书写字,看电视散步,哪是每时每刻的事儿?他感觉自己出了问题,不是生活拮据,不是人际焦虑,不是仕途不意,而是脑子出了问题。究竟是什么?真还不是三言两语一针见血一语中的就可以说清。他得捋一捋。这便是这次远行的动意和目的。于是他放弃了俄罗斯世界杯期间休假,放弃了驴友结伴出行,选择了秋末冬初四野凋敝的伤感季节。

出行的前一天,他正式告诉高管和同事,还有经常联系的几个朋友——他休假了,他独自去了欧洲。漫游费太贵,最最主要的是他想脱离了现有环境生活半个月。因此,他会有意切断一切与熟悉人际的联系，也就是说这十五天他和周边没有一点关联！说这话时，他平静地没眨一下眼。同事们肯定相信他说的是真话并非谎言。做完这一切，他回了家，反锁了家门，脱光了衣衫，长长地吁一口气儿，练功似的气沉丹田。关了手机，收起钟表，拔掉电视电源，下定决心在半个月里与世隔绝。

自己偏爱夜晚。只要不是看书写字，他都愿意关了灯，在黑暗中任思绪天马行空。他发现自己对夜的喜欢，几近痴迷上瘾。常常企盼白天能早点结束，尤其是晚霞与夕阳他希望它们像闪电飞掠。那样别人就看不见自己的脸是喜是怒，是哀是乐，更无品评点赞。那是自己的事儿，与别人无关。他想怎么着就怎么着，不用像白天，在有光的地方，阳光里、月光下、灯光中他都得堆着一张谦和的皮面。这是自己光亮下的一半。搁给别人，要么暴横，要么疯癫，当然还有欲望与贪婪！更深层的原因，是他想给自己多留点独处的时间，做些自己想做的事儿。有时回家，没拉亮灯之前，他会脱光了自己，然后喊一声，爱死你了，我的夜晚！

群聚就有是非的风险。除非你在场时只是来过没有发言，只是影子来过的沉默寡言。如果是没有发言的集结，影子应该在家休歇。别小看聊天！是非都是聊出来的。说话就像买车，只要你开出了4S店，保准原价卖不出去。话一出口，祸福即潜。沉默是金，比银子废铜烂铁值钱。

同事强对他这一观点非常反感。强说正常人喜欢白天，希望太阳在天空能停得久一点，一直高悬。因为黑夜的肮脏——藏污纳垢，小偷行窃，强盗抢劫，淫夫嫖娼……多了去的恶欲膨胀，都是因为没有光亮。强振振有词，唾沫星子四溅。他没发火，依旧谦和着脸，反诘一句，你的意思是我人不正常？不等强回答，他又说你的意思是性爱只能发生在夜里？照你的说法白天被盗窃，不需要报案，因为它不是案件？强被他呛得脸红脖子粗，吼了句：你气死我了——你这是胡搅蛮缠！你就是个语言流氓，没法和你沟通对接！便气冲冲地走了。他很欣赏自己的狡辩，莞尔一笑，继续剪他的指甲。

神仙很少，几乎就无；凡人很多，基本都是。问题在我们常常用神仙的标准苛责别人和周边，以凡人的要求放纵着肉身和心我。这样的为人自私了些，在人际交往中怎能有好的声誉！

现实中，许多人特别在意别人的评价。如果搞一次民意测验，要么活痛快了自己，要么活给别人看，我敢肯定，多数人会选择后者，年轻人会选前者。这是国情，一个严重的国家问题。前面的活得轻松，是真；后面的活得很累，难免作假。他想选前面的活，这就要评判曾经、过去。但要真正纯粹又谈何容易！毕竟自己身居一个"人人为我，我为人人"的现实社会。群居的意思就是大家都是利益共同体，谁也离不开谁，谁也不该嫌弃谁。人的心灵可以离群索居，肉身却无法彻底地孤家寡人，独自存活。那些遁入深山、遁入秦岭的隐士，他们只是少见了人间烟火，是自我形态上的远离，绝没有真正被社会情态遗弃。他们只能鉴定在小隐这个概念里。那些大隐者，却因身居闹市而心在旷野，视市声尘俗为无物，反倒高了层级。

把别人的评价看得太重，往往会去迎合舆论缺少了自己看重自己。他的这次远行，要破的就是不再把别人的评价当回事儿，当然看重自己不是指妄自尊大，胡作非为到触犯刑律。

自己研究的是人生道理，是朝代兴替的根节，而非经济学家、工商业者所关注的眼下当前的经贸秩序和赚钱。由此眼前实际的即刻可以见利的就吃香的喝辣的，这就像做生意赚钱实体经济；长久的远功的被漠视冷面，做文化搞教育算是虚拟，说不定隔几代人才能见利。想想也是，正常了不是？

有时候，真实的生活就是这样——读懂了悟透了这个世界的人，反倒遵循"敏思讷言"的遗训，不太愿意说话；没懂装懂的人，反倒犯话痨喋喋不休，叽叽喳喳，让人笑话。

这么一想，总觉得前边哪儿没搞明白，没整清楚。自己得好好地捋捋。任何一种质疑，只要不是与真实的历史抵牾，未尝不可，否则便蕴含诡异。知道了人生的最终结局，却又执意去改变的人，注定了自己的悲剧意义。那是对命运的挑战，那是试图把历史改写！

噢噢，他的脑子突然就蹦出两句：东风不识佛生面，送与长河史尘鉴。

往回看，他是把自己关了十五天禁闭。让自己失去自由，让自己与族群隔离。这是自己的权利！他是既没有挪窝，也没有肉身奔波和疲累压迫。是静坐家中对既往的反省。他明白这是一次心灵的远离，也是一次心灵的救赎，这对他的后半生富有意义。

他想，这是他的冬眠，一种多数人不为、不会为的速成修行。

想想自己，这些年既没想当官也没想做富翁，更没想有豪宅大院，压根就没有和谁争奇斗狠的概念。可是，那天他明明听见：佛说，错！你的执念就是想过一种与世无争的生活，抱着你不近人人别扰己的理念，以为自己崇高无限！其实这是一种比遁世者更可怜的执念，比意欲无为者更加庸碌！遂愿则已，逆违则毁，此生尽皆愁怨。他环顾左右，家中发声的只有赤身裸体的自己。

他就抱怨，自己除了没那些官啊富啊的执念，也没有长命百岁的打算。他常常对自个说，活个自然。其实你慢慢盘算：一个人，你活得不显山不露水，你的价值给人类创造不了财富，要那长命百岁驴万年顶个屁用？只是多费些粮食，多给别人添些麻烦。

有的人说，想贪污，不是会计，抓不上经济；想受贿，手里没有实际权力，给别人办不了事儿，形不成金钱交易的利益链；也就只有在男女问题上给自己找个亮点，引来关注的眼球、社会的注意。否则，几十年过去，咋就没一点成就感呢？这看似开玩笑，其实也是一种思想具备，可以列入犯罪未遂，是有犯罪基础，没有犯罪机会。我们防范犯罪，就得从思想抓起！让他从害怕惩罚地不敢贪到思想过硬地不想贪——想都不想，教人第一。连这点都不懂，搞什么教育？

思想者的物的生命体征因为自然规律可以终止、腐烂，甚至化为烟尘，但精神的益世的思想却会继续留存发酵。我们不再提阶级斗争为纲，我们要建立和谐社会了。这愿望真好！可阶级不存在了吗？贫富不悬殊了吗？大家的社会地位趋同了吗？他就想自己真傻。你想这些干吗？这"躲进小楼成一统"的日子，不就是为了远离尘嚣、舍弃烦心的事吗？还"管它冬夏与春秋"干吗？可他阻止不了自己已经开动运转的思想马达。

人，真是个奇怪的东西。但再怎么奇怪，你也得明白：社会可以没你，你却离不开这个世界！虽说出行前，自己在微信里留言：出行半月，未交漫游费，有事儿回来议。为的就是希望这个世界在这十五天里，不要来打搅。十五天内，不看电视不开电脑不给手机充电，自己做到了。但外界的干扰就没停歇。大概是闭关的第三天，有送外卖的跑错了单元，把个门铃按了又按。他趴猫眼上看，快递哥对着手机使劲地喊：我的姐，你的门铃我按了又按，你怎就不开门儿？什么，你住四单元？这下好这下好，怎就让我跑到了十单元？大概是第七天，户籍警进门入户核对户口信息，客客气气地按铃问，有人吗？还候了半天，然后在猫眼上留下一小纸片。当然是些温馨的话和电话号码，让房主人见卡联系他们；第九天甚至还听到远处街区的消防车尖厉刺耳的警笛，"着了着了"地喊叫，急切切往火点赶；第十一天，物业办的上门收取管理费，那个敲门才叫骤烈。然后还嘟囔，自个不来交，上门收你个还不在……好在这半个月小区里没有停水断电，更没有突发火灾或者管道爆裂甚至地震楼房塌陷。是的，这十几天，他本想安安静静活得纯粹，暂时搁置和这个世界一切瓜葛，所以"出行"前发了安民告示，关了手机。他做到了——十五天里没有跨出门槛一步，除了水暖电和食物证明他和世界在入关前保持的联系，他甚至没开过电视，没给手机充过电。只在读书的时候开过灯。其余，他兑现了一切。事实是门外的干扰不断。这不能不让人悲叹，一个人要想与现实和往事诀别，彻底地开启新的自我有多难！

失踪十五天，他去了天堂，下了地狱，回眸审视了既往。面对来日，精神上作了储备！他自以为这次出行是正确的抉择。总体来说，他给自己这次远行打满分。想想难免得意！毕竟眼下说到做到的人越来越少。这是一种少数人的做到，不带有典型性，却难能可贵。现在有许多人唠叨浮躁，却又甘愿浮躁，有些人甚至追逐浮躁，乐享浮躁，欣赏浮躁，却又抱怨、痛恨浮躁。有的人爱折腾，总想弄出些有意而非失策的响动。今天搞个研讨，明天弄个活动，如同街头的摊贩，吆喝招揽之声不断。捅破了窗纸看，是缺乏自信的心理学，一点寂寞都会滋生失落感。而他的本意，就是让自己从浮躁中跳出来，摒弃浮躁，远离浮躁。

他偏执地讲，人人都应该失踪一段时间。同事强反对他的人人都应反思的观点。强说,都像你这么自律,哪儿还有贪官?哪儿还有罪犯?你这是不是想让纪检干部下岗,警察失业?社会也将失去社会所具有的特点。他听着这话别扭,听着哪儿有些变味,可一时半刻又找不准确。这就嘟格嘟格哩弄地打了马虎眼儿。凡事都较真儿,你还有个歇?累死了还会有人点赞!赏赐你个活该——你能装聋作哑听不见?!

反正强是强,他是他,谁也说服不了谁。他从没把强的话当指导意见。这让他过了一个无问白黑、昼夜颠倒率性的年休假。盘点这一生,这十五天真正完全地属于自己。他想给自己做一个鉴定。通过自闭,检讨矫正迷失的自己,真正过一次曾子的"一日三省吾身"的日子。他做到了,这不容易。还好,他给自己的前半生(不对,都四十八岁了,差不多活了人生的三分之二,他知道自己活不到一百)打七十七分,总体的航标没有偏离!能给自己打分的人,是智者,是醒着的人。

他想明白了:人的问题,都是心的问题。要想活得顺气,就得摆放好心房里的家具,条是条,理是理,桌椅板凳各自有序,别乱得像鸡窝,除了臭气熏天,还有鸡毛满地!

立志和破执是两个概念,也是心房里最主要的两件大家具。它俩真还有点矛与盾的对立统一。立志是年轻时候的事儿,破执必须是年长之后,与冲动和愤青渐行渐远。人哪,什么时候立志?什么时候放下也就是破执?你得明辨,此生就如此这般了!

他相信,自己听到了的,肯定是蒙克的那声呐喊,声嘶力

失联十五天　93

竭！管它音波播散得有多远。他相信，当他再度上班，有人敢问你准备好了吗？他会非常自豪自信掷地有声地回答：准备好了！我敢面对一切！我敢直面今生！

第十六天，他去上班。一同事喊，这些日子你死哪儿去了？想叫你吃饭，怎么都联系不上你。然后同事诉苦说，这些天他喝了六场大酒。知道么，六场！实在撑不住了，还到医院输了两天液——噢，还不知道吧？前四五天策划部的大张走了，四十六岁个人，突发脑溢血。可惜！

他一时语塞——

三十七计

楔　子

认识苏子是从喝"花酒"开始的——

什么是花酒？你问我?！我也这么问千子来着。我问他花酒是用什么花酿的？我听说过吴刚捧出的桂花酒，看过唐诗里提到的菊花酒，品尝过滋味淳厚的稠酒，也曾喝过一种度数很低的花雕酒，当然还有陕北老家滚滚的米酒，不是我谦虚，我还真没喝过叫花的酒！

千子冲我期待的神色笑眯眯了很久，猛然厉声变色：呆子，这种酒是用"花花心肠"做的！你真要喝了就会神魂颠倒，终身恍惚。

我幡然会意。千子一脸坏笑。

到席上，果真有四名佳丽在座，与一位穿着考究、仪表堂堂的帅气小伙忒显熟络。嗲声嗲气，"苏主任""苏哥"叫得麻酥忒甜。千子介绍苏子，咱哥儿们，是城管办的办公室主任，叫苏子得了。苏子站起来摆摆手"副的副的"地谦逊坐下，介绍邻座一位年龄稍长的年轻人给我，这才是我们主任，鹏哥！鹏哥略显老成地欠一下身算是打过招呼。千子把我介绍给他俩时特别强调了我的文学成就——是文采飞扬那种，出版过几本文学专著，网络的博客点击率很高，粉丝众多；最主要的是除了县中学教师的身份，还兼着市报特约记者，云云——我也"玩的玩的"谦逊两句。过了。让我有点尴尬的是，四个大男人每位身边坐了位姿色不错的姑娘，都是二十出头。四位姑娘穿着光鲜，倒没什么奇装异服，庄重有文化品位的那种，是俩年轻人的同学还是朋友我不知晓。苏子和鹏哥三十岁左右，比我和千子小着十来岁，我不知道千子什么时候有了这么一对忘年交?! 我思谋，尽管俗话说"男女搭配，干活不累"，可我一个当教师的，这种场合传出去一定是街谈巷议的噱头，小报小刊颇感兴趣的花边绯闻，让我今后怎么为人师表？千子看出了我的疑虑，悄声说没事，在雅间，也就是坐坐。

菜品摆了一大桌。苏子坐得有点不耐烦，说人齐了，大家忙了一周，今儿星期五，放松放松，喝酒！我瞅桌上放的是国窖1573，"花"的一声还没出口算彻底明白了，喝花酒说的就是男女搭配的形式，并非真的要喝叫花的酒。

苏子发声，即刻觥筹交错。客套过了，四位佳人似乎都是海量，虽各有伴，却都心仪着苏子，更愿意凑到他身前去敬酒。苏子一概来者不拒，有姑娘干脆坐他怀里发嗲。苏子酒意微醺，却看得精准，喊声嚷什么嚷?! 别瞎了眼，你们陪不好我这三位哥哥谁都别想从我这儿拿钱。他们都是比我大的老板。围着他的另三姑娘这才悻悻地噘了嘴巴回到我仨身边。鹏哥身旁那位自称叫菲菲的，竟问鹏哥上不上楼，开不开房间？我身边这位自我介绍叫毛毛的，竟在我身上动手动脚，胡乱抚摸。我真的被吓着了，连喊姑娘，自重自重！苏子和鹏哥哈哈大笑。毛毛仿佛受了鼓励，干脆解我的衣扣，伸手在我的前胸游走。我气急败坏地轻声呵斥，松手，别下贱！在座的全部停了手脚定格。毛毛更是坐到一边不再理我。苏子见我没兴趣，让四姑娘来拿钱。利索地每人发了两百元。姑娘们嘟嚷就这么点？苏子给每人加了一百，吼声都走！姑娘们叽叽喳喳我们还没吃饭呢，苏子变色喊滚，都他妈滚出去！姑娘们不以为意，似乎早已习惯，离开前动手卸了桌上葫芦鸡的鸡腿鸡翅四大件，让原来色香味形俱佳的葫芦鸡赤身裸体般没了形躺在桌中间。

我吃惊地冲苏子和鹏哥，怎么，她们不是你们的朋友或同学？！千子答，说是市职业技术学院的大学生。我问真的？真是斯文扫地！不是我悲观，不管她们是不是大学生，我是彻底明白了，她们就是叫来陪酒的小姐。鹏哥说不好好学习，吃青春饭也能当一种职业。苏子接茬，扯，眼下好好学习的也找不到工作，不早点物色人被包养或者嫁了，毕了业不得啃老或歇着？！谁也不与苏子争辩，这话题沉重，影响酒场的气氛。

大家不再说什么，虽说上了热菜还是沉闷。除了苏子一个劲给千子敬酒，反复数次地唠叨，千哥，你是我一生一世的恩

三十七计　　97

人，我没别的意思，真心想让你过个轻松愉快的周末。鹏哥建议听听酒歌，大家认可。乐队来，唱一首敬一杯，被点听者就得喝。说是乐队其实也就是对小夫妻，音乐学院毕业后进不了体制，便自购了电子琴上街入市，你弹我唱，既是琴师又是歌手，两年下来在县城倒小有名气。《赶牲灵》《兰花花》《上一道坡坡下一道梁》，陕北民歌很优美，歌手很专业，电子琴弹得像自带了乐队。也许是科技发达的缘故，让新民歌失去了产生的土壤，歌手唱得都是大家耳熟能详的老曲。沦落于酒肆茶楼的民歌，其实都已变味。与哀婉悲凉的清唱相比，多了商业气息……

苏子醉了，很沉的那种。他独自趴在桌上嘟囔：我不是富二代，我只是沾了富二代的边；我不是知识分子，知识分子是那种有思想、有文化、有成就的人；我不是吃软饭的，我有许多宏伟的夙愿。千子和鹏哥也许习惯了他这样，我却是第一次见，左顾右盼，无所适从。搀扶了苏子走出酒店的门，一辆黑色的越野车平稳地停到跟前。鹏哥让我和千子一块上车，我说我想在街上走走，千子愿与我同行。车走了，我们行走在大街上。我问城管办有这么好的车？千子说哪儿跟哪儿呀，那是苏子的座驾，知道么，是他岳父给他买的配有司机的专车。知道我惊讶，又说奥迪Q3，配置很高，得好几十万，哪是咱工薪阶层可以考虑的款。我诧异地在暮色中向千子望去，真有士别三日当刮目相看的感觉。我说真没想到，你有这么有钱的朋友！今天这一席，少说也得个三千两千吧?!千子哈出一口白气,缓缓地用一种无奈的语气说,多吧,光那两瓶酒也过了两千,热菜里佛跳墙和烧河豚两道也得两千,别忘了还有两包九五至尊的烟,加上陪酒小姐和乐队的小费,少说也得五六千元。我吃惊不小,说这么说我也吃过大餐?靠,有钱人真是糟蹋钱。千子哲人般沉吟良久说,其实富人的有些消费压根就是烧钱,没什么道理。唯一的道理就是有钱。轮到了我无语。许久,我问千子什么时候成了苏子的恩人?苏子是不是经常这么请你?千子深陷在沉思中,仿佛回应又似乎自言自语,也不经常,也就是今年苏子到城管办后聚了几次。我说,公务员真好,常有人请你吃饭,你又不需要花钱,这部分也可以算进灰色收入里面。轮到千子开始审视我了,说别这么酸好不好!就这风气,你我谁能撼动了一丁点儿?我们能做的仅仅是洁身自好。我请你来,就是想让你了解了解苏子的经历,写写这个人。我隐约感觉,他应该是我们这个社会和时代一类人的典型——

我说,那你得告诉我苏子的基本情况。千子说,这自然,我会安排你们见几次面。熟了,你再听听他怎么说,然后你再做自己的判断,你我他三个人的视角,这样也许你能看到一个立体的苏子,看这个人是不是值得一写!

天空中悄悄地飘起了雪花,轻盈地洒落在周边;足浴、歌厅、酒店招牌上的霓虹灯闪烁跳跃发出的七彩光束,被飘落的雪花分割出别样的彩焰。麟谷虽说是个小县,但就一两条新建的街道而言,你会短暂地恍惚身陷上海、北京无论哪个大城市的千孔一面。路灯灯光中摇曳飘洒的雪花，给人平添了些许幽深的迷惘与困惑，茫茫一片。

上 篇

千子告诉我，苏子是个挺不错的人。可他不知道自己在和苏子的交往中究竟扮演的是个什么角色?！怎么？千子的神情令我更为费解。千子长长地嘘一口气。我等待着，千子却久久不言语，似乎忘了眼前的一切。

千子说，大概是三年前，对！是三年前春末夏初的一天，苏子来到我的办公室，进门略显拘谨地喊我叔——手里拿着手写的自荐书，恳求让他想方设法给自己找一份可以赚钱的工作。千子觉得好笑，你说哪个到就业中心来自荐的不是想找可以赚钱的工作，哪个不把自己的自荐书设计得漂亮有看点？而苏子拿的是手写体，工工整整，一丝不苟。当时我以为是想卖弄自己的字写得不错，想个性，于是问他怎么不用打印的？你猜他怎么回答，说付不起打印费，没钱！

千子觉得来了兴趣，就让他坐下来说。谁曾想他反客为主，拿了千子桌上的茶杯到热水器前给他把水加满，恭恭敬敬地双手捧到千子面前，叫声叔说你喝水！别别，千子又好气又好笑，短暂的瞬间以为自己是客到苏子的地儿串门，就说，我有那么老么?！你今年多大？小伙子答二十七岁。千子说，这么说我就大你九岁,咋就当得起叔?叫我千子,千哥好了。苏子笑笑说,咱不尊敬你么。

你说说,有这么尊敬抬举人的么!想让人帮忙咱都理解,但客气过头让人反感。

苏子说,自己是本县东北黄河岸边距县城百十里地的苏家滩那边人。为供他上大学家中欠了三四万元;可父亲病着,是那种隔三岔五需要进医院的病秧子;地里的活靠母亲一个人撑着,顾得了温饱来不了钱;两个弟妹面临辍学。说什么他都得赶快往家里拿钱!原指望自己大学毕业能有个来钱的工作,不成想都快一年了,没一点结果。这一年里除了帮母亲打理打理家务,下地营务营务庄稼,就是四出跑工作。受的那份煎熬是四年大学生活根本没敢想的。他感觉自己老了,挺沧桑的。我们乡下的孩子不像城里娃,可以三番五次地复读,待来年再考。不是农村人现实,是生活在那儿逼迫让你等不及。苏子说,自己参加过公务员或事业单位的招录考试,笔试还可以,被面试撂下了。跑过县里几乎所有的单位,人家说有你这么找工作的吗?机关、事业单位、社团、国企基本都是体制,凡进必考,有编制。他告诉人家临时工也行,只要有工资。人家就是笑,说自己想得简单了,这些地方的临时工也要有关系。还是好心人告诉他,只要肯吃苦,又不计较编制,那就去打工或者来找县劳动就业中心。这不我就到了你这儿!说这话时苏子一脸的期待和希冀!

千子说,你想想,在就业中心工作,经见的求职者够多,但像苏子这样的，还不多见。最关键的是他急等着用钱。我得帮帮他。刚好前些日子，县西南距城四五十里的圪堵煤矿矿长刘汉到我们单位来，问有没有愿意到矿上去下井的人。问了下工资，比一般的工作人几乎高出一倍呢。只是苏子是大学生，不知愿不愿意。一问，苏子犹豫了片刻，心一横说也好，管吃管住又拿钱，总比呆在家给老人拿不了钱还得继续吃他们强。他说，要不是父亲有病，或许他早已经外出打工。看看含辛茹苦的母亲，他于心不忍，毕竟他是家中的长子。只是他听别人说过，炭毛（挖煤工）的老婆，肚皮都是黑的。我要有了老婆也是。苏子开起了玩笑……不知不觉间到了下班时间，苏子说什么也要请我吃饭，推辞不过，我让他简单点，主要是我有午休的习惯，我得余出点时间。当时并没去想苏子特别的艰难。但苏子既是感激又不失大方地说，没事，离家时母亲给了我五十元，够咱们吃顿牛肉面。听这话挺奢侈，千子一惊，等饭间装着上洗手间在前台开了账。饭罢，苏子知他已开了钱，掏出浸了汗渍皱巴巴的五十元，说什么都不行，要自己开。千子讲，你眼下困难，好歹我一月也拿着两三千。等你有了钱，请我吃大餐。他庆幸自己仅仅点了碗牛肉面，而且还自己开了账，要是点两道菜且没开钱，五十元花完也不够。那份尴尬想想都心酸。

也许是对门音像店的音乐哀婉，触动了苏子的伤感，苏子哭了，哭得唏嘘哽咽。吓得老板跑过来问，该不是受了冤屈，或者是饭菜有问题？千子示意没事，老板才离去。苏子这才说，跑了那么多单位，自己可怜巴巴的，人家没好气，好点的说临时工也要关系，差劲的反问你是不是有病？撂句话就想找个单位，是不是太简单了点。打工去得了，那些地方不需要什么手续。四处碰壁过去看着就是一个词，眼下却成了感同身受的体验。灰心哪！有时候一个人在街上灰溜溜的，饿得蹲街边望小吃摊喉咙发痒。那份无奈差点让他动了轻生的念想。这下好了，炭毛就炭毛，反正能拿现钱，父亲可以治病，弟、妹可以继续上学。千叔——噢千哥，你是好人！苏子的感激鼓励了我，帮他得帮到底。

吃过饭，给主任打了声招呼，我骑了自己的摩托送他到圪堵煤矿去上班，当炭毛的手续简单。苏子忐忑得有种新鲜感。到了矿上，矿长刘汉在，一听说是大学生，围着苏子周身转了一圈，半信半疑，跟端详古董似的见到了稀奇玩意儿，然后拉我到一边问没什么毛病吧？我说想啥呢？人家是家庭困难，急着用钱，这才降低了身段。你还是关照点。刘汉狡黠地像在征询我的意见，关照是自然，我这儿仅有的一名大专生都在矿办。我看先让他锻炼锻炼，下井看看大学生和别的矿工挖煤有什么区别？我说，你是矿长那是你的权力！刘汉笑了，灿烂的那种。

一月后，苏子来，换了身新衣衫。进门就喊千哥我请你吃饭！我笑问怎么大发了？他说这个月他领了六千三百元，比年长的老矿工都多，他年轻，加了班。这是他的第一次薪水，除了交给母亲的四千元，添了衣衫，还买了部手机，六百元，你看看。脸上洋溢的喜悦和上次来时的愁眉苦脸恰好相反。他得意地附在我耳边低低地说，千哥，我还给自己存了一千元。我说是留给自己结婚用的吧？他再次笑了，笑得开心自然。停顿的间歇，苏子流露出一丝忧郁，我问怎么回事儿？苏子说，这次回家告诉了父母自己的出息，母亲倒没说啥，只是千叮咛万嘱咐自个照顾好自个，下井后多操心安全；父亲却着气病情加重，唠叨供我上学，原指望入府衙，坐大堂，进出公门，没想到我读书十几年绕了一大圈竟做了高级"炭毛"，不念书去挖煤有多直接？！白白地让家里花那么多钱供我上学……直说得自己老泪涟涟。听得我感觉自己介绍苏子这份工作有些对他父母抱歉。还是苏子开通，笑笑说其实谁不想更好一点！这不就业压力大，毕业后闲呆着的多么。现在总比呆在家啃老强多了，那才是真正的浪费呀……

那天我俩奢侈地点了三个菜，还喝了半斤酒。花了有一百元，苏子说什么都不让我埋单。说感谢人生路上的贵人怎能让贵人开钱！

隔天一大早刚上班，听说昨晚圪堵煤矿发生了透水事故，公安、武警、消防、安监、煤管和医护人员都往那边赶。我一惊，想到了苏子，更想到了前一天他所说他父母对现在这份工作的担忧和不安，他真要有个三长两短是我这介绍人的罪孽。忘了给领导请假，骑了摩托一个小时到了圪堵煤矿——正赶上现场的人鼓掌，说是无一人伤亡！抢救工作很顺利，最主要的是井下的工人们自救意识很强，第一时间撤到了井口方向的高地,配合了救援。我悬着的心落了地,四处找刘汉,想问问苏子的情况。找着了,浑身灰头土脸。说话间,一阵救护车笛响,所有的出井矿工拉往医院。

刘汉的车来,他喊我上车,我说我骑摩托。他恨恨地喊上车。这是我第一次见他发火。路上他只说了一句,苏子也在里面,剩下的就是一路沉默。到医院,护士拦截,说被救矿工都在重症监护室里,不让看,虽说没事,毕竟在井下十几二十个小时受了惊吓虚弱,得输两天液。媒体的记者也被挡在外边。所有无关的人都被劝离。悻悻地回了单位,一日里无精打采磨叽。夜晚,电视上播放地方新闻,是记者在采访躺在病床上的苏子,问他如何带领大家撤离。苏子回答,自己虽然到矿上时间不长,但他在这段时间里翻看了不少关于煤矿瓦斯爆炸、突出、冒顶、透水事故处理方面的书籍,并对井下的地形进行了观察,特别留心了矿区的结构,所以透水事故一发生他就及时地建议大家向离井口近的高地撤离。其实也没什么,既是为了大家也是为了自己。看到这里我落了眼泪。刘汉想知道,有知识的人和普通人挖煤有什么区别,这就是答案!

出院后,苏子被任命为安全员,负责矿上的安全生产。虽说不用像工友们按时上下井了,但井上井下检查起来那才叫个细。反倒有两三个月不得见,我只好骑了摩托去看他。也就是到矿区的小酒馆里闲叙。数月后,苏子到我办公室来,进门第一句就问我今天想吃什么?我游移片刻反问,怎么,有好事?!前天我被任命为圪堵煤矿矿办主任,怎么样,贺一下?!我欣

三十七计 105

喜,这还用说么。那天我俩都喝醉了。当晚,苏子没回去,和我上酒店登记了一个标间,拉了通宵的话。别的迷迷糊糊记不真切,只记得苏子似乎说过刘矿长怕他走,给了他矿上1%的股权,而且他的二女儿对他有意——

三个月后,苏子带了二妮来给我下请帖,说是他们即将结婚,日子择在腊月初七。无论如何我这位恩人得到场参加他们的婚礼。在祝福他们的同时我答应了,一定去,怎能不去!二妮亭亭玉立,特别有形,一打眼真还吸引人。难怪这小子这么短的时间内一锤子定音。不等我好奇消解,苏子开始抱怨,办公室主任不好当,上管天,下管地,中间还得管空气。哪像副矿长,只管自己分管的一块。办公室主任却不一样,旮旮旯旯不敢有一点差池,有了就是你考虑不周,管理没跟上去——二妮坐一边欣赏地望着苏子说话,那份专注炽热属于情人的。我害怕冷落了准新娘,刚准备给他俩倒水,苏子说不了,他们还得到别的地方送请帖。说着就出了门。

婚礼办得盛大。婚庆公司包揽了一切——酒店、喜宴、乐队、摄像、礼花……婚礼的主持人——噢,也就是司仪,炒豆子似的爆了米花,滔滔不绝,口若悬河,你真不知道他从哪儿找了那么多练子句(排比句)堆砌在一起,热闹啊!镇上有头有脸的大人物都来了,工商、税务、派出所、计生办、财政所,当然还包括镇长、书记,一个不落。气派呀!我随了两百块的贺礼。礼簿处返还一张礼品卡,让吃完席领取。我多嘴问了一句,记礼的后生告诉我,只要来参加婚礼,每人一张千元的购物卡，外带男士一条爱马仕腰带，女士一盒迪奥化妆品。乖乖，就这气派！

陕北的酒文化讲究，仅仅是斟酒，便有许多说辞。比如说"牛眼睛"，那就是得把酒斟满，凸起来，表达友情深厚；单眼皮就是注入的酒要和酒杯口在同一个水平线，也叫一环；这里的双眼皮（二环）那是批评人，嫌你倒的酒望过去是两条线，欠诚意，溜滑耍奸。至于"望星空""探照灯"说的是杯中物喝得干净程度，自然有"点点罚，溜溜抓"的处罚措施。文化啊，难怪饮酒人乐此不疲，彻夜不休！

邻桌坐了一帮小年轻，喧嚷特别有劲。先是找些刁难的题目与新郎新娘逗乐，比如"猪八戒背媳妇"，比如"人工授酒"（也叫高山流水），然后放浪形骸地喝酒。这行当，酒量大往往赢来佩服。因此有把测试对方的酒量叫量一量。更有文化人的调侃对联：上联是"神拳海量橡皮肚"，下联是"打遍天下无敌手"，横额为"酒中圣仙"。凡事喜爱过头便有失节。这不，一个说咱哥们喝个牛眼睛；一个说，你别在二环上游走啊，你以为双眼皮俊？一个说，单眼皮单眼皮！另一个回应，一环就一环。于是，临了，站着进来躺着出去的有好几人。当然，我没统计清点。那得配专人。

饭后去了苏子的新房，中式风格的家具不能说特别地高档，但都是顶级的厂家的产品。原木的书桌、衣柜、沙发、茶几，散发出一股木屑的清香，古朴典雅中透出文化人的追求和气息。我暗暗地为苏子能有这样的结局欣喜。

有几个月没能见到苏子。新婚燕尔我没好意思去打搅。我时常为他从清贫变富有的突兀发怔，琢磨他在适应这一骤变过程时心里的那道划痕，真不知他是否坦然？！

恍惚间到了第二年的夏天，一个周末正思忖间苏子来了电话，问我愿不愿意到他的老家去住两天？我问骑我的摩托去？苏子在那头说，别，一会儿我来接你。到下班时间，苏子来带着车，是辆本田雅阁。他没进我的办公室，直接喊我上了车。到了车上一看，几月没见，苏子一脸阴郁憔悴，人瘦了一大圈。我问怎么有事？他说没事儿，多时不见了，想让你到乡下散散心。碍于司机，我没再问什么，只是说那我得给你的老人买点东西。苏子说，我带着呢。一路不再说话。夏天日子长，夕阳中路边的风景多是浓郁的树荫和茂密的庄稼，我一边观赏一边思忖苏子该没什么事吧！

到了苏子五孔土窑洞的家，是街畔上的院落。院子里正在盖房，沙子、水泥、砖头、楼板堆了一院。天晚了，工人们都已歇息。

我第一次见到了苏子的家人：父亲患的是肺结核，瘦弱得脸色蜡黄，成天躺在炕上，动不动气喘吁吁；母亲干练硬朗，踢出打理，忙里忙外；苏子的妹妹高三了，戴副眼镜，小书生模样；弟弟尚小，初中生，无邪顽皮样。上前与老人问候了，苏子让司机卸下了带回来的东西。苏子指着两箱苹果说是我带给老人的见面礼。正在我心中慨叹苏子会做人之际，苏子的弟弟等不及，自己扒开箱子抓了苹果就啃，洗都没洗。苏子叮咛司机回去,路上小心点,然后帮助母亲拾掇家里的活计。没有预想的喧哗,村中的青壮力多已出去,有的甚至带走了娃,留守的老人孩子稀稀拉拉。有两个孩子来,苏子的母亲洗了苹果给娃。

饭后,苏子和我到村路上去散步。山月如同镶嵌在天幕上的玉片,山丘、树木、沟壑沐浴在月光的银辉里,舒适寂静。没了都市的喧嚷,没有霓虹灯光的斑斓绚丽,能听见山涧蛙鸣和小溪潺潺的细语,能听到不远处黄河汩汩流淌的水声。如同久违了的水墨画,只有水和墨的交融,因为比例不同形成的焦、浓、淡、润、渴的丰富墨色。我以为自己回到了古典时代,便有百般的珍惜。城市里呆得太久,传统的感觉尽会失去。非常感谢苏子,让我重拾陈年的记忆。

苏子一路心事重重无话。我故意望着月亮问他,有心事?苏子迟疑片刻,好像就等着我问这句话,说都是二妮不生娃,不知哪听得生了娃身段会变形的鬼话,让天天盼着抱孙子的我爸我妈成天唠叨,不孝有三,无后为大,快疯啦!我惊诧,不假思索地说,这你得好好劝劝她,这是女人的本分么。男人要会还娶妻干吗!我劝有用吗?苏子不因我的幽默有丝毫的宽解,刘矿长和她妈说了她无数次,我爸我妈的话她更是当耳边风啦。过分的是,二妮的生活如同公式:起床——吃饭——打麻将——玩游戏——睡觉,循环往复,周而复始……就这,她还不知足,要在人前想起了我的什么不对,像训孙子一样训斥,让我没一点面子!苏子说。

我恍然察觉在苏子和二妮这种几近入赘式的婚姻中，苏子所占话语权的比例。桌子高板凳低，这让我失语。但我仍然努力地说那也得想想办法！苏子用几近崩溃的语气问我，想什么办法？！无话。

回了家，我和苏子住在一间给苏子准备的窑洞里。苏子第二次在我面前落泪，是低低地啜泣。他说他请了县上中医、西医名家，甚至还带了父亲到市上最大的医院找了专家，都是一句话，好好地惜护或许可延续些时日，年岁大了，医学有时也乏力。明白了吧，我爸的时间不多，所以我想在老人走之前能让他看到自己的孙子，能在新的砖房里住住。我是长子，家中的老大呀！可房子一时半刻盖不起来，二妮又执意不生娃。我只好低低地劝他，会好起来的，都会好起来的！

再一次接到苏子电话是一个多月后的秋天，苏子的父亲去世，我和刘汉一起去苏家滩参加了老人的葬礼。灵堂搭在院子里，盖好的砖房正在装修，老人临了也没能住一住；身着孝服的二妮肚子秕秕地傻立一边望着襄事的人们忙前忙后。村里的青壮力多数外出打工了，参加葬礼的人不是很多。来的除了苏子的朋亲、族人，多数还是矿上的工友。乡邻多是妇幼和老弱。

不久，苏子告诉我，岳父知道了他想入公门的想法。经过几番和他交流，最后说也好，待矿上再有能耐也就是个副矿长的料吧，虽说不愁吃不愁穿不怕没钱花，可社会地位低下。公门里工资不高，可抬举的人多么。说完了，提了礼品四处托人。刚好，县城管办招录工作人员，苏子参加，中啦！这样我俩工作在同一个小城里，见面的机会多了。时间不长，苏子在城管办赢得了好人缘，很快由街上的巡查调整回办公室当文书啦。我去给他道贺。但苏子闷闷不乐，我知道了单位里有不少人请客，一准叫苏子作陪。他人仗义，不爽约，抢着埋单结账，时间不长便有了好声誉。有次在刘汉家，刘汉对苏子的交际能力大加赞许，并教导自己年幼的儿子学着点。儿子挺机灵，心痛地说，姐夫这是拿你的钱网络关系！刘汉听了这出乎意料的话，警告儿子，你以为有钱就有地位？！

千子说他算看明白了，刘汉选择苏子，是看中了苏子的上进，同时也想提升自己和家族的政治社会地位。而苏子已几度向他抱怨，二妮不争气，只讲吃穿，没一点上进心，光图享受，打麻将上网。他俩之间共同的东西稀缺。苏子生活在郁闷里，他需要找个倾诉的对象，发泄的渠道。没几月，听说苏子和一个比他大几岁、离婚后落入风尘的女子纠缠在一搭。是刘汉给千子打的电话，让千子直接去了他家。

客厅的气氛可以说凝固。刘汉坐在沙发上一支接着一支地抽烟；二妮趾高气扬地在一边剪着指甲；苏子却垂头丧气地窝在一张单人沙发里。僵局，我进门时看到的是早期的无声电影。来啦？我一进门，刘汉即打招呼让我喝茶。概不提事体。倒是二妮沉不住气，大声地嚷嚷说千哥，你给咱评评理！刘汉着了急，吼声坐下！你小点声不行吗？这是什么光彩事么，你咋不拿了大喇叭上街喊啊！你害怕知道的人少吗?！二妮这才悄没声地噘了嘴坐下，开始使用女人最锐利的武器——抽泣。我问清了来龙去脉，抱怨地望一眼羞愧难当的苏子，扮演起调解人的角色：刘矿，你看事情已经做下了，覆水难收，关键是以后不再犯。刘汉接了我的话茬，再犯？再犯看老子不休了他！然后冲着苏子严厉地说你出身寒苦，最知道珍惜富有。即便二妮有什么错，你文化人最懂得怎样宽解。二妮插嘴说我有什么错！刘汉没好气地剜她一眼说，你不吭气没人把你当哑巴！然后又冲苏子说，没成想十几年的书读得褙了屁股，竟拿着老子的钱吃喝嫖赌！有本事自个打片天下出来——接下来便是一通狗血喷头的臭骂。苏子赤面惊恐，头快插进裤裆里了。看着就知恨脚地无缝，有的话早已钻进去啦。

然后便是对女儿的规劝和训斥：女人应该明白，丈夫丈夫，一丈之内是你的管辖范围，之外靠的是他的自我约束和自我救赎。要不你能像影子一样始终跟在屁股后盯着?！盯着又能怎样？他要心野了你盯着又有屁用啊！男人不怕有缺点和错误，怕的是没本事和能力。哪个女人不想找既有本事又没缺点的男人?！有吗？爸都不是。嘿嘿，真那样成神不是人了。妮她妈，你说呢？坐一边的二妮妈不是多嘴的人，此时也说，就你嘴贫。你的哪档事儿我不知道！还神人，能把你当好人都勉强了⋯⋯我印象里的刘汉是个老粗，等他"救赎"这样的词一出，我领教了他的睿智和狡黠。他现在生意能做这么大，自有他的过人之处。我另眼看他。千子说。

再说,女人哪能不生娃?刘汉说,我忙真不知你和些什么不三不四的人交往,成天就是吃喝玩乐,哪听来生了娃变身形的鬼话?身形不变能长命百岁吗?到时限该死的不都得球朝天吗?生不下没法倒也罢,生下了你愁拴不住自己的男人?你不觉得苏子在外边拈花惹草你也有责任吗?!一番痛斥,训得二妮变本加厉地抽抽嗒嗒。

有了这一场风波,苏子和二妮的感情反倒融洽了起来。二妮怀了娃,成天吐酸水。苏子妈得知高兴地连夜进了城,说什么也要伺候儿媳。里里外外,事无巨细,一把干练的能手。直让刘汉家的保姆失落地发声,说苏子的妈抢足了镜头。

千子说,尽管这样,我还是隐隐觉得苏子的内心里闷骚不已,特别是进了城管办这半年,他少了阳光开心,多了郁闷和欲言又止的迟疑。所以我才想请你这进修过心理学的专家分析分析,能给他疏导疏导,以解苏子的烦忧——

听了千子的一席讲述,我心生颇多感触。苏子能有千子这样的朋友,实在是一种福气!与千子设计了走近苏子内心的路径,比如再碰几次面,不管是吃饭还是喝茶,主要是为渐进中与苏子日渐熟络,然后让他竹筒倒豆子——噼哩叭啦。

果然苏子与我的关系突飞猛进,视我为友。主动约我日多。基本的模式是他叙述我倾听,一边倒地发泄。偶尔的插嘴点化,都能换回苏子赞许式的,唉,对对对,是这么句话!

中　篇

苏子告诉我，自己没什么可写，也算不得一类人的典型。那样就假了，不是真实的自己。也许是受了事前告知的影响，苏子开始和我相谈说的都是国家大事，美国在台海问题中扮演的第三者角色，国内贫富悬殊差距拉大，仇富仇官的情绪日增，富人背井离乡移民出国。应该研究成因，消除根源才是上策，云云，听得我瞠目结舌。乖乖，这些事有多少专家学者拿着工资蹲在那儿琢磨呢，用得着没有丝毫薪酬的我们忙活?!中国人热衷政治的习性在他身上集中体现，而且是集束式地有板有眼。他只字不提自己的婚姻。我知道这才是他的最痛！假了吧？苏子，我说写不写你我只是个想法，你别这么正儿巴经好吗？你我只是普通人，别这么拔高自己好吗？我们只是聊聊，谝闲知道不？说那些假大空的话题干吗！你就当给自己写小传，说说自己好吗?!

对，对！说自己说自己。苏子仿佛被我点化醒悟，一脸地赤红窘迫，这不，来啦——

我还是从自己找工作说起吧。2008年大学毕业前我觉得自己比较阳光吧，怀揣"天生我材必有用"的抱负，总以为哪天自己会成为国家的栋梁，有用之材。经过一年的跑就业，我却突然发现，国距我非常遥远，家却近在咫尺地贴切——那就是我仍然吃着母亲用汗水浇灌打下的粮食，而不是用我赚来的钱变换成养家糊口的能力。这让我心慌不已。

还好，我遇到了千子和我岳父这样的好人，是他们让我有了今天。人是需要知恩、感恩、报恩的。"滴水之恩，当涌泉相报"或许说的就是这个意思。那我就说说千子、矿长和二妮——

千子是我在跑工作的一年里遇到的第一大好人！虽然他只比我大几岁，可在心理上我仍把他当父辈。你说，劳动就业中心，有的地方叫人才市场吧，一回事。除了招考那块儿，这里恐怕是中下层求职者的最有效平台。所以面对的是社会底层，下面的实际情况，比如说就业的压力有多大？他们最有资格发声。千子对别的人怎么样，我不知道。估计也不会差！对我来说，千子就是我的恩人，他是我人生路上关键时刻的关键人物。他的工作能做到这份儿，我心里服他！自从和他相识到相知，我一直把他当自己的良师益友，他是我最能说掏心窝子话的人。有什么心事和解不开的疙瘩，我都会向他讨教，至少和他商量，听听他的见解。我在他面前是透明人，几乎没有隐私两个字。是他改变了我的人生轨迹，是他使我从贫穷到富有，是他让我从恐慌心寒到理性充实。你们是同学，千子的为人你比我熟。我没必要连篇废话。

再说说我岳父。你可能知道，矿长，也就是刘汉，我岳父，自幼家贫，没什么文化，只念过二年村小。那年他失去了父母，成了孤儿。只好四处流浪。年长，在好心人的帮助下，

三十七计　115

卖过豆腐。虽说小本生意，让他做得风生水起，热闹红火。他诚信，可以赊账。有位生意人看上了他，帮他"倒煤"，在煤炭行业的物流中挖到了第一桶金，并在煤炭业不景气时盘下了圪堵煤矿。等到煤价飞涨，矿值翻了好多倍呢。准确点的说法，是暴发户。人，有什么文凭并不可怕，可怕的是后天的努力！我岳父是这种人。他精明好学，经常见他戴着老花镜查字典、上网。现在要考他，学识至少在大专以上吧。我常常为咱们招考、提拔限定必须什么什么文凭感到好笑，你说刚毕业的当下也罢，你要说距毕业已经隔了好多年，还用当初的学历衡量人，这不脑瘫么！社会阅历这一块哪去了？有什么知识比社会学识这一块更重要？！你觉不觉得这很死板！当知道我一直偷偷在复习，想当体制中人，搁给别的人可能会嘲笑你挖苦你，会说不撒泡尿照照自己！但矿长不同，不光欣喜，还不时给我打气，鼓励我好好学习。从那次透水事故开始，到后来提拔成安全员、矿办主任，我努力，做得顺风顺水；他赏识，让我尽本事施展拳脚，直至最终帮我托人跑关系，进入城管办工作。我知道我和我岳父之间，有个相熟、相知、相赏的过程。岳父对我很好。要不他就不会帮我四处跑动，低声下气找门子，托关系。他知道这是我的心结。他是帮我圆梦的人！说着说着，苏子竟有些激动了自己。

最有意思的是，我在省城上大学时的惠教授来麟谷调研。惠教授是经济管理学院的教授，给我上过一年的课，我们一起探讨过许多次。他的研究方向是，陕北能源基地如何从产供能源资源的粗放型向高精尖深加工经济模式转变。我毕业后再没和他联系。但他后来在省报上看到了圪堵煤矿透水事故后记者对我的采访，所以到麟谷后通过政府部门主动联系到了我。了解了我的情况，他说想见几个典型的企业老板，而且不想让政府安排人选。我推荐了我岳父刘汉，岳父又推荐了他的好友，老川煤矿矿长光禄。那天我陪着去了。合该那天有事，交谈完县上安排招待惠教授。惠教授表示自己约了俩老板。县领导宽容让一块就餐。光禄西装革履，扎了条非常显眼的红领带。几杯酒水下肚，邋遢了衣冠，本色显露。书记和县长与惠教授谈话是低声窃窃，他却大嗓门说他们的同学聚会，比有多少钱，有几辆豪车，甚至几个小三，令领导和惠教授尊严尽失。岳父拉了他几次衣角，无奈酒精支配了光禄的脑瓜，他仍是大放厥词，没个停歇。俨然是席上的主角。惠教授文人，负疚在自己挽留这厮儿，于是厉声你那是什么同学聚会?！我们可以说说大学，说说高中，你那压根就是小学二年级的同学聚会。光禄这才愣怔，收敛止声，死鱼般的眼睛呆滞地望着岳父，岳父是一脸羞红。其实交谈时都有介绍，光禄是三年级辍学，我岳父才上了两年小学。当时惠教授着急，搞混了学历。为此，惠教授临走，约了我岳父道歉。我岳父嘴说没事儿没事儿，可心灵显然受到了伤害，是挺严重的那种。但这伤害绝对不是惠教授所致，而是自己的学识。自那儿以后，岳父但有闲余，必定是上网浏览或看书。网络这东西，对爱学习的人来说，是什么知识都有的图书馆；对贪玩的人而言，它就是个游戏机。这一点在我岳父和二妮身上表现得尤为明显。就这么简单!

　　岳父就是这么个有心的人儿。在二妮开始追我时,我也有了心思,心里整日惴惴不安。我知道很多富人的女儿,要么嫁了官人的儿子,要么与自己身份相当的富人攀结。我一个穷小子,搞不好被矿长打发了去。可我珍惜这份工作,这是我们家庭生活能翻天覆地变化的根源。因此,好长时间,在二妮和大家面前我装聋作哑,麻木迟钝没有感觉,跟没事人一般。我得等矿长的态度是不。说到这儿苏子露出一丝狡黠。因为二妮过度地对我关切,老在我办公室门前晃悠。特别是一次我感冒躺了几天,二妮是形影不离地寻汤递水,嘘寒问暖;因为矿工们议论纷纷,窃窃私语不断,矿长按捺不住了,主动把我叫去问大学时是不是谈了对象?现在还来不来往?想找怎么个人?是不是文化差不多的?二妮文化是低点儿,可人还不错,和你挺般配的,你喜不喜欢?我点了头。矿长笑了,非常灿烂,喊了一声那还愣着干吗?去追啊!怕没你的房子还是怕没你的车?!那天,尽管在矿区,但是我觉得天特别的蓝。我和二妮的关系确定,有了跨越式的发展。

　　矿长喜欢和我拉话。我知道他是想通过交谈掌握一些信息和我的见解。歇歇,苏子接着,你别说,矿长这人蛮有意思!就说他的谦虚。在我刚当办公室主任不久,说了句,低调的奢侈,细节的有钱,那才叫品位!把富有悬挂在身体上的肯定是暴发户,硕大的钻戒,超过二三十克的项链、手链,那已经不是美贵的展现,而是一种炫富的低贱。这就像没什么文化的人成天在引经据典，有内涵的人轻易不言，言则成谶。岳父马上问我成什么成？我告诉他，就是一语中的，说一次就令人信服地准确。谁知道，稍后岳父竟偷偷地摘下了手上的钻戒。吓得我一段时间在他跟前不敢再吱声，惟恐又说下了什么不当的话。可矿长对我像儿子一样越来越好，只要重要点的社交场合，都让我陪着他去，一次又一次地向在场的人介绍，我是他的办公室主任。咱也不给他丢脸，古今中外，天文地理，谈吐不俗。哈哈，我快成了矿长的门面。苏子笑得很开心。岳父温情的一面，我是在光禄因酒后驾车肇事逝去的葬礼上眼见，他哭得死去活来，哀切。他们是麟谷县煤老板里最要好的两位，这我知道，但在好友的葬礼上如此悲切却是我始料不及的。加之，后来他叮咛二妮有时间多陪陪光禄的遗孀，孤儿寡母的不容易。我更领略了岳父善的一面。

也许是儿子尚小，大女婿不成事的缘故吧，岳父对我特别器重。

大妮的女婿壮实，是虚胖的那种吧，整日游手好闲，吸毒，矿长一家人拿他没办法。他手头没钱了就来闹啊，要拆卸岳父的身骨。矿长的儿子小，躲一边哆嗦；苏子人瘦弱却有力，横在岳父身前，叉着腰喊你敢。大女婿欺他单薄，上前来，没想到只两下趴在了地上哼哈。大女婿爬起来抓了墙上的砖，苏子拉了一把铁锹。大女婿一看没法，用砖头砸了自己的头，血流满面。说啥呀，刘汉赶快叫人送医院。好在司法不怕他，先强戒，后判刑。大妮受不了想离婚。大女婿捎出话来说

三十七计　　119

你敢！老子出来杀了你全家。至今还拖着。

事后，矿长拍拍他的肩说，小子，有种！那以后矿长对他厚爱有加。

为进城管办，矿长究竟花了多少钱，不知道，不能说，有些事还就是拿不到人前。反正考城管之前，矿长带着他提着礼品，走东家，串西家，没少低三下四、乖眉顺眼。他清楚岳父像当初帮他在"倒煤"时掘得第一桶金的人一样赏识他，也非常舍得血本。他当时的那份感激不是"涕零"二字可以表现的。那以后，虽说表面上刘汉是他的岳父，可内心里他早已把他当了自己的干爸！他发誓，任怎么，下半辈子他都得像对父亲一样孝敬他！苏子对刘汉的敬畏之情溢于言表。可是谁知道，到了城管办，给他的感受相去甚远。他们尊敬、抬举我，是因为我娶了富二代，他们就把我当作了富二代看，所以我应该有钱。在城管办的七八个月，他们抬举我是抬举钱。

眼下说的拼爹，不外乎说儿女，不管自己获得了什么学历，有多少社会经验，有多强的工作能力，其实与能不能就业基本没有关系。除了公开招聘比较公道而外，其余几乎都在外力——也就是父辈的社会背景、经济实力、人脉关系、活动能量，大比拼啊！

苏子的家在农村，但娶妻"娶"了一位经济实力雄厚的岳父，有了与其他还没就业的小年轻比拼的资本。生活里，一般意义讲，沾了妻家光的人，多被誉为有好妻命。

后来，二妮和我谈恋爱，矿长更是把我当了家人。我知道，他就是我的再生父母，所以我在工作上更加努力。好笑的是，有年龄比我大至今待业的同学问，你婆姨有没有妹妹？有介绍给我，我做你的连襟，我叫你姐夫。我就问那你也来矿上挖煤？人家却不愿意。

再说说我婆姨二妮。你笑甚哩？这口吻听着是老气，但总比老婆好听些。爱人、太太、贱内，不过是文明了点的说法，其实都一回事儿。叫老婆是显老或粗俗了些，这就像书面语言和口头语的区别，得有闲情逸致。生活把你逼得日子过成了光景，任你多好的学养，有气无力时节你能文雅得起来？！

当我和二妮开始谈恋爱，矿上的工友们艳羡死了。因为二妮长得俊样，挺时尚，衣着入流，款式新，价格贵，是矿长刘汉的女儿。往那么地儿上一站，亭亭玉立，一上街，回头率蛮高的。人前幕后，挺光鲜。再说岳父给我们准备了一切：房有了，两百七十平米的单元房，家里的桌椅板凳、电器一应俱全；车有了，是六七十万的奥迪Q3，黑色的，开回乡下老家，直让乡里乡亲啧舌称奇，直夸我命好。是的，一般男人，不管进没进公门，得十年乃至二十年甚至更长时间，才可能有房、有车、有上好的家业。而我似乎在一夜之间，直接走进了富裕之门。这是想都没敢想的事儿。大学刚毕业时，只想有份工作，能付得起父亲的药费，能供得起弟妹上学。梦都没梦过在短短的数年间能获得好多男人梦寐以求的业绩。这一切都来自我娶了二妮！说到这里，苏子嘴角掠过一丝短暂的得意和满足。人们的艳羡着实让他飘然晕眩，很高兴了些时日。想想，大学里谈的那对象，那是属于感情的，而眼前的这位属于生活，属于现实。

我们那儿有句俚语，叫新媳妇放屁——零碎。可这种女性的羞涩含蓄在二妮这儿没。结婚装新没几天人前还好，人后显形，尤其是入夜里二妮又是咬牙又是放屁，打起呼噜像过火车毫无顾忌；她放屁就像突如其来的打喷嚏，山崩地裂，滚雷过天，头两次我都有点被吓着；连做爱都是喊声来——三下五除二脱得一丝不挂，根本没有卿卿我我的过程和羞羞答答的感情培养。他刚想款款温情，二妮一句流氓都让你们文人耍了，捱不着粗人撂冷。气得苏子整夜整夜地失眠，直接影响了做爱的质量和兴趣。这可真是没有想到的，熬煎哪！一两月下来，苏子人瘦了一大圈。有朋友问是不是淫欲过度，掏空了身子？记住，好牛肉费炭，好女人费汉；更可恨的是丈母娘也以为他贪馋，竟直截了当对他说，年轻人，悠着点，别觉着好就没节制，山背后的日子长着呢！临出门还撂一句，又不是三天两天。

直把他气得人前憋气人后跺脚，还没法解释。

这倒也罢了。最最让苏子没法忍受的是——二妮光说享受，坚决不生孩子，每一次做爱都逼着他带上套子。把一心等着抱孙子视传宗接代为女人天职的婆婆给急出病了，是心脏病，心律不齐的那种，一惊一乍就浑身疲软，神经衰弱。这种婆媳的战争，简直就是对长者的摧残。还有过分的呢，新婚第一个春节，岁末临年关她只在苏家滩陪着苏子和家人住了两天，眼看就除夕了却逃回了娘家……

即便小住的两天，也让苏子的家人和村民很纠结。苏子天不亮即起床去锻炼，山野的空气和环境洗肺养眼，是天然的大氧吧。城里空气差时也坚持，这是多年养成的习惯；二妮慵懒，养尊处优惯了，太阳照屁股门子了还不起床，尿盆搁在地中央。最让他生气的是农村的家没有卫生间，厕所一般都在院门外的街畔上，倒尿盆成了引发纷争的导火线。大白天了，太阳跃过了山顶，眼睛般瞅着人世间，不时有村人路过村街，母亲去不合适；他去倒了，村人窃笑。什么大学生，什么富家女，就这景况，男人的颜面丢得尽光。在家夫妻俩，谁倒都无所谓，当然在家有卫生间，没这问题。可回了乡下，这世情人风，脸上真还有点下不来。

按照我们那儿的习俗，大年媳妇是要随儿子到婆家过的，嫁出的女儿泼出的水么，何况长子更没的说。二妮偏不，抱怨乡下的条件太差，什么都不方便，硬是回了娘家。苏子没法，只好形单影只独守空房，在父母的埋怨神色中，恓惶地独自闻听爆竹爆响了几天。除夕夜下雪，陪父母一边看电视一边包饺子，至午夜守岁毕回到自己的房中，鞭炮的骤响烘托出孤独的冷清，他才借着炮声饮泣有声。那几天悔恨、惆怅，连揍一顿二妮或者离婚的心思都有了。可冷静下来，这日子不还得过么？

这还不算完。二妮从苏家滩逃回家，邀了光禄的老婆几个聚在我家打麻将。赶着三四天后我回家，一个个蓬头垢面，一看就是几天没洗眉脸。地板上到处都是速食品的包装纸和方便面桶,把个保姆一会儿煮面一会儿上茶,累趴下吃药。让人恼火的是,单元楼虽说是家是小世界,但左邻右舍的也算公众场合,她们却旁若无人,大呼小叫,痛也叫乐也喊,看似洒脱,实则素质低下,把对门无法入睡的老教师夫妻整得彻夜吟诗作句,实在担不住了,在我回来的那天夜半三点,老太太披了睡衣来按门铃。说你们小点声行不?这都第四天了!是我起来开的门,连说了无数声的对不起!二妮没起来只是扭了腰肢喊知道了!

  苏子清楚,婆媳关系的好坏,一般在于儿子的社会地位、社会关系和家庭协调能力,所谓"齐家,治国,平天下",是指作为男人,首先得把家里的事打理好了,才有资格参与社会,治理国家,梳理天下。除非婆媳中有一位特别乖张的。于是,苏子感觉自己像风箱里的老鼠,两头受气。整个里外不是人。

  你要说二妮待我好,那还真没的说!疼起自己来有时候像疼儿子一样,说无微不至一点都不夸张。但就是到了外边,尤其是人际交往和相处间不通人情。这让苏子感觉特别丢脸。

  苏子说,我原以为漂亮的女人什么都好——(低低地)可我错了!

  我们家在村里最穷,娃多,吃了上顿没下顿,弟妹们经常饿得嗷嗷叫。我父亲除了比别人勤快伺候责任田,就是和我母亲特别勤快地大呼小叫干那事,对同睡在一个炕上的我们兄妹并不避讳，此外再无任何手艺。所以我家的日子过得不能提。村里人大多看不起。我就有一种理想，考上大学，找一份好工作，娶一个漂亮的老婆。除了现在这份工作，没有晋升当领导的机会，另外两件事我都做到了，三件事可以说我完成了三分之二点五，我应该知足了。

我承认和二妮结婚，让我们全家过上了丰衣足食的生活，没了生活的窘迫和拮据，引得满村人艳羡，我自己也以为我这一生或许就这样终老了结。恍惚里我看到老年的自己，也为自己不能为国家多出点力心有不甘。

但是二妮，你说她怎么就成了我生活满腹惆怅的根源？！刚开始，尤其是刚结婚的时候，我除了对没能找到一份好工作有点遗憾，别的我感觉自己是天下最幸福的人之一。是二妮打碎了我的这种幻觉。我们的第一次争吵是新婚后的第一个正月，我正为她没能陪我在老家过年却在家胡吃海喝、通宵达旦地玩麻将有气，她要我陪她去超市买东西。在超市门前，一个脏兮兮的七八岁小孩，伸手向二妮乞讨，二妮说声去去去，大正月的。没曾想，那孩子见二妮不给钱，便快速地伸出手来在二妮的白色外套上抹了一把，留下黑乎乎的一溜痕迹，跑啦！二妮很光火，可又找不到娃，气得不行，转身来到放在路边的垃圾桶前，脱下外套扔了进去。然后上了车。我赶快从垃圾桶中拿出外套来上车，二妮让我扔了，说晦气！我说洗洗还可以穿的。二妮说要穿你穿，我反正不穿。她连珠炮般跟我吵，吵着吵着自己倒哭了。我可真没说什么。我只说你要真不

三十七计　125

穿,我就洗洗。我妹和你身形差不多,一定合适。再说那娃你给个三块两块也就没事了,咱又不是给不起。二妮说,那娃上次我给了二十元,这次没给不跟着你么!我只好说是我不是,是我不是。开了车回家。你想想,女人在外边受了气,不给自己的男人撒给谁?撒给别的男人说不定我的醋意泛起。再说二妮的衣服哪件不是千二八百?哪是咱百姓家几十元的东西?!后来我妹见人的场面穿了,好几个人夸洋气,平时她还舍不得,叠得方方正正放在柜里。真是高档的东西。二妮不懂得省钱。前年夏天我们去香港,逛迪斯尼乐园,看米奇巡游,转海洋公园,上紫金广场,遛维多利亚湖畔,但更多的是上贵重的商场购物。进了金店,她是买了钻戒买手链,买了耳坠买项链,花钱像流水。我让她省省吧,她哪听我的话,只要服务员夸她漂亮,她就疯狂地掏钱刷卡。这让我心痛了好些天。临回,东西多得带不了,大包小箱托运了好几件。

  是的,刚结婚的一段时间,我想改造她,培养她的读书兴趣,培养她的为人处事。我得承认,我失败了。我反倒发现我有可能被她改造了,因为我试图去适应她。我曾问自己,这就是夫妻吗?这是我俩至今不能和谐的根子。我明白,要想把婚姻继续下去,或者把对方改造过来,或者被对方改造过去。婚姻真是可怕!这就由不得我叹息,相知相赏的人相恋,有许多共同的东西,这是婚姻的基础,也是能持久的条件。可我和二妮有什么呢?是相需,相互的需要。她需要的不是有钱的花花公子,而是有学识的好夫婿;我需要的是她的美丽,她有钱可以依赖可以让我即刻脱贫可以赡养家人。思想到这里，我真还吃了一惊，我看清了自己灵魂深处的卑鄙……说到此苏子的脸色苍白而扭曲，我看到了一个勇于手持解剖刀解剖自己的勇士！

　　沉默了很久，苏子阴郁地说，我们对门住的那位年长的中学高级教师，他家的面积比自己少了一百多平米，属小户型，还是点式的，装修非常简陋。但人家暖房那天，来恭贺的文化人居多；而自己这面尽管南北通透、板式豪华，除结婚那几天热闹了一阵子，平日却清冷，来者品次不高。这让他很纠结。有天，对门养的小狗来他家门前嗅，二妮骂了人家滚，穷狗！对门的老太太出来说声对不起，然后望着二妮的华服一笑，笑得很高贵，笑得很鄙夷。我赶快出去拉二妮回来。关了门，我问她，你怎么这么不会说话？人家穷吗？人家的精神比咱富得多着呢！我和你结婚之前不也穷吗？你爸不也卖过豆腐吗？二妮一听火啦，说我说她了么，我说她了么？我说的是她家的狗。你为什么揭我爸卖过豆腐的疮疤？那天我们动了手，那是我们结婚后第一次打架。说实话，和二妮结婚这两年多，让我知道了什么叫"金玉其外，败絮其中"。二妮是这样，我们的婚姻也是这样！我是娶了位风姿绰约、漂亮的富人女儿，一时风光罢。这是表象。我们的婚姻，中国的许多婚姻，真实往往堆砌在社会眼光与舆论的下面，一旦某天，表象揭去，真实曝光，设计了表象，隐埋了真实的社会眼光和舆论又会嘘声一片，在指责被蒙蔽被欺骗的同时，还会在真实的上面踩上一脚。

路遥的《人生》《平凡的世界》你一定读过，我更愿意把它看作励志小说。高加林、孙少平虽然有他们自身的不足，但他们毕竟是普通人的奋斗；司汤达《红与黑》中的于连·索黑尔，我欣赏他出身草根为改变命运的努力，却鄙弃他不择手段吃软饭式的上爬。看看，我这是在班门弄斧吧！我现在时常想，现在我在城管办的工作是我想要的最理想的人生吗？这是我自己打拼出来的天下吗？他几近自语，如果你寻找的是一件并不存在的东西，那结局可想而知。

你的意思是？——我问。

苏子微眯上眼睛静静地望着别处，问我，你信命吗？不信！我快人快语答复。我原来也不信。他既像说给我，又像说给自己，可为什么有人生来就无所事事，却生长在好家庭，衣来伸手，饭来张口，还总能在单位工作；而有人倾其一生打拼，赶着入坟还在艰难中。我回答不了。忽然感觉他的眼前是困惑的云翳，我的眼前是迷惘的朦胧。

下　篇

通过千子的全面详尽介绍，经过和苏子的多次相谈接触，渐渐苏子在我心目中有了一个完整的模样，尤其是在相处中渐渐地熟悉。我看到一个真实的苏子——

后来拜访过几次，也两次去他阔绰的家，但总能感觉出一种别扭。一次苏子来学校给小舅子（内弟）送衣食，去了我的办公室，下午我们到茶秀喝了上好的普洱，谈了许多闲话。还有次到城管办采访，是城管人员与小贩发生了争执。市报让我去，苏子和鹏哥接待的我。到苏子办公室，看到他桌上放着考公务员的《申论》《行政能力测试》复习资料，我问怎么？还不死心！他沉吟片刻说，现在基本不动了，心乱，看不进去。但我的内心对他增添了敬意。那天我没有接受他们的安排就餐，避免采访带来的麻烦。眼下是记者不是记者靠记者行当吃饭的人大有人在，给人造成这是一块失控不被监督的领域！我其实也不过是个特约，没有正经八百。苏子和鹏哥说他们理解。

　　我和苏子的交往继续。最主要的是我和千子参加了苏子儿子的满月宴席。预料中的气派豪华，茅台酒、中华烟，二十桌，说是至亲友朋，但也有县上有头有脸的人。让我几天回不过神，反正不管是父寿母生，那样的宴席咱办不起。精神上咱不一定比苏子富有，但物质上却好大的距离。不过有点咱比苏子强，咱没有过外遇。这么说，我有点像阿Q的弟弟。

　　有次乘二妮不在家，我半真半假地问他，和舞厅的徐娘是怎么回事啊？他紧张地环顾一周，不好意思地问我，连这你都知道了？我点点头。他说，也难怪，麟谷巴掌大个县城，闹得满城风雨的事家喻户晓也不奇怪。这事就不往书里写了吧？要写可别真名实姓啊。他讲，他和二妮结婚后，岳父给办公室又配了个副主任,是个特别能干的娃。他的主业就成了和国资委、安监、煤炭、矿管、工商、税务、财政所,当然还有公安,只要和煤矿能沾得上边的部门的关系协调。说实了也就是吃吃喝喝,外带歌厅、足浴、打牌,看似风光,实际是身体的透支换取煤矿的正常生产。人际就是社会,为什么有人要说关系也是生产力?!因为它有道理,而且是硬道理。岳父也许看中了我的会来事儿,不时地倍加赞赏。这可宠坏了我。上上下下让我打理得那才叫个顺啊!可社会是个大染缸,要想冰清玉洁,守身如玉谈何容易?!加上二妮不回老家不生娃,我其实当时心里凝着一团疙瘩。你说常在河边走,哪有不湿鞋?原来我以为自己非常圣洁,可是轻易上了那娘们的钩。是一次招待完人进舞厅要小姐,醉眼昏花,见列一排,五花八门,奇装异服。T型台上的模特咱没见过,但舞厅里小姐们的款式多着呢。总体是裸露多。幽暗的灯光下,粉状无限,醉眼蒙眬里一时半刻你还真判断不出哪个年轻哪个漂亮。这时一半老徐娘主动上来说,挑我罢,我能让男人知道男人的乐趣。是的,吃青春饭的行里,年龄大点的你不主动,比拼起来哪有你的份?!那天我醉了,一挥手让别的年轻小姐滚了出去。接下来发生的一切出乎意料,让我从未有过的愉悦。事毕了,半老的徐娘对我说,干什么职业都有技巧,一方面是能力,一方面是敬业。她是离了婚的,带着一个娃。过去的老公没本事,拿不回来钱。她想享福又没法。这让我老想,是男人就得打拼哪……临了我多给了她二百元钱。从此,寂寞的时候,我更愿意和她待在一起。因为在家和二妮，噢，就是和我老婆干那事就像例行公事，准确地讲就像奸尸。我时常想，女人在生活里，日常的关爱体贴，性的和谐愉悦都包含在内，如果不能给自己的男人留下什么念想，其实你这婚姻已经失败啦。当然，男人也一样。婚姻本身就是双方的事儿。

我问他，这么说这婆娘真有手段，让你娶她你愿意？苏子说当时他觉着自己要崩溃了。那婆娘让他短暂地忘记了苦痛，的确他曾有过娶她的想法。现在呢？我问。苏子嘿嘿一笑，说都过去了，有一年多了罢。也不知道她现在在哪，愿她过得不差！嗨，婚姻真是一件奇怪的事情，就看你怎么把握它。我笑说，我听得可没这么轻松，好像说你当时魂破胆丧，惟恐刘矿长一脚把你踹了。是啊是啊，为这我妈哭了好几天，猛不愣扇了我个大耳光，喊了声你想回家种地呀？然后有段日子都不理我。为这事儿千哥可没少出力。我岳父是开明，但没有千哥，也许如今我真的干了别的什么？！说到这里，苏子说，想喝酒吗？他手机约了千子。那晚我们又说了许多话。

时间不长吧，千子给我打电话，说苏子把城管办的工作辞了，回了圪堵煤矿当副矿长啦。我问为什么？！千子说我也正想这么问他。我们去了苏子的办公室，连问了几个为什么？其中就有这不是你所梦寐以求的入公门吗？苏子愣怔了片刻，说什么办公室副主任，也就是个小股长么，乡镇级以下，搁过去达不到从九品，算什么呀！正十品吗？我们说嫌官小啦？！他答哪跟哪呀，他后来才明白自己公务员没当上，在那儿既非参公又没有编制，充其量算个合同工吧，还有整天干不完的事儿。最让他适应不了的是单位里的卑躬屈膝、谨小慎微、繁文缛节，那不是他曾经的希冀。该着我和千子惊讶之外的无话。许久了，我俩劝他，也好，虽说在矿上干没什么社会地位，毕竟是一份工作、事业。主要是开心自在么。但是，我和千子又错了。没两天，千子打我手机，说出大事了，刘汉让我们过去。我问什么事儿，千子说他也不太清楚，好像还是为苏子和二妮。

到了刘汉的家，苏子的母亲和二妮的娘都在场。气氛沉闷凝聚。千子问怎么回事儿？刘汉激动地颤抖着手指，指指苏子游移片刻，转向二妮有气无力地说让她说吧。二妮不提事体，反倒喊声，爸，人家有压力嘛——苏子的母亲失去了昔日在刘家的低声下气，爆发出一句，呸，真不要脸！刘汉气急败坏地说，亲家，你歇歇让我说两句好么，然后冲着二妮，压力？什么压力！你们这茬娃能有什么压力?！基本是饭来张口，衣来伸手；睡觉睡到自然醒，数钱数到手抽筋，这么好的日月能有什么压力?！从小到大你想过好好学习找工作吗？你想过自个努力养活自个吗？

二妮不服气，竟说出他（指苏子）为什么就可以，我为什么不能的话！刘汉真正地失控了，要起身去打二妮，我和千子赶快拉住了。只听刘汉嘴里喊着，不要脸的东西，你嚷什么嚷，嚷什么嚷?！你自个儿没文化没本事没贡献，整天胡吃海喝。人家正经八百的文化人反倒没钱过日子。这不孩子要上学，要买房，哪个事不花钱的。咋的，今个儿刘汉的话云山雾罩，词不达意，鼓点总是敲在梆子上——边鼓哇！谁知道是气糊涂了还是有意。那就听他们争，然后再判断究竟发生了什么?！反正，当时我这么想来着。

　　吵来吵去，我和千子总算明白了，二妮在外和继承了因车肇事逝去煤老板光禄家业的老婆混，学她们有钱的不甘寂寞——养嫩蛋（小白脸）。苏子要离婚！我和千子对视一眼，傻了。想想也是，和寡居了的富婆搅和，能学好？

　　接下来就是分割财产。刘汉窝在沙发里，一副失败者的模样一言不发。苏子在这时候要主动一些，说，叔，我来的时候，除了自己就是一身烂衣服，如果你同意，除了孩子和那六十万元存款，我什么都不要，汽车、股权，包括西安那套房产。刘汉这时发了言，说小子，算你有良心！你会不会算账？矿上1%的股权，少说一年也是几十万；西安那套单元说少了也值个百八十万，看来你小子不光要和二妮离婚，也不打算在矿上干了？苏子点头肯定。刘汉沮丧地再次跌落沙发，带点谦卑地说，罢罢罢，我知道二妮配不上你，可我欣赏你，所以我一直把你当儿子看。不到万不得已别离开圪堵好吗？你要嫌副矿长还小，我把这矿长的位子给你，产权归我，经营属你。年薪百万！行吗？看着苏子不语，刘汉恳求地，听到了吗？小祖宗！然后又语重心长地说，我知道二妮伤着了你，可你要明白离开圪堵就是离开大几十万元的年薪。望着苏子铁了心地摇头，刘汉几近绝望地说，苏子，你是聪明人，你实在不愿意我不强求，但请你把孩子留下，还有你不要的二妮。我这里条件

三十七计　　133

优裕，孩子会有一个好的成长环境。别的你都拿走吧！你值！苏子的母亲再次发威，不行，孩子是我们苏家的血脉，说什么也得我们养着，你要不同意我们打官司上法院。苏子理智地向母亲摆摆手，脸色惨白地说，叔，你对我好，我知道。所以我才暗暗地发誓，这一辈子到老都要孝敬你。你放心，不管我到哪儿，你都可以把我当作在外的儿子。我会在适当的时间来看你。至于孩子，叔，我母亲或许会培养出第二个像我一样上进的人，让你培养如果再成一个二妮呢？！刘汉一脸关公，憋了大半天说，小子，你这话老子听着气憋。是你这个理儿，你又对了，总是你对！这样吧，今后只要没大的变化，每月我给外孙五千元生活费。看着苏子作难，刘汉火了。怎么，养归你养，我尽外爷的义务和权利你也想剥夺？要知道，他几乎是一字一顿地，不管什么时候，他都是我的外孙！苏子说，我不是这意思。我是觉着给你添麻烦！你真要有这番心意，你放心，这钱我会给孩子存着，他会有个好的未来。

刘汉这才舒了口气。然后说这事就这么定了，接下来说你——

我？——苏子不解。苏子的娘赶快站在儿子的前面护着说，我儿受过你的帮衬，我们感谢，可你不能对他动邪念！

嗨，你这亲家总是添乱。我是说，他冲苏子，今后见我别叔长叔短，还得叫爸！外甥打灯笼照旧，你这个干儿我认定了！苏子点了头。刘汉这才挥挥手算是同意了让苏子把孩子带走。二妮和二妮的母亲号啕痛哭。苏子这才说，叔，噢，爸，你是我遇过的最好最明事理的人，我心里敬你！我不要房产和股权，因为那都是你多年的心血。刘汉虚弱地投桃掷李回应：你是我最看得起的晚辈。放心，不管你将来跑官上进，我都会像对待儿子那样资助你。此时，猛听得二妮"哇"地一声大喊，昏厥。我和千子愣怔着站了半天，这时才有了用武之地，喊声呆什么呆啊，抬了二妮叫司机送医院。

入夜，苏子来电话，告诉我和千子，二妮没事儿，是急火攻心，没什么大碍，静养两天就好。第四天下午，苏子约我和千子，到小酒馆。酒间沉闷，苏子说咱来一段。不等我俩点头，他就讲上个世纪六七十年代，乡文书打电话通知，县上要开"三干"（县乡队）会，那时哪有什么车？一个村一部电话都安在村支书或队长家里。支书问需要不需要带什么东西？比如工作汇报？乡文书说那当然，你得准备准备。支书问，自己一个没文化的大老粗，村里的工作都装在脑子里，汇报起来没什么磕磕绊绊。只是不知还需要不需要带别的东西？乡文书说，这还用说，把日用品带上！报到时村支书去了，那时没什么交通工具，有一辆吉普车还在县里，是县革委会主任（相当于现在的县委书记或县长）下乡调研时偶尔用的，其他的副主任一律骑自行车。村支书和老婆坐了队里的手扶拖拉机进城。会上安排食宿，工作人员问村支书，你怎么带了老婆?！村支书回答这不能怪我，是乡文书让带的！段子有点黄，也很搞笑。可我和千子感觉苏子讲得一点都不幽默，反倒是沉甸甸的心担忧着苏子的前途命运。我俩没笑出来。千子通常是个没脾

三十七计　135

性的人，这会儿按捺不住了，拍着桌子直问苏子，这好笑吗？同时眼眶中噙不住的泪花落了下来。苏子见改变不了气氛，这才说离婚的手续已办结，财产分割随了他的心愿。但刘汉说什么也不行，硬是往他的卡上打了一百万，说离开矿上后做点小本生意。说得唏溜涕泗。我和千子在慨叹刘汉的同时也湿了眼帘。苏子说他之所以没要西安的单元，是因为二妮和嫩蛋在那地方野合了一段时间，他感到恶心；他之所以不要汽车，不要物质的东西只要了那六十万存款，是因为害怕物质的东西会影响他今后的事业打拼和创业。我们问他今后的打算？他说其实一年前他就有了自己创业的想法，所以他供养弟妹上学之外多攒了钱，也对麟谷的产业进行了调查。他无数次地思谋这块能源之地最缺什么？什么可以赚钱？他考察过了，麟谷不缺少超市、茶秀、酒店、舞厅、洗浴场所，麟谷缺少的是让人们放心的安全食品和绿色蔬菜，所以他打算开麟谷县史上第一家产销一条龙的蔬菜公司。买一辆皮卡，组建一个上好的团队，包括他在农技中心工作的同学，包括那位曾经想和他连襟至今没有就业的同学，当然智囊团里还包括千子和我。如果效益不错，他会逐步种植一些经济作物。农村的青壮力基本都出去打工了，靠老弱病残整那点承包地，有无皆可，是一种传统的留根，没什么经济效益。所以转租过来便宜。以他们村苏家滩为例，百分之九十九的年轻人都出去了，闲置了不少荒地。这些地距黄河又不远，购两台抽水机就够了，修一个蓄水池旱不着。他只需添置一些组建大篷的原材料。付给承包者比种地收益多的费用，他们会满意。这是一件双赢的事情！只是不知道，这一百多万够不够。

千子说，如果不够可申请创业小额贷款。苏子问能贷多少？千子说，差不多二三十万吧，下去他认真地咨询咨询。苏子美美地喝了一杯，说那就好！

我俩表达了我们的道贺！

苏子说，今天，他已在县城的菜市场租了间房作为办公场所。以他这几年打拼的人脉关系，他会做好的……苏子醉眼蒙眬地说，你们也许都读过《三十六计》，那是军事专著，说打仗的事儿。我这几年经历的是三十七计，说生活，其实和打仗没什么两样。最重——"要"字还没出口，人已趔趄，额头触进桌上的残羹冷炙中。

什么意思？我和千子面面相觑，我赶紧问苏子。他没回答，只是重复了一遍：三十七计！接着就是轻微地发鼾。

苏子又一次醉了。在我和千子看来，只是这次醉和以往不同，过去是迷惘，这次是欣喜——而且我俩都在他的团队里。

我俩猜啊，三十六计里的声东击西、围魏救赵、欲擒故纵、走为上等当然不去考虑。之外的又是什么？活计不是吧，算计、累计、阴谋诡计也不可能吧？那该是什么计？微醉的状态中我俩费神地猜啊猜啊。对对，生计！苏子说的三十七计就是他就业创业的生存之计吧！我俩为猜着了苏子的谜语沾沾自喜，我们更高兴的是苏子有了自己的事业，那看似近在咫尺，干起来却艰辛与欢乐兼备的未来……

暗　　室

女警单淼一听"间谍"二字如同触了电,一惊一乍变声喊:双队双队,重磅炸弹!

我赶紧来到跟前,看看单淼兴奋且又紧张的脸,抬手向下压压,泼凉水般说:淡定,冷静!顷刻,单淼乖巧如小女生,朝报案的女士努努嘴。我会意,拉把椅子坐女士对面,含颈示意小单做好笔录。单淼一边打开录音笔,一边做记录。我问女士:你说你丈夫是间谍,可有证据?!比如说你听到了"嘀嘀哒哒"发报声音,或者发现他手机、电脑传递信息手段?女士摇摇头说:没有;但他怪异,无论如何排除不了间谍嫌疑。这语气决绝。

妻子怀疑自己的丈夫是间谍,来公安局报案。这是我从警二十五年经办的千余件案子中唯一的一件。既奇特又令人费解。

当刑警的老同学双山呷口茯茶,对我说:今晚我约你,其实就想和你说说这事儿。

双山说,报案的女士五十出头,一脸的憔悴与疲惫,蓬松整洁的发丝中偶有银灰。当然了,办案中才知道女士的实际年龄要比看上去小一些。岁月操磨得人老面。日子么过得去得过,过不去也得过。人的千愁百结,有些是身外环境使然,有些压根就是自己跟自己较劲。临了往回看,屁大点事儿,当境还以为会塌了天,过头它就是颗芝麻粒儿。仔细想想,谁个不是事林中情绪浓烈,过头了逍遥神仙。

听了女士的话,我似乎明白个大概,也算基本判断。我说怎么称呼你?女士,如果过不到一块,可以和和气气分开,现在离婚率一直往上蹿。真要分开,大家好聚好散,离婚也不是什么丢人的事儿,毕竟一日夫妻百日恩嘛,不至于不成婚便成仇,非得把对方送进监狱让他吃牢饭。要知道父母、子女之外,配偶也是你的至亲。怎么说呢,处好了,他和你厮守时间最久,一辈子的事儿。

女士红晕了脸。说领导,我姓高。你叫我高女士好了!我想你误会了。我知道配偶是亲情中非常重要的一块。我来报案,也不是快刀斩乱麻地果决。知道么,我是经过一番激烈的思想斗争,犹豫再三,大概有两三个月才决定踏进你们的门槛。大道理我懂。说大了我这是替国家负责任,说小点我也是想把自己撇清。要是我的判断没错,我就可以不担包庇的罪名。真的,我很纠结。我说清楚了,对吧?

这下,挨着我和小单发窘。高女士看上去思路清晰,理性庄重,面相看着有些和善,不像神神叨叨精神上有毛病那种。她这么说,让我和小单觉得事态严重。双山说,搁早些年,夫妻亲情间检举揭发见怪不怪，屡见不鲜，大义灭亲是我们这个民族亘古既有的美德，无论作出决断前内心里怎么腾翻纠结，最终的选择才是大义的展现。可这些年，说温馨，谈和谐，尽些暖阳催情的事儿。像这种直接要把老公送进监狱的老婆真不多见。于是我说听明白了。不过，你总得说几条具体的理由吧，猜测可不是事实！办案最看重的是这点，将来判轻判重，都得靠这些条条道道支撑，否则在法、理、情这三者间很难勾勒出合理顺畅的线。没听懂不要紧，我的意思是凡事你得说得通，这案子我们不能仅仅靠你的臆断，你得给我们些依据我们才能合情合理地办。要不怎么说以事实为根据，以法律为准绳？我们总不能查了个底朝天，投入大把的警力、精力劳心费神一番最后无功而返吧？再说，仅凭猜想也没法立案！

高女士说，这我懂。我怀疑他，是因为他特别。他有个暗室，不允许任何人——包括我都不让涉足。我真不知道他在里边鼓捣些什么玩意儿。这事儿搁谁能漠视不管？再说，装修时他买了石棉等隔音材料，搅拌进墙泥里；这还不算，他把自己临街的窗也用砖瓦砌起来，只留了安装空调的孔，让房间与外界的空气和阳光彻底隔绝。为什么呀，他想干吗？说着说着，高女士来气——他竟然说暗室是他的私人空间，是专属他的领海、领空、领土，神圣得像他一个人的家园。你只要看到他说这话时那份陶醉，跨进暗室时的神气，你感觉他就是个王！你们说这叫不叫形迹可疑？！

不过你们不要误会，我说的这个暗室，不是二三十年前照相馆里，摄影家用135、120相机，柯达、富士胶卷和显影粉、定影粉之类乱七八糟东西冲洗相片害怕曝光的地方。这是我们家里独有的一个房间，是我丈夫自己特有只属于他自己非常私密的地方，它里边长什么模样？他不让我进去，我也没有见过。我真不明白，我还是他的妻子、他的家人吗？那里竟然是我的禁区，我没有踏进去一步的权利?！你们评评，这叫什么理儿？国际上友好的国家还有个你来我往的互访，同一个家里竟然有隔离。他像不像新闻中说的"西方"，在用"冷战思维"处理家庭关系?！

还有，装修好后，他给房子取名"心苑"，跑到咱西安专卖笔砚纸张的书院门，与一名不太耳闻的书法家讨价还价，花几百块钱让那人题写了这两个字，制成匾，悬挂在暗室的门楣上；还好几次告诉我这是他的隐秘处所，是他的"国家"，有事没事不要进去，还说希望我能理解。我理解个屁！高女士愤怒了自己，嘟囔一句：这叫什么事儿？我的家竟然有我不能涉足的禁地。我有再高的智商也理解不到哪儿去。他这明明是在家里搞分裂、搞独立！你再看看他每天回家，就像来住店，只不过他是长租户，住得久一些。我算领教了独往独来是怎么回事儿。最让人受不了的，是有天我敲门想进去，他堵在门口问，怎么，你想欣赏欣赏我的创意?！不等我言语，他说声：别！"啪"地一声，门被重重地合上。那一刻，我直想到哪儿找点炸药，给他把"心苑"撸了！

高女士愤愤不平地说，刚开始，我以为他受了刺激，有种想逃离尘世的想法，属吃斋念佛那种也就算了，可是他整天鬼鬼祟祟，神秘兮兮，一副乐不思蜀的样子。你们说他既没喜欢过摄影，也不皈依信教，那他算哪门子信徒呢？他在暗室里究竟做些什么？

得，这还放不下了。是啊，他究竟会在暗室里干些什么呢！高女士猜疑，我们费解。双山说，问过你先生是否在服用治抑郁症的药？得到否定回答后，我们只好按照办案程序，让高女士写了报案材料，填写了有关表格。这样，我们知道了高女士的丈夫姓邸，两人都有高等学历。只不过高女士是本科，丈夫是计算机专业博士研究生。顺理成章我们知道了她的家庭情况。随后汇报领导，知会国家安全部门，他们表示会积极配合。立案，从刑侦、治安、网监抽调精兵强将，成立了七个人的专案组，确定了侦破思路。

当问及邸先生的电脑IP地址，名下有几部手机，高女士一脸懵圈儿，嗫嚅半天才说出丈夫的一部手机号，随后和犯了错似的说，真不好意思，我没注意，也不知道。

专案组开始跑公司，进社区，调取邸先生的手机信息，召集相关单位的核心人员座谈了解。

调查在保密措施下展开，防止过早走漏风声，打草惊蛇。

这事儿发生在三个月前。

走访丈夫所在公司，调查他们居住的社区印象，要想破案你就得搜寻蛛丝马迹，哪怕是一丁点的切口都可能是案件突破的关键。可是，无论是单位还是社区，被走访的人一听调查这个人，要么因为他低调，人家说小区里是有这么个人？没太在意，印象不深；要么说一个知识分子典型，直来直去，没和谁脸红脖子粗，也没见他在什么场合地点站过C位，总是在人堆里，渲染气氛，烘托背景，顶多算个路人甲；有人甚至说，世上的人如果都能像他，社会治安还需要下大力气么？老实本分说的大概就是这类人吧；当然了，也有人说，这种人最可怕，要是你了解了真实的他，你会发现什么叫两面人，阴一套阳一套，就像有些官员的台上台下。听听，听听，知道什么叫众说纷纭了吧？你要按照走访调查的情况来判断，保准让你先糊涂了自个，结论还真不好下。不管怎么说，调查归纳，单位说那可是我们的优秀员工；社区说他文质彬彬，处事得体，是小区里的模范业主……

调查的结果诚如高女士所说：其实我丈夫人挺好，非常和绵，从没有和我红过脸，动过手脚。只是他经历了一些际遇后人好像变得有些沉郁，不再愿意和人交往。我害怕他憋出病来，所以遇了长假、年休假，几次提议外出旅游，希望他看看名山大川，换换心境，他却怼我：看什么看？假日人流高峰，那是人海中人看人，人挤人，就是在香山的静心潭前要静下来也难，那是烦恼自寻。傻里巴叽的人才干！他说其实闭上眼睛，遍览宇宙天下也不是做不到的事情。你没见过他说这话时美滋滋的神情，见了说不定你也会信。他说旅游只是一种健身的走动，没有好的心态，再好的风景都会令人伤感。说完，他

暗室 143

钻进自己的心苑，关上了门。我真不明白他的心苑里，是不是有花花世界？我的一片好心，被他曲解成了这。真个狗咬了吕洞宾。再说，你不去则罢，你这不是骂人家爱旅游的人么！

高女士说，她丈夫邸先生在一家互联网公司上班，主要负责计算机软件编程。人特别有才，是单位里的翘楚。但凡有全国性的会议，领导总会带了他参加。高女士说：有段时间听说他与公司里一女同事关系不错，我担心他出轨。每次他出差回来，我装作期待他给我买了什么礼物，总站一边看着他把拉杆箱打开，一一巡视内里。其实，他给我带没带礼物我并不介意，我主要是想检查他有没有给那个小狐狸精贱货带东西。但是我观察了，他和女同事的关系也就那样。

双山感慨：婚姻之外的第三者，男的是要被称为风流成性的，女的是要被指责为贱货、女妖精的。可惜天底下只有非男即女两种人，性别要是多点，绯闻自然会少些。

哪样儿？听到这儿，小单插嘴问。

高女士回答：也就同事关系呗。在他受刺激后，干脆和这位女同事也日渐疏远，没了联系。

他受了什么刺激？双山问。

高女士说，丈夫朋友不多，人际简单。遇了两次朋友背叛，心被灼伤。从此，他就彻底地不太愿意与人交往。一次是二十来年前，我俩刚结婚筹划买现在住的这套房，采取按揭还贷的方式。那时工资低，没什么积蓄，首付时他向一位做生意的多年好友开口借十万块钱。朋友隔天给他拿来九万，说急达慌忙一时半刻凑不齐整数。这不关系好么，没打借条，也没说还款日期。过了半年，我俩凑足了五万，他去了这位朋友的办公室还款。他告诉朋友，剩下的四万他会尽快地凑起还清。朋友一脸地不悦，说怎么？你借我十万，我没跟你要利息，这反倒老本得亏一万？！他争辩说，你一定是记错了，当时我是想借十万来着，你说手头只有这么多。得，俩朋友为一万块钱争得面红耳赤。这下好，朋友间的诚信消失。临了，他给朋友打了四万元的借据。

半年后，我俩从三张卡上凑足四万元，他再次去了朋友的办公室。那晚，他回来时我正在厨房做饭，他搂了我的后腰，头依靠在我后肩上长长地喘了一口气，轻松地叹息说下午我把钱还了，从此咱不再欠人家的钱了！那天傍晚，阳光明媚，从橱窗撒进来温润和煦，往日的尘霾形遁迹匿。当时的情景我印象非常非常深刻。那天晚饭后，我们没有像平日一样看正在播放的电视连续剧，倒是早早地钻了被窝。是的，无债一身轻哪。没有债主的人活得省心没压力！

但是事隔七年后的除夕日中午，我俩刚刚在家门上贴好春联和福字，正准备做些年茶饭，那位朋友登门拜访。待他在客厅里落了座，我赶快沏茶招待，还热情地让他哥俩小啜一壶本地酿的波罗古酒。曾经有恩于咱的人咱得高看一眼不是？朋友婉拒了。然后冲丈夫说，你还欠着我的四万块钱，这都好几年了，也该还了。我俩吃了一惊，面面相觑片刻，只听丈夫说，那四万块我们还了呀！朋友说，没有！欠条在我手里呢。这话如同手雷扔进了池塘，炸起的岂止是一圈一圈的涟漪。片刻迟疑，丈夫就是丈夫！高女士以欣赏的口吻说，丈夫在憋闷之余脱口而出，有借条我认。很快，我俩东拼西凑地第二次还了那四万元。我抱怨质疑丈夫：你说还了，借条怎还在人家手里？我就差说出前边那四万该不是给小三了的话。丈夫百喙莫辩，沉闷了一段时间，说这些天他回忆了许多细节，虽说事隔多年，大致他有了个明晰。他说还款那天，钱交到朋友手上后，他要抽借条。朋友说借条放家了，不在办公室。你想这也算贵重物品，他不得精心保管？双方约好第二天带来。可是第二天，丈夫去寻，朋友说忘了拿。这不关系好么，丈夫说，这样吧，钱还过了，你回家把借条撕了，咱两清了。记着啊！朋友说，行。这事儿就算翻篇了。丈夫人实诚，说白了有点憨傻，有时候近乎天真。他以为自己善待他人，他人也一定会善待自己。可谁想到我们付出了双倍的代价。四万哪！咱是工薪阶层，这是小数目吗？这不比高利贷还高么！

丈夫纠结了有小半年，与外边的交际和语言明显少了，主要是不愿意新认识人，就是人们说的那种"拒生"。我经常见他独自坐在沙发上，手里拿着书，却对着窗外怔怔地发愣。

还有一次是有一位朋友大话连篇，吹嘘说与丈夫公司老总是铁哥们，可以为他的升迁出镜，只是需要打点。丈夫信以为真，给了这位十万块钱，想通过他获得提携。没想到事没办成，钱要不回，怎么想都觉得冤。骗了丈夫的这位也能当朋友算？现在网络电信诈骗你们可以围追堵截，但你身边长了朋友脸的防得住防不住？你累不累！那是原本以为可以来往终生的友情啊！怎么说变就变了呢？看来，金钱是能够检验友情甚至亲情的试金石，这话一点都不假。

这两件事深深地刺激了丈夫。高女士说：我总觉得刺激的说法有点轻描淡写，准确点的说法，是严重地伤害了他。他变得孤僻不能自拔，原有的朋友能疏远的疏远，能断交的断交，孤家寡人成了独行侠，我看着都心颤。这些年他的人生轨迹基本上变成了两点一线，就是从小区到公司，再由单位回家，如此折返，不息昼夜。看着简单，想想复杂。渐渐他对我俩的性事失去了兴趣。也许是我的唠叨多了，他不再碰我。除了共用空间，我住我的卧室，他住他的心苑。我俩成了一个屋檐下事实上的两地分居。每晚，你别看我们进得是同一个门，其实我们是两家人。除了一块晚餐，我们各住各的。有三年啦，三年多他都不要我啦！

双山说，听到这里，我一时恍惚，少了灵醒，不假思索脱口而出问她：三年啦，你什么意思？坐我一边做笔录的小单"啪"地把笔摔在笔录纸上，冲我说：双队，有意思吗？我最讨厌男人刨根究底地讪问。我一惊，马上意识到了自己的唐突不妥，于是及时地表示了道歉说：对不起，对不起！是我一时恍惚，我真没听明白。小单接了话茬，说高女士的意思是有三年多她和丈夫再没有一起过过性生活。双队，这很费解吗？！这时我感觉自己两颊滚烫，会心一笑说真对不起，请高女士原谅！是我的反应慢了点，我也不是每时每刻都高智商。高女士木讷地说没事儿。双山说此刻我心里喟叹,还是女人了解女人啊!道过歉,我还是续接了话题问:那你的意思是,你怀疑他有了婚外情或者说出轨了,他外边有人?高女士依然平静地板着脸说:看不出来,没发现。要是真有了外遇,我还知道有可恨的人!可他如今这孤寂劲,我都不知道去恨谁?高女士凝神远望,一脸迷茫,望着空气中的浮尘,仿佛在凝望自己名存实亡、支离破碎的婚姻。

迷茫中,高女士似乎自言自语,夫妻间该不该有隐私?现在夫妻间最大的隐私就是手机。我倒是希望他光明正大或偷看我的手机。他倒好,三年了,他竟然没动过一下我的手机。他根本不关心我在外边的任何交际。说这话时,高女士的声音很低,既像说给我们,又像说给她自己。

高女士硕士毕业,在一家外企上班,怎么说也算知性达人,在单位也是一个顶俩地能干。他俩结婚近二十年,生有一子,随了高校任教的爷爷奶奶生活,在附校上高中。

痴愣的高女士说,你们知道,婚姻是私有制的产物。可这是哲学概念。咱们是普通人,过着普通的生活,没上升到那个层面。但是我的普通人生活怎就不能正常地普通呢?高女士仿佛独自呢喃。

说实话,听得此话我深感同情,双山说。坐一边从警数年、热情极高的小单早已潸然泪眼,竟然安抚说:高阿姨你想开点。

折腾了半个月，可以说案子没有丝毫的实质性进展。专案组认定搜查"心苑"也就是高女士说的暗室，才是唯一可以解开谜团的钥匙。不管邸先生神经正不正常，案子总得画句号，求答案。谜一样的邸先生，我们该会会了。

专案组向上呈请搜查"暗室"。

局长签字后，我们带了搜查证上门，我们让一脸惊诧的邸先生打开了暗室。

暗室非常整洁：两个大书架、一个大衣柜泛着橘红的雅光色，倚墙矗立；书籍有序排列，一个书架里有两格是互联网、计算机原理、编程的书籍，其余多是思想性的哲理、历史书籍，另一个书柜里几乎全是文学方面的书籍，有《思维简史》《文明的冲突与世界秩序的重建》《复活》《1984》《平凡的世界》。右边是床，床前一张书桌，桌上放着一台笔记本电脑和几沓打印纸。书桌前有一张茶几和一个矮凳。

桌上的一张 A4 纸首先跃入了我们的眼帘，那是用签字笔书写的娟秀如诗的文字：

《心苑》

开灯是昼

关灯是夜

久长如春的四季

因闭目后的调色板而绚烂

一片可控的世界

并不起眼

心漠浩大

人际遥远

温馨于弥散

取证过程全程录像。刑检戴着手套用镊子提取桌上 A4 纸装进塑料袋时，好像触痛了邸先生心灵的幽微，他看上去虽说一脸的委屈，却彬彬有礼地说了取证过程中唯一的一句话：对不起，这是我的诗《心苑》，请你们爱护它！我和善地告诉他，放心！检测后我们会完璧归赵。他眼睁睁地看着我们把他的手机、电脑一一装进物检袋直至带走，至终再没有说话，但眼神里分明有一丝迷惑流泄。

说实话，十几平米的心苑格局布置非常有条理且舒适。当然了，我们不是冲着它的装修、布局设计来的，我们是冲着潜在的电台或者说是邸先生使用的手机和电脑来的。既然怀疑他是间谍，那我们就得找到证据。少不了一番翻腾。让搜查人员颇感诧异的是，在衣柜里我们翻出了一个包裹谨严的女体自慰器。参与搜查的刑警是个刚入职的年轻小伙，经见过多少人间烟火真不好说，总之翻出这一实物，开初亢奋地喊了一声找到了！打开了愣怔片刻，颇感奇异。待年长的组员过去一看，嘟囔句：也不看看是什么东西，就喊就喊！大家都感觉有种忍俊不禁的幽默感。等确认自慰器里没有发报装置被弃置一边后，大家几乎不约而同地瞪了丈夫一眼。说实话，男体自慰器我在成人用品店的橱窗和柜台玻璃板下见过，女体的我还是第一次见。丈夫的脸上看不到一点羞赧与自愧，倒是站一边的妻子高女士在微微颤抖中一脸羞红变白。我估计她也是第一次知道自己的丈夫在使用这个玩意儿。现场的场景是尴尬的、凝固的，现场的空气是停滞的、郁闷的，现场的人默片一样噤声，只有动作。你发现你身处在远古无风的荒原，心的荒芜是空旷一片——此刻，我的心好像被犀利锥尖刺痛，哀怨有种说不出的凄清沉闷。我同情地望望木讷朽木般伫立在旁的高女士，心想这样的婚姻让人心寒。

用于谍战的电台始终没有露脸，可那是搜查的关键，也是专案组和高女士所期待的。

回到单位，网检对邸先生手机与电脑上的往来电子邮件逐一检索，均属正常没有发现。提取手机里的信息，通讯录、微信圈里朋友少得可怜，除了父母、妻儿、同事和一些公众软件，几乎没有几个朋友。难道是他的隐蔽工作做到了顶端，具备高超的反侦察能力？他可是编程的计算机软件专家，那技术是我们这些普通的办案民警望尘莫及的啊。我和我的同事以及高女士所期待的证据，始终没有显现。

搜查的结论是邸先生心理有问题，以刑事立案的理由办案已无法继续。研究、讨论，局里对专案组组成进行了调整，并决定由治安支队牵头继续推进案件。之前专案组是以刑侦人员为主，治安和网监人员为辅，调整后多了治安民警。治安支队的人犯了难，他们告诉我，此案是烫手山芋。打架斗殴、卖淫

暗　室　151

嫖娼、赌博吸毒,哪怕是涉黑,他们都可以照本宣科,寻找依据,条条框框地对照进去,偏偏邸先生这种怪人,即没有形成刑事犯罪,又没有触犯治安处罚条例,反倒是一个在单位、在社区乃至在家里,没有家暴没一点违规行为,不惹事,不扰民,安分守己的公民——当然这样的人活得极其无趣——他们为难,这样的人怎么处理?!

专案组再度邀请了邸先生所在单位、社区的相关人员,外加了心理医生、专家会诊。大家在一块合计,邸先生的行为,到底是想把人际从自己的内心中清零,还是主动让社会把自己隔离。抑郁、孤僻是否都是这样产生的?!心理医生的结论,邸先生患的是自闭症,治疗的方法是提升他的性趣。人过度欲望不行,彻底地无欲如邸先生是空。最后的解决方案是,让邸先生开始看心理医生,希望他在心理学家的疏导下能重返人际,逐步痊愈。

怎么?还想听下去?没啦。专案组到此解散。本案,成了办案民警们闲暇里的笑谈。不过,结案后这些天,我一直在琢磨,是不是我们每一个人的内心深处,都有一处密闭幽暗的地方?就是高女士所说的暗室,邸先生标榜的"心苑"呢?!那里边储藏着妄想、抑郁、自私等等不太能见得阳光的私货。或者是能够使自己自慰自乐,高大上的敞亮……到底是邸先生脆弱了些,还是我们这个社会患有疾疟?这才是这段时间令我寝食难安的根源。所以我今天特意约你,就是想和你说说心里话。你是作家，我想听听你的看法。

　　说到这儿，双山啜了一口滚烫的茯茶，我没接茬。

　　茶馆外，霓虹灯光不解风情地烁闪——

切割高原的河

饥饿的感觉真好！有人敲门之前，李北漠相信自己在虚幻的意境中穿越了，是极度饥饿后的瞬间恍惚：地绵绵的，腿软软的，纯粹飘起来的感觉。五颜六色的小星，浮动在橘红、杏黄与橙色交替融合的背景上，不停闪现游走，间或推出一两张百年或数百年后大收藏家的嘴脸，谦恭地告诉他，今天，他在索斯比—嘉德拍卖会上竞得他的一幅画，花了四千五百万，不——不是人民币，是美元……

说是有人，肯定秦国南，也只有秦国南。离婚后的几年，单身的他已没了人际的交往，秦国南成了他唯一的友谊。妻子离开前的爱巢——他所居住的画院公房，成了他宿办合一的画室、卧榻与厨房。

起先，他以为自己穿了一双女式的松糕鞋，尔后，又以为踩上了海绵垫，临了方知，幻境中地球对人没了吸引力，就像登上了月球的宇航员，弹力很好地跳跃着，悬浮在九霄云天，不停地游走滑动。似乎回到了历史的从前，与祖先们同呼吸共命运；走进了未来的以后，和儿孙们同甘苦共患难。自己楔接在两者中间的支点，过去、未来和现在串成了一条线。这不是时空的颠覆错乱，这是武侠小说里有移魂大法的神仙才能干出的事儿！眼下所说的穿越科幻，其实就是一种带有创新想象的幻觉——

"咕噜"一声忒响，是自己嚅动的喉结，一不小心让一口涎水从口腔滑入了食道，仿佛重物抛入了空谷，回音不断，让前心贴后背的肠胃闹起了意见——他知道自己饿了，饥肠辘辘那种。当然不是辟谷修炼者的刻意，是冰箱里没有了东西，连矿泉水和方便面也没了！正思谋去超市买些回来，这不，有人敲门了，跟及时雨一样。

秦国南和他同出一个师门，是赵伯岩大师的关门弟子。大师在世时是西北国画界的一代宗师，响当当硬邦邦的翘楚！回想拜师时的风光，艳羡者的眼神，和画室里充盈的丹青墨香，伴随他俩度过了三个寒来暑往。他一直在费神地捉摸，有暇就想：入室弟子和关门弟子的区别是什么？没等他想明白，大师病了！是那种来势凶猛，一瞬之间房倒屋塌的病。谁都知道眼下是大师的鼎盛时期！画室的钟摆停了，昔日的车水马龙变成了门可罗雀。大师动不了笔，没法手把手地指教，只能说说画史，说说他俩的画，把自己对艺术的追求寄托于他俩的进步与发展上。也好，在一种剔除了市声喧嚣与骚动的氛围中，秦国南和他潜心创作，画艺提高神速。这一阶段，他俩称其为——说画时期！

大师走了！只留下几幅作品被画界公认为可以传世。临终

切割高原的河　　155

前,大师意味深长地告诉守候在床前的他俩——画形易,画神难。形本是自然的表象,神乃物之本质与内核,心智神韵、内敛定力都可作为神来理解。对神感知到位的画家才能让神在自己的画作中弥漫。要珍惜一切,造物弄人是绝无道理!

秦国南留校,师承大师的遗愿;他被分配进市里的画院。如今,秦国南的画卖得忒火,他却艰涩,非常落魄,几至买不回作画的原料。秦国南几度劝他——走大众化,有市场就有生活!他拒绝了。他的画作,有钱没文化的来,看不懂不要;看上的,开价,给俩小钱,他没卖过。他自个儿愤愤地嘟囔装什么风雅!有文化没钱的欣赏他,白送,人家多少留个成本钱,其实就是原料价。他乐得其所,竟有点成就感哪!以至基本依靠事业单位里领得那点只能糊口、却无法养家的钱。妻子没有工作,生活清苦,毫无怨言,看不到前景,恐怕耽搁了孩子是所有女人绝望的根子。妻子走了,抱了女儿。他没争,只是瞪着一双死鱼一样的眼睛,久久注视妻女远去最终消失的背影,始终没有吭声。他知道强大的躯干往往蕴藏着弱小的灵魂,他明白大师的话造物弄人,他清楚今生自己得有牺牲。除了对妻女默默的道歉,蓬头垢面的须发飘逸在风中。自此,他失去了家与妻,成年男人的必需!

单身后的他,作画已经没了昼白夜黑的概念之分。秦国南以为他疯了,拉他到医院检查。还好,大夫说不是神经错乱,是着了气想事想得过头了,不是抑郁症!是,是,有点偏执狂。真搞艺术的这样可以理解!他才不管不顾,日复一日,画了撕，撕了画，年年岁岁，反反复复，只有满意的才留下。几年下来，也就百十幅画。有天秦国南注视着他和他的画，许久诡异地说，你的画里和梵·高一样有性饥渴的痕迹！他会意，惨笑着说，在艺术领域，爱是永恒的主题，性同样是。无奈，秦国南告诉他，境外一华商偶见他的作品，赏识得不得了，冲着他的低价位，隔三岔五买一两幅去，放个三千五千。前后也就卖出二十几幅。他不考究钱多钱少，却在意秦国南的相助与理解。就秦国南这么一个朋友，他也知足！

一次，秦国南举办个人画展，商家、官人邀了一大群，请他，他涩涩地说我就不去了吧！秦国南知他在捉摸去了的尴尬：请你去不只是给我捧场，更主要是想让你结识熟络那些商家，宣传宣传自己，不定哪天火哪！他半信半疑脱口问：真的？秦国南就告诉他，别看眼前我的画卖得很火，我心里清楚，那都是些家居用的装饰速朽之作。我没你的灵气，画不了两三百年后人们喜欢的东西！他一惊，脱口问，怎么，你看到了我的幻境？！语音未落，他后悔话不得体。秦国南却粲然会意，拍拍他的肩道：对艺术来说，坚守就是个性！

他心领神会地报以微笑，也说：你别在意速朽不速朽之说，被需要就是价值。速朽只能说明同样的复制的东西太多。唯一不可得，追求就是福。眼下的畅销其实也是一种时代价值，即使将来不太火，也可印证当代鉴赏的水准。

秦国南感激地望望他，说，过两月咱俩办个同门画展，既是对你的一种宣传，也能提升我的层级。你可别嫌弃我的画

切割高原的河　157

俗气!

李北漠没想到秦国南会这样说,愣怔了片刻才歉意地说,这不好吧!你已经火得成大腕,我和你同展,显然是沾你的光揩你的油,有搭顺风车之嫌。以后吧!

秦国南听明白了他不温不火的拒绝,讪讪地变了话题,邀他去家吃饭,说是没外人,家宴,最主要是想让他看看自己刚刚装修了的工作室。平日,秦国南不太敢叫他,害怕他对自己的宾客如云和他的门庭冷落作比,心生难堪。几年间,也就两次,是当年大学的同学来,除了去画室走走,宴席安排在酒店。文化人敏感,你稍不注意,都不知道在哪儿伤害了尊严。小心翼翼,与文化人相处你就得把握这点。望着秦国南期待与征询的眼神,他游移片刻,答应了。

第二天去秦国南家。新建的住宅小区楼群挺拔,四周的绿地:国槐、连翘、冬青、黄杨、龙蟹爪、红叶李等乔灌木,环绕周边,因为园林式的构建,便有了人为的树种驳杂,但又错落有序。远离了市井的嘈杂,不愧为都市的新地标。秦国南的家在顶层,复式的,二十七层是生活区:客厅、餐厅、卫生间、卧室,二十八层是他的工作室、书房和库房。工作室宽敞,有一百多平米,装饰得古朴典雅,气派漂亮,有几位弟子听命,时有求画之人叩门。秦国南容颜悦然,一派既高兴又无奈的矫情状。有位仪表堂堂、举止庄重的访客来,与秦国南窃窃耳语,秦国南向他招呼一声,带着访客进了书房。他知趣地下楼,独自来到距厨房较近的阳台前,临窗俯视大街上默片般涌动的车流，恍然闪过自己居室脏乱差的景象，倏生空荡荡的失落。这时，秦家的保姆经过，见他衣冠不整的邋遢样，误以为是秦国南叫来的雇工，便要求他相帮，同到库房去取宴席上须准备的红酒和餐具。他没说什么，跟了。库房挺大，小超市模样，生活用品一应俱全：干参、饮料、杂粮、木耳、花菇、海带等土特产；库房的另一边是作画的原料，倚墙立着被布单蒙着的框状物。一瞬，他有一种懵懂，直觉得那形状似曾相识地眼熟，手中都接了保姆递来的红酒和餐具，就是心有疑虑，绝非好奇，即将出门之际，返身放下手上的东西，拉开布单——不看则已，一看无异晴天霹雳——是自己的作品，一幅，两幅，三幅……二十六幅，唯独少了那幅自己挺喜欢的《切割高原的河》！没错，这些年，他只向几近讨要的好友秦国南出售过二十七幅作品，另有几幅免费赠送给了拜访者，还有现在存放在家中的几十幅。这几乎就是他李北漠艺术履历的全部。而秦国南每次来都会侃侃而谈他的画作在社会上正在提升的知名度和渐渐增加的影响力，有境外的藏家托他商购。每拿一幅，要么说买家在他那边等着，要么说人家过两天来取，临了放下三千五千万把元，掮了画走人。信也罢不信也罢，他没较真，他知道秦国南关照自己，也希望通过他的人脉关系和画界的地位推广宣传开去。想想画作越洋过海的辛苦，他压根就没问过具体的国度。期待几年了，虽说平静，没有急切，但也不至于漂泊至此，把画作撂在秦国南的库房里，任潮湿和岁月侵蚀自己倾注了一切的心血——他突然有种空落落的眩晕，仆然倒地,后颅撞在了自己的画框上,脚下的餐具"哗啦"一声脆响,碎裂得形状各异——

到他清醒,大抵是两个月后的秋日。他躺在病榻上。秦国南匍匐在他的床沿前,流着哈喇子,疲惫不堪。

见他醒来,护士高兴地叫大夫,嚷嚷他,醒了!大夫来了,秦国南也醒了。他发现秦国南失却了往日的风流倜傥,一脸憔悴的倦容,胡子拉楂,眼泡浮肿,和他出事前成功画家的形象判若两人。

他想说话,却发觉发不出声。大夫这才嗫嚅,告诉秦国南,这便是脑溢血又撞墙颅脑损伤后遗症,类似中风,将来能不能说话,动了动不了身,思维是否正常,得观察一段日子才可知晓。眼下看来话是说不了了。什么时候恢复得看造物的神奇!大夫悲戚戚的语调,击溃了秦国南的堤防,他顷刻间泪雨飘洒,忍不住,跑出门去哽咽出声。护士走前来对李北漠说,你这兄弟人真不错!自从你入院,就没离开过,看护你比我们都心细。说着在他右手边放下十六开大小的夹纸板和笔,告诉他在语言能力恢复之前,你可试着用文字交谈。你试试!护士把笔塞进他的指缝间,他颤巍巍了好半天,画出一个字和两个点。护士拿起来左旋右转端详了很久,喜出望外地喊:你写的是谢谢?!他听得懂却没法回应,竟然没有颔首点头的劲,反倒是哈喇子直流,粉丝一般。这时秦国南回来,两眼红肿如桃。大夫兴奋地带着法官宣读判决书式的确定:他虽然暂时丧失了语言能力,但他的智力思维是正常的!这样他就跳过了成为植物人的门槛。大夫说完,兴奋地和护士离去。秦国南在一种喜忧参半的欣喜中独自坐在床前说与他听:

那日请他到家吃饭,一边是请他参观参观他重新装修了的工作室,一边是想给他个惊喜——从那天起,他李北漠的作画生涯步入辉煌,风光无限!因为他的那幅《切割高原的河》已经约好了买家,会有个不错的价钱。可谁曾想委托人来相谈十来分钟的时间竟让保姆鬼使神差地带他去了库房,让他看见自己的作品受了刺激,铸下如此大错。这样的结局,让他秦国南肝肠欲断,愧疚不已!

想知道是什么惊喜吗?!你的那幅《切割高原的河》在嘉德拍卖会上,经过十五轮的角逐竞拍,卖出了三百八十万的好价钱!你不相信吗?!是的是的,这钱对一个温饱都成问题的画家来说,不光有些突然,还多了点儿。望着他那质疑的眼神,秦国南问他,然后把笔塞进他的指缝间。他歪歪斜斜,大小不一画出很难辨认的"别安慰我"几个字!

秦国南说,我知道你会这么想,所以我带了第二天的报纸给你——你看,有文字报道也有画的摄影图片。老兄,你这是不鸣则已,一鸣惊人哪!这些年,我的画是卖得好,一幅也就十来万块钱;你倒好,一出场就牛气冲天!成功来得是晚了点——佩服的语气戛然而止,切换为叹惋的——真可惜!

他看了看展示在面前的报纸,潸然落泪。颤抖着写下:天劫!然后疲倦地合上眼:《切割高原的河》是他这些年操心最多的一幅画作。

画面描绘的近景是河谷岸边一位垂钓者的闲适，和他周边的炊烟、农舍、田园植物，中景是湍急的水流奔涌前行与壁立千仞的险峻，以及远景：原上隐约可见密集的现代都市。俯瞰的视角直观地望去，是河流经年累月对高原的切割。远古的高原也许是平的，但是经过一条并不算显赫的河流与岁月老人的携手，千年万年或亿年，切割成了画面上的深谷。尤其是墨色与朱砂、赭石、石绿、石青的大胆交融，没有既往山水画的苍劲云翳，没有工笔写意花卉大红大紫的俗艳，反倒浸漫濡染出一种沧桑与凝重。也可以说远景是写意，近景带工笔。这与眼下市场化浮躁后的一切形成一种喧嚣与恬静的鲜明对比。这样的生存状态究竟蕴含着怎样一种寓意？！

可不可以说，画中的高原就是人类历史长河的代码与符号？画中的河流、河谷，就是以静制动，滴水穿石精神与耐力留给人类思考的印记？！真实是残酷的，这就是现实。真正的艺术家应该清醒，当社会广泛地接受你时，未必是好事。就在艺术创作渐入佳境之时，令李北漠万万没有想到的是，自己竟然和赵伯岩大师几近相同的结局——动不了身，没了语言表达，更作不了画，思索人世间的酸甜苦辣成为证明他存活的唯一，否则与行尸走肉何异？！

他睁开眼，秦国南还痴痴地站在床前。他真想把自己刚才的所思所想告诉这位情同手足的兄弟，可是他感觉自己嘴唇动了几次发不出声息……

秦国南的妻子来看他，同时也催秦国南回家作画，说有客户预订了几幅呢。她都答应了人家按时交付。秦国南黑丧着脸说，李哥什么时候不恢复我什么时候不作画。那个回答，斩钉截铁着哪！他劝秦国南回家继续作画，毕竟收入是生活的保障！已有的市场也应尊重，别失去了它！秦国南告诉他，自己已经厌倦了连续不断地重复自己。不能出新，在原地踏步实在苦痛！何况你怎么办？！我总不能雇个保姆，对你不管不顾，我于心不忍！于心不安！李北漠流下两行热泪代表要说的话。

秦家的保姆提了营养品来道歉，一千个后悔，一万个对不起！外加千不该万不该错不该把他当个帮工打杂。李北漠示意秦国南说，这不怪她！事出有因，别往心里去。

他的前妻和女儿来看他。女儿已经十岁了，怯怯地喊他爸爸。前妻已经改嫁，找了位大龄的教授。生活还好，她一个女人家，没想大富大贵，求的就是个安宁么。教授通情达理，逼着她带了女儿来，看他有什么需要帮帮，说人活一辈子，一日夫妻百日恩的，多点包容，少点怨恨！百年之后哪有什么恶魔厉鬼寻仇啊！直听得他两眼泪花。

还有市里文化口的领导、准备收藏他画作的商家提了水果，抱了鲜花……

当所有的喧嚣沉寂，剩下的仍是秦国南和他一对一的默然无语，既像泥塑，又像默片，似在回想与大师在一起时的欢乐岁月，回想说画时期画艺大进的时光。

接下来的日子，秦国南一如既往地伺候着，荒疏了创作。他让他回家，秦国南就不！他只好写下类似于遗嘱的文字：将家中现有的七十九幅画作全部交由秦国南保管，每有拍卖成功，所得百分之四十归秦国南，百分之四十归女儿和前妻，剩余的百分之二十作为自己的医护费。秦国南坚拒，声称自己这一份要么全给他的妻女，要么建立国画基金，以奖励后人。李北漠授权任他处理。恰此时，秦国南告诉他，又有两幅作品出手，都是数百万的价。

秦国南正式成为他的经纪人，一心打理好友的家业。不但放弃了自己的创作，还雇了专门伺候他的家政服务与医护人员，期待着奇迹出现。

秋日的晨光，透过路旁红枫的火热、杨树叶的金黄以及松柏浓郁的绿荫，和煦地照在甬道上，落下星星点点的婆娑斑驳。秦国南推着坐在轮椅上的李北漠漫步前行。常常是停下来对视无语，行走时配合默契。走走停停中轮胎与地面与落叶清晰的摩擦声息，传得宁脆，传得悠远。

甬道旁灌木丛中有一位写生的娃，把他俩画进了一幅名叫《晨曦》的画，充满人间的温馨和暖意——

有香儿的夏天

做饭的女子叫香儿，是邻村里的。

那天晌午太阳红烫烫，跟蛇信子一样，舔灼得人皮肤发痒。子壮和老周躲帐篷里，各穿一件大裤头，光着上身泡方便面吃。这时，香儿挑了门帘进来，汗津津，红扑扑，笑眯眯地作了自我介绍。一件桃红底色白圆点的仿绸半衫，在帐篷外小树林的绿色背景下，给闷热平添了一片靓色。老周端着碗背冲门蹲着，没动也没吱声；子壮可是忙乱了一阵子，拉了件西装裹了光身子，扶了扶眼镜对着俊女子使劲地瞅。大半天他俩才听清楚：村长说了这儿想雇个做饭的，她听说后一口气连跑带走地做了第一，说着还不时朝帐篷外的村子方向张望，真好像害怕有人来争抢。这不，老周用毛笔书写没来得及贴的两张招聘启事还放在桌子上，人已经来了。问了价钱谈了条件，管吃管喝外加五百元工钱。没办法，眼下人多，劳力最不值钱。你要嫌少，不嫌少的人会让你靠边。子壮与老周会意地对视一眼，就这么定了！香儿踏实了，这才从怀中掏出一大把绿多红少、有的只是红眼圈的青枣，从案板上拿只碗盛了，舀了水边洗边冲子壮一笑说,把西装脱了,真要不好意思就换件背心穿!其实我们这儿光膀子的男人晃荡着满村子转。就你们城里男人斯文——好像见不得女人,死要面子活受罪,臭美得都捂出痱子了。一边又指指蹲地上的老周说,还不如这位就这么光着。子壮一想也是,都一头汗了,看把人狼狈的,还公家人呢!人家农村女子倒大方,落落地还笑咱哩。

香儿喜悦中干练地开始收拾,先洗碗筷,后整被褥,帐篷里的东西到了各自最合适的位置,零乱的单身汉宿舍即刻变得清爽有序。香儿麻利地做这一切的时候,两个大男人愣怔地在一边吃枣一边傻傻地看,压根儿就没动过搭把手的念头。直到香儿做完了一切,主人般地说声"你们坐呀"的时候,两人才像上门的访客,手脚不自在地没了安放地儿。子壮没话寻话地说了句:枣是甜的。香儿就开始笑,笑声格格浸满屋子,许久了才说,谁家的枣不是甜的?你们文化人怎也说废话呢!子壮羞愧得就差找地缝儿往里钻。

墓坑依着山跟底。也不知当初选址时有没有请阴阳先生看风水?反正方圆二十多万平方米的范围,已经清理出三十来座古墓葬,初步确定是西汉时候的。从已出土的数百件文物看,随葬品非常丰富,有精美的青铜器、骨器、玉器、漆器、铁器,最多的还是陶制品,灰陶居多,红陶也有几件,造型别致,纹饰精细,其中国家级文物估计就有十好几件。用专家的话说,充分地反映了脊梁在汉代时的历史人文,具有极高的考古研究价值。消息一经传出,立时三刻引起了省文物界考古专家的关注，省报都在头版右下角做了大篇幅报道——古辰发现一特大汉墓群。

子壮和老周就是在消息见报前，被单位打发到距市里一百五十公里外的古辰县来的。具体的地点是古辰县榆树乡脊梁村外六七里地山间一片开阔的小树林前，离古辰县城也就二十里远。

子壮和老周是市文管所的职员，按照领导的安排，在省文物专家到达之前先行一步。一是为专家打前站，对墓葬和已出土的器皿编号、整理；二当然是想扩大战果，再有点新发现。子壮在大学里学的是考古专业，今年刚三十出头，家里撂下一个如花似玉的小媳妇和过周岁的小女儿。老周年龄偏大，也就五十来岁吧，是"文革"结束后给平反的父亲落实政策来单位的，别看他爸是专家，他却因被当作"黑五类""狗崽子"当年基本没学什么东西。由于属野外作业，风餐露宿倒也罢，最最主要的是子壮和老周忙完了发掘，还得忙喂脑袋的事哪！这不，正谋划着瞅个做饭的，省得俩光棍忙碌罢工作再当伙头军。口风一出香儿自个找上了门儿，张口就嚷嚷，你们不用我用谁！真是一张自信的嘴巴。也好，张榜招聘省了。如果手艺不错，省上的考古人员来，同样不用为饮食费周折。

香儿做饭用的是城里拉来的煤气罐，不似乡下的柴火或煤炭，所以便捷。就这开始还让老周和子壮教了一两天。村里的老人和孩子没见过罐子里的气能当柴炭，隔三岔五地跑来看香儿用科学做饭。

有香儿的夏天　167

香儿嘴甜，不几天就称呼老周为叔、子壮为哥，多多少少让五十出头的老周悻悻地不悦。

香儿奶大，隆胸在轻纱薄翼下如同安放了两只洁白的小兔，柔顺而挺拔。任你怎么没有色心、坐怀不乱的男人，一眼望过去身子会酥麻。一心地痒痒么。加上两瓣对称均匀的屁股蛋子，一看就是能生身强体壮儿子的身坯。

香儿勤快，一日三餐，刷锅洗碗，有闲给他俩洗洗外衣，像孩子们过家家，倒也谨严。再说，离家六七里地，又不远，干完活回家与父母歇，自然没什么口舌。

子壮和老周只一个信念：在省上的专家抵达之前，最好再有点新发现，于是起早贪黑，不知疲倦。这不，一大早，天还下着雾呢，湿漉漉的，朦朦胧胧在山野的小树林里缓缓流动。这景象让诗人们看见了飘飘欲仙，挺神秘的，幻境一般。朦胧其实是一种距离，也是一种宏观，挨得太近看着具体，往往会注重了局部，看出些残缺，滋生片面，而且美感尽失。亲情、友情、爱情，无一能逃脱这一窠臼，这是距离美的最好注解。要不宏观调控就没法解释，朦胧诗也会寡淡，这有点像模糊学，有些事琢磨起来觉着理玄。他俩懒得去玄，只是一心一意埋头寻找东西，一蹲竟忘时间。

香儿闲不住，不时下墓坑来蹑手蹑脚给老周倒杯茶，给子壮递颗青枣，寻长递短，扯东说西，俨然两人的小工。没几天，相互熟了，香儿告诉子壮和老周说，要不是你们雇我，我还真就出去打工了。出去了遇了合适的人当然是要嫁的。出嫁是迟早的事，远也是嫁，近也是嫁，女人都有这一遭的。农村女子不比城里的女娃可以挑拣，选择的空间要小得多。逢年过节回来看看老人也就满足了，嫁出的女儿泼出的水么！看看大龄青年，绝大部分是城里的主儿，乡里女娃压根儿就少，剩不下的，剩下的只能是家境清贫或好吃懒做的光棍二流子。结婚对女人来说太重要了，嫁个好人太当紧了，一辈子厮守的事，又不是三天两头，马虎不得的！这不，正想着呢，你们来了，跟宋江似的。这话让子壮揣摩香儿来这儿做饭的目的！不过他还是和老周笑了。赶快纠正，这话怎么说呢，那叫及时雨不叫宋江。香儿一脸迷糊地反问，《水浒》里宋江叫什么外号？子壮答"及时雨"呗。香儿没有丝毫的羞怯，扑闪着一双并不算大却会传情达意的黑眼睛，有理地盯着子壮说这不就对了！绕什么弯子？子壮脸一红，觉着自己的解释多余。香儿自管自顾地打量了帐篷里的什物说，这下好了，白吃白喝还挣工钱，多好的事！整个天上往下掉大钱。香儿说这话时的神态如同这帐篷是她家的，"格格格"自个儿笑个不歇。感染得老周有点耳馋，嫉妒地嘟囔你笑得像老母鸡踩蛋！香儿没听明白，问你说什么？！老周赶紧打岔，说我问你爱不爱喝稀饭？装得跟没事人一般。香儿愣怔茫然，吃不透问这话的心思。

没几天，村里的人都知道了，隔三岔五地来考古现场看，站一边指指点点。更有孩子们来墓地前打打闹闹地玩。香儿一脸红润，烧了开水给村人喝。也有与香儿同龄的村姑艳羡着向香儿打探，考古队还雇不雇人儿？香儿一本正经很荣光地告诉她们,两个大男人有一个女人侍候够了。说这话的神情是狠狠地。

香儿的哥,推了自行车驮着老娘来看,东瞅瞅、西望望,仔细地像检阅。临了,还呵斥活蹦乱跳的孩子们,维持秩序。香儿哥告诉子壮和老周,一大早母亲就起来梳洗打扮,跟走亲戚、赶集似的,挑拣了见人的衣服穿,说什么要到香儿"上班"的地方来看看,那就不能邋遢了。子壮和老周对视一眼,感觉他们雇香儿做饭,是在考古之外,做了一件忒神圣的事儿!

香儿开始了她朝九晚六的上班。还不时地带着羊来,在侍候两男人的空闲割周边的草喂;要么带了家里的红苕、玉米、南瓜给他俩煮了吃,并一再声明,自家地里的东西,随意掰了刨了拿来吃,不要钱的。吃粗茶淡饭,不得城里人的三个高。子壮和老周笑着同声纠正叫三高!要么撑了伞给子壮遮阳。一边的老周犯了醋意,竟尽着嗓子来了两句陕北民歌:年轻人看见年轻人好噢,五十岁的老汉毬势了!子壮和香儿哈哈大笑。香儿跑到老周的跟前给他遮阳,说看你还吼不吼!然后三人同坐在塄坎上,望着母羊在小树林里给两羔羊喂奶,是幅天然的景;远山的青草像牧场,田园牧歌,很有生活味儿。

这天,下了一场透雨。早晨还晴空万里,根本看不出一丁点下雨的迹象。可到了十一点左右就阴云密布,没有一点缝隙。紧接着就是风掠树梢卷起尘土。老话说风是雨头。子壮和老周赶紧撤回帐篷里,即刻闻听霹雳,雷鸣电闪,瓢泼大雨倾倒落地。

饭后，雨声不住。县上配的电视本来信号就不好，雨中信号锅被雨水一淋，电视屏上全是滚动的麻点，且怕雷击，关了。三人闲坐无事，老周只是抽烟；子壮翻出《环球人物》杂志来看；香儿先是好奇地翻翻子壮的考古学专著，看不懂也就是些数字儿，只好放下坐帐篷口，望着大雨击起的一地水泡嘟囔，看样子一时半刻不会住。老周爱理不理地抽着烟没吭声，子壮却放下杂志说，让下吧，"天要下雨，娘要嫁人"的事谁也管不住！

香儿见状接了话茬说，下下也好，一能解旱，二你俩也能歇歇，膀子都晒红了，和庄稼人一般。子壮望望老周，看看自己的膀子也是。这时香儿的话锋一转说，早以前老人们说这地儿风水好，有灵气。自小就见破碎的瓷瓦片，拦羊的还不时抱回个瓶瓶罐罐，长大了才知道那叫文物，她们村曾是汉朝的城池……

香儿说，她们家穷，他哥年龄大了娶不了亲，好不容易与后山里一家同样是兄妹的说好换亲，也就是人家的妹子来给她当嫂子，她到后山去给这妹子当嫂子，好像很平等的。香儿说她不同意，又受不了哥哥整天眼巴巴地求她的眼神。所以受雇之前，她正打算外出打工，趁没嫁人，挣点钱，闯闯世界。当然，有合适的人嫁人，了却一大心愿。谁知你们宋江招兵要个做饭的，我这就来了，和你们一起"上班"。如今也好，既能在跟前孝敬母亲，又能挣点钱。只是多多少少有点缺憾，除了老周和子壮，其余都是乡里乡亲的眼熟面花，看不到外面的世界，没一点新鲜……忽然，香儿有点急切地问，你们在这儿到底能干多长时间？

老周显出少有的警觉，怎么了?！子壮说，这不刚开始么，如果还有新发现，说不定三年五载，没准儿。

香儿兴奋，说你们待得越久，我这班不是就能上好些年！

私下里，老周给子壮说，这女娃别的都好，就是嘴多有点絮叨。子壮说，一个人一种性格，爱说话，天生的脾性。老周嘟囔句言多有失，干自己的事儿去了。

渐渐三人到了无话不说的程度。子壮经不起香儿的纠缠，把自己肚里那点上至天文下至地理的知识一点不剩地给香儿输灌，香儿是一脸的敬佩，特别是那眼神，里面长出了鲜花。

香儿的哥进后山，逮回些野兔和山鸡，让香儿炖了给他们吃。老周一边吃一边冲子壮笑眯眯，真正的山珍天物！我沾你的光才有此口福。

隔天，县文管会召集开会，向市上汇报挖掘的进展情况。难得进一回城，抽空子壮给香儿买了件好衣服。香儿的那个高兴，比划过来比划过去，有空就站帐篷里的小圆镜前，要不一会儿进树林，一会儿照太阳，显摆得像个神！

日子过得愉悦，跟家庭生活一般。

一日午饭，香儿说，昨天午间，村里来两外乡人，其中一位年长的说，前夜子时他在数十里外的东南方望见脊梁的夜空有灵光，他揣测此处地下定有宝物，所以星夜赶来，发现是真的。一旁有村人附和，老辈人说脊梁这地儿是汉朝的一座城池，附近有不少汉墓，放羊不时捡回些陶罐瓦片，运气好的时节还会碰到一半个铜钱，自然了！外乡人说发出灵光的地方就在村东头，大家应该寻出宝物供奉起来给村人子孙祈福！一边便有村人附和，要是真有我们就把你当神供奉着！有几位就执了铁锹、镢头来到村东头的一片草地前开挖，果然挖出两个陶罐、一个宝鼎，罐和鼎上的积土与绿锈一看就有些年头。在场的人个个称奇。外乡人一脸的得意，嘴里竟念念有词说脊梁村外六七里处还有宝物，那才叫个值钱。村人们更感惊奇，齐呼算得真准，那里发现了汉墓群，公家正在挖掘。外乡人便说他们的凡身已被神附，乘机劝谕大家弃恶向善，布起道来。当下就有人拥戴——

听得入神的王干事和刘乡长说：真有这事儿？

老周喝口酽酽的浓茶不语，子壮却嘻嘻一笑，问你信吗？香儿一点头说信，为什么不信！子壮就来气说，你怎么能信呢？你没读过司马迁的《陈涉世家》中鱼腹丹书、篝火狐鸣？咱们本地的史书也有记载，所谓地下宝物都是他们事先掩埋。我看你的初中是瞎读了。香儿傻愣愣摇摇头一脸不高兴，委屈地翻着白眼道你说的书我根本就没读过，来时我说我上过初中那是哄你们的，我害怕没文化你们不要我做饭，其实小学我只上到四年级。不过昨夜里刨东西的时候我就在跟前，村东头的草地可是茵茵的一片绿。这我可是亲眼所见，没骗人的。子壮

有香儿的夏天　173

愤愤地说，不好好读书，就要吃没文化的亏！

大家言语不欢，沉默了。香儿低头洗了碗筷回去了。

香儿走后，子壮越想越觉得上火，念叨说不行，我得去和他们辩辩这个理儿。不能让他们这样苦害老百姓！说着便走。进村。村口场上。午间。农人们或端了饭碗，或执了烟杆，正围了外乡人听讲。香儿也在人堆里面。

子壮近前问昨夜的事，不少人接茬说有。子壮便开始批驳：拿出陈胜、吴广和史书上的例子，说信外乡人的鬼话是愚昧无知，不可理喻。村人们听着来气，闻听外乡人一声喊：哪儿来的一条疯狗，轰出去！众人一哄而上，早已打飞了子壮的眼镜；农民兄弟的拳脚像雨点，老周和王干事一块分享。多亏了香儿左斡右旋，子壮才少挨了一些。

老周因了年龄，尽管肚里墨水淡些，世故老练，言语便没有子壮来得直闯，多了一些迂回和闪烁，所以上身的拳脚较子壮少得多。

子壮虽说年已而立，毕竟涉世肤浅，喝得墨水是多，经着年轻火焰的烤炽和日光的挥发，浓得只留下些书生气。与村人们较真辩理，头是头，尾是尾，一清二楚，黑白分明，根本没有掺和过渡的理，那言辞就来得直接生硬——情急中吃了不少农民兄弟的力。

考古队挨打的消息不胫而走，当天古辰的警察来带走了那俩外乡人。这时省上的两位专家也来了，由子壮的单位领导陪着。到现场他们进帐篷先看望了鼻青脸肿的子壮、老周和王干事。

没两天,案子审下来了,公安局传来消息说俩外乡人交代了,他们压根就不是什么传教的,其实是货真价实的文物贩子,脊梁村东头地下的陶罐和宝鼎是他们去年春上埋进去的,因为他们早就发现脊梁的汉墓群是他们今后源源不断来钱的源头。那三个盗墓的小年轻也是他们高薪撺掇雇佣的,他们事先是付了定钱的。只是三小子挖出文物后,发现值钱,竟背着他们另寻买主,想卖个好价钱。谁知道先就被公安逮了。

子壮躺在帐篷里,浑身痛楚,开初觉得是皮肉,有时候是骨头,过两天觉着是神经抽搐,临了才知是心尖,身上最敏感的神经,于是偶尔还呻吟一下。屏息,他都能听见心律的急促,晨钟暮鼓般聒人。香儿经了此劫,神态上有些不好意思地忸怩,一心一意地伺候他好些天。子壮过意不去,说真谢谢你!脊梁村难得你这样明事理的人。香儿不语,好长时间站着笑,不出声。他有点搞不懂,问女子有什么事?女子忸怩片刻,手指绕了几绕大辫梢,突然说,我想让你亲一口!子壮吓了一跳,先自滚烫了脸,发现女子的双目炽热贼亮,火辣辣灼人。他躲过了,看着一边说,我告诉过你,我已结婚,有老婆!

香儿说,我不在乎!我只想跟你,我想城里有个哥!以后我好进城走亲戚。你娶不娶我无关紧要,只要跟我好就行。

子壮深感惊怵,迭声说,这使不得,迟早你得嫁人找婆家,到时候你男人会怎么说?

没事,我会和他说清楚。

子壮愣怔地看着,香儿没有一点不好意思。他不明白这是怎么了?一个人喜欢一个人,咋就昏了头呢!心说这下完了。深为自己造成的误会悔恨。望望香儿激动的神色,惟恐香儿走过来动手动脚,连声喊:老周,老周,你在哪儿?!赶快拉了被子蒙了头。黑咕隆咚里看见曾在大学里教哲学的父亲"右派"平反时的情景:那是二十世纪八十年代初,刚刚摘帽的父亲腊月里又得了他这个幼崽,不折不扣的双喜临门哪!母亲告诉他,父亲心里乐,买了几盒九分钱的羊群牌香烟,赔罪似的站在乡下的自家门前,合不拢嘴,逢人就痴笑,见人就敬烟。碰着不抽烟的,他竟追着问人家,你咋不抽烟呢?!遗憾满脸。母亲说,你爸的乐是发自内心的。就那么傻傻地疯了一正月……

这时,老周拉开被子,粗声粗气地训他,吼喊什么?抽风哪!他抬头望帐篷里,脚地下除了老周,空朗朗一个家,香儿不知去了哪儿!

他便怀疑先前的际遇是自己的幻觉,香儿根本就没来过。就是来过又怎么能和父亲犯傻的事儿扯在一搭?他俩一个年轻一个上了年岁,何况时代也差着二三十年。

老周说,混账小子你做了什么?香儿哭哭啼啼恨恨地走啦!你不想吃便宜饭,你等着我伺候你吗?

子壮听了,发现自个儿一下子聋了,大声地冲老周喊:你说什么？我没听见！你说高一点！

问题出在老周回家的那几天，老周的母亲病危要撒手远离，老周慌天失地地到乡上与单位领导通了电话，连夜进城乘车回去，省上的两位专家也因故回了省城，留下子壮一个人怔怔地望着一对夫妻合葬墓浮想联翩：他们当时的生活如何？感情是否和谐融洽？幸福不幸福？今天后人能看到的仅仅是两副残缺的骷髅骨架，他们当年的精神与思想真能像经书里所说到天堂到另一个世界去了?！

香儿来到他身后见他发怔，从背后大喊一声，吓他一跳。俩人坐下来谈心，直谈到吃了晚饭，月亮爬上了树梢。香儿没有丝毫倦意，屁股下像粘了胶不愿离去。子壮说，走，我送送你！香儿没有推拒，麻利地收拾了帐篷，和子壮行走在回村的路上。

上弦月升起来，透过树木的枝枝杈杈和叶片，洒下些斑驳的月光，幽深的夜空广袤而宁祥，山野的傍晚，四周静谧，山风清爽。

大哥，要我吗？吭声，我给你！香儿的语气非常坚定，反倒让毫无准备的子壮吓了一跳，以为听错了问，你你你说啥？

男人女人还有什么可珍贵的？我把我给你，我想让你当我的哥。香儿的回答一点都不含糊。

你看你又来了。我娶不了你。子壮如同已经偷了情似的，语气是窃窃的。

有香儿的夏天

没事，我没打算让你娶我，我只想拴住你，以后进城有个哥……子壮语塞。好久无语，只有月光的凄清。

不行吗？大哥！你嫌我这乡下妹子？！

不是，有这么简单就好了。子壮是彻底地听明白了，保持了距离说，这不能！我有妻子儿女。香儿说，不要算了，躲那么远干吗？我是母老虎能把你吃了？！子壮刚一靠近，香儿一下子扑上身，紧紧地搂着子壮，让他感到窒息。子壮感觉自己就是一支蜡烛，在香儿炽烈的焰火中化了……这是他后来回想中永远的被动。回了帐篷的夜晚，子壮思来想去，怎么想怎么觉着不合适。于是叮嘱自己，一定要和香儿疏远了，免得姑娘纠缠，绯闻盖天。

又是一个晴好日。香儿一心的愉悦，不停地哼哼。而子壮不再吼前喊后地使唤香儿，但凡小事儿，都是亲力亲为。香儿察觉了问他，他沉默着不予回答。隔天，香儿又想要他，他坚决地拒绝了。香儿给他一句胆小鬼，同样不再理他。两人进入了相熟后的陌生状态。

这是午后，子壮口渴，又不见香儿，爬上墓坑进得帐篷，闻得嘤嘤啜泣。听得有人来，香儿背门口坐了。子壮走过去，香儿一脸泪洗。子壮问又咋地啦？香儿诉以她哥逼她，让她到后山里去，换回她的嫂子。她难受，她想外出打工，躲得远远地，耳不听心不烦地过。子壮爱莫能助地无奈且愧疚，说别这样，天底下像我这样的男人多得是。你一定会找到你的那位。你看这样行不？我认你这个干妹子，像你的亲哥，不是那种关系！香儿颔首点点头揩去泪水。生活复原如初，照样是格格的笑声满屋。

下坑的间隙，子壮望着坐在坑沿上的香儿，一双脚不停地错落摆动的童稚神态，勾引起儿时的疮疤。内心胡乱捉摸，人啊，不论文化有多深，知识有多广，自然的美绝不因此欠缺；不论文凭有多高，职位有多显，性的欲求是如此地一致，只不过有文化职位显得人的欲求会更委婉，知识给他们建起了一层又一层壁垒，所以在性爱时，情感的铺叙过程要多些，以至被指责为做爱时也虚伪。而买春、卖淫者的性事，因为做了商品的交易，没了尊严与廉耻，所以来得更直接、粗野和动物性。所有的性冲动和原始愿望是可敬的，无论是高雅与卑俗之士，性原始愿望是一致的。

想到这儿，子壮为自己的所思大胆自责了半天。

香儿开始跟着子壮学习，不断声地叫哥。一个教得认真有条理，一个学得用心仔细。子壮没想到自己在考古之外收了个徒弟，只要是工余，天文地理、历史文学混杂着倾其所有，一股脑地给香儿灌输，直恨自己肚里的墨水少。花前月下都成了课堂。香儿聪颖，理解力强，子壮教的她都会反反复复地铭记。

不知情的老周看在眼里，背着香儿告诫子壮，你俩能处成这样，让我羡慕让我担心。记住，干妹子朋友都可以，单单男女那一层不可以。咱们在这儿能待几个月，别给咱弄出些花花绿绿。到时候后悔青了肠子都来不及！子壮嘴里说我知道，心

有香儿的夏天　179

里想想老周说得也在理，便随时提醒自己。刚开始，香儿在学知识的兴头上没太注意，过了几天发现了子壮的异样，就问，哥，你是不是有什么心事儿？子壮心虚地说没有啊。香儿说你撒谎，那你为什么眼睛总是躲着我，看都不看我了，我长丑了？！子壮语塞，摆摆手道你想哪儿了！

秋深了，枣熟了。枣子绛红色星星点点地悬挂在绿叶里，既是一种宁祥，又是一种丰腴。香儿随手摘了一些，把洗净的盛在碗里，拣一颗出来递到子壮的嘴边，子壮下意识地张口嚼在嘴里！香儿没了往日的痴笑。省上来的两专家没什么感觉，但老周和子壮明显地发现香儿沉郁。

第一期挖掘进入尾声。省上的专家和老周开始收拾行囊。闷闷了几天的香儿突然对大家说，你们歇着的时候能不能在这周边再转转，探探？子壮不解其意问干吗？香儿说，要是有新墓地，你们就会继续留下来，我就可以继续给你们做饭！说完是一脸的惆怅和失落。

子壮和老周这才明白，香儿在盘算他们撤离后自己干吗！

所谓现场就是事情的发生地。家长里短咱们每天都在演绎，不管到哪儿，满眼所见都是饮食男女，风花雪月带点猫腻其实都是正常的，一惊一乍，雷天吼地，大可不必！这话是子壮在香儿忧伤地离开后，怨愤地望着工作了半年多的考古现场，望着爬上树梢的夜月说出来的。听得老周一头雾水。

省上的两位专家还是先一天走了。老周和子壮把自己的一些小零碎给了香儿。帐篷、架子床、煤气灶、电视和接收锅等贵重物件待他们撤离后寄存乡上。临离开的那天早上，所里的车来接，老周和子壮用前一晚盛在暖水瓶里的开水泡了方便面，算作早餐，就是迟迟不见香儿来道别。准备上车，老周压不住内心的郁结，嘟囔句这女子绝情，没点人情世故。话音没落地，香儿的哥骑了那辆破旧的自行车气喘吁吁地赶到跟前，从后座上拿下个纸箱来，拽出两塑料袋红枣递来，说香儿有心，一大早天不亮上山，摘了这些枣子，说带露水的好吃，紧说慢说地吆喝我给你俩送过来！

子壮和老周向村口方向望过去，香儿的哥也跟着望望，即刻会意，说她不撵我嘛，怕耽误了你们的时辰，她不来了。子壮掩饰了失望与缺憾的眼神，与香儿的哥握过手上车挥手驶离。

我是香儿经见过的男人中最有本事的人吗？是什么促使她要以身相许呢？既不求回报，又想牵住他的心，天下有这样不求功利的事吗？难道是那种强烈的想走出去的欲望让她糊涂了？在回城的路上，子壮给自己提了一连串的设问。

路上，老周两次开腔，试图谈谈在脊梁的半年感想，发现子壮怔怔地走神，平添了沿途的沉闷⋯⋯

两年后，市上根据专家的建议和省文物局的指示，组织人力对脊梁进行第二次挖掘。子壮主动请缨获批。刚好，他买了私家车，遇着周末，突发奇想，在第二次进驻脊梁前去走走，迫不及待地见见香儿,看看她究竟过得怎样!他好想知道,这两年发生了什么?说实话,这两年真还没少胡乱猜测。他告诉自己,香儿是你遇到的曾经触动过你心灵、如今因为时空来往不是很多的人。这是你的隐私,深埋心底连妻子都没告诉的隐私,真正的隐私。他想给自己与香儿的关系作个鉴定,是友谊是关注还是情人?

他买了一箱方便面、一箱矿泉水,作为自己路途的储备;给香儿的娘买了些水果,带了两千元私房钱,寻着熟悉的路径,过了古辰县城进了村,到了香儿的家。香儿的母亲坐在炕上。几句寒暄,子壮知了,香儿的娘已经患了青盲,看着什么大抵都是模糊状。老人让他坐让他自己倒水喝,然后告他香儿的哥嫂下地侍候庄稼去了。老人发现他不言语,愣怔片刻告诉他,一年前,香儿出嫁到数十里外的后山里去了,是换亲。嫁了她嫂子的哥哥,年龄大是大了点,好在老实本分。

子壮闻听打翻了五味瓶,口张成了窑窑,痴痴无言。香儿的娘看不清他的表情,关切地问他,你在听吗?他才缓过神来说,意料之中,意料之中……

香儿的娘接着说,你们走了没俩月,香儿不同意自己到后山把她的嫂子换过来,独自外出去市里打工。一年多时间没有音讯,让我哭瞎了眼睛;也没给家带回一星半点的工钱,倒是腆了个大肚子回来。也不知道哪个坏种给香儿的肚里安顿了娃娃。她哥逼她、打她,她就是不说,一个劲地哭啊!被骗的香儿除了愣怔，对这事儿守口如瓶。还好，后山原准备换亲的婆家不嫌，其实那男人比香儿大了十几岁，快四十的人一直光棍，倒不是他挑拣看不上谁，和香儿的哥一样，主要是家穷娶不回人儿。如今也好，我既有了儿媳也有了女婿。

子壮憋不住道，香儿说过，来城里会找我。可怎么在市里一年多就没见人?!香儿的娘说，我身上掉下来的肉我清楚，那是个要强的人，不想给你们添麻烦就自个儿争!

子壮悻悻，问那现在过得怎样？香儿的娘说，两个孩子了，能不好!

这就好这就好!子壮放下两千元钱说吃过你家的饭，香儿又和我们一块干过活。没别的意思，只是想谢谢!请转达问候，请转交这点心意，愿她过得更好!

这时，香儿的哥嫂进门，看着那两千元，惊诧审度，香儿的哥高喉咙大嗓子地喊：这么说是你和香儿那个了?!你这种花心的城里男人坏透顶，你都让她怀孩子了，你咋不娶她？喊着把红红的二十张百元大钞一抹，一地红花。他喊声良心发现了？骗子!提了拳头就打。此时此刻，子壮发现了自己口才的木讷。文弱的书生，使出浑身的解数招架，还是没少了一顿暴打。香儿的嫂子使劲往开拉，香儿的娘在炕上呵斥儿子。子壮还是说了他想说的话，没的事，对不住!狼狈地逃出香儿的家。只听香儿的母亲在喊，城里人，别走啊!我给你做饭吃。接着又训斥儿子，人家来不容易。香儿都这样了，能认识人家是香儿的造化……

有香儿的夏天

不知道什么时候天空聚集了云气，顷刻间霹雳闪电雨水鼎沸，他感觉自己像方便面被泡在开水里，被煮着煎熬，上车时已是一袭水衣。他发现自己在痛哭流涕，他理不清自己的脸上是雨水还是泪水，他说不清，他在哭自己还是哭香儿……

水　存

惹是生非的是那封同学聚会的邀请函。

家中的宁静被打乱,像地震了一般。妻子反目,儿子变脸。我的户主地位一落千丈,像熊市一样往下滑,跌得很惨!

真真正正,这是我始料不及的。

原来说好十一长假去海南,路经桃花源、张家界短暂逗留,然后到天涯海角,寻找一片心灵的恬淡,领略南方水乡泽国的清丽,就像聆听《春江花月夜》《雨打芭蕉》《三六》的旋律——舒坦。是的,这些年忙于工作,习惯于安然,许多事看得很淡,没了早年的奇幻。我该为我的中年生活寻找点色彩和波澜。

这季节适宜。漫山遍野的秋色,绚丽斑斓。没有夏的酷暑,冬的严寒。南方么,绿的泥土,香的红叶,想想都让人心里痒痒,勃生急切的欲盼。所以,妻子与上高二的儿子把出行的情景设置了许多遍,甚至讨论届时穿什么衣服带什么行李。他们那个乐,由衷地愉悦。毕竟,这是我大学毕业,分配到省城大企业工作二十几年来的第一次。我不止一次暗暗自嘱,不管生了什么变故——天塌地陷，雷打不动，任谁都无法阻拦！

可是，进入九月下旬，我却因故食言，我收到一封千里之外老家同学聚会的邀请函。我犹豫再三后决定赴会，引得妻儿白眼。说实话，本来，我对近些年各种各样的聚会颇为反感，主要因为热衷此门道的多是眼下混得滋润的各级政要或手攥几张钞票的大款。团聚时他们那份显摆，着实让人来气儿。更深层的原因是我受不了那份分别时的凄怆。好好的多少年的淡定平静被打乱，突然间因为一次聚会，引发心潮翻搅。"多情自古伤离别"，相约相聚就是寻找相别。愈是久别后的重逢，愈会增添成倍的伤感。因此，但凡有份能耐，我都会以各种借口拒绝。满足感始终是小人物幸福的来源。

很少有混得不如意者热衷这事儿。这里有洗不脱的攀结嫌疑：自家或则地位低微，或则下岗失业，儿女的升学就业到时候非得找门路。要是同学中有几个在官场里拔尖，搁着这现成的关系不用，病急乱投医，找没一点交情的人去办，傻了不是！我揣摩，这大概是那些混得不怎么如意的同学愿意混迹其间的真正原因。眼下风传的"同过窗，扛过枪，下过乡（厢），分过赃"，说得就是当今社会的四大关系，最硬最铁。同过窗，明眼人一看，就知道说的是同学，与同床不搭界；扛过枪，当然说的是当过兵服过役的战友；只是这下过乡（厢）包含了两层意思，一层是说曾经一起上山下乡的"知青"，一层是说一块进过风靡一时的包厢，共同玩过小姐，被社会附会为"连襟"关系的搭档；分过赃自然说的是同为贪官，大家心知肚明，各自都能掂量对方的成色，干着同样一种贪污受贿的事业，所以一旦有个风吹草动，大家都会像连体婴儿一样心惊肉跳，相互照应。可见同学被列入四大关系之一，绝不是空穴来风。

我决定去参加这次同学聚会，绝对不是因为我有什么事有求于人，最主要的是因这次聚会的发起人中有一个非常熟悉的名字，我的一位少年好友——水存！那可是我初中最要好的朋友。一度时间，他简直就是我的影子，和一把绑扎在一起的韭菜似的，不肯零卖。我们曾经发誓：一定要一齐考上高中，考上大学……二十几年了，不知他生活得怎么样？真想见见他呀！虽说这二十几年间，隔三岔五也有挈妇将雏返回故里的时节，见到的同学毕竟是为数不多的几个。思想起还能叫得上名字的同学当年的模样，心情竟有些急迫！

于是与妻儿商量返乡，权作一次熟识故土的旅游。海南明年的长假还可以去，同学聚会就未必。有些事可遇不可求，机会只有一回。你说毕业后天南海北的，聚一次谈何容易！妻儿极不情愿地依了，开始准备行李。南方虽说暖和，老家却已秋深冬初，叮咛妻儿多带了衣物。这样，我就可以返回到全省那座最北的小县城父母的坟前化点携带哀思的纸钱祭奠，顺便看看三亲六故、七姑八姨。

水存的父亲殁得早，全靠守寡的母亲一把屎一把尿拉扯大。水存的母亲请算命先生给水存算过，先生说水存人命苦，五行里缺水,而且克父。因此水存身前的两个哥哥、一个姐姐一个也没留住,父亲也早早殁了,就留水存一根独苗。水存的母亲再请先生给水存取名,先生说用水补五行,用存留性命。说这话时神秘兮兮,很玄乎!水存的母亲信了,自此水存的名字叫水存,只是背转人的时候他的母亲还会叫他存存。

水存的父亲姓刘,自然水存也姓刘。

水存的家在农村,距县城九十里。他和我是初中时的同学,大我一岁。他在班上是班长,学习好,人沉稳,很有领导才能。同学们曾议论,全班只要有一两个升高中,进大学,那一定就有水存,他肯定会成为国家的某某专家。水存乐于助人,我的学习就受到他的不少帮助。我不时带点家里的吃食给他,有时也带他上家里去。他心多,只要回乡下总要带些新鲜的山货来给我家……当然也有同学背地里偷偷地叫他"水葱"。

应该是初三的最后一个学期吧,刚开学一个来月,农村来人捎话说,水存的母亲病了,让水存回家。我买了一包点心给他,算作对老人的祝福。水存流了泪去,一去再没有回。老师说水存因故辍学。不久,水存托村人捎来一封信,告诉我母亲瘫痪在床没人侍应,所以他打算早点结婚,找个能伺候母亲的人。他只字没提升高中、上大学的事,这让我心痛。那是我俩曾发誓要光临的天堂。我托来人捎去了七块钱,那是我的全部个人积蓄。二十世纪七十年代末的七块钱能买很多东西。我告诉他,等我初中毕业一定去看他,看他的母亲,现在害怕耽误了功课,影响了升学。

考罢高中,我冒着冬寒去了水存家。水存刚刚拾粪回来,门前搁着粪筐立着粪铲。他在为来年作打算。进得门水存让我坐。我望过去,他的脸色黧黑了许多,头上围了羊肚子手巾,平添了几份滞呆与木讷。窑掌的大红色双鱼抱喜字的剪纸,和窗格上门框上褪了色的窗花与楹联,透视出不久前新婚的浓烈。一位俊俏的女子双手捧了冒着热气的粗瓷碗让我喝水。水存说,我家里的。我便会意地叫了嫂子。没什么安慰的话,默默地坐了一会儿,看过了水存瘫痪在床的母亲,我便告辞。谁知这竟是我唯一的一次去水存家。

一月后,我考进了距县城数百里外的市重点中学。起先,我们之间还书信频繁,随着时间的推移日渐稀疏,上大学后我们之间断了联系,音讯全无。

我想象不出,农村的水存为何突发奇想,跑到市里做同学聚会的召集人?莫非他也有所发迹,在市里扎了根?这年头,谁也说不准!不定他也混成了人样子!早年在班里看似必将出人头地的人,如今落魄不堪;倒是那些注定没有出息的人,眼下却显赫一时,而且大有人在。这种运命的倒置不能不使我慨叹!

携妻儿乘卧铺按时抵达市里。找着了报到的旅馆。大家一致要求妻儿全程参与,我婉拒。母子俩也可单独地在市区转转。我开始与先到的同学一一握手寒暄。这时,一位调皮的男同学不减当年,专挑女同学的手捏,临了冲一位模样姣好的女同学喊，哈啊！这么多人，就数你的手绢！在场的大家欢笑一片。即刻，我便得知，有几位同学在市委、市政府行走，握有一定的职权；全班四十几名同学已经有四位或害病或车祸先期去了谁都得去的世界；也听说一男同学当年追求一女同学被拒绝，因怕这次撞见，特意打了招呼不出席；还有一位女同学，因为自己几度离异，坎坷有加，不想见同学，出差去了外县；当然，也有一位当了县委书记的，因为受贿被判刑入狱，正在铁窗内度日……是啊，一个班只要毕了业，只要分开了就很难聚全。一天里获取的信息量，让我消化都消化不过来，反倒听出许多目瞪口呆的感慨！

直到晚宴，我才见到了水存。皱纹过早地爬上了他的前额和眼角，他在跑前跑后地端盘子递碗，为大家忙得一歇都不歇。一身起泡的西装，怎么看怎么别扭。真看不明白那衣服是谁的。也有同学不断地喊叫着"水葱"，与当初他当班长时的情景截然相反。此刻，我才似乎明白，他当召集人就是服务大家。饭间，一位女同学来了一小段：有一次一个派出所抓了一个三陪小姐，派一老一少俩警察讯问审查。审讯完换了一位年长的警察照看。三陪女向这位年长的警察说，大叔，我给你反映个事儿。年长的警察不耐烦，让她有话就说，有屁就放。三陪女诡秘地告诉他，刚才审问我的那个年轻警察不正经，思想肯定有问题。问为什么？三陪女说他老向我眨眼，暗送秋波勾引我下水！要不就是要我什么都别说，抵抗到底。年长警察气不打一处来，说你胡扯，我们那后生逢谁见谁都这模样。他什么都好,就这点毛病——眨眼,专家说那叫神经哆嗦!围桌的大家哄堂大笑。水存也跟着乐活。

同学们到一块儿,短暂的拘谨后开始比赛说黄段子,一人一个,女同学也不能例外。于是步入中年的女同学,尽管没了当年少女的羞涩,仍然绯红着脸,风雅地讲她们听来的段子。开心的哄笑一拨接着一拨。二十几年没见,紧要的话没见几句,黄段子倒是一个接了一个。过来人,最爱听的就是当年谁对谁有意思。另一位矫情,会以你咋不早说呢回敬,那时你开了口,不定如今咱俩是一家人!现场一片嚷嚷的气氛。如果不是那点增进友情,加强沟通的目的,什么同学聚会——闲兴!

北方的冬来得早点,日子也短。天很快黑了,餐厅里亮了灯。饭局散了,别人去清点究竟来了多少位同学,水存这才来到我身边点上劣质的纸烟和我聊天。那只夹着纸烟的手受了冷,粗糙发紫。夹烟的两根指头,也许是抽烟凶猛,熏得焦黄。我知道了他的这二十年:

我上大学的第二年,水存的母亲病逝,他尽自己的力,买了最好的棺材给老人家装殓,扶上了山,与早逝的父亲合葬在一起,入土为安。然后怀揣着一颗不安分的心,携儿带女来到市里讨日月,而且通过市政府当副秘书长的同学,安排到市贸易局当了勤杂工,成为最早一拨离家外出打工的人。单位的编制花名册上根本没有他的名,到底他是临时的雇工,只有在发工资时才在工勤人员工资领取单上看到"刘水存"那三个字。他说他每次领工资望见那三个字就手指打战。单位的会计说我血脂高影响了血液循环。其实签字时我心里想的我是工作人，我吃的是公家饭！好在前几年，在同学的帮助下，他们一家办了农转非，当了城里人。妻子也找下了工作，在另一个单位给人家灶上当厨娘做饭，一月下来能拿三百元。他身下有两儿一女。大的今年有二十三岁，小的也有十六岁。大的是儿子，学得不怎样，学好了也供不起。所以外出去打工，图个自顾自；二的是女儿，正在上高中；三的是儿子，也在读初中。说到子女时水存露出一丝甜甜的笑靥。这是我这次与他见面看到的最幸福灿烂的脸。

他在单位什么都干。搬东西，掏下水道，最固定的是每天早上一到单位的扫院。周而复始，他几乎熟悉了院子里的每一个旮旯每一块砖。冬天来了，他和另一个勤杂工顶替着烧锅炉，给单位送暖。每月他能挣四百元。生活紧是紧了点，怎么说也比农村强，有活钱。他说这话时一脸的惬意。你怎么样？临了他问我。我笑笑，挺好的！其实我不知道我该怎么回答，企业不景气，少说一月也拿着大几百元，总比水存强。

这时听到那位副秘书长喊水存，水存赶忙凑到跟前去，屁颠屁颠地一脸巴结相。接着风车般旋转着忙碌开了。我忽然想起，当年当班长的水存，命令现在的秘书长去打水打扫教室。岁月的长河使他俩发生了位移。我看不下去，与别的同学去交谈。

我知道了这次聚会，之所以放在市里，是几位在市里任职的同学的主意，尤其是那位副秘书长，提供了许多聚会时的便利：看景点往返的用车、住宿旅馆的房间和用餐的打折。他是市领导跟前的红人，各单位认这个。毕业时大家风华正茂，没有卑微尊贱之分。而如今，看着几个带"长"的或有钱的颐指气使的张扬，深感纯洁的同学之情掺和进了世态炎凉，心生窘困。

和妻儿到了一块，由不得谈起水存。妻儿要我省出点旅费资助资助水存。我本想在旅馆给水存点儿钱，又怕人前伤了他的自尊。便不停地思忖瞅个合适的机会兑现。

三天的聚会很快结束了。热闹了几天的同学握别后各奔西东。我和妻儿也要到两百里外的老家去给祖先上坟，拜望拜望族人然后回返。于是我和妻子商量行前到水存的单位去，看看他，并放下那点儿心意。

找到贸易局已是下午三点，我与妻打问着进了水存的工作间。只见一位着了工作服的工友在锅炉前忙碌，待发现有人来，转过身一脸涂炭般乌黑，竟如同京剧里的包公脸谱让人喷饭。工友咧嘴一笑，露出白白的牙齿，叫出我的名字。我确认这是水存无疑。水存掂着两只满是灰土的手，在工作服的前襟揩擦了几回，终没伸出和我握手。今年天冷得早，领导让我早点试炉。说了这话水存掏出劣质的纸烟让我抽，见我回绝，自个倚墙蹲下来点着，不再开口。看得出，我和妻子的到来，多少让他感到意外和窘迫。

锅炉中刚刚注入了凉水，气阀"滋溜溜"作着水开前的喘息；添了黑炭的炉火释放出暖和悠蓝的光焰。水存头上稀疏的发络紧贴着前额，脑皮上亮亮地渗出汗渍，脚前搁一只发褐色的茶缸，劣质的烟雾从他的口中喷出。他望着日光中浮游的微尘发迷，那双小眼睛此时此刻是如此地深邃。这是我心海里至今跃动的一幅心画，像雷诺阿印象派画风的佳作，阳光在生活的细微处颤动飘移。

我掏出五百元钱，说水存你别多心，请你收下这点钱买件像样的衣服穿！你我同学一场……不等我把话说完，水存雄狮般唰地往起一蹿，狠狠地抽了一口手中的烟蒂扔到地上，脚尖用力地一碾，张口说这不成！这让人心里胡翻腾。语气异常地坚决，并且伸出那双灰黑的手推托。见状我喊声，水存！就是怕伤了你我才没在同学面前给你，你以为我这是侮辱你？闻言，水存打了一个激灵，如同一堆烂泥背倚墙根儿瘫软下去。任我和妻放下钱离去，连个送字都没有吭，囫囵一个懵瓜！

出了贸易局的门，妻子想起手包忘在了锅炉房的桌子上。我让妻子在门口等，独自转身去取。进了后院的锅炉房，伴着炉火与水阀的韵律，水存蹲在墙根前，一颗头深埋在两臂间，没有丝毫遮掩地牤牛般号啕。那五张百元大票被抛撒在地。我恍然，那是一个伤透自尊的男人金子般的眼泪。听到脚步声水存止了声，半天不愿意抬头。我慌恐地立在一边，不知如何才能给他以安慰，而且不再加深对他的伤害。嗫嚅了许久，我唐突地叫了声水存，我的好兄弟！我再什么也说不出来。水存慢慢地抬起头，只见经过两行热泪洗濯，一张黑脸上流出两道健康的肤色，样子滑稽。我笑不出，反倒觉得眼眶里溢满了噙不住的泪汁，我突然发现，我想和水存一样，痛痛快快地号啕大哭一场！我这是怎么了？好多年不这样了。我弯腰捡起那五百元，顾不得那双沾满泥土的糙手，把五百元塞进去，然后紧紧地攥住，说水存，真对不住！早知道这样我就不会……水存伸手擦擦腮上的泪，使那张憨厚的脸精彩到一抹黑，露出雪白的牙齿说，没事，我只是难受！我再也抑制不住我的笑腺，冲着那张憨态十足的花脸膛。但我明显感到，我的笑声里含着抑郁含着忧伤。我坚持着说了几句宽解的话，然后请他有机会到省城来找我，我会陪他。他点点头，要洗脸送我。我连说不用了，赶快拿了妻子的手包，落荒而逃。

在街上，对着妻子我哽咽饮泣。妻子说，别这样，让路人看见，以为我糊涂，让你受了不少委屈。闻言，我再也克制不住自己，竟然出声哽涕。妻子赶快拽了我回到旅馆。

有几天，儿子疑惑。终于有一天，他问我，夫妻拌嘴，伤心落泪的该不该是男人呢？这不合常理。直到妻子告诉他原委。他默默地来到我的身边说，爸爸我支持你！

好长一段时间，一想到锅炉房的情景，我的心就会沉痛——

前些日子，水存来信说，非常感谢我还能记得他这位老同学，感谢那五百元！四百多他给老二和老三交了学费，剩下的四十多元买了一袋面……时下很少有人写信了，一般都会打电话打手机，时髦的还会发短信或到网上去发伊妹儿。可水存仍是用他那一手娟秀的钢笔字，虽说有二十年没见，还是如此的熟稔。也许他只是为了省几个钱。当然在他的来信中夹带着所有聚会同学的通讯录，和希望今后多加联系祝愿身心健康万事如意的话语。

　　我真想给水存回信说，请放心，你小儿子中学的学费由我来承担，可我又怕伤了他。真的，好人也不是随便就可以做的。我已经没有勇气第二次去伤害他，他留给我的印象是那样的脆弱啊！不过，自从聚会以后，一段时间我的心揪得很，干事的时候会没来由地发怔，有时甚至会突然从睡梦中惊醒，总能看见锅炉房里忙来忙去的水存。渐渐少了一些奢侈，多了一份忧虑，为水存和水存们这些弱势群体。当月我给希望工程寄去了二十元钱。只要我的这份工作能干下去，这份薪水常常能领，我会坚持。

　　不管怎么说，这次同学聚会的经历，让我感到我的生活不再那么平淡。真的！

高 尔 夫

架是怎么打起来的,高尔夫已经记不确切。但他无论如何想不到,这事儿竟会成为他人生旅途的又一次转折点——

其实那怎能算打架?打架是指斗殴双方一招一式、一来一往互施拳脚,不能说是势均力敌,至少弱的一方还有那么一点还手之力。可他是一边倒地挨揍,根本上说竟没有一点招架之功,何况是一比三的劣势,没打折胳膊腿留下残疾已属万幸了。反正当时他正想着晚上和那孀居的女人约会,如何如何,突然听见女乘务员"干什么!干什么!"地喊,打乱了他见面后各种惬意的打算。踮起脚看,离自己一步之遥的车门跟前,有三个年轻小伙子围着女乘务员嬉戏:

"叫什么叫什么!不就摸了摸脸蛋,都他妈车挤人闹的。"

"不正经,浅皮!"乘务员骤降了音量嘟囔。

"说什么?放屁!老子开了你。"

高尔夫闻言血直往脑门上蹿。社会文明沦落至此,虽说他不时在报纸电视新闻上看,可实打实亲眼见了还真稀罕。他是那种钻研科学课题钻深了的知识分子,由于繁忙封闭的工作特点,无暇与现实的人类交接,日常生活虽说一塌糊涂,思想情趣却颇有距离,有文人说那是一种超脱了的境界。即使刚才约会幻觉间断的瞬间,他已感觉到了身前姑娘臀部的柔软弹力,嗅到了发际间散发出的叫不起名堂的馨香,熏得他周身舒适惬意,直让他生疑这就是他即将会面的女人身上传出的信息。他捕捉到的是青春的香味。这使他恍然意识到自己讲坛上这张圣人模样的颜面,在异性跟前原也不过如此浅薄下贱。可毕竟这是脑子里的事儿,拿不到人前。拿到人前的像这三个年轻人,是流里流气。思想起见义勇为,他一身正气:

"喂,年轻人!悠着点,前呼后拥的,大家都不容易。"

"他妈的,关你屁事!"

高尔夫纳闷,这仨愣头青怎就没点教养哩:"文明点,做人要讲点规矩。自古——"他信心十足,坚信自己满腹经纶,打出个饱嗝来都是知识,尤其是这些年苦心钻研创立的"知识恒力说"可以约束开导这几只迷途的羔羊。

"去你妈的——"话音落处,一记重重的老拳落在他的脸上,手里装讲义的文件夹脱手落一边。拥挤的人群在行地拼命腾出车门前这块略微显小的打斗场地。但谁都明白:这不是比赛拳击。

高尔夫赶紧捂了流血的嘴角,一惊一乍地冲三个恶徒:"你怎么打人你?!"然后冲满车的乘客环顾求援,"我又没说什么过分话,他怎么打人呢他?!"他得到的回答是满车的沉寂与木然。前边一穿制服的大汉也没往这边转,想必聋了耳朵瞎了眼，就连女乘务员也吓得没声瓷了眼仁。说话间他的脸上又挨了一拳。他内心忽生惊寒，如同在寒风刺骨的冬夜，孤身一人，旷野迷途，前不着村，后不搭店，枯蒿在身边瑟瑟嘶鸣，穹窿漆黑一片，他胆怯发怵。倏忽，他想起这感觉二十几年前他曾有过，那是父亲刚被打成"右派"的日子，孤独之神高悬，不时头皮发紧，凄楚盈心。那是什么年月？！可眼下，正义的阵营怎就只剩了他一人，除仨恶徒其余都他妈植物一茬。他渴望突围！不等第三拳挨脸，他高呼一声：

"我是高尔夫！高尔夫我是！"

高尔夫，这名字好熟。瀛洲市名人有数，家喻户晓的也就那么几个，还多是社会文化上突出。试想，满共十来万人的小城有几人能在全国造出点影响！何况陕北几所少得可怜的大学里一位教教育学的讲师。全国各大报刊都曾不惜大块版面介绍"知识恒力说"及它的创始人。那可是多少学人梦寐以求的宿愿。不过，开初还是生了些笑谈：高尔夫，谁听了都说耳熟。有人问，是不是那种豪华场地上的贵族运动？！穷人只在电视或电影里见。有人便立即反驳，说这是前些年街面上流行过、几十块钱一米的面料儿！也有人说，哪跟哪的事儿！这是长春第一汽车制造厂小轿车牌子，就近生产……直到瀛洲市委、市政府组织机关团体、企事业单位在市人民礼堂聆听了一次高尔夫的学术报告，好多市民才幡然明白，高尔夫是名字，是"知识恒力说"创始人的名字。至此，各种猜测和演义了的传说才偃旗息鼓，销声匿迹。"知识恒力说"却名噪遐迩乃至全国。

高尔夫也曾聆听传闻，不过是置之一笑，继续毫不怠懈地四出游说他的学说。不久，他连续出了两部学术著作，一部是他各地演讲的集萃，一部是他对学说较为系统的阐述：从培根的"知识就是力量"，到茅盾的"文学是有力的"，以及依靠知识发明创造的电脑、机器人、卫星、火箭、航天飞机、核动力，乃至宇宙天体、微生物、基本粒子"夸克"，包括各种边缘科学，无一不纳入"知识恒力说"的研究范畴，它的触须伸入人类每一学科，可以说是所有科学分支的总汇和概括。由此可见，知识的无敌和金钱难以比拟的价值。所以一切轻视学术的行为都是短视或无知。自然，知识还可以毁灭一切；日本广岛原子弹爆炸，前苏联切尔诺贝利的核泄漏……他恍然发现自己仿佛站在历史长河堤岸上的巨人，用古今中外的大量史实作横的和纵的时空上的观照，一些抽象空洞的哲理在他口若悬河的推理论证中，显得浅显明了，易于接受。每每是他陶醉于自己的学说，面对台下听得目瞪口呆的芸芸众生，他无时不被自己天才地创造出这种宗教布道士讲经时才有的庄重氛围所感动。他满心都是"世人皆醉我独醒"的感受，内心那个舒畅，不是几杯人头马或茅台酒所能给予的。介于以上基质，他发出了那声抓住了救命索般的呼喊："我是高尔夫！"或许他以为这是自己手中最有价值的王牌，像法兰西第二帝国时期拿破仑的名字，颇具震慑力和号召力，至少能够改变他眼前的处境，可以使乜歹儿有所收敛。但车上的旅人反应木然，好像根本就没听见过这个伟大的名字，任其在麻木中被淹没。

"什么二夫三夫，二婚的男人都他妈不是好丈夫。要不你小子就是第三者插足。"说话间他的身上又吃了几下拳脚。另一个歹儿讥笑说："这么说你是瀛洲市新来的市长喽!"车上竟有人觉得恶徒的语言幽默，"嘿嘿"笑得出声。更多的人无动于衷。高尔夫绝望里抓住一只掏他衣兜的手，是仨恶徒中的一个。

"你不能抢我的钱！这是我的生活费。"歹儿不为所动，狠狠地夺了过去，"求求你们，我这月的工资全部捐给了'希望工程'。"他边说边揩鼻血。

"好罢，咱们四六分成。"夺钱的歹儿戏言。

"大哥，什么是'希望工程'？"一歹儿问。

"吃饱了撑得，找乐儿。"年略长的歹儿回答。

"停车！"夺钱的歹儿喊。司机乖乖地刹车开门，动作娴熟老练。

那个问什么是"希望工程"的歹儿冲高尔夫唾一痰："小子，今儿便宜了你。"言毕拉同伙鱼跃跳下车。有"好心人"捡了他的装讲义的文件夹塞他怀中。

他不甘心，不等关门，鬼使神差般连滚带爬跟下车。班车竟悠悠晃晃喘着气开走了。仨歹儿回头见他也跟下了车，相视一番也觉惊诧蹊跷。

"小子，真活得不耐烦了！"

"求求你们把钱给我，给我一半。"他的口气已经变软。

仨歹儿会意，一个说："好罢，跟我们到那边，凭你这犟劲，至少给你一半。"语气是动了恻隐的无奈。

他信以为真，脸上流泄着忐忑与巴结的微笑跟着来到一条小巷。一入巷口拐角，不等他笑脸消退，仨恶徒一齐上手，噼哩叭啦打他个落花流水，他没来得及哼一声，随着眼镜镜片的破碎声昏死过去。仨歹儿中的一个捡起文件夹，在昏黄的路灯下翻弄片刻讲义，扔地上喊道："他妈的，是个教书的酸先生。"说罢与同伙扬长而去。

春夜，阴云与暮色交融，黑沉沉压得很低。凄清的夜风吹过，吹散了讲义四处漂泊如夜行的纸鸢。春雨淅淅沥沥，落得无声，落得柔软，打湿零落讲义的翅膀，路灯下讲义经雨化成一片模糊的墨迹。

高尔夫在空巷倦偎，昏迷意志浮游于夜的旅途：早晨刚起床，脑子里第一闪念，便是准备晚上约会的行囊。脚上的旅游鞋帮已经裂缝儿，淡灰面料变得黑蓝，缝和洗都来不及，换双平底布鞋得了；穿着的袜子很脏，洗净的又没有，从褥子底下翻出前两天准备洗的另一双，和脚上的比对一番，还是手中的干净些，到时候换上；从衣箱里提出一套带条纹的藏蓝色西装穿上，镜子里一副中年学者的脸面派头十足，他不无得意地扶扶四百度的珐琅眼镜欣赏，一脸中意神色。忽然发现上衣一颗纽扣不见了，打开针线包拣一颗相似的，只有白线。愣神想想，扯段白线穿针引线把扣子缀上，然后抓起写字台上的蘸笔把纽扣上的白线染蓝，抖起来看，和真的一模一样，没一点破绽。他惬意地露出笑靥。

整一天没课。就这么折腾一早上，到一点才泡着吃了两包方便面，然后踏出校门乘班车，按预约到市育才师范学校去讲演他的"知识恒力说"。

虽说中年之恋比不得怀春少女和钟情少男显山露水式的热烈，但也绝不该像黄昏恋中的老人平和淡泊，正经八百；理应别有一番情致，尤其像自己这样一个已过不惑之年的知识型老童男，更当如此。

一路上，他还在回味一口净牙膏的清爽。早晨刷牙时，系主任老黄跑来告诉他：在市毛纺厂子弟小学工作的老伴说，对方同意今晚八点在西人民路迷你影视厅和他看镭射电影。当然这只是一种迂回方式，真正的目的是彼此接触了解。届时黄嫂会在现场给他们引见。老黄说，拾掇拾掇你那行囊，别邋里邋遢，把人家吓跑了！最好是洗刷洗刷，除除你浑身上下单身汉的臭气。

他憨憨一笑，动手收拾晚上的穿着，然后去讲学。

接过演讲一小时五十元的优厚报酬，谢绝了专车相送的请求，他信步踏上繁华的新建北路，不时和摊主们交谈，问商品的价钱，体察经济大潮冲击中练摊者的心态，寻求论证自己学说的新话题。忽然，他想起了晚上的约会，这可是非同一般的问题，关乎自己后半生的生活，一点也怠慢不得，"每一个成功者的背后，都有一位伟大的女性"，那句名言说的也是这个。他快步走进一家挂正宗羊肉泡馍招牌的小饭馆，要了一大碗，吃得额头冒汗,吃出单身汉不曾有的滋味;结了账,就近搭上班车,一心揣测将要出现的约会,各种浪漫的假设和幻觉令他身热痒痒,竟至忘了身份和场合,自言自语地突兀一句,"人不错就结!"身边的几位望望他瓶底样的镜片,以为他有毛病,竭力躲一边。正值下班高峰期,车上人挤得摩肩接踵没一点缝隙。而他一心思忖四十四年对女性的隔膜、神化、无知,一旦即释,近在眼前,内心中被羽毛撩拨的情绪难得片刻间断。岂知,由他编织的美梦尚未成真,眼前却堕入灾难的深渊——不是偶然是非常突然——

待他再睁开眼,已是出事后的第二天。他头扎绷带,躺在全市医疗条件最好的职工医院病房。由于四百度的眼镜在劫难中被打碎,病房及窗外的世界在他眼里呈现一片没有棱角的淡灰平面,而合上眼后的橙红没有图像的世界反倒舒服些。他说不清,这几天,他看见动画片《渔童》中那只宝盆已碎,是噩梦还是幻觉。也许是好长时间不坐公共汽车,真有点脱离群众,但世事终尽是世事,应有点那个。如果自己有那么几下子,歹徒岂能近身?用革命的暴力对付反革命的暴力,用正义的战争消灭非正义的战争,历史形成的恶疾要铲除,要坚决,绝不能心慈手软了,这竟让他想到治国……具体怎样他也说不清,反正自创的学说犹如那只宝盆,战无不胜的童话业已成梦,日渐显出自己当初稚嫩的面孔。每每思及至此,内心便有生剥撕离的裂变,揪心地痛。于是不时地发怔,呆得像瓷人。

系主任老黄和老伴黄嫂,及时给他带来了新配的眼镜,带来了那位不因他失约甩手而去的她！这使他局促不安,昔日丰富的词汇不见,只有反复絮叨的几句:"我原以为,凭我的学问可以说服打动他们,那几个可怜虫!"黄主任听出了他的迷惘与困惑,听出了无奈,宽慰几句,让他静心养伤,不要胡思乱想,便留了她在他床前,和黄嫂离去。

她开始默默地掏提兜中的黄元帅和红甘橘。

他平淡地说:"真对不起!我们在这种情境中见第一面。"

"这不怪你!"

隔了许久,女人自我介绍说:"我是结过婚的人,还有个四岁的孩子拖累。"言语中有种嫁过丈夫的女人没名堂的自卑,和对对方不嫌弃的感激。

"这没关系。"高尔夫在镜片后望着悲苦的女人,别的开导话他说不出一句。

"我知道这话我不该提,可我总得让你明白:我的前夫也是教师,他和我是中师时的同学。他前年出了车祸——"女人说不下去。

"我知道,黄嫂给我说过,你们一块工作,你小我十岁,"他岔开女人伤心的话题,"你还可找个比我年轻、工作好的。"

"教师一般比较稳定,靠得住。我也知道你的遭遇。"女人慈爱地望他一眼,低声说。

"有时间把孩子领来认一下。"他被那双抑郁的眸子一击似有所动,伸手抓住她放在床沿的手,仿佛那是一只萎缩的鸽子,惟恐飞走。他盘算,怎样才更像谈恋爱?!电影里小青年的狂热要不得，那样女人会以为自己历来就不规矩，一回就黄了。他不敢有点滴出格之举。彼此静坐无语。

很久，房门吱呀一声微启，系主任老黄带着学院院长、书记和两位身宽体胖的人进来，是市里领导，电视上见过。女人赶紧立一边。

"关书记、郭市长来看你。"院长说。

他有想点点头的意向。关书记似乎看出来了，马上握握他的手拍拍手背，"别动！你好好养伤。我们已责成公安部门尽快抓获歹徒。需要什么，给老黄打个招呼，我们尽心尽力。"

高尔夫不说话，也不想说，好像领导们当时也在公共汽车上，系植物一簇。但他脑子里思索：为什么把话说成一种施舍者的口气，你们凭什么居高临下，我是乞丐讨吃的？这不小看人吗！

郭市长发现了立一边的女人，竟说："这是尔夫的家属吧！你要好好照顾，他要有个三长两短，我们拿你是问呀！"说完还笑哈哈，直让女人和高尔夫羞红了颜面，老黄一吐舌头眨眼做鬼脸。

领导们只作短暂停留，女人也相继离去。除了护士不时来打针输液，病房里就他一人，由不得漫开思绪：

搁二十年前他人年轻，说什么也领略不了父亲为何给他起这名儿。现在他懂了，父亲希望他超越自己，做顶天立地的男子汉。他似乎又看见病榻上父亲的衰老之躯在忏悔：悔不该当初革命党人去西欧勤工俭学之际，自己却走了一条"科学救国"的道路。建国初,父亲与不愿归国的母亲离异,满腹经纶抱着襁褓中的他回来报国,谁知不久便沦为"右派",一腔"救国"之学化为污泥,六十年代末含冤弃世。为此,他受了株连,尽管他还未成年,是孤儿,在那轰轰烈烈的"上山下乡"运动中,先期抵达广阔天地,接受贫下中农的再教育。因为家庭成份不高,他时刻严格要求自己,老老实实,不敢乱说乱动,夹着尾巴做人。十多个年头里,大庭广众面前,正人君子般视女人为"祸水"为"雷区",以至最初邻居如花似玉的女儿,找他到麦垛后袒胸露背给他,他理智到如受惊的叫驴快速逃离。再后来,与邻居的女儿翻云覆雨地幽会,给他难忘的慰藉,帮助他度过那个年代。最终是他眼睁睁看着这美人儿走下街畔,走下黄土高坡,走进小城民兵办公室主任儿子的怀抱,他学会了沉默。从恢复高考考入大学,父亲平反,留校任教,至今四十四个年头,没出一点男女问题。他潜心于"知识恒力说"研究,个人问题无暇顾及,其实也是人性颇能生发灵感的一面已经麻痹,被压抑得失去了知觉。时至今日,经济大潮冲击,社会观念和氛围日渐宽松,双双情侣的洒脱,三口家的甜蜜,不时引发他的艳羡和妒意,加之眼前的功成名就,被压抑的性欲复苏。回顾往日的艰辛和眼前的辉煌,他的生活是如此地枯燥沉闷,还有乏味,他实实在在需要一位贤内助。这蠢蠢欲动的春心,为系主任老黄及时捕捉。虽也曾在他熟悉的学生中物色,终因精神跨度太大未果。这才有了她的幸临。

谁料到,值此春风得意之际,他却遭此不幸,导致自己对追求数十年的学说战无不胜神话产生动摇，只想肯定它不堪一击的脆弱。是拿出勇气否定自己，还是继续研究知识的张力?！他三番五次地问自己，除了痛苦，他回答不了。

眨眼一月过去，高尔夫康复返校，受到师生们隆重迎接。他只作草草敷衍，悲凉之情溢于言表。入夜，宿舍剩他一人，迅速拆看全国各地来信，对相邀演讲或交流的请柬，他都一一简短复信婉拒；对崇拜者的来信不予作答；接着又给省城的出版社写信，请求正在排印的、进一步论述"知识恒力说"的书停止出版发行，一切损失由他自负。干完这一切，已是子夜时分，他点燃一支烟，紧吸数口后掐灭扔入烟灰缸，听淡淡夜风的清音。忽然他发现中天皎月，在春末夏初的夜晚，是如此寂宁，如此凄清。他黯然伤心，热泪潸然。

第二天，市公安局通知校方，殴打知名人士高尔夫并抢夺钱财的三名不法之徒已被捉拿归案，请高尔夫先生百忙中抽出宝贵时间写份人证材料，并希望高尔夫先生能来一趟看守所，对在押人犯面对面用知识的力量感化教育他们悬崖勒马，迷途知返。获此消息，高尔夫凄然一笑，笑得很涩……

半年过去，高尔夫精心于《教育学》的讲授，从备课到搜集材料，仍像研究"知识恒力说"那么起劲；不久，又和那位孀居的女人结了婚，建立起三人家庭，却只字不提"知识恒力说"的永恒。

市里和学校的头头脑脑都担心，高尔夫会变成中国社科界一颗过早殒落的新星。有不少人拐弯抹角试图做他的思想工作或者探口风，他始终守口如瓶。

瀛洲市许多人私下议论，可能受"下海"旋风冲击，高尔夫正在考虑步入经济领域一展雄风。这一说法尚未立足，熟悉高尔夫的人立即反驳：废话！高尔夫是做生意的料？！做生意要善于经营，谋个赚钱，高尔夫他连老本填进去也不够赔。那么，他是在沉默中期待暴发，还是在沉默中等待解脱？！了解他的人和他了解的人，没一人能说清。反正有不少人看见，高尔夫对新婚妻子如三伏天的气温，热得要命！那个痴迷如同这世界只剩他们俩，连女人带来的娃也视如己出。尤其是他大清早趿拉着拖鞋，到水龙头前淘米洗菜，干得一丝不苟有板有眼。

有人说他沉溺温柔之乡，废了。甚至有人叹息：知识分子真迂腐！不就几个钱么，抢就抢去了，还追他们干吗？如果车上有人替你说话也罢，没么。这不，"知识恒力说"还有人信吗？！

最后一片森林

一

春节刚过，雕阴的地区小报曝出一条惊人的消息：北山县的密林里发现了野人的踪迹！在短短的半年时间里连袭数人，二死五伤。被袭者皆为伐木的乡人。据目击者讲，野人有非凡的膂力，伸手碗口粗的树杆便会拦腰折断，一跃能跳两三丈远……一时间，北山县、乡（镇）的广播，反复叮咛北山森林边的乡人要提高警惕，注意安全，随身携带械具，轻易不要单独外出，谨防不测；集市和各个村落到处张贴着同样内容的通告。整个北山林地人人自危。本来浓烈的年气，一夜之间被冲得淡不叽叽，寡然无味。驻地区的省报记者站站长刘仁进，凭他新闻记者特有的敏感，跑了整整两天对消息的来龙去脉进行了仔细核实，确认无误后向省城发了传真。第二天，省报的第二版综合新闻栏以《神农架外的野人》标题在醒目的位置发了这一消息。立刻，全国各大媒介——电视、广播、报纸，电子网络也就是网上也纷纷转载，一时成了天南地北的话题。

不久，科考队的人来了。听说人员组成有省上的也有中央的。几十号人马在北山的密林南面一个叫老庄的村子边扎了帐篷，尽吃那些带盒盒袋袋的罐头、方便面。据说野人在这一带出没得最多。那七个被伤的人，老庄村就有三人，其中一个二十来岁，挺年轻的还没活人，赶送到医院人已咽气。谁提起都感觉惋惜。每天扛着麻醉枪的公安、武警陪着科考人员。雕阴地区主管教育科技与文化文物的杨副专员专门召集各有关单位的负责人开会，要求各单位、各部门从人力、物力、财力几方面给予倾斜，积极配合科考队开展工作，早日破解北山野人如何生存这一千古之谜。就连刘仁进，开初几天也小心翼翼地陪了。科考队长姓王，是个国家科学院人类学专家，半大不小的随和老头，精神蛮好，见了谁都点头，自来熟，村里的孩子都愿意和他乐乎。他们一会儿和森林边的村人交谈，寻找目击者，了解野人的真伪或习性；一会儿是深入密林搜寻野人的踪迹。可惜，十几天下来，连个野人的影儿都没见着。天底下什么事儿按着人们着急的程度发展的？压根就没！

据一位住在林子东边前湾村的目击者讲，那天是过小年，哎对！是正月初六，冬月天黑得早，我早早地点了灯笼，放了串鞭炮，和老婆看了一会儿电视后歇了。那时候我干什么？！这话咋给你说？农村么没什么娱乐活动，夫妻二人还能干什么。这位同志你笑啥？我这都是大实话。我们办过结婚证，法律都保护哩。噢，你看看，你们问得是野人，我怎么尽扯这事儿。当时我正和我老婆热闹着哩，不知怎么觉着好像有人偷看。开始我以为是听门的,就有意叽叽哼哼了一阵。这同志也是,你咋又笑!当时,我总以为把窗外听门的人给瞒哄得骗了。可等我揭开窗帘一看,哎呀,妈呀!可把我怕结实了,窗玻璃前立着一个黑幢幢的东西,像人不是人,有点像猩猩。见我发现了它,怪叫一声刮风一样眨眼不见了影踪,怕得我老婆尿了一炕。怎么,你不信?别的我没记住,那怪物头上可是披头散发,长着呢。这方圆几百里哪有男人留长发的?什么,疯子?笑话。咋,说不定是个女人?胡说,自来听门是男人的生活,你听说谁家的女人抛头露面地听过门?那,那不太阳从西面出来了?谁信!

另一位目击者叫常二,一脸疤,就住在老庄村。听说科考队的人来了解野人,不等人发问,插进嘴来便说,去年春上,我准备给自家盖间瓦房,到林子里挑了棵一抱粗的桦树准备做大梁。就在我和我哥快把树砍倒的时候,突然,从我们的头顶上飞来一块东西,端端地砸在我哥手上,捡起来看是块火柴盒大小黄铜色的铁器。直把我哥的手打得成了粉碎性骨折,到医院跑来跑去看了一年多,到如今还没恢复。你说那块东西?在家里,在家里,沉甸甸的,完了我给你拿来,上次邻村的张三要二十块钱买我都没舍得给。黄铜的,不值几个钱,无非想留个念想。

科考队的老王听完了一脸迷惘。说什么现在就去你家,看看那块黄铜究竟什么货色。常二也不介意,即刻就带老王一干人马到家。接过沉甸甸的黄铜块,掂掂分量有六七百克。什么成分老王说不清楚。你说这么重的东西打在手上能不骨折？不才日怪呢！老王掏出二百元，塞在常二手里，说这是保金你留着，等我研究完了黄铜还你，钱全归你。常二满脸喜色，嘴里这多不好意思地说着，接了钱装进上衣的兜里，压压衣兜惟恐丢了，然后才告诉老王，只要能支持你们科学，黄铜白送你们也愿意。话是这么说，老王连夜打发人坐了去省城的凯斯鲍尔高级轿车，请科研所化验铜块的成分。

然后，老王通过行署的杨专员找来了《雕阴州志》，查找有关森林和野人的蛛丝马迹。

二

北山的森林方圆九十华里，是全省现存最大的林子，还是近几十年来人们砍伐开垦中留下来的。据《雕阴州志》记载，秦汉设州置郡之时，北山就是森林一片。也就是说，先有密林，后有州志。直至五六百年前，整个北山数百里还全是林子，几乎没有人烟。只是明、清时候人口大迁徙，这才环林有了人家，稀稀落落，多以狩猎为生。开初，人们与林子和睦相处。林子周围庄户的柴禾，林中落叶和枯枝就已足够，一年里烧火做饭和取暖从未受窘。盖个房建个窝，森林毫不吝惜，用它的博大、用它的富有给它的臣民以施舍。

北山地处北亚热带与暖温带气候的结合部，海拔607.5—767米，地势西北高，东南低，地貌以丘陵沟壑为主，年平均降水量780毫米，气温14℃左右，少晴多雾，特别适宜阔叶林生长。所以，森林和森林周围一年四季如春，没有明显的冬寒夏暑；林中阔叶林与针叶林混杂。

《雕阴州志》载：明代末年州人柳先禄在《石鱼》文中说"城北十五里，旧名北山，有密林数百顷。一日平明，有猎户入林，晨曦中于林南石壁上见有四鱼痕坎。四鱼鳞目高起，头尾宛然；一时遐迩莫不惊骇瞻观……"闻讯，官府即刻着衙役找石匠切割下来，雇了吹鼓手，相吹细打中由几名壮汉抬进城来，神灵般供奉在全县最大的文庙内，为得就是给秀才举人们讨个"鲤鱼跃龙门"的吉利。用今日的眼光看，鱼化石的发现，可以推断古雕阴州地，江河湖海必居其一，曾是鱼类生存的一片水域。当然州志也记载了相当重要的一笔：在东晋灭亡后的数十年间，雕阴县境内曾被匈奴征服，并建有陪都，隋初毁于战乱。到了明清时候，都址何处，亦已无人说得清楚……

如同所有地域的经济发展一样，雕阴地区也莫能外。先是到林子周围居住的人越来越多，然后是人均占有的耕地越来越少，再后来就是有人发现砍伐树木可以大量卖钱，以致清朝末年、民国，包括中华人民共和国成立后，都有官办的林场。那是北山经济发展的支柱性产业。无论哪位县太爷来，都在这上面出政绩，直让邻县的官爷们眼馋。

谁料想这些年连年大旱，庄稼地被毒日头晒得龇牙咧嘴一副焦渴样。昔日清冽冽凉爽爽的井水，尽被刮出了泥，浑浊如和血的泪。可林边的村人不惜冒险，狠命地伐树，换取赖以生存的食物，有的甚至以此为业。也是这些年，随着保护环境与生态平衡意识的增加、宣传，尽管雕阴县根据行署的指示明令禁止破坏森林资源，并在林子边成立了北山林业派出所，专门负责森林的保护和防火。无奈远近的村人已经红了眼，近的带了干粮进林子，远的干脆在林子扎了帐篷，蹲下来砍。

三

他坐在一片苍松翠柏之间，确切地说坐在一棵千年古松的树梢上。

抬头是树梢，低头是积叶，平平地望去是密匝匝的树干。林子有多宽，沟壑有多深，他说不清，但要到林子的边缘他得走一天一夜。

他不明白父母当初为何选择了北山？是躲避战乱，是犯了死罪，还是近亲结婚，逃避人言？父亲没有说。父亲告诉他，"你妈"是生你时死的——"你妈"是什么东西，他懵懂一片。父亲临终的时候叮咛他：出林子去吧，到林子外讨日子！他没有掉泪，也没有说话，他明白，父亲从此不再陪伴他。他刨开父亲经常带他来祭奠的土堆。父亲说里面埋着"你妈"。他看到一付白森森的骨架。他把父亲放在骨架旁边，盖上油绿色的柏树枝，然后用厚厚的土掩埋，再在土堆上撒了荆棘，以防他的动物兄弟嗅到腐肉的香味。他在坟边的树上守了几十天，直等到父亲的香味飘散挥发在林子的空气里。他自己嗅不到了动物们也就闻不见。那是个雨季，飘飞的烟雨呈雾状，朦胧如游龙缭绕在丛林的树干间穿越。他的蓑披和皮衣都已浸湿，但他没有离去，父亲生养他一回不容易。他哆嗦了好些天。按死去父亲的话说，那时节他十三四岁年纪。

在他的记忆里，从小父亲总是用皮绳把他捆绑在背上，赶着五六岁父亲就开始教他射箭和攀树，眼见他射箭八九不离十且身手敏捷可以独立生活可以躲避猛兽，方才把他一个扔在窝里，独自去出猎。晚归，父亲总能带回新鲜的野味。他们茹毛饮血，佐以各种各样的山果。他们饮食的鲜美，令他们的那些邻居、林中的动物们艳羡不已！后来，父亲带他出去，他知道了林子很大，足以令他们父子东奔西突，往来厮杀。

从他记事起，他就和父亲住在一座宏大的用石头砌成的建筑里。父亲称其为"窝"。这里有宽朗的场院，有阴森森的大殿，还有场院里的石台石阶石柱石动物，他常年与它们为伴。最让他心仪的，是石阶下那处石潭，清澈的泉水是那样甘甜。他和父亲用它醒脑抹脸，每次出猎时灌上一皮囊，林子里没有他们父子到不了的地方。那是他们父子最惬意的岁月啊——父亲是如何找到这座天然屏障的，如同父母为何选择林子一样他无法知晓。他们很少生火，以野生山果、植物和飞禽走兽为主要食物。

父亲死于一次狩猎。父亲射杀了一只野羊，刚在肩上扛了，林子里突然蹿出头花豹来，要与父亲争夺这只猎物。如果父亲将野羊扔在地上，像他一样蹿上树干，或许就是另外一种结果。但那是父亲射杀的猎物,猎人到手的猎物将拱手相让势必显得自己太软弱。真要这样,以后还怎么在林子里混呢?!森林里是个弱肉强食的社会,但猎人也有猎人的规矩,所以父亲毫不退缩,毫无怯意,执意扛着野羊回窝。豹子被激怒了,一跃向父亲扑去。父亲似乎早有准备,在野羊落地的同时转身就是一箭,射在了豹子的脖颈下。豹子身子一偏,爪子还是打在了父亲的肩膀上。不等豹子再次扑来,父亲反手又是一箭,刚好射进豹子的血盆大口里。豹子痛得一趔趄,重重地一掌打在了父亲的前胸。豹子与父亲同时倒下。豹子踉跄着还想站起来肆虐。他着了慌,远远地飞去一石,刚好打在豹子的眼上。豹子痛得一蹿逃了。他惊恐中背回了父亲还拉扯回了从那头豹口里争来的野羊。父亲临死前只对他说,出林子去吧,到林子外讨日子——说完生生撂下他这一条十三四岁的汉子,在这片古老的森林里滚爬摸打。

他后来找到了那只豹子。跟着它在林子里磨蹭了三个月,直跟得豹子精疲力竭,赎罪般顺从地在一棵大树前躺下来,任他用箭射瞎自己的另一只眼,然后用刀砍下它的头剥了它的皮。他把那颗豹子头搁在父母的坟前祭奠。豹皮成了他窝里的毡,任他躺卧任他踏。

不知过去了多少个年头,他不清楚。反正日子是明了黑黑了明的;太阳是东边出西边落的;月亮是圆了缺缺了圆的;林子是有的树叶在落,有的树叶在长,脚蹬下去,厚厚的积叶竟有些弹力。没有日历,也没有结绳记事或刻壁记时。

每一次太阳升落,他都得为生存不停地奔波。无论是风中的林涛,雨中的触响,晨雾与烟雨交融,雷声与天籁和鸣,他仿佛触摸到了九霄的脾性。艳阳下的斑驳,月色里的深幽,都是与他长相厮守的实物,那是他的生活他的财富。

这是一个不为常人知晓与世隔绝的世界。

四

他没有按照父亲的遗愿,到林子外去讨日子过。他已经习惯了这种生活,因为他生于斯长于斯,除了父亲他从未和任何人交谈过。他的语汇就那么几个,上辈人在人类群落里的许多东西,由于环境的改变而有所萎缩,华丽的辞藻和丰富的语言他不会也不需要!他不知道人们是否还会接纳他这个离群索居的同类?他更不清楚自己是否会适应现代人类的生活,依照人类的习性生存。他心中无底。所以他违背了父亲的遗愿,其实他根本就没动过到林子外讨日子的欲念。几十年的光阴在他的坚毅中消磨殆尽——

每天早晨和傍晚,他会和他的邻居们一同仰天长啸,宣泄自身对生的郁愤——嗷嗷的心音伴着风伴着雨伴着林涛和林子里飞禽走兽的嘶鸣,融进森林,融进自然,融进森林家族的动物世界;夜里,他聆听着树叶和林涛音乐般的喧响,演绎一种别样的生活……

在没有父亲的日子里,他扩大了自己的活动范围。他知道了林子有边,林子的外面住着和自己体型差不了多少的人类,还有让他听不懂的人类语言。他又想起父母当初为什么要到林子里的老问题。此时此刻他才明白,父亲为何把活动范围局限在林子的中心地域,他现在才看清父亲本来就不愿意到林子边来与人类接触,他是有意回避!可他回避什么呢?这让他颇费踌躇。

这引发了他的好奇。他一反父亲从不到林子边的习惯。不是偶尔,而是经常光顾窥探人类的隐秘。

第一次是个夏日的午间,除了林子里的蝉鸣,恹恹的日头忒毒。林里的飞禽走兽睡了,林边的村落睡了。但就有两个人没睡,一个留短头发穿白长衫灰裤,一个留长头发穿树叶一样漂亮的花裙,悄悄地来到树林边,一阵交头接耳之后,便开始脱衣服。那个留短头发的浑身上下长得和自己如出一辙,那个长头发的比自己少了一点却突出了两块胸部。两个人光光地搂一块唏溜。直看得他热血倒流,憋涨几欲崩裂。他在树干上摩擦自己的阳具有种说不出的快感。自此,他明白了"你妈"是何物!于是,他时不时地到村人的窗前、人类的窗前窥视。他发现,除了孩子们,年龄大点的和自己长一样的都有个"你妈"相伴。

可是,林子周边人们对林子的蚕食令他不知所措。

开始,人们砍伐树木他并不介意,他以为那和自己找食是一回事,所以他爬在树梢上,躲得远远地看。但是天长日久,他渐渐发现,那些和自己朝夕相处的动物越来越向林子的中心集结，向自己居住的附近集结。它们为有限的食物相争。实在难以表述那份血腥。弱小的动物数量日益减少，日渐被挤出原本和睦的群落；他自己也有了不安全感。因为动物们相争时的眼神令他心颤。这是在毁灭自己的家园，是与自己争地盘。他对林边的人们，尤其是那些砍伐林子的人们滋生了仇恨。他第一次感到了心悸，感到了兴奋，感到了从未有过的惶恐。他决心保卫自己的家园，为生存而战！而且，从此神圣地以此为业！

每天，他都像一名模范的护林员，恪尽职守，往来于林的边缘，巡视监督有没有人砍伐树木。一旦发现有人砍树，他都会搭起弓箭，用自己修剪的柳条作箭，把仇恨射向对方的手臂，那真是屡发屡中，"弹"无虚发，敌手无一不被斩落马下，再也无法举起黑手砍树。他对自己百发百中的手艺颇感欣慰，每每是击中时节望着伤者疼痛的狼狈样，他都会以一个胜利者的姿态在那里龇牙咧嘴，而且乐此不疲。伐木的人发现了林中有个什么东西和他们作对，于是也提高了警觉，林场成立了捕猎队，冬去春来从不散伙，除了梭镖，有的还抱了猎枪遭袭时反击。敏捷的身手使他一次次逃过了劫难。

恰恰是此时，他在自己居住的窝里地下发现了不少木匣，里面装满了火柴盒大小的黄色铜块。他拿起一块使劲扔出去，竟然砸进了墙角一颗牛头骨里。他不禁一阵惊喜。自此，每次外出，他都会带上几块黄铁块当作自卫的武器。

这简直就是一场战争。

五

拿着黄铜块到省城去化验的人回来,宣布它所含的成分是黄金而非黄铜。按时下的金价算,这一块金砖至少能卖四五万元。消息不胫而走,整个雕阴哗然:北山的密林里可能有无穷的金块!当然也包括那个令人生畏的野人。天大的诱惑呀!有的冒险者来林边伐木,有的冒险者深入密林,转悠的目的却只有一个——找到野人,获取金块。

雕阴地区的领导闻讯,加强了对林区的保护警戒。

这天,杨专员携属下带了慰问品来看望科考队员,祝贺他们已经取得的成就,鼓励他们为国家的人类学研究坚守坚守再坚守。

也就是杨专员看望科考队员的时候,老庄村也热成了一锅粥。金砖的主人常二身边也聚了不少人。这个说,现在的人都是见钱眼开噢,小心老王头耍赖。那个说,当初你既没和他写约又没和他签订合同,他真要赖账你只能和他上法庭。还有个说,即使他给你,调包给你块黄铜,我看你只有干瞪眼的份。常二闻言,一头一头地出汗,一刻也不等地连夜蹿进科考队的帐篷讨还。他从兜里掏出四百元钱,哆嗦了嘴唇结巴着说,啊——王——王队长,我这还你双倍的押金,一份是本钱一份是利息,这样你不吃亏。你是公家人,金块你得还我。不等话说完,一脸疤痕,憋得坑坑洼洼都红了。

正在灯下写论文的王队摘下老花镜,打量打量猴急的常二,一肚子的好气加好笑,有意严肃了颜面,咋,慌了!深更半夜地我怎给你?!回罢,明个我会和杨专员一道还你,我得有个证人呀!要不到时候你戴了胡说帽,说我调包了还你的是黄铜不是金块,我就是有十张利嘴也没法解释。和你打官司不成?那两百元当初我就告诉过你,那是给你花的,没打算让你还。常二一听王队说得在理,多少有点惭愧,为自己的鲁莽后悔,连说几声对不起,这么晚了还打搅你!但是又不踏实,那份忐忑、那份不安无论如何掩饰不住,你忙吧,我明个再找你。听听这最后一句,怎么听都让人没有好心绪。人咋这样呢!

六

炎夏,前湾村头的狗都伸长了舌头躲进荫凉地发喘,偏偏就有几个不识趣的愣头青在林子的东缘伐木不歇。他纳闷,那些管事的大白天咋就一个不见。就轻轻地跃上树梢掷出了一块黄铜块,不等砍伐者叫唤,只听得"砰砰"几声枪响,自己没明白是怎么回事,便随着树枝的断裂落进了一张绳网,所有在场的人一哄而上,把个自己严严实实地绑了,抬出林来。人们拿着从他身上搜来的金块相互传看,一片欢声笑语,激动不已。

也有那抑不住的,喊出声来,这个计策绝了!布下天罗地网,看他能逃到哪儿呢?

一个说,到底是野人,头脑简单了些。这一计果然上当。

另一个说,抓住了就不负我整整两天锯树杈。

一个说,再好的轻功踩在锯断的树梢上也是往下跌哪。

听到这些话,他感到眼睛一黑。睡了。

等到他一觉醒来,他已被五花大绑在一间大房内。房里房外都是看稀奇的人。他慵懒地闭上眼。有位村长模样的不停地吆喝,电话打了没?告诉科考队快点往这儿赶。野人跑了我可吃罪不起。一边说一边从兜兜里掏出个和黄铜块一样大小的东西来,"啪"地一声点上了烟。他看在眼里,看上了那玩意。

有位知识分子模样的人说,看牢了,这可是世界上最珍贵的动物,全世界至今没找到第二个。等科学家来了体检抽血化验,然后对着基因分析,说不定将来还能克隆几个出来送动物园展览。说得满屋人哈哈大笑。

这时有人喊,这野东西的玩意坚硬无比。所有在场的人都转移了视线往他的裆处看。有未婚的姑娘羞红了脸,乘人不备也转来了眼神,越羞越看。待抬头相视,方才发现大家都在看那个黑乎乎的部位。会意之下,又是一阵哄堂大笑。

他佯作什么也不懂,咳咳地喘息。犀利的指甲却不断地切割着手腕上的绳索。一会儿,看稀奇的人渐渐散去,只留了十几位精壮的汉子照看。窗外的阳光像炽烈的火焰,黄灿灿一片刺眼,身边的几位打盹瞌睡。这时,那个村长模样的又拿出打火机来准备点烟,他一跃而起,劈手夺过打火机,直接从窗口

最后一片森林　　223

扑了出去。待丧了警觉的打盹的人反应过来，他早已蹿入林子远离了视野。

就在他们相互抱怨间，科考的老王一行赶来，没顾得上喝一口水，直接进了房来，一听说野人跑了，气得煞白了脸色直跺脚。不知冲着谁喊，这可怎么交代，我们刚给中央报告了抓住野人的消息。喊完了再看，所有在场的人，脸色全都煞白。老王站不住昏倒在地，村长赶快叫了乡医给老王吊液体……

当地的乡人们加紧了对野人的搜捕。

七

眼看林子的面积越来越小，林子里的雨水少了雾薄了，晴朗的日子见多了，林子里的空气却干了，树上的叶子和地上的灌木都无精打采没有以前茂密了，就连林子里的动物也越来越少见了，昔日涌泉般的石潭由于连年的干旱剩了一条细线，东边的伐林人离父母的坟地也只有半天远近了，他急得在自己的窝里团团转。过去，他带在身上的铜砖块只需两三块就能保全性命，动物们轻易不伤他的身，他也比较了解动物的习性；而如今他遇到了人——这种比动物还动物的灵长类动物，他感到无所适从!!加上前些日子的被擒，平添了内心的恨，于是变本加厉地与伐林人斗争，便有被其打折手腕者，有两人竟至被击中了头部而丧命……

恰此时，省上也似乎发现了北山的森林面积锐减，立即出台了保护森林、严禁砍伐的制度。说是要圈定雕阴自然保护区，在北山建立森林公园，开发旅游资源。但是被暴利熏黑了心的村干部，夜里偷偷带了村人打着手电筒砍伐。光柱在林子里悠来晃去，胆小的说那是鬼火在巡夜，直吓得小儿往母亲的怀里钻。

他原以为只须白天照看林子就够了，不成想偷伐林者把伐林时间改在了半夜，既躲避了禁令，又逃过了他的视线。这让他很恼火。于是他也一反常态，白天睡觉，晚上巡夜，竟至在月下飞出金砖，把两个在夜里偷伐林的人给打伤不治而亡。人们更为惊诧。国家也闻讯加派了林业警察，并且逮了几个带头砍伐树木的人物。

他以为一切可以平息了。他还可以回到他原来的那种与世隔绝的生活，与世人老死不相往来的生活。但是他错了。时隔半年，仅仅半年，林子边的村人们又复萌如初，疯狂地伐木。当林业派出所的民警来规劝他们时，还被他们打伤了。而那些想得到金砖的人，那些希望通过捕捉野人成名或获得暴利的人，从来就没有停止过对他的搜捕——

面对村人伐木的执著和国家科考队与各种动机不同的志愿者寻找野人的急迫，他深感绝望，坐在如线的与他相伴数十年的石潭——他的生命之泉跟前，手中把玩着那个抢来的铝质打火机，他发现这玩意大小和自己用来护身的黄铜块相同，分量却轻得多，而且里边能喷火。他感到非常神奇非常珍贵，护身符般随身携带，形影不离，轻易不让它喷火。

最后一片森林　225

遥望着因为干旱、因为没有水没有雨而日渐枯黄的家园，他的脑海里一片空白。他看不到日子还怎么过，没了生存的欲望也就没了饥饿。自然，他不知道人类有"哀大莫过于心死"的比喻，但他有这种感受这种体会。有一天一夜的时间他在石潭前静坐。

他姓甚名谁？父亲没有说，也许父亲觉得森林里没有人际没有交往这不重要。邻居没有告诉他，森林没有告诉他。但是他从与人类打斗中赢得了一个确切的属于自己的名字——野人。听听人们发现自己仓皇而逃时的喊叫，那不是叫自己在叫谁？！这样的情景不会再有了，他黯然却又坚决地对自己说……

那天是月末，没有月亮没有星星，天空羞愧地躲到了浓云背后见不得人，恰好又刮着西北风，真正的月黑风高夜。只有干涩的林涛倾诉着哀怨着缠绵着，他听得直想哭——

夜半时刻，丛林的中心着了火。冲天的火舌舔触着低垂的黑云狰狞的脸，一会儿血红，一会儿橘黄，在夜风中如同巨大的火龙行走，疯狂肆虐。一位夜半起来小解的科考队员发现了冲天的火光，立即吼喊起来，人们闻讯纷纷从睡梦中醒来。立即有人喊赶快向上面报告，科考队的人便打开手机与县上的人联系，林业派出所的同志赶来说，已经与地区林业局取得联系，他们说马上向省里报告情况，并要我们组织灭火。科考队员和村人们便担了水桶端了盆来，即刻又想起火光在密林深处，少说距林子边有一二十里路；再说，林中没有路，只好眼睁睁地看着火光照耀的远天。

不久，人们又发现林子的西边也有了火光，他们的那个急可想而知。但不论是谁，只有跺脚的份。

第二天，人们才得知，省委、省政府和雕阴地委、行署成立了北山森林火灾扑救委员会，国家调了大批的解放军、武警、公安民警和空军，从林子的西北面向火源处进发。因为北山的地势是西北高东南低，刮的是西北风，那样能保住西北的树木，减少人员伤亡，便于灭火。但是，到了第三天，风力有所减弱，而火势未减。北边的刚刚被熄灭，南面的又被点着。根据飞机高空拍摄的照片显示，是有人故意四处纵火。空中行动队带了麻醉枪再次出击，不断地低空盘旋，无奈烟篷雾罩，几乎看不到地面，眼睁睁望着大火烧了十七个昼夜，林子烧成一片焦黑。这还不算，好像老天要惩戒那些伐木者似的，紧接着北山就发生了一次昏天黑地的沙尘暴。用行家的话说，叫能见度很低。除了风呜呜地呼啸，满天黑云洞地，伸手不见五指。当然别伸出去，伸出去刮跑了找不着——那哪是风啊，简直就是铁扫帚使劲地掠过。整个雕阴地区仿佛遭了天劫，没有一点旮旮旯旯不盖着一层草木灰，蓬松的四处飘撒着森林的骨灰。那是森林对自己最后的祭奠。

城里人出门戴了口罩办事。整个一个天杀的北山。

也许是政府的努力感动了上苍，三天的沙尘暴后下了一场透雨，所有的明火都被浇灭。但是，各级政府仍然要求疲惫不堪的人们仔细地检查，不要放过一个燃点，惟恐死灰复燃。检查的人除了发现不计其数的动物死尸，还在林子的中心发现了一片经过大火烤炽的古建筑群和一具已经炭化了的人形尸骸，尸骸前有一个熏黑了的铝质打火机。死者是谁？！疑问即刻提到了扑救委员会和科考队的面前。领导们决定尽快核实。

经雕阴北山森林扑救委员会两天紧张地核实，火灾发生的十七天间，除十二名解放军战士和两名公安民警被轻微烧伤外，无论是扑救人员还是森林边的居民，无一人死亡。

莫非这具炭化了的尸骸就是那个令科考队和林边的村人绞尽了脑汁寻找的野人？！大家谁也没说出口，但思路都非常地一致：这具尸骸就是那个脱逃了的野人！

立刻，国家的人类学家、历史学家、社会学家、考古学家云集北山森林废墟。解剖已经炭化的尸骸，在躯干的内脏中找出点珍贵的软组织来送公安部进行 DNA 检测；对古建筑进行清理，发现了大量的秦汉时期的烧陶玉器和足足两吨重的金块，就是"野人"用来袭击伐木者的俗称为金砖的东西。

两个月后，鉴定的结论出来：那个被烧死的"野人"，智商与现代人一般无二，从已炭化的躯干测算，他的身高、体重看不出与现代人有什么不同。结论是：死者本来就是一个现代人！那座类似于宫殿的古建筑，经专家考证和查寻《雕阴州志》等史籍，可以确认是东晋末年被匈奴占领建为陪都后又隐没于战乱的古雕阴州城，具有极高的历史价值。详细的情况有待于进一步考证。

看了考察与检验的结论，科考队队长老王痴痴地愣神，竟喃喃自语说：闹腾了半天，方才知道野人不是野人，野人是正常人。谁想到原来这是一场人与人的大战。只是野人保护的是森林，我们人类看的却是眼前。惭愧啊！他对握着自己手的杨副专员竟然泪眼婆娑地说：我已到了退休的年龄，我申请留在北山。杨专员，请允许我在烧毁的地面上植树造林，再造一个郁郁葱葱的北山。

杨专员痛心疾首，发誓要恢复森林，信誓旦旦地说他要封山育林，新的森林要比原有的面积大许多许多……

刘仁进将此鼓舞人心的消息再度在省报作了报道——灰心的雕阴人总算平缓地喘了一口气。

只是，也有人慨叹：如果能早点发现，雕阴古城就不会毁于森林大火；也有人盛传，烧死的野人原本就是东晋的遗民，祖祖辈辈看管宫殿……

人死了，舆论爱怎么说怎么说，死人绝不会站起来和你争辩。

倒是老王和杨专员双双留在了北山，去圆再造北山森林公园的梦。老王还从北京接来了前几年就已退休的老伴，发誓还北山一片绿油油的河山！

过了个把月，刘仁进提了礼物到北山看望老王夫妇和杨专员。寒暄过后，刘仁进亲手种下三棵樟子松。然后望着南去的大雁落下了泪，他说大雁原本应栖息在北山的林地过冬。大雁南去，意味着南方离我们越来越远了呀——

蜜果与疏影

蜜果与疏影的恋爱过程独特，知道的人记忆深刻：

蜜果是校花，鹤立鸡群般把其他女同学撂在了一边。所以，就有许多男孩子围着她转，讨好的，奉承的，挖空心思想留深刻印象的。冷眼看，一幅忒腻味的钟情少男与怀春少女的风情画。蜜果对所有的示好、约饭并不拒绝，说谁要约她聊天赏脸——当然是欣赏她的美艳，谁就应埋单！唯独不给对方留下妄想的口实。在校园的花坛前、柳荫下行走，她总是身着得体的衣衫，风姿约绰，婀娜闪现，高视阔步，目空一切，以示对周边喧嚷的不屑。

疏影是网络作家，本名常书业，疏影是他的网名。他的写作实在是一种偶然。读得书多，故事编得好，人世间的恩怨情仇总能说出个一二三，当然是自己的见解。这倒好，这几种元素扎堆往一块一串，成了，竟然整出两本网络小说，读得人还喜欢。一家较大的网络平台跑来和他签了约，每月下来，少说也有个三万两万。没到参加工作的年龄就开始赚钱，这让那些毕业即将面临就业的同学，难免生些眼馋和艳羡。

蜜果的爸妈都在县上上班。爸是县上领导，前些年响应党的号召，执行了"只生一个好"！蜜果就独生子女了。蜜果的奶奶说，这娃生来就跌进幸福的蜜罐，因此就叫了蜜果。至于为什么这么叫，奶奶没说。蜜果的妈，还想生，想让蜜果有个弟妹陪玩。当时政策不允许，只好歇心。蜜果不得不在娇生惯养、宠爱有加的公主格格环境中形单影只，长大养成了暴戾与自负兼具的性格，任性、倔强，还有特别自我的执念。

疏影上的是大三，说俊不俊，说丑也不难看，帅哥里没他，相貌长得一般。男人么，有才才是关键。偏偏对蜜果没有来电，保持了距离并不近前。

几个使尽浑身解数经常围着蜜果转、偶被蜜果称为哥们的男孩子，看看自己在蜜果的心里没地儿，一合计，戏逗蜜果说，如果你的心里装的不是大款、官二代，我们倒有个不错的主意，你和疏影郎才女貌地挺般配，到时候我们讨个伴郎的活干干！蜜果哈哈一笑说，那你们让他来追我呀！我等！

玩笑有大有小。小的开开也就算了，大的那可就是有人上心了、当真了，也就出事了——蜜果和疏影的戏就这么上演。主要是蜜果把几个坏小子的玩笑翻来覆去地想了几遍，竟然觉得对，也就当了真！有几个夜，睡梦里设置了疏影怀抱鲜花向自己跪地求婚的场景，直至恍惚中笑醒。

有人给疏影通了风报了信，疏影笑了笑没什么反应，一如既往地按着他的生活公式：起床洗脸，上课吃饭，还有入夜趴在电脑上码字，完成和网络平台的签约。

蜜果等了些天，没见疏影露脸。一打听，身边的人告诉她，向疏影示好的女孩儿数堆论拨，不定哪个会抢了先。自古以来，流氓和才子身边，最不缺的就是俊妞和女伴，这是常理。蜜果心里一惊，明白为了自己的未来，得亲自出征围猎。

傍晚，疏影和几位同学在校园生活区的一家砂锅店前吃饭，蜜果主动地上前来往旁边一坐，你好一声主动搭讪。疏影故作不识地问，你是？——

蜜果不恼地笑说，装吧，连本姑娘都不认识？！含着一嘴吃食的疏影故意摇摇头，憨态可掬。蜜果微红了脸，不合时宜地伸出手去说，我是蜜果，著名校花！也是你的小说粉丝。你在小说中说，"做学问的人，要想有些成就，除了精准的判断与顽强的自控，最最主要的是看他能给自己留出多少独处的时间。"这话说得太好了，真有水准！

疏影乱了阵脚，放下手中的筷子，手在自己的前襟上擦抹了一下，然后才和蜜果的手握在一起，咽下口中的吃食，发噎般地回句幸会！蜜果说你今天的用餐我给你埋单！不等疏影接茬，坐一边的一位男生说，单疏影埋过了，扫码。今天他请我们吃饭。蜜果笑眯眯地对疏影说，那我把钱给你！把你的微信号给我，我给你转账或发红包，要不给你现款。说着就要从手包里掏钱。疏影一脸愠怒说，咱又不熟，平白无故的你这是干吗？！蜜果直奔主题说，你傻，我想交你！然后问旁边的同学，你们和他是闺蜜？一位同学答，我们是一个宿舍的。蜜果说，好，有空我到你们宿舍来转，说完一袭红裙抬头挺胸地离去。

片刻,一桌男生望着蜜果的背影忘了吃饭。一位灵犀点的男生突然说,疏影,你的艳福来敲门,你得承接!餐桌上七嘴八舌的附和声恢复了先前的热烈……

这夜,疏影在自己的小说中发表了以下感想:漂亮,有人用它点缀风景,悦人身心;有人用它开疆辟土,祸害族群。漂亮的人不能只有漂亮,这样的漂亮只是皮相,只是现象,只是庙宇里的泥胎雕塑,没有灵魂没有思想。我不要路边的风景,我要做流动的风和风里的馨香;做冬阳和春光,照在墙根那些蹲守的大爷脸上,暖色涂抹,享受天年,等待大限。

第二天晚饭后,蜜果到宿舍来质问疏影:昨夜你写的是我?疏影爱理不理地说,我提你名字了?我写的话谁都可以这么想。蜜果说,你这是日有所思、夜有所想吧!别自恃才高,从门缝里看人会看偏,那不准确!要全面地了解一个人既需要时间也需要客观。疏影停止在键盘上敲字,转过身来说,我有义务去了解你说的这个人吗?蜜果说,看看,我是来和你交往的,又不是来和你吵架的。同宿舍的几位一听到他俩拉得并不投机,相继撤离。疏影不再说话,在电脑上续写自己的小说;蜜果独坐了一会儿,撂句我以后再来看你!同样是撤离。自此,只要蜜果和疏影有语言上的争执,当晚疏影的网页上就会有批评未指名道姓者的话语。

女人的易变,就是自己都不知道自己什么时候改变。自己关注的物事、价值的取向,乃至背负喜新厌旧的声名也在所不惜。面对那么多的追求者，蜜果真还没有认真地考虑过，严格地讲是没有做好恋爱和婚嫁的心理准备。恰恰是那些流水般轮番示好的骚扰，像自己性意识的启蒙人，让她清醒自己是个女人，在不久的日子后，自己得嫁人，得生儿育女。嫁谁？这恐怕是每一个未婚女性都应直面的问题。事关一辈子心情能否顺遂，一点都马虎不得。选好了人，可以白头到老，终身相伴；选错了人，就会移情别恋、中途离异。要不怎么说婚姻是人生大事呢？

人是很奇怪的动物，既往不在自己视野的东西一钱不值。上心了当回事儿了，也就有了价值。起先价格可能是一般般的，只能说是对这一物事价值的认识不足。就像文玩收藏，一旦想得到的欲望被撩拨烧热，哪怕是出个两三倍甚至更多的价格也志在必得。高价到手了，还觉得物有所值！如玉，在行家眼里，它蕴含着国学文化，老值钱的。可对不识货的人来说，它就是块石头谁花大价钱买它，那是有钱烧的！从这个角度讲，疏影是玉，蜜果是愿意高价收藏赏玉的人。如此一想，疏影就成了蜜果婚嫁最理想的人选。虽然他个头比自己矮了半个头，长相挺普通的，但他是校园里公认的才子。有才的人未必有颜值，有颜值的人未必有才，有才又有颜值的人在哪儿哩？！这和当领导的父亲所说，哪个领导都想用德才兼备的人，可有才的未必有德，有德的未必有才，德才兼备的人能有几个？这和找对象是一个理儿。想通了这些，蜜果便多了一份执著。

三番五次，五次三番，原本还客客气气的关系，骤然变得见面就刻薄讥讽不断。一次，在疏影的宿舍，蜜果恼火地说，那么多的追求者我视而不见，我低声下气对你的心思你又不是不懂！看你的小说，你就不是木头，怎么不通呢？！疏影缓缓地站起来，这才绅士般对蜜果说，姑娘，你的好意我领了！但让我和一个人人追捧的校花、交际花说爱谈情，对不起，本公子挂牌免战！要理解成投降亦可，无所谓，爱怎么怎么着！

蜜果曾也静想，疏影对自己有成见，可没想在他心目中自己就是个滥情的交际花。气急中落下泪来说，你骂人！

疏影说，我骂你了吗？真对不起，我道歉！今后我们彼此不再见面可以吗？我烦！

当夜，疏影签约的平台网页里讲：遇着自己喜欢的人，你会主动地努力去发现放大对方的优点，然后当作对方与生俱来的天赋，纳入自己崇奉偶像的涵养。天底下的喜欢、恋爱、婚姻，几乎都是这一模式铸就，所以最终的聚合离散，就不值得大呼小叫！

蜜果漂亮是漂亮，就是不获疏影待见。以致蜜果被疏影的连番拒绝激怒了，疯狂了，想得到的欲望更加坚定了，也可以算欲火中烧了！第二天晚饭时间，同样是校园生活区的一家餐饮店前，她找到疏影闹，要疏影给个了结！甚至发狠说你信不信我会爱得深恨得切，把你做了！疏影先是一怔，然后是开怀大笑，这还不止，他讥讽地回应道，你是不是在发疯呢？！咱俩既不熟识，又不恋爱，又没始乱终弃，别人的拒绝对你是伤

蜜果与疏影　235

害？要是别人不愿意却非得接受你，这对别人是不是伤害呢！你觉不觉得自己不可理喻！

立刻，周边吃饭的人聚拢来围观。

蜜果见不奏效，激愤地说，你信不信我死给你看！疏影转过头来，惊诧地看看蜜果说，别，别，姑娘，你想想你如花似玉如此刚烈，我怎能不信？信！只是你我素昧平生，你是路人甲我是路人乙，本应擦肩而过，没有什么纠缠不清。再说，咱俩是你找我，没有什么交往，至今既未确定恋人关系，我也没给过你什么承诺！你漂亮不假，我认！但你不是我喜欢的款，你也应该知晓。姿色是你唯一的资本，可怜了！其实你不该这样威胁我。做夫妻得两相情愿。强扭的瓜不甜。你这样自残值吗？我有理由负责吗？

可我爱你呀！蜜果手里不知什么时候多了把刀子，晃着喊。疏影平静地回眸一笑，说，你一厢情愿的单相思与我有关系吗？这些日子是你给我添了乱，影响我了，小——不等他"小姐"二字说完，被彻底激怒了的蜜果一刀上去，疏影的脸上便开出一朵两公分长的口子，如同一朵绽放的牡丹，鲜血汩流，粉肉外翻。疏影这才惊恐地嘟囔一句"疯子你干吗！"却因脸部漏气，吐出的话没能字正腔圆。

蜜果身边的那帮哥们见臆想变了现实，乱了手脚的惶恐中下了蜜果的器械——啊不，是凶器。

即刻，周边的围观者，报警的报警，打120的打120，更有那爱发微信的拍了视频上传……先到的当然是校区保安，接着是警察,接着是120——

疏影在手术台上呆了足足两个小时,伤口缝了十七针;蜜果被公安直接刑事拘留。因事实清楚,证据确凿,案情简单,仅仅两个月后就以过失致人重伤罪从轻判了两年。

从轻的原因不光是蜜果积极配合法庭、老实承认,她说自己带刀其实并没有想伤害谁,只是想吓唬吓唬疏影,让他和自己确定恋人关系。自己哪舍得动刀?即使伤着自己也断不会去砍去杀自己心仪的人。但这只是她在法庭上的说辞,事实上疏影的脸颊上留了永恒的纪念。不过蜜果轻判,还由于疏影写给法庭的谅解书。意思是,虽说两人间没有恋情,疏影还是认为自己没有理性地处理好,有激化矛盾之嫌。毕竟,爱一个人或被一个人爱不是错,反倒有些神圣!错的是头脑是否清晰判断出自己的爱能否得到对方的回应,能否被对方接纳,从而形成互动。如果得不到回应的爱都像蜜果这样来处理,这世界岂不乱了方寸?冷静思忖,人世间没有回应的爱可能更多,祝祈对方和隐身离去或许是智者的选择。法律不仅仅要判人,判他所犯下的罪行,更要判心,判得他心悦诚服,引以为戒,不再重犯!所以,他恳请法庭,给蜜果以从轻宽宥的判决,让她走好今后的人生路!

得悉案情的人七嘴八舌,这出才子佳人的戏原应皆大欢喜——谁想到结局竟然是才子毁容,佳人入狱。应该说,这桩匪夷所思的案子,完全是一帮追求者的恶作剧造成的。说恶作剧有点重了!细思量也就是个玩笑,开得有点过,临了竟成罪

蜜果与疏影 237

恶！这是任何一个主动或被动置身其间的当事人所没有料到的。反倒是那些开玩笑的哥们在难受、歉疚里却无法责，自然逍遥法外了。也有人说，疏影与蜜果，一个太有知识了，走到他身边会闻到陈醋酸腐溢香；一个挺鲁莽的，再漂亮也是个手持利刃的母大虫孙二娘，形神两分，音不着调。有人说，蜜果有点操之过急；有人说，疏影有点迂腐，一桩好事让他整得稀里糊涂，一地鸡毛，凌乱不堪。也有人直呼这是一个看不懂的世界！

有伦理学教授慨叹：人世间，最不需要解释的是感情，因为它海枯石烂，永不变心；最说不清的同样是感情，任你巧舌如簧，口若悬河，就是无法获得！

当事者疏影在自己的网页上说：爱人和被人爱，本是每个人应有的权利和义务，都不是错！要不文学评论中为何要说"爱情是永恒的主题"，而且古往今来，历久弥新。可惜有的人在爱情的行止上出格，横冲直撞，攫取掠夺……

伤口愈合留了疤痕的疏影，到看守所去探了监，对蜜果表达了歉疚，说你知道我为什么没喜欢你吗？如果说我不喜欢你的漂亮，哄鬼呢！骗不了人的。但你身上就是少点东西，少点内涵，少点能够触动我的那根琴弦。

蜜果依旧漂亮，只是脸色白净了许多，或许是监所里见的阳光少，没了暴烈，温婉了些，平静中说，这两月我没少想事儿。你给法庭的谅解书我知道了。非常地感谢！如果说开初我追你,是追你的才华,谅解书展露的却是你的人品。它让我看清你我之间的差距。过去,我以为一个女人有漂亮就够了,毕竟有那么多男孩子追我,连一些大龄的富人和官人也放电骚情。可现在,特别是你的谅解书让我清醒,我配不上你!对不起,打扰了!

疏影突然表现出少有的结巴,嗫嚅了半天先自红了脸色道:我认真地想过了,如果你愿意,两年后我们在一起。

隔窗里,那张白净的脸先是诧异,接着是呼吸的急促,然后切切地说,我有没有听错?外边有那么多女孩子追你,何况我是个在监的戴罪之身,你不嫌弃?

我了解过,以前你挺优秀的,只是入校后被那些追求者骚扰得有些变异,表现得叛逆和张扬。其实本心没变,选择我足以证明这点。其实这些想法,我在给法庭写谅解书时就想表达,思来想去,还是在探监时当面和你谈好些。否则事不成又会吵翻了天。其实自从你那天要给我埋单后,有好几次,我梦见咱俩在一起。我明白,走到今天,不能全怪你!我也有责任。在这儿,我给你道个歉!只要你愿意,我等你,等你两年!

隔窗里的蜜果从座椅上站起,那张美丽惊艳的脸呈现在监室窗外照进的一束阳光中,两行默默流淌的清泉,晶莹闪现——

苍 茫 时 节

> 谨以此飨我一生艰辛的祖父在天之灵。

一踏上家乡小镇那条唯一的小石板街，便会看见那爿谁也说不清哪年开张的钟表店。

一年里不论是哪个季节，只要太阳升上中天，总可以看到店前只有六级的台阶上坐着些许老爷。多则二十有余，少则十之二三；或则盛世古朝，或则谝闲聊天；怀抱小孙儿手执烟杆，一旁是菜篮，一旁是吐着长舌发喘的家犬。没有谁召集，没有谁驱散，一待日落西山，只留那空朗的台阶，让清澈的月光倾泻其上，犹如一片秋日的落霜，浮泛着清凉的寒光。加之店房后院那棵据说上百年三人环抱不住的大槐树向着店房倾斜，巨大的树冠如篷般遮盖了小半条街，夏日的炽光整天里照不到台阶，有树影的斑驳迷恋；冬季又因店房向南坐抵挡住西北风的凛冽，足可晒阳取暖，店前便成了一处理想的避风所在。

这就难怪老爷们每日里会如期而来。

可是近年，老爷们对这个历史形成的据点颇感遗憾，因为墙基剥落的钟表店装修一新，改成了收录机修理部，外代销售眼镜儿。

开张这天。正午。

他们聚齐还没扯上几句，那块年代久远、黑底金字、"革"文化的命中幸免于难的横匾缓缓摘下时，一阵震耳发聩的炮竹爆响连天。顷刻间，那些"嘭嚓嚓"的现代音乐和崭新而又闪光的新匾亮相，取代了昔日的宁静和庄严。老爷们在店铺新主人的喜形于色、翘首以待中，在过往驻足围观的小镇熟人中，在日光斑驳树影婆娑的和风中，均有失落和被淘汰的感觉。事先，他们一无所知，这急骤的变迁令他们措手不及，愚弄和被欺骗感深深地激怒了他们。捉摸良久，一个谢顶、头上有道疤痕的老头发声喊："走，和店主评理去！"他们根本没考虑倒个地方换个点，而是向新店主——一位浙江或者江苏远道而来的长发小伙，发出了强烈不满：

"喂！年轻人，我说，好端端的钟表店你怎么弄得叽里哇啦！？"

"不是我说坐地户的话，出门就该照顾点当地人的脸面。"

"咱们不是为难你，这地方打清朝就是老爷们的点儿。"

"咱们可得好心换好心，糖馍换点心，相互尊重才对。"

……

说什么的都有，谢顶老头却只字不发地盯着店主，把个外来的小伙子唬得不管听懂没听懂，一个劲地点头，没完没了地

"是是是，对对对"，还掏出写着洋码码的香烟不停地递，可惜没人接。不等他明白因何触犯了众怒，谢顶老头早已得意地把旱烟杆一挥：

"老哥们，谝咱的去！"

事态暂且得以平息，但是他们并未就此罢休，他们容不得这片净土受到侵扰，特别是对长年约定俗成、得到了小镇各界广泛认可的清静之地不能被丝毫亵渎。他们这股怒火，这股心力，这股年轻人都会望而却步的韧劲，谁也说不清何以如火如荼。最终，一位县政协委员出面交涉，店主才无可奈何地答应，至多每天中午十二点到下午四点之间播放音乐不超过一个钟头。老人们才相互告慰着妥协。你说纯粹不让人家做生意也不成，老政协说了，时下政策允许"外流"，所以才有这浙江或者江苏小伙把生意带到古风颇厚的小镇来做。

"三哥，你这招儿真灵啊！"戴石头眼镜、花白胡子的刘四，凑向谢顶上有疤的老头说。

"刘四说得对！"另一位脊背上缝有补丁、蓄山羊胡的梁二应道。

闻言，被称作三哥的谢顶老头微眯双眼，端详着老哥们专注的神色，一脸醉意，从口中拉出烟杆，摸摸卧在身旁的狗脊梁，喷出一口烟雾，不紧不慢地说：

"要不，靠你那两年冬书，文绉绉，顶个毬。"

"哈哈哈——"老人们开怀大笑，陶醉在胜利的喜悦里，笑得忘情，笑得没有拘束。而他，话一出口满脸正色，让人觉着更逗。

这老头，姓李，排行三，言语少，脾气怪。高兴时，他可以把自己这辈子学会的"天下太平"四个字工工整整地写给你，还会对你讲述自己谢顶的头上那道伤痕是1947年胡宗南进攻陕北时，飞机上扔下的炸弹弹片留下的呢！不过，一般情况下你别指望他会和你唠叨这些。你只会看到每天晌午，只要是晴天，十二点前他会微微驼着背（知道的都说那是早年劳累所致），穿着用市布做的中式袄中式裤，腰扎腰带，脖颈上搭着烟锅和烟袋，背操着的手里捏着个小凳，身后跟着家犬"赛虎"，去到钟表店前的落脚点，从没见延误时机。下午四时，当然是看过揣在怀里的怀表后准时离开。他没文化，连自己的名字都不会写，两岁上殁了老子和娘，跟着舅舅小年里学会一手泥水匠手艺，砌个锅台，盘个炉灶，让他摆弄准不会满家里串烟。离奇的是他那唯一的当木匠的儿子给他生了两个宝贝孙子，用他的话说，大的在小镇上当个武装干部，每年冬里招兵买马还挺牛气；老二考了个什么"专修锅（科）"学校，不管修锅修锣，反正毕了业分配正式工作。要知当年因为他穷，那唯一的儿子没上一天学，至今斗大的字没识一升，写不了炉筒"拐弯"二字，画个"⌐"来代替。都因从小随他走南路（陕北榆林群众对延安地区地广人稀地域的习惯称谓），到深山老林逃荒，别说上学，连最起码的吃饭都成问题，因此才十二三岁就学着做木活，赚几个钱来贴补他捉襟见肘的生计。后来，生活的窘境迫使他放弃赚不了几个钱的泥水匠活，买了两只种羊，做起给羊配种赚钱的生意。这两年两个孙子相继拿上了工资，他干脆什么事也不做，享起了清福。加之家务自来全有老伴料理，他就悠哉悠哉地牵着家犬逛荡东西。这是什么？知道吗？这就是资本！他觉得自己有评说任何一个同伴的权利！这不，原来在石油公司当经理的老姜，携着小孙子站起来说声快四点了，便向老哥们道歉：

"对不起，我先走一步。买点菜，回去给娃娃们做饭。"说着提起身边的菜篮子走了。

李三老汉颇不以为然，上下打量老姜一身毛料哔叽或者什么华达呢缝制的中山装，心里嘟囔一句：驴死了架子不倒。不等老姜走远，他不屑一顾地对同伴们说："窝囊，还拿着百把钱，雇个人也比自己服侍儿女媳妇好些。我一辈子没个正式工作，活得也要比他强些。"

老人们不约而同地转过脸去，注视着老姜远去，他踏在石板街上略显蹒跚的步履，凝结成一幅永恒的画面，背景是瑟瑟秋风中摇曳的大槐树下的钟表店（应该说是修理部）和小半条街。

他们中间，有当年驰骋沙场的骁将；有走南闯北的小商小贩；有几十年如一日从未离开过小镇的工匠；有一直工作在外、近年才离退休落叶归根的"客乡游子"……不论社会地位、职业、文化有多大差别，还是家庭条件的优劣，在这儿他们都喊乳名，根本不管什么学号表字，他们平等，有共同话题儿。要知这是黄土高原的深处，一个偏僻、闭塞、四周是沟壑纵横古风颇厚的小镇。那些步入晚年的老人，已经失去了劳动能力的老人，除了钟表店前大槐树下的欢聚还有什么去处？！

只是店铺这一改行，那种寂寞，那种失落，那种怅然，无时不在蚕食他们的心田，留下空悠悠的酸楚。

不过，也有例外的时候，也就一次，唯一的一次，是修理部的收录机里播放《王贵与李香香》的说书。老爷们一个个听得目瞪口呆，屏息张口。正在出神入化之时，"咔嚓"收录机关了，一个钟点到了。无论好说歹说，店主就是不放，并扬言绝不再放说书。老爷们只好自认倒霉。那是他们始料未及的失误，现代骤响的音乐中也能播放说书？懂点的便抱怨当初，不懂的也不认错。这种"返老还童"的争执，几乎天天都有。哪个门市盐涨价，哪个门市的醋净掺水，哪个店的东西卖着卖着渐渐不如从前；还有赵钱两家因了宅基斗殴，打了十七年的官司至今不见分晓；还有孙家的儿子李家的女，由于门第高矮不一，女子吃了上百颗安眠药一命归西。诸如此类，不一而足。让人觉得小店前的老人画，画得是高原漫漫土风的风俗。

其实，说他们之间没有一点差别也失之公允。只要稍许留心，便不难发现他们各自衣着、气质、举止投足的不同。就说老姜，一身中山装笔挺，上衣兜一支黑杆老式钢笔暗示着昔日一个文化人的神韵，至于那笔当初曾批过多少"同意"、多少"已阅"，谁也没有统计，何况一张白皙的脸庞刮得干干净净，带着一股淡淡的面友味儿。不像梁二一副邋遢样，胡髭拉楂，整天怀揣小酒瓶，红彤彤松弛的脸，开口闭口当年他赶牲灵贩碳，怎么怎么逛窑姐。倒是刘四老汉和老姜气质有些相仿，毕竟是上过私塾的人，只是那顶瓜壳帽上的红玛瑙和那副石头镜一配，与电影里地主家的账房先生无二。为这前些年他还被称为"奸商"，挨过批。实际上过去他在小镇的染布行做工兼记账，所以用起毛笔来颜筋柳骨，浮云流烟，根本不是拿起钢笔半天下不了地的样。就说那双青灰色的手，至今都有洗不掉的东西。而他——李三老汉，一辈子尽管没干过正式职业，仍旧是一副受苦人古铜色的脸，在高原的土风和阳光中时不时泛出一层饱经忧患的尊严。当然，这是外形，心眼里出的气，他们可是一个鼻孔。

是那种共同的落寞和寂然把他们连在了一起。是的，是那种共同的东西使他们像小孩子一样任性，动火，犹若夏日的天气说变就变。

人，还要回到童年！

近来，李三老汉常常闷想这一问题。竟然多有所得。尤其是眼见当年的小伙伴陆续从不同的职业和不同的地位回来重新聚在一起，没有隔阂，没有差别，和小时候一样谈天说地，好像那些有文化有涵养的文人和他们这些大老粗到了这把年纪反倒像幼年没了丝毫区别。那些曾经引起他们分野的文化、教养或出身、地位在这里失去了意义，他由衷地欣喜：生死路上最平等，谁也不会长命百岁，谁都会衰老心理上却返老还童的！

只是少了天真和稚气,少了顽童的生机。

"回来了!"

他会向每一个刚刚离退重新进入他们这个圈子的同伴发出这样一句既是慨叹又是问候的话语!俨然一副主人翁口气。他深信人的童年和老年本没什么界限,特别是文化、职业、地位造成的森严和冷漠,在老人这个圈内,这个满含温馨的圈子里会像冰块融化消失。在这里获取家庭中社会中得不到的一切。这道理这些天一直在他脑子里盘旋,哪怕他端起了碗,嚼了口饭,上了床,闭上了眼。他打算把这多日的心得和同伴们交流,向他们坦诚地陈述一切。

倒霉的第二天,带给他的却是无法驱散的怅然:当他怀着激动的心情,仰望湛蓝的天空上浮动的云絮,等待同伴们聚集敞开心扉的时候,刘四,这位戴石头镜进过私塾的老先生匆匆跑来,扶了几次下滑的石头眼镜,才气喘吁吁而又惨淡地说:"梁二哥他,昨夜去了!昨天在这儿还好好的,没想到走得这么快!"他好像害怕同伴们没听清楚,又像自言自语,反复念叨,"他去了,这么快!"整个台阶犹如泼了一瓢冷水,出现一片反常的静默,所有的声息、所有的意识、所有的情感流动都凝固在这里,这是一组肃穆的群雕,一组老人的群雕,一组看见了自己归宿、看见了流星轨迹刻划、细微冷凝、神态各异的群雕,他们的神情说不清的惊讶与沉静,说不清的自信与坚定,伫立在人生的尽头,注视着那微启的门,临危不惧、视死如归的傲气在店铺前槐树树冠下的氛围里,在土坯房和石窑洞与二层小洋楼的错落中,在小镇晴朗的碧空中驻足。过往的人们不知发生了什么,望着这些岩石般冷峻的老人,深感纳闷。直到店内响起了"嘭嚓嚓"的声音,生机才在他们身上复苏,但依然是沉默。过了好一会儿,大家谁也没对谁说,逐一散去,只剩了一位李三老哥和他忠实的"赛虎",铁铸般正襟危坐。

夕阳海碗大,如火,在小镇的塬上和房屋顶肆意涂抹,点燃了他心中的柴禾。

是的,他难受,发自内心由衷地难受。眼前他们聚在一起,海阔天空,不着边际,寻求家庭和子女无法给予的东西,由于他们已步入了晚年,人生的晚年。但他们会一个个像梁二这样从容地离去,扔下这个纷杂的世界,扔下家眷,扔下这帮老哥、这块风水宝地……记得有天,自己身懒,没能来,入夜上床老觉得空虚,有所短缺。他搞不清怎么回事儿,辗转了一夜。第二天天一明,他豁然开朗,那是昨天自己未与老哥们会面,哪怕是见见,哪怕是相对无言。因为这里如同远洋客轮避风停泊的港湾。当年他们大都在此相识集结、在此起航而后各奔东西,方见分野。而今,他们都已步入晚年,回到当初起航去远征的码头,回望人生,尽享天年。只有在这儿他们才可抛开家庭的琐事,发表那些或是从报刊、广播,或是道听途说的消息,充实每次相聚的话题。有时尽管东拉西扯,风马牛不相及,总还是滔滔不绝。就连那些平时不善言辞,尤其是在家里沉默寡言者也会说些危言耸听、颇不入时的话语,给过往者颇多悬念。

达理者称之为"老人角"；陌生者谓之为"牢骚滩"。

老人们清楚，世人眼里，累赘不敢说，保守却想当然。可以说这既是一个笑话又是一个悲剧。老人们所以对眼前的世界评头论足，完全依仗他们已有的经历。人都要走这一步的，无论你现在多么年轻多么不服气。由此他们也会反唇相讥。他们会像局外人一般评说那个他们曾经参与的外部世界。他们并不计较他们的评说、结论能有多少实效，能给这个世界带来多少理论的指导和实践的动力，能否得到晚辈们的采纳认可。每天，他们坐在这里似有期待，似有黄昏夕照依恋之叹却又说不出的凄然，似对这个清凉的世界进行着监督，对行色匆匆的行人怀有嘱咐。老人，一个坚固的整体，特别是在世风日下、人心不古的时候就愈益清楚。可是有时也会发生内部冲突，而且激化得出人意料。

有一次，李三老汉刚刚坐定，同伴们陆续赶来。一会儿是《杨家将演义》，一会儿是《呼延庆打擂》，大家聚精会神地听早年进过私塾的刘四海谝，兴到浓时身后响起了"迪科斯"（许多老人都这么称谓）音乐，性子平的因为听不清感到扫兴，性子暴的如同火烧。倒是他对大家说小子蹦过一个钟头就会断气儿，大家便静坐下来等着这个钟点过去。挖耳挠腮，捋胡子伸腿倒也顺气。偏偏从店里走出一男一女摇过他们身边，男的提着哇哩哇啦的录音机，留着长发，蓄着胡子，还着花格子衬衣；女的更不能提，花红柳绿，露胳膊露腿，脖颈上套着一串

苍茫时节　249

珠子，还搦着男的，摇头摆屁股，唧唧哼哼，啧啧！老人们先打个照面，不愿意的歪过头或低下头去，愿意的直送得两个没了影儿。

一个说："年轻人，怪扎眼儿的。"

老姜说："时下就兴这哦，没治！"

刘四说："看惯的自然，看不惯的慢慢往惯看呗！"说完还是无可奈何的语气。

梁二仿佛动了火："也不知他们老先人造了什么孽，尽生出这么些歪种，丢人现眼的。这天底下还有什么男女有别的理儿？！"

李三老汉全不以为然，反驳同伴们道："我说你们别有的没的都嘟囔，要赶上时候你们现在还年轻，不定你们也会尝这个鲜。"一阵哄笑之后引起一场舌战。有人喊女人这尤物实在不是玩意儿。

"女人么，怎说呢！结婚时忸忸怩怩，夜夜给你个脊背，你扳都扳不过来。如今可好，一入夜，自己脱光了身子钻进你的被洞，你推都推不出去。"听了李三老哥一席话，昔日赶牲灵见过世面的梁二发自肺腑地说。

"是啊，是啊——"大家深有感触。于是那些当初因了"父母之命，媒妁之言"的老人，心里便唏嘘自己不得恋爱的滋味，反倒羡慕起那两位摇头摆屁股的年轻人来。

等到有人想起店内的录音机已停，该续上《呼延庆打擂》的时候，时间已快四点。

偏西的太阳使如篷的大槐树树冠愈益浓郁。小镇在傍晚的余晖中托起袅袅炊烟。

在老人们眼里，这是一块不同寻常的风水宝地。这里留有他们童年的回忆，他们都曾因钟表店大钟里的钟摆发懵，那是一个多么深奥的世界？在当年的小镇，这要算最先进的科技，哪有现在的电影、电视机，顶多看场皮影木偶戏，也要津津乐道地唠叨半年。就连公共车还是十多年前才通的呢，而且通一次要等一个星期。再说，店房后院那棵枝杆曲虬、密叶如篷的大槐树，有种长者俯身庇护聆听的风度，怎不让人怀恋！前几年店主上了年纪，生意又不比以往景气，不时也出来聊聊大天，直到去年谢世。他那在外当什么教授的儿子把房产租赁给别人做起了维修收录机的生意；那块年代久远的横匾也交给了县博物馆，打算像汉砖宋瓷一样保留。这才生出许多不如意。可是他们在这儿聚了毕竟不是一年两年，更主要是他们在这儿找到了家庭以外的乐趣。用李三老汉的话说："儿子和孙子都有工作，说是常说爸爸、爷爷我陪你聊天、走走，可到头顶多再给你几个零花钱，或者买回几盒糕点。和老哥们在一起就又是一说喽！"老人的心思说来不怪，上了把年纪反犯孩子气，害怕寂寞，害怕被冷落。家庭却无法让老人们摆脱这点儿，于是给老槐树下增添了不少话题。一回李三老汉来时气呼呼的，老哥们一问，他便如数抖出：上午从学校毕业刚工作不久的二孙子对家人说他谈了对象。死老婆就唠叨他没结婚千万别让那女子有了娃娃。他便反驳说有了怎么着，有了谁能说不是咱家

苍茫时节　251

的?!于是老两口吵成了一锅粥。儿孙们再三劝慰方告结束……自然老哥们各执己见,莫衷一是,直吵得精疲力竭,月出日暮。抬头看,看热闹的人围了一圈……

小镇上的人说,聚在这儿的是群淘气的老顽童,到了打也打不得、骂也骂不得的年纪。

隔天,梁二出殡。送殡的队列将从店铺前经过。闻讯,老人们早早地到日杂店买了香烛纸钱,坐在台阶上等待。当五色纸扎的引魂幡在正午的风中飘动,唢呐吹得悲天怆地,梁二的家眷又哭得凄凄婉婉,甚是哀恸。老人们截住盖了红洋布放着大公鸡的灵柩,一个挨着一个地在店前的街面上跪下来,一个个老态龙钟地化了纸钱叩了头,让小碗大的买路钱和纸灰纷纷扬扬,在高原的劲风中飘上天,让悲壮的气氛笼罩了小镇这条唯一的小石板街。老人们眼含泪花,目送着送殡的队列缓缓伸进山岩。他们久久地注目那虚幻渺茫的土塬,静默,许久,没一人开口。大家兴致全无。于是老人们渐次离去,独独留了个李三老哥和与他形影不离的"赛虎"。那是因为梁二赶着牲灵,走过石板街唱起凄婉悠扬的信天游;梁二提着小酒瓶,红着脸胡吹冒聊的画面——浮过他的眼前。

夏日的天气,乌云在天上翻滚,片刻便遮盖了日光。先是闪电,后是响雷,噼里叭啦的雨点接着便是铺天盖地,老槐树的树冠在风中扭曲。这竟然未能触动李三老汉的触觉,他依旧呆坐在那儿。他的眼前飘浮的已是一轮如血的落日,在漠北沙海中缓慢滞重地沉没,六级浮动的石阶恍若一艘泊船,他将在颠簸的船舱中度过他的晚年，人生的晚年……

或许是梁二的出殡感动了苍天，店铺里破例放起了陕北唢呐曲《祭灵》的哀乐。南方来的店主似也动了恻隐之心，从店门口探出头模仿着当地口音喊："老爷子，进来避雨！"李三老汉没听进去。倒是槐树树冠上被雨点打落的几片落叶引起了他的注意，他微微地驼着背站起，伫视着刚刚坠地的叶片，脑子里一片荒原。

"爸爸！你怎么还站在这儿？"前来找他的儿子给他披上雨衣，弯腰拿起他的小凳，并用脚碰碰被淋得哆嗦的家犬。雨衣里发出一声如雷般的"啊嚏——"

店内避雨的人们发出一阵嘻嘻哈哈的笑声，观望儿子搀扶老人在雨帘中远去的背影，又去谈他们各自的事情。唢呐的悲鸣已停，"嘭嚓嚓"的迪斯科节奏取代了悲壮的气氛，催促着雨点快速降临。

小店笼罩在如篷般遮盖的老槐树摇曳的雨幕里，小镇锁笼在苍茫的朦胧中，幻化成人世间一个永久模糊的梦。

以后几月，台阶上再没见到李三老汉，瓢泼的骤雨给他留了风寒，他整整地卧床三月。待他再到台阶前时，已是秋深叶残，枯黄的落叶爬满了店房顶、台阶和小半条街。石油公司的老姜业已在一月前驾鹤西去。昔日会聚的同伴相见皆显黯然，这触动了他内心的人生苍凉之感。他时常怔怔地望着老槐树上的枯枝，新芽，绿杆，落叶，一看就是半天，直到两年后谢世，从未间断。

不几年,台阶上的座客,除了几个原有的老者,又增进了新的血液,那平和淡泊老者的血液,递进着这个半是喜悦半是忧患的世界之脉。

有道是:人生一瞬间,都有这一天。

公　儿

　　好容易"咣当"一声，乘务员启了门。郭诚提了包跳下车，长长地喘口气。尽管是春天，车厢里还是憋闷。他匆匆挤出站，出站口有抹了红唇的姑娘相拦："住不住旅馆？"也有棒小伙来喊："行李送不送？"他不吭声，径自走向对面的汽车站。

　　枫城是大站，停车十二分钟，因为是西北铁路运输的枢纽，过往客货多。不过，这与他无关，他只需再坐半小时公共车到达镇，也就到了连队，总共三四十里地。

　　说来也是，参军才几个月，集训刚完，分了班没几天，家里便打来"母病危，速归"的加急电报。等他提心吊胆风火火到家一看，母亲哪有什么病病疾疾？！想念就是想念呗，干吗要哄部队？还非得拉来位邻村的姑娘相见，说什么全家人都同意了，就看你的意见——他略显犹豫，亲眷们尽围来相劝：乘当兵好寻，复员回来还不得个万二八千，不定要买个回来。现实点，咱这儿是山区，不通火车不通汽车。就这么一折腾，半个月，来去的路上五六天，千把路风尘仆仆往回赶。新兵蛋子么，印象第一。想当然，姑娘和他订了婚，成了他的未婚妻。他初中毕业，人家也初中毕业，长得又爽眼，他没什么挑剔。感情么以后谈着建立。再说人家还送了他一条红裤带，据说那意思是把他的心儿拴住，不能见了别的姑娘心野。

恍然间，来到汽车站的售票口，打问去达镇的车，答言刚走了一班。过个把钟头还有一班。他买了票到站前的广场上等。

匆匆的旅人，或者成双配对去度蜜月，或者因了某种使命。确是一幅入画的景。汽车站与火车站遥遥相对。想坐火车的下了汽车，片刻就可候车；想坐汽车的下了火车，亦可即刻等车。对他，倒是两相便利的事情。

"同志，帮帮忙！抱抱孩子，我去方便方便。"一衣着协调庄丽女子，风尘仆仆，一脸旅人的倦容，笑吟吟中蕴含着恳求。谁叫他穿着这身衣裳！虽说时下世风有恶，人们看见军装还是会想起雷锋的。他没有踌躇，接了孩子，飞掠一眼对方，满脸炽热，那女人的脸怎么看怎么好看，尤其是隐约勾出的桃唇，翘翘的鼻。

女子依旧笑眯眯，坦然搁提包于他脚前，递一瓶尚有余温的奶瓶在他手里，旋风般跑入一侧的女厕所。他坐下来等车。心里嘀咕，一个人上路怪辛苦的，何况女人带着孩子。思想间揭开襁褓看婴儿，长得忒甜，小嘴上噙只小奶嘴，一啜一啜怪有趣。不由伸了手指去逗，孩子露喜悦在脸，倏忽他忘记了自己旅途的疲惫。

过了好一会儿,他清醒,女子不见回,一层虚汗渗出他的额,心里的边鼓直"扑咚":"那种事虽听过哪会这么巧?别乱猜疑把人揣测坏了。"如此一想,又踏踏实实地坐了,心里总是虚,不由老向厕所张望,进出的女人川流不息。再看看表,离他乘车的时间剩二十分了,一声火车离站的汽笛,忽悠心头一悸。他赶紧立起,一手攥了自己和女子的包,一手抱了婴儿,来到女厕所外边,拦住一位欲进去的姑娘说:"大姐,麻烦你进去看看,有位穿风衣、围纱巾的女人,让她来抱孩子。"姑娘莫名其妙地望着他发神经,嘟囔句:"春里哪个女人不围纱巾!"说完就走。他幡然悔悟,赶上一步喊:"灰风衣,黑纱巾。"姑娘进去,良久出来摇头示意。陡然他的脸色雪白,刚才的推测莫非——额上渗出颗粒状的汗水。只好恳请卖手纸的大娘。大娘进去一趟拉出一件灰风衣扔给他,"这件吧?"不等他点头又说,"后生,人跑啦!"闻言,他一发昏心往下沉,状如抽了骨头的肉瘫在地上不能自立,上下唇哆嗦不停:"她只说……只说,让我帮忙……帮帮忙——"立时,好奇的人们围来看热闹。一位臂上带红箍的老太挤进来,见状仔细地盘问。马上,大家纷纷出主意,有的说,上派出所;有的说,到民政局;也有的说在报上登启事,甚至谴责弃婴这种不道德行为。于是人们开始推测,那女人不正经,孩子是私生的;或者那女人家庭离异,孩子成了女子的累赘……郭诚纷乱听得没了主见。带红箍的老太利索拉开女子的提包,奶粉、亨氏豆米粉、小被褥、升万国旗的行囊,绣枕上"宝宝"二字赫然在目;老太又翻襁褓，掉出一封信来。

同志：

由于种种不便于启齿的原因，我不得不将我的生身骨肉托付于你。不管你怎样看待我，孩子无罪。乞求你想方设法抚育他长大成人，给他一个正常人生存的正常环境，这是一个不配做母亲的母亲唯一的希冀！（小枕内有四百元，是我两年来仅有的积蓄。请别误会，这仅是我对抚育孩子的一点绵薄意）

恕不具名

他内心里却是一种莫名的恍惚凄凉，我怎么这么倒霉！这样的事也让我遇上。我是外来当兵的。又不像本地人有三亲六故可以依托。这可怎办呀！思想至此，不由得一脸一脸地出汗。望日头，晕乎乎泛点紫蓝，他奇怪，太阳是不是古代沿袭至今的那颗，一直没变。他硬了头皮立起。人群里挤出一位值勤的公安人员声言他是车站派出所的，听过了掏出本本记下他的姓名、部队番号和事情发生经过，说待后他们会帮助寻找孩子的母亲。红箍大娘出主意上民政局，他心里凄凄掉几滴泪，摇摇头说，到民政局，人家总不会把孩子抱了去。这孩子迟早得他想法儿。直说得红箍大娘亦感羞愧，他说他回部队！人们恭敬地给他让开路；红箍大娘送他上了去达镇的汽车。他沮丧地望窗外，窗外的人似乎都在看他。没法的他沉沉坐下。汽车正点始发。满车厢的旅客看着他满面汗水、狼狈状的"父亲"样。

沿路的景状,没来得及欣赏。抱娃娃的双臂酸麻。

下了车,离营地还有二里。一路因孩子忙乱,这时他才发觉阳春的魅力:蛾黄点点的枝条在野;"哞哞"耕牛吆喝的空间;地气蒸腾的温热;和煦日光的抚摸;呼吸尽管急促亦觉舒服。可是走起这二里路实在吃力,东西的分量重倒是不重,拿起来总不能得心应手,大有愿扛十斤铁、不拿二斤棉的感觉。特别是婴儿,怎么抱怎么别扭,恰如拾起了吹也吹不得、打也打不得、跌入灰中的豆腐。末了只好从自己的提包里拉出腰带,将两只提包扎了,褡裢样捎着,抱婴儿上路。婴儿依旧嗷嗷地哭。多亏了一位同行的大嫂,帮他抱孩子一华里多。

到了营地,他浑身透湿。立刻,战友们围拢来看稀物。你抱抱,我瞧瞧,使劲地逗。有人冲了奶粉喂;也有愣头青脱口而出:"你儿子?"问得郭诚脸如红涂。待他一五一十,如数抖出,全场没了声,凝视提包中拉出的奶粉、奶瓶和色彩纷呈的尿布,尊贵如圣物。也有那不动脑子的开骂,孩子的母亲如何如何地臭!

消息不胫而走。当晚,胡子张连长来匆匆瞥一眼小儿和随行的什物,大半天盯着郭诚研究,好像他成了什么看不透的怪物,直看得他面红耳赤心口跳。排长拿了那封信让连长看,接着将情况向连长汇报。连长听了,让他仔细重讲了一遍经过。

"嗯,不错!这雷锋当得应该表扬。只是这种好事以后少做，做多了，娃娃我们没法收留。我们是部队，不是托儿所。不过也不能怪你，娃又不是你生的，主要是谁让你穿了这身制服。不错！不错！"

一听胡子张通情达理的话，郭诚悬着的心释然落地，这才嗫嚅着试问，孩子该如何处置？连队毕竟是连队，终不会成了托儿所。他便贸然提议：

"连长，这娃娃是不是交当地政府？"

胡子张伸手到腮上抓挠抓挠，狡黠地盯着他审视半天才说："不错！这个——这个以后再说，娃娃你先看管些日子。"接着冲排长说，"这段日子他可以自由些，早操什么的可以不出。把隔壁的小库房打扫出来，让他和娃娃住。不错！"说完，头也不回，走了。

不一会儿，胡子张派勤务兵送来个半导体收音机，说娃娃醒的时候，放放音乐，让娃娃乐。

他开始了他的保姆生涯。托这个买袋奶粉，请那个给孩子添件衣裳，擦爽身粉、喂奶、换洗尿布，一夜里几起几伏，难得睡个囫囵觉。一天一天连轴转，整日额上沁汗，人竟瘦了一圈。中午，胡子张的勤务兵端来午饭，他端起碗就狼吞虎咽。这时孩子哭着蹬开小被。他以为孩子尿了，手伸里去，即觉臭烘烘地沾，拉出一看是金黄的一片。他只懊丧地一颤，手上的黄物滴了鞋面。欲抚额上细汗，手到半空又停歇，这手不净。跺一下脚，鞋面上的物什愣不下来。气得他闭上眼长长一叹，怎他妈这么狼狈！从头来给孩子擦洗，更换。待自己换了鞋，再端起碗，饭凉了，他也没了食欲。时值午休，军营静谧，窗外杨槐春风亦闲，留了绿绿婆娑漏了光点的密叶。婴儿入睡，他坐窗前，打几个呵欠，忽觉数日的忙乱，竟没得思绪。人和人太难相比，有的人生来父母双亡，是孤儿；有的人生来被家人遗弃，到长大都难尝母爱滋味，如炕上小儿即为一例。娇生惯养与其无缘。他的母亲（郭诚的印象里是位模模俊俊的女人，有鲜嫩的桃唇翘翘的鼻）到底因为什么要抛弃这可爱的骨肉，是离异？是私生？是殁了前夫要嫁人？还是时新的"三角"型？也不能排除超生、上不了户的可能。反正一定孩子成了累赘，她才走这不得已的一步，要不这女人就不算人！更有可能，她推出孩子后自杀，现在不定已不在人世啦。苦命的孩子！想到这儿，他看看睡梦中浮出笑靥的孩子，愈感自己的责任重大。至于孩子的母亲，到底结局如何！郭诚想过几回，捉摸不透，也懒得去想。想透了又能怎样？他困得神志迷糊：恍惚间他已是两鬓雪染的老翁，搀他的小儿戴着眼镜，在什么高科技部门当工程师，还是教授职称。好多人都羡慕。小儿逢人便夸生父，说他有很多很多的知识……接着他们登山极顶，眺望旖旎的山河。仅只片刻，小儿还是小儿，在漩涡里扑腾，他一把拉出来照光屁股上溜巴掌，河水"哗"地从窗口窜入，扑他们来了——他一惊醒，自己正趴在窗前的桌上睡觉，口角流了涎水。清醒了方觉不如趁小儿熟睡，写封信告诉家人，他已安全返归部队，自然还有他的未婚妻。想起这未婚妻，拉出红裤带，就记起那个蜜融的夜。思想了半老天，心里痒痒，呆着倒没一字可写，很久了才凑得三言两语。但一写到回连队的路上"得"了一个孩子，是男的，已经十来天，即刻如同愤笔的诗人，写他有了一种做父亲的惬意，所以他打算收养孩子，不知父母和未婚妻是否同意！洋洋数千言（其中难免有别字），不及细细考虑，寄了出去。可是没料到过了两个星期，年过半百的父亲和订婚不久的未婚妻从千里之外的老家赶来，要他说个明白。他的那个急，不亚于热锅上的蚂蚁，你说自己刚刚探家回来没几天，年过半百的老父亲和未婚妻尾随追来要兴师问罪，你一个二十来岁的新兵蛋子，山背后的日子还长着呢！张扬出去，影响会小吗？连长和指导员见过，讲了一通郭诚这是做好事的大道理，至于孩子将来如何处置，谁也没着。他们愣坐在小房里尬尴。刚好小儿撒了未婚妻一前襟浆水。大家嬉戏间转移了注意力，连长和指导员趁机告退。屋里又是一片死寂。

父亲"吧嗒"着烟嘴说："诚，娃娃迟早要找个着落地。"

郭诚说："爸爸，娃娃迟早得个人收留。我看，不如你们带回去！"

"什么？！"父亲听得满脸怒容，烟锅的烟灰一磕，转身背操了手边出门边嘟囔，"这叫什么事。羞先人哩，死不要脸！"

他凑到未婚妻跟前，努力嬉皮笑脸："照咱们那儿的乡俗，抱小子尿身上准定生小子。"

未婚妻羞赧了脸容，嗔怒一声："不正经！"转而又嗫嚅，"其实，这……这……我们又不是不会。现在一家只让生一个孩子的——"未婚妻说完了，背转身不再言语。

谈判陷入僵局。他不能不改变策略。他好说歹说，发誓许愿，一定将来合理安置。父亲和未婚妻将信将疑，不再嚷嚷，一场骚动总算平息。他明白，好赖蒙混过去，将来真要收养他们也无着。第二天，把孩子托付给战友，陪父亲、未婚妻上镇上转了个够。第三天，他送他们到枫城上了火车。

他又回到营地养育孩子的路数。愈是与孩子处得久，愈觉孩子可亲，愈觉自己对孩子的责任，俨然如父亲。

抚育孩子可以使一个男人向善、沉静、成熟，剔除浮躁之气，更多地表露与体察人性，这是他始料不及的收获。胡子张连长和战友们不时跑来帮他，也与孩子逗乐。

眨眼过了一月，天气日渐暖和。这天傍晚，他像往日冲一碗亨氏豆米粉糊，正喂孩子，胡子张（背地里战友们都这么叫）、排长和一位三十几岁的少妇进了他和孩子的小屋。

排长一边用手指着少妇一边下颌冲着连长说："这是嫂子。"彼此点点头，开始逗孩子。孩子由于他的精心照料，长得胖嘟嘟。他心里的味道儿，甜滋滋，凉丝丝，酸溜溜，异常合口——胡子张双手举孩子过头，"嗷嗷"像驴叫，一脸络腮胡贴抚小脸蛋，娃娃本能地躲闪着直哭。

"郭诚，这些日子你辛苦。不错！孩子让嫂子看管些日子。"

"谁！"他诧异，几近发迷：这话怎么说得出口呢？事先也不跟人商量商量。

"我老婆!"连长有些迫不及待,笑哈哈,抱了小儿,让排长提了随行物什。出门没几步又转回来冲他笑眯眯,"哼,不错!你要有兴趣,过来帮帮你嫂子,啊!"说完了不等他作答,和排长等一干人马扬长而去。

小房里只余了洗漱用具和他的铺,显得空疏。他如释重负地长出一口气,如绞的心肌松弛了,方觉好累,瞌睡与饥饿同时袭来,这才记起晚饭还没有吃。到灶上要两馍啃一口,咽不下去,心底里空泛泛发虚。一种惆怅,一种失落,满胸里堵塞,仿佛少了依托。是的,胡子张也太有点不够意思了,这么大的事儿事先也不跟我说说。难道孩子就此跟我断了?我怎就连臭屁了也不敢放个。他迷糊片刻,回到现实:明日我得搬离小房,带了被褥到营房里过集体生活,自此结束保姆生涯,和战友们再无两样。

前半夜,他和衣而卧,辗转反侧睡不着,心里牵挂着孩子!他轻轻来到胡子张的窗下聆听,屋里已黑灯瞎火。许久胡子张与嫂子提孩子尿,他才潜回小房,坐窗前望残缺的月亮。这景致也势利,好心情时它就清丽悦目,郁愤时它便平添惆怅。于是他望月亮望到天亮。

大清早,带着一双发红的眼睛出操,神不守舍,步子老出岔子,他生疏了。早操后排长单个叫他到篮球架下,冲他的肩膀重重一拳:"小子,有你的。胡子张要给你报功了。"

他不言语。

"怎么,你不高兴?你是新兵,这不容易。"

他一脸抑郁，低沉地说："我在想孩子的安置，要不连长会受拖累。"想孩子当然是说不出口的。

听他这么说，排长一笑放低了声："我说你是真不知还是装糊涂，不知道吧！胡子张，嗯，张连长和老婆都那么几年了，就是不见崽。所以——"

"真的——"他略有一丝欣喜，随即又拌和着酸楚。他思忖：那也该事先打个招呼。

排长恍然察觉自己说走了嘴，转而严肃了神色，"咔咔"地干咳几声："郭诚听着，这事到此为止，谁跟前也不能提起。以后你得处处努力，再不能像有孩子一样随随便便。"

郭诚赶快立正："是！"于是，连长的宿舍门前开始挂万国旗。

连长的宿舍在营房的东边，有数百米距离。出出进进，可以看见。连长嫂子泼辣，常和指导员排长嘻笑怒骂（战友们视此为干部们的特殊待遇），可疼起人来恨不得把心掏出，特别是冲生病的战士。战士那个感动，差点要叫妈！所以，有的战士说，全连那么听胡子张的话，嫂子帮了他！

除了连队生活，闲暇里战士们不断地到连长家去，一是为了孩子，二是为了嫂子，这两样在连队都是稀物！要能让嫂子骂一顿，战士的脸上，真看不出来再有什么比这更惬意舒服。郭诚去了，嫂子从不破口，反倒恭恭敬敬的，因为他在行，孩子听他的。

孩子从翻身到滚爬，没几个月竟开始蹒跚学步，满院里摇晃。傍晚天还没黑,连长端了茶垢浓厚的缸子,坐门前摇着扇子。战士们逐渐在跟前聚了。连长来了兴致,让老婆提了两瓶高脖西凤酒,和几盒红塔山烟,给大家边散边劝大家喝酒。平时他可是不让大家沾这个,今儿不是邪门了?!沉吟片刻,连长道出题目:"大家知道,娃娃大了,该有个名字。谁他妈给他起个好名字我奖他三盒。这烟不错!"他手一举在空里晃晃。

文书小马接口便说:"叫念军怎么着!"

"俗了。"有人说。

胡子张不答,看大家的反应如何。

"路平怎样?"

"军涛——"

胡子张还是不动声色,连长嫂子笑吟吟抱了孩子也站一边听着。

这时,不知那个缺德的恶作剧地喊声:"叫公儿罢!"战士们"哄"地笑了。连长酱紫了脸色;连长嫂子一脸怒容,骂句:"放你妈的臭屁!"扭头进屋,接着便是她和孩子的号啕痛哭。

大家全怵了。在场的一、二排排长也火了,要查个水落石出。连长一脸怒色,吼一声:"都给我滚!"大家嚷骂几句缺德,扫兴中渐次离去。只留了垂头丧气的连长和已打开的烟酒——

第二天,三名排长给连长报告:各排各班都查过,没人承认。连长已平静,艰涩地笑笑道:"算了!又不是什么大事。

你说给我我敢承认吗?!那以后还怎么和大家处呢!"此事也就不了了之。但仍有人猜测,可能是二、三排的人干的。不过,孩子"公儿"的名字却背着连长两口子叫开了。起先连长还放脸色,时间一长,也就无所谓了,有时反而乐哈哈。

郭诚有空便上连长家去,仿佛这是他连队生活之外的所有寄托。特别是星期天,几乎都去,抱孩子,洗尿布,喂奶,擦屁股,这套业务他熟。他不时省下点自己的补贴,给孩子买个小玩具什么的。

连队给了他嘉奖,他入党,升了班长。有人竟说,他这些靠得全是养育"公儿"的荣光;将来还要升排长。起先他感到委屈,不时向班里的战士解释,谁知他越解释越成了真的。他似乎悟出了做人的真谛,逢人便讲,拿破仑都说"不想当将军的士兵,不是好士兵",说完了还发声狠。这下正常了,谁也不再说长道短。舆论有时候了也贱骨头、势利眼,欺软怕硬!

公儿可以满院里肆意跑动,人样长得忒像他母亲(这只有郭诚知道),隆实的鼻、匀称的唇,那双眼睛深似潭水而略带抑郁。有战士在拐角处挡了孩子,或用糖果或以分币,训着要孩子叫"爸爸"叫"爹"叫"老子";孩子无知,教了便叫,大家乐哈哈的。唯有他,一直让孩子叫他"叔叔"。

星期天,他带了孩子上街,给孩子买装了糖豆的塑料赛车、手枪。未婚妻来信要他多关心孩子的发育和营养。

第二年秋天,连长嫂子带孩子回老家住了三月。他瓷呆呆变了个人般,书看不进,饭吃不香,连留给战友们的形象也变了样。本来就沉默寡言,这下干脆成哑巴,天马行空,独往独来了。这天晚饭后,他徘徊于营地外的杨树林,恰遇上无精打采的胡子张,也在独自彷徨。平日他有空就爱打扑克往棋摊上钻,今日却——连长和他倚树干相邻而坐,连长扔他一支红塔山,自个从另一兜里掏出不好的烟。胡子张点着吐几个圈,望夕阳,没话找话地说:

"他妈的,这天早晚好看。"

他"嗯"一声不说话,一双散光状的眼睛乱窜。连长挪挪身子和他并肩坐下,狠狠地吸烟。直到太阳全隐去,彼此无话。暮霭初临,有初秋的风吹响树叶,堕一两片尚绿的小叶,郭诚捡一片在手中把玩。

胡子张憋得慌,问他:"想公儿了!"

"公儿!"他一怔,仿佛这名字很陌生,竟落了手中的树叶,立即又幡然。连长也叫这名?他有点愠怒,孩子叫这名是侮辱,他不满地"嗯"一声。

"我也是。"连长说完,又掏出烟,抽一支递他,他推辞,胡子张说,"抽一支差烦。"他接了,胡子张点了火,然后又说:"你嫂子要回家,我没阻拦,也该让老人们看看。可这十来天越想越不是味儿,这娃娃真他妈和自己生得一般——"

他静听胡子张说话。胡子张也没声啦,顷刻间竟咽呜开了。郭诚慌了:"连长,你怎么了啦?"

他一说话,胡子张住了声,忽一下蹿起身,摔下句:"操他妈,我们都不是男人!"走了。他怔怔地注视着脚前胡子张扔下尚在自燃的半截烟蒂。

黑黝黝的夜色中,他迷失了自己,只剩空旷和茫然在脑壳里。

转眼三年即完,老兵们各作各的打算。郭诚因不明自己的去向,又不好意思向连长或排长打探,思想上也在作复员的准备。他把自己的近况写信告诉未婚妻,谈及公儿他想收养的本意不变。没想到未婚妻立即复信说,她曾征询她父母的意见,他父亲说真要这样就和他断绝父女关系;如他带个孩子回来,恐怕他们的事也就崩了。他深感进退维谷。恰此时一纸服役期满、按期复员的通知交到他的手里,也就是说他当兵三年的结局是:他既没有提干也没有晋级,被举荐参加军校学习的机会也没出现,就连转志愿兵的希望也落空了(他思忖,自己有什么一技之长呢?),回老家成了眼前最实际的问题。他揣测这事上胡子张是否真心实意帮他的忙!

临复员,老兵连显得有些纷乱。三年来一直一本正经的战士,言谈举止放肆起来。有的甚至给郭诚谗言,连长害怕将来在公儿问题上与他有争执,做工作让他复员。人这玩意,耳不听心不恼的,郭诚满肚子鬼火乱窜,一方面,他暗暗告诫自己,说什么也要把公儿要回来,公儿是他的;另一方面,未婚妻的信让他明白,孩子真带回去了没法交代。

三年前,公儿的母亲不得已(他现在颇能体恤她的心境)抛弃自己的骨肉,他是多么地鄙视那女人,既为公儿成了他的

公儿　269

累赘,也为她这种行为。那时他是多么地理直气壮,拥有舆论道义和成千上万卫道士作后盾。而今天,如果自己也因为尚未结婚,引来颇多的议论便怯懦,不敢收养公儿,是的,舆论不太会谴责什么,但性质上和公儿的母亲当初遗弃公儿没有什么不同,他也成了一个世俗淫威下的懦夫,一个应该被生活唾弃的人。这将是他一辈子的心灵伤痕,时时会隐隐作痛,这点郭诚承受不了。所以他发声喊:不!说什么,我也要把公儿抚育成人,哪怕父亲不认、和未婚妻黄了。他找了排长,谈了他的意向。排长听了大眼瞪小眼,瓷了!

什么!这么说三年来你一直没有死心!你以为胡子张和嫂子为你白忙活?你以为公儿跟了你回老家回乡下就有了好的生长环境?别再那么为自己那点男子汉气折腾,以为这样你就高尚!其实这是自私,是为自己的名誉较劲。公儿不能为你的自私当牺牲品!他是大家的孩子。你还是踏踏实实替公儿想想,别把孩子坑了。那不算人!经排长加骂带嘲讽地一拨弄,他豁然看清,自己那点自私丑恶的灵魂:原来是和连长较劲,和自己那点所谓的自尊其实是自私较劲……即刻如霜杀的娇叶,拍拍大腿,说一声:"就是了!"

回了营房收拾行囊。赶趟同班的战士弄两瓶酒来话别,他提瓶一口气喝了有四两,一句话没说上了床。第二天醒来,是两鞋窝吐出的黏浆。

眼看后天就要告别生活了三年的军营,他一心眼的抑郁情怀,是的,他回去还得营务他家承包的那片责任田。想当初,爹送他参军,原指望能提干变城里人当当;就连未来的岳丈为此舍出了自己的姑娘。而如今——怎不让他感伤。晚饭他没吃,跑进营地外的杨树林,坐在初冬枯黄的积叶上深思默想——

不等他理出头绪,两条粗壮的穿棉裤的腿立在面前,他抬起头是胡子张,那条不生养的阉驴,现在谁怕他,谁还叫他连长。

"不错!小子,躲这儿就有好情绪了?走,上我家去,你嫂子给你准备了几样好菜。"

"我不去——"

"怎么,连公儿也不见了?"

"连长,我——"

"有什么屁尽放。我的家你非去不可,没错!"胡子张犯了倔脾气,不容分说拽了他,回了家。圆桌上放四个碟子。郭诚看仔细了:韭菜炒鸡蛋,炒花生米,凉拌猪头肉,外加木耳炒粉条。一瓶带盒的五粮液酒搁中间。

这时候,公儿跚跚跑来喊:"叔叔,亲!"他把公儿抱过了,坐下与胡子张开怀畅饮。开始俩人只是闷喝,嗓热了脸热了话闸也开了。

"郭诚,你知道大哥今天请你来做什么?"

"知道。"

"说说。"

郭诚斜一眼嫂子怀中抱的公儿,下颌示意。

"就这个?!"

"嗯。"

"你小子,不错!还有你我三年的战友之情忘了。"

"连长——"

"别他妈连长不连长,从今往后你我就是弟兄。这三年的交往我认定你小子是个好人,嘴笨,心眼儿不坏——喝!喝!"二人又杯光交错。不一会儿,郭诚望胡子张成了重影。胡子张开始告诉他:"郭诚,大哥我三年来只有一件事对你亏心——这就是公儿抱来后,我就到派出所给他上了户,在我的户上,随了我的姓。一直没告诉你。今天,大哥想好好听听,听听你的批评。"胡子张的话多少有了点卷舌音。

郭诚早已大舌头,但理智还让他精明:"大……大哥,你……你开……开始就骗我。说……说实话,我真……真想带……带公儿回……老家——"

待他说到这儿,嫂子似乎急了,满满地斟杯酒给他端了,连说:"兄弟,你喝!你喝!"

郭诚一仰脖子咽了,突然大声说:"你说我……我是那少德没行的人么。兄……兄弟我想通了,公……公儿你……你们养着,你……你们是城……城里人,公……公儿好有出息。以……以后告诉……诉我情况得了。我……我会来……看的。"

嫂子受了感动,灯光下泪水晶莹,胡子张也抹把胡子,眼眶里有泪花闪烁。他一招手,嫂子便把一沓票子搁桌上。胡子张说:"兄弟,不错!开初有人叫公儿的时候,我……我觉着受不了，为娃娃……也为自己，后……后来想通了，就……就这样叫罢。等他长大了，好……好知道自己的身世，和……养育他……的叔叔！"

"够——"郭诚举起右手拇指称赞道。

"不错！兄……兄弟，你，是爽快人。直……话直说，这……这五百你收下，算……你嫂子和我的……心——"

闻言，郭诚略微有些心明，摇摇晃晃，一挥手臂，从桌上抹了酒杯和那沓票子："别，别他……他妈小看人。是人明……明里让公……公儿和我……我住一夜——"话说完一个趔趄歪到地上，死猪样拉不起来。胡子张打发嫂子叫排长打扫了昔日营育公儿的小房，让排长陪了一宿。凌晨，郭诚酒醒，排长和他谈心。他才知道，为了他胡子张做了不少工作，只惜他自身的条件太差；胡子张也快转业了，也就一半年的光景。直听得郭诚愧心。

次日，胡子张和嫂子带了公儿，叫会照相的文书小马给他们合了影，并且陪郭诚上枫城的街逛了一天。嫂子扯了几块布料和一些糕点让郭诚回家孝敬老人；另外买件贵紫色风衣送他未婚妻。感动得郭诚两眼水湿。

入夜，胡子张和嫂子让公儿和郭诚小房歇夜。郭诚和公儿玩得忒起劲。夜深了，郭诚给公儿脱衣服。公儿断断续续地说："叔叔，以后，和我们睡。"郭诚一把将公儿搂进怀里，他明白"我们"是谁。于是他问公儿亲他不亲！公儿答："亲！"接着便是一吻。

公 儿 273

"叫我什么?!"

"叔叔!"

"不,今儿叫爸爸。"

少顷,公儿出了声:"爸爸!"

"哎——"

一问一答的声音渐渐低沉。却令窗下一位蹲居的"亲"人伤心。他就是胡子拉楂的张连长。你想,郭诚连着三年接触多,人他底清。可临复员,思想并不稳定,郭诚和公儿那份感情,谁也替代不了,加之人又年轻,他不放心。万一天亮,郭诚带了公儿没了去向,你让他怎样向抚育了两年多公儿的老婆交代。他不敢有丝毫怠慢,老婆又支持他的行动,给他抱来了皮大衣裹身上,大头皮鞋大皮帽,也还暖和。

郭诚睡得半酣,忽闻窗外"谁!"一声断喊,接着是拉枪栓,和接二连三的呼噜声。他拉了衣服跑出去一看,天下了一层薄雪,窗前站一位巡夜的哨兵,窗跟下裹大衣歪睡着一人,他返身拉亮灯转出来一看:胡子张!

郭诚气得脸色铁青。他和哨兵把胡子张拉回小房,胡子张脸上僵着一层霜尴尬地想笑,必是一动笑腺就脸皮疼,否则怎么始终没笑出个样。

"连长,你不信我!"

胡子张呵呵气:"兄……兄弟,没公儿我睡不着,本想过来和你们一起,又怕你多心,这就……就在窗前打了个盹。"

郭诚难受地闭上眼,突了一句:"难怪!"也就不再言语,一副审视敌意的目光盯着胡子张；然后看看手表，是凌晨五点。

恰此时起床号响彻军营。老兵们立即打点行李，跑上包来的轿车，去枫城赶火车。嫂子拿瓶酒来，递胡子张手里，三下五除二给公儿穿好衣服。胡子张美美喝一口说："走！大哥送你！"

"别麻烦了，你的心我领了！以后公儿有什么长进，别忘了告诉我一声！还有，什么时候转业了，也告诉我！"郭诚觉得自己的泪水噙不住。

"我们送你到枫城。"

"是啊！"嫂子说。

"连长，嫂子，你们再要这样，我真以为你们多心了。"

胡子张不再说什么，紧紧攥住郭诚的手捏了一把。嫂子把公儿拉到跟前。郭诚蹲下身问："叫什么？"

"叔叔！"

"不！叫爸爸。"胡子张纠正道。

"爸爸！"

郭诚两眼湿润，搂一把孩子，呵着白气亲亲小脸蛋，掏出二十元钱塞公儿兜里。

胡子张一脸窘容，说一声："郭诚，你是战士。"

"战士怎么啦！这是给公儿的又不是给你！"郭诚忽然脾气大得想发泄，语气尽恶狠狠的。嫂子似乎想伸手掏出公儿兜里的钱，被胡子张拉住。彼此无话。胡子张和拥来的战友们一一

公 儿 275

握别。郭诚径自跳上车,头也不回。直到汽车微微向前滑行了,他才从窗口探了一下头,立刻听得公儿叫:

"爸爸!"

他没有吭声,也没有挥手道别,因为泪水使他什么也看不见。他沉沉地坐下,心里沉甸甸:这是我人生的一次劫数,感情的劫数。明知今后公儿难得一见,可那终将是我一生的悬念!

公儿,你可要成气!

红　　鞋

提起我的母亲，我会想起那双红鞋——

思想起那双红鞋，我自然会联想到它的毁灭：

暴烈的父亲把鞋投入炽烈的火焰，骂咧咧吼声，我让你再想小白脸！一番拳打脚踢过后归于静寂。父亲走了，只有飘浮的灰尘在窗口钻进的阳光中五颜六色变幻。母亲顾不得灶火的烤炽，着急地伸手探入火中拽出来看，鲜红的鞋帮变得灰褐，轻轻一抖，散落成一片尘埃，只留了一对黑黑的鞋底。母亲脸色煞白，绵软无力地倚着灶台席地坐下来。两眼如泉，默默地奔涌出晶莹的泪珠，跌落摔碎。嘴角凝结的鲜血，如梅花绽放，璀璨美艳。一天一夜，痴痴的，丢了魂儿……

人这一辈子，谁都会有点隐私的。只是长者的隐私始终被晚生忌讳，不管什么样的场合，都会有意无意地回避。谁要是当着某某人的面提起他们先人未必就是劣迹般的经历，那简直是有意交恶的大不敬，无疑打他们的脸。你说谁的长辈没点秘密?！我的父母又怎么能例外呢！

如今我已年迈，本不想把父辈数十年前的往事张扬开来，那会亵渎父母的在天之灵，也是不孝子孙才会有的作为。可是一旦思想起母亲的经历，思想起母亲的音容笑貌，又令我如此不能平静，耿耿于怀。母亲是过去数千年女性代表式的人物吗？我拿不准。

母亲没有官名，通常被村里人称为天贵家的。自然因为父亲叫天贵的缘故。不过在一些比较正式的场合，母亲倒是有一个比较正式的名字——何吴氏，因为父亲姓何，外公姓吴。

我记得清清楚楚，不管是冬日短、夏日长，一年四季，母亲的日子几乎全都是从父亲、我和妹妹的睡梦中开始的。等我和妹妹在父亲的哈欠声中睡眼惺忪地爬出被洞，母亲已经着着实实地忙活了一阵子：烧好了父亲喝的水和洗脸用水，然后不等我们穿好了衣服，倒尿盆、开鸡窝、担水、扫院子，从没见她歇着。赶着我们下地，从家门口望去，母亲已经荷锄爬上了对面的山坡。阳婆婆红彤彤的，刚刚爬上山头，一片耀眼的暖和。母亲的身影在晨光中融合成一幅黑红反差模糊的剪纸，晕晕的橘红——此时此刻的母亲，在我的心目中简直就是顶天的柱子，我的童年哟——总是有母亲的身影相随——

一个夏日的傍晚，做完了地里的活，母亲拉扯着我和妹妹回家，橘红的夕阳，狼舌般舔抹出猩红的天际，让人看着饿。路过村口，大榆树上拴着反刍的母牛，一只牛犊活蹦乱跳，随其左右。一会儿探下头伸嘴到母牛的乳下吃奶，却又斜转了脖颈眼望着母牛。蓬头垢面的母亲伸手擦擦汗渍斑斑的前额，忘了劳累，忘了饥饿，放下了妹妹，看得那么专注，而且不时地伸出手来在我和妹妹的头上抚摸。我和妹妹的眼睛里充满了不解和疑惑。我低声地嘟哝：妈妈，我饿！母亲蹲下身揩揩我的脸说：孩子，妈妈这就回家。刚好这时有个好心的大娘来喊：天贵家的，天贵醉了，在阳坡下歇凉睡觉呢！你还是去看看吧。母亲答应一声，舍了我和妹妹、饭罐与锄，一路小跑着去了阳坡。等我超负荷地扛着锄头，提着饭罐，拉扯着妹妹到了阳坡，母亲已用手绢擦拭过父亲呕吐的脸，把父亲背上了背准备回家。落日的霞光覆盖在父母身上，一尊受苦人的铜塑样子。围观的村人窃窃私语。也有那天不怕地不怕的，泼辣地大声议论：世上的男人死完了，跟着这种二流子遭一辈子罪，咋就不挪挪窝？为甚要在一棵树上吊死活守寡！听到这话的母亲好像受了极大的伤害，放下父亲来，和泼辣打成了一团。直打得泼辣狗咬吕洞宾、狗咬吕洞宾的大喊！自此，关于我的父亲，没有人再敢说长道短。倒是母亲，赢得了"母老虎"的称谓。当然是在背后，当面叫她她会跟人家没完。

但是我总能感到村人们交头接耳的情状，感到他们打量我和妹妹的异样眼光。

父亲总是不着家。母亲从不许我们过问。天长日久，我们也就懒得问了。常常是母亲地里回来还得点火做饭，有时干脆早起便做好午饭用罐盛了，一锄挑了，一手抱着妹妹，任我拉

红鞋 279

扯着她的衣角下地。春秋两季没事，挨着夏日，罐里的饭或许已经馊了；遇着冬天等到吃的时候，饭团上早已带了冰渣。我和妹妹的吃食都是母亲在自己的口中温了，才口对口地喂食。如今回想，那段时间大抵是母亲最艰难的日子。

可是母亲的操劳并没给她带来好运气，反倒时不时换来父亲的拳打脚踢。别看平日父亲无精打采不怎么干活，打起母亲来手脚挺重，母亲时常鼻青脸肿。

对父亲的殴打，母亲总是以沉默回敬，既不吭声也不还手，往往是咬紧牙关一边倒地挨揍。父亲也是，既不破口也不讲缘由，闷声使出浑身解数，直待自己打累了，方才躺在炕头打呼噜。而母亲愣是艰难地爬起来，舀碗清水，用方布揩去嘴角的血迹，理顺了蓬乱的头发，然后关照我和妹妹睡下，熄了灯，除了父亲的鼾声再没有一点响动，直吓得我老做噩梦。不知我和妹妹来到这个世界之前，父母是不是就是这个样子？！

第二天，只要还能爬起来，母亲都会艰难地一如既往做生活：早早地下地，烧好父亲要喝的水，不声不响用碗盛了，放在炕栏石上，由父亲趴在被洞里喝。他们的生活仿佛早期的电影胶片，只有动作，没有言语。袅袅的水气，在晨曦中腾起一缕缕悠丝，幻化出一幅幅山间的青草画。要不是母亲脸上的青肿，丝毫看不出昨夜父母打架的痕迹。这一直让我纳闷，母亲究竟做错了什么？！

母亲独往独来，几乎不和村里人说话。自家的男人不争气，母亲的心里含着一口气呢。但是只要父亲不在身边，只有我和妹妹的时候，田间地头，育鸡做饭时节她都会一边干活一边哼信天游小曲。翻来覆去，听得多了，至今我还记得几句：

大榆树上扳干柴
十七八的女娃穿红鞋

洋芋蛋蛋土土里埋
回娘家不如我们穿红鞋

骑上毛驴打的伞
为什么你把红鞋穿

你妈妈打你不成材
露水地里穿红鞋

红花公鸡叫鸣哩
你穿上红鞋耀人哩

黑夜里的蝙蝠满天天飞
你不是耀哥哥你耀谁

你穿上红鞋当街上站

你把我们年轻人心扰乱

　　清脆嘹亮的歌声，蕴含着淡淡的哀愁，那是母亲苦难经历一种不自觉的宣泄与倾诉，是母亲难得的欢颜。但是最使母亲欢心的不是唱歌，而是去外婆家——回娘家。

　　我们村距外婆家六七十里地，夏天大清早动身晚上准能到。这是母亲过节般的日子，她会情不自禁地哼小曲，忙里忙外地张罗看望外婆和外爷的什物。其实，准备什么呢！除了地里长出的那点东西，我们可以说是家徒四壁。但是母亲还是提前几天准备，瞅着把哪个正长着的玉米棒掰了，把那几颗红苕或洋芋刨了，说什么都不能两手空空地回去。可是我们有的外婆家都有，那是母亲的孝心噢。

　　我和妹妹已经可以独自赶路，有时我还可以帮助母亲背背包裹。出得家门，母亲把包有红鞋的包裹搁在肩上，抱了妹妹一路欢歌，那是一首歌唱爱情的歌：

六月的日头腊月的风

老祖先留下个人爱人

三月的桃花满山山红

世上的男人爱女人

天上的星星配对对

人人都有干妹妹

骑上那骆驼峰头头高

要寻那好汉自己挑……

太阳的光泽舔炽着我们母子脸颊上的汗水，路面白花花泛出欢悦，林荫像清凉的泉水解渴也解乏。没有父亲的阴影，这是我们最欢快的时候。直到到了外婆家的村口，母亲的步子慢下来，脱了脚上穿的换上包裹中的红鞋，一边走一边与相识的村人打招呼，那种欢乐的心态不是一个十来岁的孩子所能体味。到了外婆家，母亲拼着命做生活，又是缝又是洗的。我和妹妹却跟着比我们大不了几岁的舅舅上山下洼地玩耍，乐死了。

有天和舅舅从山上刨甘草回来，听外爷念叨母亲去担水，去了好长时间，让我们去找。我们沿着去井台的路找到了母亲。只见她穿着她那双红鞋，挑了满满的两桶水，在林荫下扁担搭在两桶上歇脚。她的眼光傻傻地盯着河对面一家看似书香门第、修有门楼的宅院，那份专注是我所少见。不等我们告诉母亲，外爷接踵而至。母亲担了水悻悻而归。回到家外婆和外爷尽说些我听不懂的话，什么嫁鸡随鸡嫁狗随狗啦，好女人要守妇道啊，陈家二少把你闪在半路口你还不恨他么之类的话。母亲只是低头啜泣并不争辩。隔些天，母亲牵了我和妹妹的手回家,回到那个少有欢乐的家,回到暴烈父亲的阴影下。和外婆外爷告别时,母亲是一步三回头呀——

走得外婆家多了,渐渐从村人们的言谈中窥得了母亲的青春岁月:外公是开明的,除了地里的劳作,还做点皮张生意,所以家境殷实,也曾送母亲到私塾读书。母亲对中国的文化算不得通晓,可以说略知一二。母亲上学时与本村大户陈家二少爷相识相投,日久生情,风传一时。陈家长辈不同意,欲配另一大户女。陈二少无奈,逃婚外出,听说参加了革命,八九年没有音信。母亲却有了个私定终身的坏名声,且年龄渐大。外婆和外公逼她:你和他私定终身了吗?你等他干吗?他死活还不知呢!被逼无奈,母亲只好点头默许。介绍过几家人都嫌母亲年龄大,没有好名声。好容易打探得父亲这条光棍愿意接纳母亲,外婆和外公便像出手即将变质的水果那样将母亲快刀斩乱麻似的即刻贱卖,嫁给了没念过一天书、斗大的字不识一升的父亲——当时一贫如洗的"二流子"。

父亲不是无赖,充其量是个职业的流氓无产者,彻头彻尾的穷光蛋,最大的缺点也就是好吃懒做,游手好闲。还不都是早年丧父母,让生活给逼的。现有的几垧地也是外公当作陪嫁向本村的大户高价买来的,为的是母亲嫁过来不至于受饿,而且少受点气。原指望父亲和母亲结婚后有所改变,不成想父亲是铁了心一如既往,嗜赌如命,稍有两钱便会去睡别家的女人。唯独种地懒得劳作。就这还回家来隔三岔五地殴打母亲。只要是母亲唱了信天游,只要是母亲穿了红鞋,只要是他没有好心情，都可以成为殴打母亲的理由……母亲在生活的火鏊上煎熬。

那天，刚从地里回来的母亲正在点火做饭，好几天不见的父亲醉醺醺地蹩进门来，伸手便向母亲要钱，嘟囔玩牌没钱，一副醉人的眼神。母亲见状，赶快上前搀了他，说看你，咋又醉了，小心着风受凉，上炕坐坐，待饭熟了趁热着吃。父亲一把推开母亲，吼喊着你不给老子，老子自己翻。说完就在为数不多的几件家什中翻动起来，片刻工夫从炕上的几床破棉絮下翻出了母亲包在头巾里的那双红鞋。他只端详了片刻，嘴里便不干不净骂，我让你骚！我让你想着你的小白脸！言语间他使劲地撕，撕不烂便扔进炉灶中烧。母亲急忙去拦，却为时已晚。拿手到炉中去掏，父亲又伸手揪了母亲的头发打。

母亲伤心地哭了一天一夜。除了给我和妹妹舀过两碗剩下的冷饭，她自己却颗粒未进，滴水未沾。这在我的记忆里是绝无仅有的一回——我深深地体会到红鞋被烧对母亲的打击。母亲除了做生活更加沉默寡言。我已经是十三四岁的汉子，看在眼里实在别扭，何况村人的漠然令我深深地体恤母亲，便和妹妹商量有朝一日要好好地整治整治父亲，让他再不敢欺负母亲。

一天，父亲酒后抓起了擀面杖又想对母亲动手动脚，妹妹舀了一碗水泼在了父亲的脸上，我却拉了一条棒子要拼命。可是我那苦命的母亲一声断喊，让我和妹妹跪下来向父亲请罪。我和妹妹感到委屈。母亲含泪悲愤地说，大人间的事小孩子不

红　鞋　285

要插手。千错万错，到底他是你们的父亲，他可是你们的世啊！说这话时母亲泣不成声。我和妹妹惊恐中跪下来有些羞愧。父亲仿佛酒醒了，也许是慑于我和妹妹的抵抗，似乎心有所动，没了再打母亲的力，反倒痴痴地坐在炕头一言不发。

母亲揩了泪，赶紧烧了水，泡自己在山里采摘的山茶让父亲喝。接着又拿家中仅有的一点白面给父亲做面条吃。我和妹妹站一边只有眼馋的份。我第一次发现父亲的神情有些惭愧，以往放肆的眼神今儿个在我们身上回避。母亲打发我们出去玩，父亲略显游移地喊声等等，拨出一小半面条让我和妹妹吃。妹妹等不及就要去端碗，我却一把拉住她的胳膊仇视地盯着父亲的脸。父亲惶恐中低下头去吃面。母亲立一边泪眼婆娑着哽咽……

时值家乡解放，农委领导农民斗地主、搞土改，组织农民识字，改造二流子，戒赌戒懒，父亲都积极参与。

一个月夜，我与妹妹早歇。父亲以为我们入睡，突然跳下炕，在脚地上给坐在灯下缝补衣服的母亲下跪，只说了一句：孩他妈，这些年我对不住你——

接下来，便是父亲变好、母亲过上舒心的日子，我读书出外参加工作，妹妹出嫁初作人妇。我们家伴随着共和国的命运走过坎坷。

工作后第一次回家过年，挈妇将雏，带了丰厚的礼物到家，所有的人欢呼雀跃，父亲与妹妹、妹夫与外甥们得了喜欢。连邻里的大人娃娃都得了糖果和香烟。最后我来到尚在灶台前忙碌的母亲身边，拿出一个精致的礼品盒，极其郑重地打开。立刻，母亲的脸上浮上一层年过半百老妇少有的灿烂红晕，绝非礼品的映衬，而是因为礼品盒中卧着一双绣花的红鞋激发的青春意韵。母亲尴尬中无言，父亲敲边鼓般喊，穿上，穿上，穿上看看！母亲如梦初醒，难为情中还击，老不正经，要穿你穿，年纪这么大了穿上不成老妖精了！说着便把红鞋连盒扔入了衣柜中，一副不经意的样子。

在场的人一致惊叹。撮合着父母在一起照了他们一生唯一的一张合影照片。不承想这张照片竟成绝版，至今被我完好无损地保存在影集中。

第二天，我想和母亲说说话。挑了门帘进门，看见父亲蹲在炕头，烟锅里装满了旱烟，母亲及时划了火柴给父亲点着。两人抬头看见我进来，粲然笑得舒展。画面是如此和谐，我无论如何回想不起当初父母打架的清晰细节。

挑了门帘出来长长地透了口气，我怀疑自己的记忆，当初母亲和父亲间有没有过那么一段令人难忘的事？！我感到了脑海里的空白和心灵上的失语。

据我所知，我买的红鞋母亲根本就没穿，连合不合脚都没试试。只是珍藏般放进衣柜，放进她的心田。我曾试图贴近母亲的心灵，和她谈谈她的红鞋、她的婚姻，油灯下正在给父亲补衣服的母亲闻言一悚，针尖竟扎破了手指，显得无比惊诧，好像儿子与母亲谈论这话出格。说什么，你父亲现在不是好好的么！从来他的心就没坏过。说这话时，母亲的神情非常地平静慈善。我的企图被母亲看似柔弱却又坚硬无比的抵挡破解了。我感到我和母亲之间有了距离。关于红鞋，关于她和父亲婚姻的是是非非，母亲再未和我提起。但是我清楚，父亲后来的转变，有社会改造的功劳，但更多的是母亲光彩女性滴水穿石的濡染。后来，我的睡梦中，好几次都是母亲夜深人静时偷偷抚摸红鞋的画面。

半年后，在外省当了县长一直独身的陈家二少回还，特意叮咛想见见母亲。乡政府通知了村长，村长来家一说，父亲不知所措，惶恐有加。母亲硬是拉了父亲到外婆家，让陈二少来外婆家见她。父亲想躲开让他们单独谈谈，母亲就是不许，反倒含笑向陈县长讲述了自己的幸福生活。陈县长叹口气，向父母说些祝祈的话离去。

临了，母亲是一脸的清泪。

时至今日，几十年过去，父母都已仙逝上山，我也年近古稀，但母亲的身影和经历久久挥之不去，令我心有不安。回想母亲的履历，用如今的眼光看，传统的母亲太傻，干吗非得一棵树上吊死，何不离婚他嫁？但细细地想，当时那是绝无可能的事啊。真要那样，会被世人的唾沫淹死。现在的女娃，尤其是都市的女娃，谁还会重蹈覆辙？

今年，再次返乡时我又买了一双红鞋，上坟时一并与纸钱焚烧于父母的坟前。那是我内心深处对母亲最真挚的祭奠。我当然明白，现在都什么时代，谁还稀罕双红鞋？再说即使偶有一遇，那也是出现在戏剧舞台且是才子佳人们眼前悠来晃去时的信物。生活里有着意穿着红鞋上街的吗？那定是结婚呗。可我静静地想来，在信天游里喻示着爱情的红鞋，对母亲是何其的重要！那是母亲记忆标志性的圣物，那是母亲在苦难岁月里情感的寄托，那是母亲如花似玉岁月里最具色彩的亮点呀！它是母亲的青春记忆哪！所以，母亲仙逝与父亲合葬时，我和妹妹极其庄重地把那双红鞋放进了母亲棺木里。

是的，历史画面上的母亲已经定格，成为天底下女性永久的痛。但是母亲唱信天游时的神情和余音至今萦绕于心……

蜂　　王

送走了前来寒暄的村人,已经过了十一点。两天来旅途的紧张疲累,因为回了家松弛坦然。他心里愉悦,笑意没有外泄。心说,终于又和老婆搅在了一块!

睡意沉重地袭来,他没法抵御,投降缴械……

没多久,他不知过了多长时间,迷糊的睡梦中妻子钻入他的被洞。他才仿佛惊怵,这是他打早春外出、长别十个月后回家的第一夜,他竟忘了给妻子"交作业"。难怪妻子钻进他的被洞一声不吭,又是掐又是捏,这不都是自己失礼在先?翻身爬起来,看看带夜光的手表,是夜半两点。他振作精神,把妻子拥入怀,一阵窸窣往返,他如同熬过的药渣水和的面——整整一个疲软。睡意再度如山般压来。

妻子意犹未尽,深感不满,便用手指胳肢他腋下的肋骨,拷问他是不是在外花心,要不为什么这般表现?!

他被折磨不过,只好实话实说,招了:昨夜,赶客车进了县城,已是晚上的十点。县城离家这四十里山路再怎么说他也赶不回来。他只好在车站附近找了一爿小客店,将就着住了一宿。六平米的单间，一台电视机一只床，有VCD碟片播放。放的碟片男欢女爱有些黄，直想关了又有点不舍。你说，这么长时间没见老婆，就这点娱乐怎肯放过！恰好这时有人敲门。开始他以为是服务员，拉开门一看，一妖冶女子倚门探询：大哥，加不加褥子？当时他直为小店关心顾客的冷暖感动，跳下床摸摸被褥说行了，太厚了不舒坦。那女子看他没理解，便知道他是情色场里的外行，不是装蒜，干脆凑前来用高耸的乳峰擦他的臂膀，娇滴滴用鼻音喘息着说：大哥，人家问你要不要陪床？这时候，电视上一对狗男女纠缠一起，女的在夸张地大呼小叫。即刻他感到了自己滚烫的脸面，直怕自己把持不住，像见水的沙雕瘫软地垮掉，赶紧连推带搡地把女妖精赶出了房。坐下来愣怔时才发现自己出了一身臭汗，心口子直跳。待他关了电视机躺下，辗转反侧怎么也睡不着，尤其是想到回家后与老妻的亲热，这就——这就——跑马了——身下一片冰凉噢……

"哼哼哼"黑暗中的妻子笑得失噤，都五十几的人了，还这么老不正经——

你让我说的么。他好像受了冤屈般嘟囔。动一动身，一不小心，胳膊肘碰了一下妻子的前胸。妻子嗔怒地推他一把说，该硬的不硬，该软的不软，纯粹一个懒虫！闻言，他一把搂了妻子说你黄色……

打十九岁高中毕业，随父亲养蜂，一眨眼三十多年，自己

蜂 王 291

从一个小青年一蹿成了年过半百的老头。从没考虑换换胃口，变变职业。倒是妻子、儿子、孙子，一排溜随着日子，该有的都有了。每年的早春时节，他会背了行李去赶场——赶各种各样可以生产花粉、蜂蜜的植物的旺季，马不停蹄，四处奔波。直到冬天来临，北方的万物凋敝，气温降到了零下五度，他才会收拾蜂场，做好越冬的准备，把蜂箱托付给当地的养蜂人或有点养蜂知识的老乡，然后才回返，回家与妻儿欢度农历的老年，过他的天伦之乐。

从当初父亲的传帮带，到自己不停地写养蜂心得，只要是可以见到的养蜂书籍，他都会认真研读，精彩的片断或重要的地方还会抄下来。赶着三五个年头，父亲退出了舞台，因为他已经积累了丰富的养蜂技术和知识。父亲说他放心了！他的蜂场出的蜂蜜清纯，没有杂质，无论产量、质量和销量，一直都不错；尤其是他那儿产的槐蜜和蜂王浆，那都是上等货，不等他割下来，就被定购了。不论他的蜂场搬迁到哪儿，都会给当地人留下甜甜的记忆。这让他有种得意飘然的成就感，有种金钱难以取代的乐趣！是啊，人么，到了一定的时候应该知足！

自己的欢乐，自己当然最清楚。最让他过意不去的是在家的妻子：三十年间，上侍候父母，下抚育儿女，在农作物的生长期还得服侍好自家的庄稼地。女人的贤惠不是一个用以表述的词语，而是千百万次辛劳付出的积累。每年开春，恰恰正是妻子最需要他出力的时节，他却因了赶场，因了花季早早地离去……赶着地里的庄稼上了场，入了仓，进了农闲，自己才迟迟地归来。养蜂和种地成了互不相犯的井水和河水，自己好像好吃懒做的二流子，白白胖胖的养着，脱离了农人，地里的庄稼活一概地生疏了。除了一笔为数可观的卖蜂蜜钱，和几件市场上随处可见的新衣。他带给家人的仅仅是年关的团聚。那团聚多么的短暂！家竟像自己路过暂居的客店。聚了散，散了聚，一年的大半光景自己都是在野外游离，回家时节什么活也不需要他做，年茶夜饭，菜肉米面，妻子会一一兼备，他只需悠哉悠哉地享受！他心里的那份愧疚，只能背转世人给老妻倾诉。

当初是收音机，如今是彩电；从生炉子到今天的用煤气灶做饭，养蜂人的野外生活条件也跟着变迁。这不是感觉，这是自己实实在在的体验。

蹲热炕头，吸着老妻专为自己种植的旱烟。随着烟丝被吸燃的"嗞嗞"声，袅袅的烟缕浮过眼前。他的心里过电影般想着这几十年。

爷爷，讲故事！六七岁的孙子纠缠不休。他便把烟锅拿离嘴边，说从前有座庙，庙里有个老和尚给小和尚讲故事……孙子即刻捂了耳朵喊，不听不听！这故事没完没了。他这才在炕沿石上磕去烟灰，笑眯眯地说我这就给你讲个《养蜂人命大》的故事。孙儿就喊快说快说！他清清嗓说：

明朝的开国皇帝朱元璋，小时候家境贫寒，讨过饭。他后来当了和尚，再后来参加了元朝末年的农民起义。推翻了元朝皇帝后，改了称呼自己当。由于他是从起义军中一步一步爬上来的，当皇帝后老担心哪天江山被别人给夺了；他迷信，干了不少傻事。最典型的应该是杀和自己同庚的人，就是和他同年同月同日同时刻出生的人。你说这朱元璋不是心眼多吗？他就想，自己的生辰八字是皇帝的命，那么时辰与自己完全相同的人不都有当皇帝的可能?！所以他派出大批的特务，四出调查与自己生辰相同的人。查出一个他就杀掉一个。真是死人无数啊！这一日，朱元璋的手下逮住一个与他同庚之人，他心血来潮想问问，这些人在干什么，想些啥？于是那个人被押上了大明的金銮宝殿。干什么的？朱元璋问他。养蜂的！那人回答。你养多少蜂？养蜂人多少箱多少蜂一五一十地对答。这朱元璋听了纳闷，这养蜂人说得数目怎么竟和全国的人口数字不谋而合。这下朱元璋放心了，原来与自己同庚之人不一定都是做皇帝的料，像这位也就是个"蜂王"的命，只不过他统领的和自己是一个相同的数字。于是朱元璋好吃好喝款待养蜂人，说朕封你为"天下蜂王"，今后普天之下所有的家蜂都交由你管辖。不知道爱卿愿不愿意留下为官，尽享富贵荣华？养蜂人这才揩去额上吓出的一头冷汗，委婉谢绝了朱皇帝的提携美意，回到山里继续他的养蜂生活。那是当官人没法比的呀……

说到这里，他的眼睛熠熠闪光，好像望着了蜂场前清清的小溪，郁郁苍苍的叠嶂山峦苍茫……

噢，我明白了！爷爷是天下命最大的"蜂王"——孙子听了使劲地嚷。

正在灶头忙碌的老伴也插嘴笑说,可惜你爷爷迟生了几百年,要不呀朱皇帝也会接见——真要那样,你爷爷会留下来做官。倒不是他喜欢,主要是他嘴馋,舍不得那么多好吃的东西——

他明显觉着受了揶揄,狠狠地抽口烟,笑呵呵地冲老妻一声:去去去,知道个啥呢!

爷爷再讲!爷爷再讲!孙儿不管有没有理解《养蜂人命大》的含义,不依不饶就一个劲地嚷。

行了!别让爷爷累着。儿媳红肿着眼泡,端来了自家酿的米酒。爸,喝口浑酒,暖和暖和!伴着话音,麦曲的清香溢满了屋。他放下手中的烟锅,端起了碗——

除夕夜的鞭炮声余音尚在,日子"哗啦啦"地清泉样流淌,眼看到了正月的月尽。他又在思虑起程的时间和心里那块淤积多年的疙瘩:如今,二老已经上山,儿子、儿媳都成了地里的壮劳力,何况儿媳蹿出打里,人逢礼至,处理人际,滴水不漏。入夜单独面对老妻的时候,他掏出了深埋心中多年的秘密——随他去,到深山到野外,到鲜花遍地山涧清冽的青山绿水间去吸纳神仙的元气!

十几年前我就知道了你的这点心事!你的眼神早就告诉了我你心里的这点小九九。妻子平静得没有丝毫惊诧与游移。还说,其实我早就知道有这么一天。这是我的命数!

老夫老妻唠了一会儿嗑,妻子那边传出了鼻息。他却睡不着，就不断地回想自己养蜂的经历：

——月下，无论他怎么摆弄羊角天线，电视上的麻点"沙沙沙"响个不歇，没法，关了。摸出自己心爱的笛子，坐在月色映照的斑驳林下，吹《扬鞭催马送粮忙》。稍歇，望如盘皎月，想远在数百里外的亲人，不知道他们此时此刻在干吗？！那份苍凉恬淡的心境，外出旅游的人有吗？

——午间，蜜蜂们忙碌地外出采撷，他拿着起刮刀和蜂扫，检查过了蜂箱，清理了蜂场，便在帐篷边两棵槐树间拴着的吊床上躺下，拿出路遥《平凡的世界》，就着清明平和的阳光，直看得进入梦乡。

——傍晚，他到蜂场边的潭下洗澡。天边，一抹橙红色的晚霞，烧红了山塬上的庄稼。连潭上的粼粼波光也泛着少女脸上泗开的红晕。邻村有位男人外出打工的村妇，刚好来潭前洗衣。见他赤条精光，有意地用树枝挑了他放在岸上的裤衩问：大哥，这是什么？要不要帮你洗一洗呀！直吓得他捂了要命处逃回自己的帐篷，穿了裤子才到潭边，理直气壮地寻回裤衩……他清楚这是田野牧歌式的山水画，自己就是那少有幸运的画中人啊。

说到幸运，应该算命运的安排让他养蜂，和他养蜂后对家蜂群落的熟稔、理解：这是一个典型的母系氏族部落。蜂王是雌性的，工蜂是雌性的，只不过工蜂像宫女一样承担着大量的工作，要知道蜂蜜就是由它们酿造。雄蜂的命运就没有这么幸运了，他们唯一的职责就是与蜂王交配。交配上的不久就死去，交配不上的大多过早夭折，秋季、无蜜源期又会被工蜂逐出巢外，冻饿而死。这真是雄性的悲哀啊！不仅如此，他还熟悉蜜蜂间交流信息的圆舞、镰刀舞等语言，那也是一个社会一个群体。

说实话，看见蜂，看见蜂箱，看见所有的养蜂用具，他由不得想去抚摸。那种亲切感实在无法言说。就像自己的心肝宝贝，命根子。几十年了，风里来雨里去，他愿意这么活！

在美妙的回想里，他的神志渐渐模糊……

儿子听了他的打算，好长时间圪蹴在一边，不吭气，尽抽纸烟。他就说，让你媳妇给我和你妈准备出门的东西。

爸！你都这么大年纪，只想着外边。外边有什么好？一个人遭罪嫌不够，还要拉扯上我妈受累。以我说，别再干这赶场的事，回来吧，一家人团团圆圆，多像回事儿。回家来享享福！也让我尽尽做儿子的孝道。甭让人耻笑我龇咧了嘴。你不常说，地养育了咱祖祖辈辈，地是咱们的根基！养蜂好，养蜂能酿蜜，但养蜂人过得可是流浪汉飘泊的日子。再说，即使出去，也该我去！我都二十好几了！

听了这话，他胸口有些憋，直气得在脚地上背操了手转圈圈。大半天才憋出一句：你怎么还长不大？咋把别人的话当法！人活得是个自在啊——你以为老子出去是受罪？告诉你，老子这可是接你妈出去享福！自由自在，那叫成神哪！知道吗，我和你妈是去享清福！从来温和没有脾气的他，也不知今儿个怎

蜂　王　297

么了，有火。

儿子即刻明白，父亲把母亲多年侍奉老人、抚养儿孙看成了受苦受累。父亲要带母亲出去，那是铁了心的主意，根本没有商量的余地。儿子连夜告诉了媳妇。媳妇便哭哭啼啼，说婆婆这一去，自个忙里忙外没了主心骨。儿子说，爸那人你又不是不知道，别看他不温不火，认定的事，从来都是说一不二。

这事就算定了下来。

村中有本家的叔辈听说，特意赶来劝慰。父亲都是笑眯眯，话不伤人。

春来了。村前的冰河开始解冻，柳树上的枝丫开始泛绿。

这天，一大早儿媳摸黑做了热面，父亲和母亲吃了，早早地告别了儿孙，告别了家，穿过浓浓的晨雾，踏上了村路。儿子与儿媳送他们出了村口。

早春的原野，色彩还不是那么浓烈，淡淡的露珠淡淡的绿，和着晨雾和着松软的泥土——春天以渐进的方式迈着自己的脚步，从地心里走出——

老妻折一条柳枝给他，他拧节柳笛吹出一段美妙的韵律。那调子苍凉，那调子凄婉，反反复复，萦回在山山洼洼，萦回在深沟。妻子说，你又不是娃娃，咋这么顽皮啊？！

他笑嘻嘻地回答：这一天我可是盼了十几年哪——

野　　渡

　　下弦月弯弯的，天呈一片乌蓝色，星星没有几颗。

　　他坐在船头上披件夹袄，使劲地吸着旱烟，烟锅上的微火一明一灭，烘托出那张模糊多皱的脸。船篷里唧唧哼哼之声愈演愈烈，弄得渡船微颠，河面在夜光中推出碎银似的一圈圈涟漪。他是老艄公了他能感觉。于是他心里甜滋滋地如同喝了二两白干，稳坐如磐，静听夜色中的蛙鸣，抬头不见低头见的山影竟也倍觉亲切。他清楚这会儿正是火候，所以连抽烟也尽量屏息静气，惟恐惊动了船篷里的。

　　风贴着河面漫来，沿两山间呼呼有声，冷得瘆人，岸边的树不时有叶片飞落水面，划出初秋的弧圈。星星在水里眨眼。

　　夜霜降了。烟不记抽了几锅。黑黝黝的远村中传来几声隐约的鸡啼，天光渐渐浅白。船篷里的气喘没有丝毫缓解。他想着笑，笑着想，真是年轻，上年纪哪能这样折腾整夜，贪恋得天快亮了还不歇。他握住烟杆在船舷上"当当当"地磕去烟灰，径自说：

　　"天不早了，该歇歇了。"

随着他的话音,渡船停了微荡,船篷里只留了些微气喘。不一会儿从里面窜出条壮实的黑影,跃上岸向二里外的村子疾走而去。船篷里这才传出一位姑娘呵欠般的声音:

"爷爷,进来歇罢!"

他蹒跚着踏进船篷,见孙女坐在一边,昏黄的马灯下脸色紫红,一双可人的眼睛躲闪着在船板上打旋。这人上了年纪就有些絮叨,烦,夜来睡不着尽抽烟,除了自言自语实在没有事做。瞧着孙女,他又想起老辈人的传说:邝村有条不成文的规矩,女人都愿意和能耐大的男人睡,家里的男人竟不声不响。女人当然是最俊俏的;男人自然也算得上数一数二,当然不是指脸子,是指邝村人眼里有神通有能耐的主儿。据说嘉庆年间,本村的一个光棍铁匠四十好几在外边参加了白莲教起义,后来带支百十人的小队伍衣锦还乡,铁匠夜夜都和同村的女人睡。有夫的没夫的,十六七八黄花的,三四十岁老辣的,几乎轮遍。那些有妇的男人,那些黄花女的老爹竟还不断地给铁匠道喜。为的是嘛?为的是在同村人面前脸上有光,为的是能生个像铁匠一样有本事的贵子贵孙儿;因此才有辛亥年间进过洋学堂回来专剪辫子的赵四夜夜倚香偎玉,骨酥体软,纵欲身亡的事儿;因此才有闹红时期游击队长和一个十六岁的村女同被被土匪包围,游击队员死伤二十好几,到解放这队长虽说升了县长,"四清"中又以霸人妻女被枪毙;因此才有"大跃进"时老队长挨家串户地住宿,及至最终被开除党籍……

他的思绪滔滔不绝如大江决堤,直到孙女叫"爷爷歇罢"

他才躺下，在恍惚中编织绚丽的梦境："死妮子，这样的主儿你不找找谁？！"

孙女爹娘死得早，一直跟着他摆渡，没念几天书，来往的都是村里的婆娘媳妇，十八九了出落成一株可以掐出水汁的嫩皮树。这天大晌午他望见邝家的二小子——时下跑生意挣大钱，村里公认的万元户邝二在对岸吆喝，便骂孙女。这才有了船篷里的那一幕——

邝二："你别以为全村你最俊俏就可胡来。往后和我好好过日子，别看见了男人就脱裤子。"

女子："你放心，咱全村时下就数你能，我还跟那些死蛤蟆烂老鼠干吗！"

蹲在船头的他才乐了……

打十七扳船起没过一天好日子。摆渡上收的钱仅仅可以糊口。他根本没想过攒钱娶老婆。谁知道一个人一个艳福，二十五那年邻县一财主家逃来一位细皮嫩肉的佣妇，落荒来成了他的"压船夫人"，艳羡得满村里的二愣子在渡口转悠。第二年那女人为他生了个长"牛牛"的接代人，他乐得向每个坐船人炫耀。没想到，有一天那女人随了一位连着几天坐船的白面书生逃走，到头他才发现小儿的襁褓里包着五块银元，全是龙头。他抱着小儿哭了个够。没两月邻县的财主携三带五来要人，他低着头瓮声瓮气地说："我没福，留不住。"他没敢也不愿提起白面书生，当然他们的去处他根本不晓。因此，他着着实实地吃了一顿拳脚，然后才明白那女人是财主的小老婆。怪

野渡 301

不得像模像样，细皮嫩肉。不得已，他倾其所有（包括那五块龙头），了结了这段撩人难忘的艳福。同村里好心人替他抚养了儿子。自此后他安心地与小儿相依为命，再没敢动过续弦的念头。倒是十几年左掐右扭从自己嘴上克扣下一点钱，为儿子娶了媳妇。原指望儿子能养老送终，不成想和儿媳生下一女后双双得疟疾入土。白发人送黑发人的滋味他反倒说不出。孙女自然成了他的掌上明珠。

人谁不希望自己的女儿、孙女与有出息的人家攀亲带故！

这经历让他怎么相信，人家和自家老婆马虎了，自家还要手执利斧，去砍人家的头。这话可是邝二说的，说什么"法子（制）报"上登的。天下竟有没鼻子没眼的事噢！没听说过。

第二天，邝二又来找女子，正在撑船的他一言不发。倒是渡船上一个荷锄小子应道：

"女子和县上来的记者进后沟去了。"

也许是闯荡的缘故，邝二听了满腔的愤怒。关于邝村的老规矩他发誓要改变的，没想到今天反倒落到自己头上来了。他径自向后沟冲去，身后紧跟着扔了艄竿的老艄公。不一会儿邝二在四周看不见的茅草丛里把两个纠作一团的狗男女掀起。那记者提了裤子便跑。女子毫无表情显得一点惊慌都没，仿佛这事干得天经地义。

他抓起照相机狠狠地向记者砸去，然后扯住女子的头发便打："贱货，昨天你还给喝迷魂汤骗老子。"

"我不就是想给你生个记者一样有文凭的儿子？你有钱是

万元户文化这么低,我做的可全是为你。"女子一边说一边委屈地哽咽。

他打了几下没了力气,跌坐进茅草丛叹了一口气。

晃悠的茅草叶让他觉着自己好像又在睡意蒙眬的旅途上颠簸:他上过初中,只是没读完。就这在村里文化不算低的。想当初跑出去做生意,找寻的仅仅是钱?!开始可能,往后就不是或者说不完全是。出去是好事,学到了不少东西。城市里一个婆姨一个汉、一个娃娃不吃饭的安生日子着实让人流口水。可回到了家眼里竟见这些——

听说过女人为了吃穿银钱嫁汉,没料到女子有了钱还会这么干。我昨天可刚给她二百,她竟然还和记者来,还说什么什么都是为了我?!真要这样,这天底下的儿女都应该由漂亮人有文凭人来生了,丑人愚人都得靠边。难道这就是城里人说的优生优育?!他纳闷儿。

"二哥。"女子凑过来娇滴滴,弃了前嫌。

他稀里糊涂,不明其意。

"二哥——"女子娇态妩媚。

他睁大眼,女子在脱裤子、裤衩。

他语塞,只觉得满天昏旋。定神看,眼前是艄公困惑的老脸。

一片失落的老树皮。

意　　外

　　诊断结果是大夫背着他告诉家人的：你们已经尽心了，他该为有你们这样的亲人而骄傲而满足！当然，你们是明白人，你们知道病情到了这一步，医学也只能是维持和延缓。即便如此，也不会超过半年。大夫说得很肯定，斩钉截铁。回去后，该吃的吃，该喝的喝！我相信，因为你们，他的人生会有一个顺心的结局——

　　大夫说得文绉绉。漂亮话怎么说来着，哎对，叫委婉。可和他一样读过高中的妻子一听，什么都明白了。看着大夫翕动的嘴唇，发现那里面吐出的字眼，像法庭上审判长宣读的判决。坚强的心经不得如此摧残，秀美的眼帘一夜间哭成了熟透的桃子——皮薄有光，包盈水汁。到他面前又一如既往，准确的说法叫强撑着跟没事人一般。

　　病人敏感。从妻子忧戚的脸相和熟透的桃子上参破了天机。他终于喘了口气，长叹再不用大把大把地往医院里扔钱。一切的一切都是谢幕，对，是谢幕，他理应怀抱鲜花，向台下的观众，不！是人生挥手告别——

回家，盘点所有的积蓄与家产。除了住院费花去的万把元，存款还有三万多一点，那都是他人勤快，种瓜果、蔬菜到城里卖的结果。望着贤惠的妻与上小学五年级挺懂事的儿，他有一个怪怪的想法。入夜，他揽了妻袒露他想在最后的一段日子里，拿出积蓄的三分之一，度个快乐的晚年。怀中饮泣的妻早已是泪人唏嘘，断断续续说只要这段日子你快活，花完了全部积蓄她也愿意。他说，话不能这样说，他又不是少德没行的人，再怎么说他也得留下多一半来供儿子：他要是块好坯子，这钱供他读书；他要不是学习的料，这钱帮他娶媳妇。黑暗中，这话说得酸戚戚。炕的一边，儿子突然说，爸爸尽管花！赶花完了我就大学毕业了有了工作，打工也要挣钱供爸爸治病供爸爸花。你怎么没睡着！说这话时他感到自己的眼角已经湿润。

一家人不再说话。不知什么时候鸡叫了头遍，他们却沉沉地睡了。

第二天，他便开始张罗。先是请了木匠到四邻村子里买板，给自己打棺材；然后叫了风水先生和土工，在山里上坡下洼转悠着选坟地。板材选好了，是松木的；坟地选好了，风水先生说那儿虽土脉有点虚，可气脉好！他嬉笑中依了。看着木匠和土工们都动作了，他便吆喝了几个平日相好的来家打麻将。

秋深了，地里的庄稼都入了仓。农人们或走亲戚串门，或外出打工。算农闲的账，挣一个顶一个。乡下不是前些年，集体出劳集体收工。自由自在信天游着呢，只要不耽误地里的活。

一边是院里的锯子与刨子响，一边是家里的麻将"咣当"，交汇起来和音乐一样。妻子捎话叫了自家的妹子，又是侍候匠人，又是侍候他这病人和陪他玩牌的哥们。好吃好喝，日子顺溜。

眨眼间，棺材打好了，雕了福禄寿禧等传统花饰；墓穴挖好了，砖接了口子，都挺精致。他一一带了妻儿和亲朋细细地看了，那神情就像给别人做的。指指点点挺满意。打发了匠人工钱，他的心中好像没了杂念，叫了相好继续吃喝玩牌打发日子。每天早起第一件事便是先摸摸自己的棺木，然后才召集相好开始"修筑长城"；还不时地隔三岔五地去看自己的墓穴。两个月下来，他的脸色红润了许多，酒量也见长了。尤其是他当着大家的面摸着棺材，笑哈哈地说，这是我将来的窝！朋友们觉得他在逗乐，也便一味地附和。

热热闹闹地进了冬天，原来想象的病情没有感觉。妻子和亲朋们劝说再三，让他去医院复查，他说管它，离半年还有两个月。愣是拗着不去。妻子顺着他惯了，更主要地是想叫他乐乎，也就不再坚持。

他是公式样地过日子，照旧吃五喝六嬉戏玩乐——

春节来了。他自觉日子不多。让儿子买了不少鞭炮，全村里数他家多。除夕夜放得山响，树梢的积雪纷纷落落。回音震荡中出了正月，春的影子出现在河谷和山野。农人们忙起来，积肥，往山里送，耕地播种。妻子忧郁中也忙碌起来，洗闲置了一冬的农具。

自从出院，红红火火从无闲暇，更未思虑，几个月就这么过去。农忙，大家都上地，他自觉玩腻，仿佛受了冷落般抑郁，不时自个纳闷，咋还迟迟不见犯病呢？于是他自言自语是时候了，好像都有点等不及！他厌倦了，每日到村口的老槐树边的春阳下打盹，身子骨看起来一日好似一日——

这次，妻和亲朋们说什么也不依不饶，说县城里的医院信不过，诊断有误，咱上省城去诊断如何？！他同意了。买票坐连夜的卧铺车，挂号找名大夫确诊。人家说，你的肝脏的确有过癌变，只是如今呈阴性得到空前恢复，应该说这是肝病史上的奇迹。临末了还请教是什么高人为你医治，如何用药？这么说我得去感谢县城里的大夫了！他独自思忖。可我当初还准备到法院起诉他们来着。他觉着好笑。也就没了找县医院茬的心思。

返村的第二天，不管家人怎样劝阻他硬是扛了锄下地。暮归，遇者以为撞鬼，半天不敢吭气。许久了，才试着问你是——他答了，村人才知是真的。

他又成了家中的一个好劳力，妻儿的欢愉自不待说。

这一日荷锄上山，他来到自己的墓穴前，蹲下来吸烟。他想不明白，是死神在他的坦然豁达面前畏怯退缩，还是当初医院误诊枉断？！反正那时他认定，天命不可违，顺其自然才是。

可他没想到自己能逃过这一劫,竟然活过了半年,而且又恢复为一个强劳力。这是他出院时想都不敢想的呀!要不,他的豁达、棺材、墓穴都是药?他不是幽默,他是跟自己有气。早知这样,谁舍得花那三分之一!

他又有了个怪念头,何不踏进墓穴,躺下来,体味体味死亡的感觉。想到就做到,他把锄放在一边,爬进墓穴,躺下来,闭上眼,生的艰辛,死的畏惧,浮想联翩地涌进脑海;电视上大人物们遗体告别会,花团锦簇,遗体上覆盖着党旗……到如今,人生是如此的美好,妻贤子孝,人伦温馨,生之佳境啊——突然"呼"地一声,他感到一股气浪扑鼻,浓浓的土腥味装满了鼻孔,睁开眼睛,四周一片漆黑。他看到了真正的死神在狞笑自己,甚至拷问你不怕死吗?他看到了自己灵柩前摆放的挽幛与花圈……他自感咬肌抽搐。他知道,已经死过一次的自己只有自救才是唯一——

他摸索四周,即刻确定,塌方的一面,那里土虚。

他开始刨啊刨啊,不知过了多少时间,墓穴的后掌堆起了小山,指头痛得钻心了他用手掌,他明白一刻都不能停下来。也不知什么时候了,墓穴前沿透出一缕曦微的微光,他精疲力竭,双眼一黑……

待他再睁开眼时,已是两天以后,他正在县城的医院里吊液体。妻说,大前天你出门后跟有预感似的,我就跟了去,远远地照着你进了墓穴,照着墓穴塌下去。吓得我在外面边用锄刨边喊人。好在地里人多,也是你命大!开始大家议论说你是活腻了自残,可刨开后一看窑掌的小山和你的双手,在场的人都说你不想死!对吗?妻子期待地问。

他的双手裹着白生生的绷带。他无话可说,只好给妻子回以:嘿嘿——

乞　　杀

夜半手机响,说偏僻的新区街口发现一具无名尸体。刑警队长万敏拨拉开妻子睡梦中搭在自己胸前的手臂,看看手表,是凌晨五点。他麻利地穿上衣服跑下楼梯,咦,天在下雨——

他驾了车赶往现场。刑技人员都已到齐,拍照的拍照,勘查的勘查,应有的程序有板有眼在继续。他望望雨的缠绵、天的抑郁,长长地叹口气,向属下们喊一声:仔细点!便开始观察——

尸体横在路中央,衣衫看着有些褴褛,因为是新区,路面没有硬化,加上天雨,尸体滚在泥浆里,一时半刻真还看不出个所以。

他让同事们用塑料布搭建了临时雨棚,留两人保护现场,待雨过天晴,卷地毯式清场,不留蛛丝马迹。其他同志收队……

据110讲:尸体是一位风雨无阻的晨练老人发现的,即刻拨打了手机。110在表扬老人报案的同时请求老人保护了现场；清洗、解尸、调查、画像、分析，破案像当年妇女纳鞋底，一个针脚一个针脚，一点都疏漏不得；法医报告：表面上看起来这是一起车肇逃逸案件，但案发地不是第一现场，因为尸体在被汽车碾压之前即已死亡。尸体周身有许多青紫斑块，皮下多处淤血，头部有被钝器击打痕迹。可以确定死者是被害后抛尸街口，企图造成被车撞死的假象；最主要的是死者的身份基本可以敲定：是郊区一名六十多岁、儿女不愿赡养、以乞讨为生的老头，叫常寿；领导批示：乞丐是弱势群体，公安局要组织精干警力，案件要认真侦破……各种信息迅速得以汇聚。查找疑凶和第一现场成为案件突破的关键——

案件破得极为顺利。先是围绕被害人的各种社会关系排查，接着是划定重点范围，最后是追捕疑凶归案，说俗了是按部就班，顺藤摸瓜，一点弯路都没走——直达。第一现场在某单位已建起主体正在风干的住宅区里，作为凶器带有血迹的砖头也已起获，经DNA检测，与常寿的血型一致；现场有一条脏且皱的手帕，和一张案发前一日的汇款条据；凶手是两名和常寿同以乞讨为生的乞丐。一个五十余岁，叫大刘；一个腿有残疾三十有五，因兄弟间排行第四，姓牛，叫四牛。他们一致称呼常寿为老常。

万敏对乞丐本无偏见，提起他们就有一肚子的恻隐同情。弱势群体么实已可怜，不是生活所迫谁愿意走街串巷，流落市井。但去年以来的两件事情令他窝心。一件是去年五一黄金周,他好不容易有点空闲陪妻子逛逛商场,遇俩小孩举着茶缸和碗跪下来,一手抱了他和妻子的腿,你不给点,大庭广众下真还脱不得身。施舍与捐款,所有的善举都应发自内心出自自愿,否则伴和着强迫多少有点变味。这事让他闹心了几天。另一件是今春有天出外办案,街遇一腿有残疾的年轻小伙乞讨,说不尽的坎坷凄惨。他哼了哼鼻翼给了十元钱。隔天,局里搞治安大清查,重点整治公共娱乐场所。事情就这么巧,这小子在一家夜总会的包间里让他遇见了。那小子穿着还可以,只是他要了好酒,还包了两个长相不错的小姐。万敏那个火呀直往头顶蹿,因为小伙包小姐的开销里有他的十元钱!他的那个气呀又是好几天。他知道虚假充斥在生活的方方面面,可他承受不住自己的善意被亵渎和欺骗。自此,他投给乞丐的眼光几乎都是半信半疑。自尊自爱是每个人的事儿,乞丐怎么可以例外?!今天,杀害老常这两位实在是可恨的一对。

听听,听听他们的交代——

据大刘和四牛讲,他们和常寿相识已有半年多,白天分头乞讨,夜晚相聚相守,蜷缩在正在修建的建筑里,有福同享,有难同当,和哥兄弟一样。乞丐也是一个群落,古代都有"丐帮"哩。可惜那天老常回来,和中了头彩一般,神秘兮兮吊他俩胃口,以致他俩鬼迷心窍,把本已和自己一样可怜的老常护送得早早归了西。罪孽啊罪孽!审讯时大刘和四牛都沉浸在那天的梦魇里——

雨在纷纷下，路灯昏黄。风有些力，吹斜了雨线。他们三人紧缩在一起。

谈到三人当日各自的收益，老常一脸的神秘兮兮，卖关子般让他俩猜猜看自己当天的收获？他俩左右拱月般一个二十、一个五十地伸出手掌。老常得意洋洋，拉长了语调像演小品的演员一口一个"不——对——"，直害得大刘和四牛心里痒痒。这个老常，自个儿女不养活，反倒不时把自己乞讨来的积蓄往家寄。你说多了他会反驳你：这水都是往下流的，人之常情么疼儿女。今儿个这神色如同孙悟空成了弼马温，喜不自禁。他俩实在猜不出来，只好祷告着让他说。他这才抖出老底，说今儿个可开了眼见，遇一人给包养的二奶过生日，那气派那规格就像明媒正娶。知道么，女大学生，白格生生的脸，一对乳房跟洋餐厅的面包似的，听说这男人都给买房哩。今儿个，这人请了两桌客，山珍海味，一掷千金，花了一万多。他冒胆蹭到跟前去，说了几句吉庆的话，那女大学生倒大方，"唰"地掏出一沓钱来给他。他乐呀！多遇着这样的主儿他不也能当当万元户吗?！他俩赶紧问，那男人是个当官的吧？老常乜斜他俩一眼，嘲笑地说，傻蛋！当官的包二奶你能在公开的场合见？大款，有上千万资产的大款！就是那种有了钱天不怕地不怕的大款！他打听过了，是没多少文化先做包工头后搞房地产的大款！所以冲着那一沓钱，今天他奢侈地走进一家像模像样的食堂，张扬地要了一碗羊肉面，外带一碗蛋汤，刚好邻桌散了酒

乞杀 313

席，他提了酒壶，剩一两多，一口气喝下去，香！香着哩！他咂咂嘴，感慨地说，不是剩菜剩饭，纯新鲜的，和过年一样。说完满足地沉沉睡去。

屋外黑云盖地，绵绵细雨还在下。伴随着无声的闪电，劲风从还没有安装窗框的屋外吹进些雨滴。老常酣睡中早已扯起了鼾雷，大刘和四牛虽在邪风中冷得瑟瑟发抖，却依旧沉浸在羡慕里久不能寐。思来想去，人生的际遇一一浮现，总觉得晦气时时伴着自己。羡慕渐渐转化为妒忌——好运咋就向老常一边倾斜呢？思想起老常的积蓄和今天讨来的那一沓钱，黑暗中他俩达成了共识，在闪电的余光中对视片刻，歹心骤起。夜半，他俩抓起身边的砖头砸向了老常的头部。老常极力反抗，他们不得不施以一顿拳脚，这才使老常安分升天。但是当他们划着火柴见亮搜遍老常的全身，除了肮脏多皱的手帕中的九十四块和一张前一天寄往老家五百元的汇款单，老常的身上再没有一个子儿。他们感到被这个爱吹牛的老家伙骗了，不由得上去在他的尸身上又踹了几脚。很快，理智让他俩想到了杀人偿命的法则，慌乱片刻俩人分了那九十四元钱，趁黑抬着老常的尸身扔在新区街口，大刘逃回了家，四牛跑到了邻县继续乞讨。不成想，就这么十来天，警察把他俩缉捕归案了。

因案子明了，审讯、审判都很顺利。一审判处死刑，大刘和四牛横了心般一致表示不上诉。

不久，大刘和四牛被押赴刑场枪决。

听说枪毙那天，大刘总低着头略带愧意，四牛憨憨地满脸的皮笑肉不笑。有围观的群众喊：傻瓜，真可惜！

有记者来采访问，你们咋就想到是其他的乞丐作案？万敏不假思索地回答，当确定为他杀，再排除了情杀和仇杀，你认为还会有别的原因吗？记者不甘心，又问即使确定了是图财害命，也不至于一定是乞丐呀！万敏答，能对乞丐下手的人，不为仇不为情而是为财，你想这人的文化品位、社会地位、经济条件能好到哪儿去?! 记者闻听，一脸的佩服容色。警队里却是一片乐呵——

案子破了么，大家都松了一口气。侦破组受到了局里的嘉奖，万敏还荣立了个人三等功呢。刑警队聚一起闲聊。有一位讲，队长万敏一次与几位同学就餐，席间万敏的手机不停地响，惹得大家烦。有同学调侃，警察的手机就像夜总会里的小姐，那是要随叫随到的。任谁你得讲究点职业道德，所以得二十四小时开机。万敏本来要和这位同学急，可是想想人家说得也在理，便闷闷地说这哪门子跟哪门子的事儿，你怎么能这样作比！同事们哄堂大笑。可是一边的万敏一点都不乐，硬是不言不语地愣怔着。有同事问他咋回事儿！是不是还在为手机响生气？他嘟囔一句纯属自言自语："百把拾元，三条人命，值吗?! 你说这世富了，多数人的温饱解决了，可也有少数人没着落哪。这是为啥？"说这话时他狠狠地，好像和谁有气："人的价值究竟有多大？就这么便宜吗？三条人命，人均三十几元,值吗?这案子把人办得,窝囊呀!"

看看,看看,这是警察考虑的事么,把自个儿能得跟个学者似的,咸吃萝卜淡操心,挣那份工资了吗?!干警察么你就不能太哲学了,要不世人会笑话的!

春 风 醉 晚

冲突发生在傍晚。

临近酒店的女服务员小沈给他来电,说她包间的客人喝完了两个茅台酒瓶,让他速来门口取。她害怕大堂经理发现,她这是冒了风险。

好运气来了!他说给自个。他没给隔壁房间学习的儿子打招呼,蹑手蹑脚地合上门,欢快地跑下楼梯,一路小跑来到相距不到一华里的酒店门前。小沈已经候在哪儿。他赶快掏出五十元塞小沈手心,一手接过俩茅台酒瓶。这当口酒店旋转门里转出一醉汉,发现他俩的交易,直接冲小沈吼:这事儿你也干!不等他俩有所反应,劈手把两酒瓶从他怀中拽走,随手摔在了脚前。小沈一声尖叫,两个空酒瓶应声如昙花瞬间绽放,一地白色碎片。一股茅台酒香弥散在春天的夜空中发甜。

小沈吓破了胆,"对不起,对不起"道歉之声连连。他明白了眼前的醉汉,就是喝这两瓶酒的客人。有句话怎么说酒来着,"在瓶里像水,到肚里闹鬼"。此时的酒像孙悟空钻进了牛魔王的肚子,正在醉汉的肚里翻腾雀跃。

他眼睁睁地看着即将到手的三四百元，顷刻化作乌有。他感觉自己踩在了海绵上，恍惚中瘫软晕旋，无所适从地断片——

他来自乡下。进城是因儿子考进了市里的一所重点中学。儿子三年后参加高考，肩负着改换门庭、光宗耀祖的重任。作为父母，一合计，父亲陪儿子进城，在学校的附近租赁了套两居室的学区房，专供儿子上学用。儿子住里间，他住外边。儿子的一日三餐、衣衫浆洗更换，全由他来承担。用他自己的话说，他就是儿子的后勤部长，一点差池都不能出现。

刚开始，懂事的儿子要合租，说这样省钱。看看历史书，哪个成功的人物不是单打独斗地闯世界？他和妻子欣慰地望着眼前的风华少年，商量来商量去，还是没有同意。独租贵是贵了点，努力努力也还承受得起，最最主要的是孩子在自己的视域之下成长，踏实。两口子担心孩子们到一块相互影响、贪玩事小，最让人不放心的是在社会这个大染缸里学起坏来会加速。高考就业，是乡下人跳出龙门的最好路径，没听谁说过，农民是世上的好职业。

孩子的母亲留在了乡下，地里的活计由她包揽。自家产的小米、高粱、土豆、红薯隔三岔五不时会送进他们租住的居室。省钱，不用额外花费的。当然了，农闲时，女人会来当几天城里人，跟走亲戚一样放心不下地里的庄稼，来去匆匆；孩子寒暑假也会回村，不过更多的是找老师辅导补习。他两口子是倾心全力下老本。

按说陪读女人更合适，那样孩子是舒适了点，但额外没什么值当，思来想去不划算。要是他来，虽说男人家粗手笨脚，洗洗涮涮肯定糙一点，但他可以在孩子去学校后打零工，赚点外快，减轻点房租的压力。水暖电物业，都得花钱。临了，女人说，你放心，我行！就咱这点地，我侍弄得了。你放心陪孩子进城，多少也能挣点小钱补贴。记住了，城里花花世界，风骚的女人满大街，你别花心！女人终于说出了自己的担心。他嘿嘿一笑说，不会不会，我什么人你还不了解？要不要给你写个保证？！女人笑笑推了他一把，随后又钻了他的被洞。自此，他老老实实成了一名陪读父亲。

刚来市里，侍弄罢孩子的事，他在租房的附近转悠，先是与摆地摊的聊天，再与烤红薯的掰扯，看看自己能找点什么事儿干。过些天他试着打了几回零工，但与孩子的作息时间冲突，主要的是孩子按时吃不上饭。思来想去，摆摊一来没找到合适的地儿，进货要成本要投入，二是总见被城管撵来赶去。他就动了心思收破烂，这是个不错的活计。只要有辆三轮蹬车，时间属自己管，唱的是信天游的歌，赶孩子放学回家，他已做好了饭，不耽搁孩子按时进餐。

租房在老城区，周边多是五六层的低层楼房，密布网格状小巷。零星有一二小单位散落。小超市、饭馆，卖菜的摊贩许多，生活起来倒也方便。老城外高档的新建小区都有物业，门禁把你堵在了外边，所以很少见到收破烂的三轮。

下里巴人一般都果决，没有知识分子前怕狼后怕虎的犹豫再三。很快，他花近千元买了辆二手三轮。这就开始了白天蹬车走街串巷、夜晚陪读的生活。常常是看着儿子进里间专注地学习了，他就蹑手蹑脚溜出门来到附近遛弯，到周围的垃圾桶前，看能不能额外收捡点破烂。如果还有时间，在外间他平心静气，尽量不整出一点响动，自己也看看书消遣。他上过高中，参加过两次高考，没考上拉倒。他没有像同代年轻人那样浮躁出外，父母双亲在，自己又是独子，老老实实地在村里留了下来。侍奉着两位老人上了山，自己也已四十开外。孩子努力学得好，两口子便把希望寄托在了孩子身上。那是父辈梦想的承接。这才有了他当城里人的机会。说到底，这是一股心劲。

　　一晃经年，他也熟悉了周边。虽说一天下来很累，却也充实。用城里人的话说，他是儿子的陪读，他的责任就是高考前夕，他不能让儿子孤单。他只会把收回旧物中的书、纸张带回租房。

　　渐渐地，经过无数次的习练，他会很娴熟地把矿泉水瓶踩扁，把易拉罐自上而下地踩成一个圆。装起来不占地儿，看上去很专业。他发现了行业窍门。都说同行是冤家，那不是有个争抢货源的竞争。一旦扎堆，少不了交流些经验。好在千行百业都有行规，只要你给行内的带头大哥交了一定的手续费，又懂规矩，别担心给你划定的街巷会有人来侵占抢生意。

　　收破烂是个怀旧行业，看似过时，但也是社会人间情态，一道风景线。更主要的是这个行业养活着一拨讨生活的人。

现在的城里人可怜，能在自己的家里腾挪出一两米地儿，大费周章。按眼下的房价算，少说也是给自己省出一两万块钱。每每是出售废旧物品的人，视老床旧沙发包装盒等为多余，嫌弃它们挤占了自己的生存空间，早早脱手如释重负一般，还能赚点小钱，一脸自在惬意。当然也有闷骚怀旧的人，在旧物件上摸来摸去，依依不舍地眷恋。收破烂的人不一样，对收回来的每一件东西都看着亲切。不管那些东西多么地不成形，不值钱，临了它们都会变成小额的毛票，甚至钢镚，变成他们的生计和日月。这是他的感觉。他相信他的所有同行都是这感觉。

他愿意给所有卖破烂的人留下自己的电话号码，只要他们召唤，他都会及时地出现在他们面前。他上门服务这一着，的确给了许多人方便，自然他的收获每天都能满满装车。

他愿与所有人搞好关系，在他看来一切都是生意，用高大上的话讲，人脉即是商机。小区的门卫保安、酒店的服务员、大堂经理，街巷里遇见这些人，他都会恭敬地从三轮车上跳下来主动问好。礼多人不怪，尊重别人其实是尊重自己。

他随身带着编织袋和一个老式的杆秤，收购废铜烂铁、旧书报刊称斤论两时方便。他还带有一个五斤装的塑料桶，常常把水装满。现在没那么多废铜烂铁，多数是礼品盒和包装纸，当然也会有人卖他些杂志、旧书、报纸。记不住他名号的业主，时常会临窗探身喊他一声破烂，破烂就破烂，他不介意。

收破烂是他的职业,也是他的标签。只要每天下来收获满满,被叫几声破烂也不冤,他想得开,也就习以为常。他姓唐,也有名字,但是人家记不住,没必要责怪翻脸。倒是一天有人喊他老唐,短暂地愣怔后让他有种陌生里的遥远。此境如同牙牙学语时的儿子第一次叫爸爸,他环顾左右后确定——羞赧中心房微颤,感激地应允。

开初他也狡黠,只要主人不太在意,他就会少报点斤两,卖主图得省心,不太计较;他会像同伴一样往在临交收购站前在旧纸箱、报纸、包装盒中洒水增加分量。这时候,五斤装的水桶成了宝贝。水和钱一样金贵。往后人熟了,业主们倒没说什么,是他自个觉得对不住人,就戒了压秤、掺水的亏心事。

收破烂的最佳时间是周日和早上。那些有职业的人会把前一晚集攒下的废物当垃圾一样倒掉。午休间,临近几条巷子的同行会聚在一起扎堆,交流谝闲。也有同行倚了轮车的阴凉在街巷铺块纸板,席地午休。他家近,比同伴们优越,做好饭和儿子同吃同歇。老话说,物以类聚,人以群分。这话一点都不错,人家有身份的人万不会和低层啦高端。

有位独居的老太太生活条件好,听说儿子是个有级别的官员,只惜不在身边,一年和老人见不上几面。老人说儿子要接他一块住,她嫌过不惯,感觉独自安然。老太太人和善。闲聊中得知了他陪儿子读书的角色,便有意无意地嘘寒问暖,还不时会带点儿女孝敬自己吃不了的点心,给他说别亏了长身体的念书人。他进城后第一次有了想哭的感觉,那份感动真还说不出来，于是特意叮咛老人有什么事儿叫他，他总在附近，会像儿子一样敬她。老太太迟愣了半天，看着他憨厚质朴的劲说，这个我信！在城里，他多了位长辈，儿子多了位奶奶。偶尔进城的妻子会和他携了自家产的小米、鲜蔬，走亲戚般送到老太太家中。第一次和妻子上门，老人特别意外，迟疑猜忌，片刻工夫，接下来便是泪目潸然。妻子勤快，帮老人洗衣收拾家务，怎么看都老道娴熟。每去老人都会执意给他们烧拿手菜。一来二往成了家人。

同行讲，现在大品牌的酒瓶也值钱，一个茅台酒瓶可以卖到两百多元；还有谁谁谁运气真好，在收回的破烂中发现了值钱的物件，卖了好几万块钱，艳羡得文物行里捡漏的喊老天瞎了眼！更离奇的是，有位哥们在废书堆里发现了一张三十几年前的存折，五十万的金额，当然他自己是取不出来的，费了番周折，存折主人的儿子为感谢他，大方地给了他五万块钱。传说多了去，一般都离奇。悻悻了想，别人好运气，自家从未遇。受同伴启发，他有意结识了租房附近几家酒店的几个服务员，小沈是她们中的一个。

他给自己认识的所有服务员叮咛过，如果有客人喝罢的茅台酒空瓶，他会给她们三五十。然后他转手赚它两三百元，这可比他白天忙活一天还多点，要是运气好，是三个两个瓶子，这样的好事儿谁能不偷着乐！

吵闹声惊动了大厅里的客人、大堂经理和门口的保安。有客人指责醉汉的行径野蛮。有拍客端了手机弄直播，更有公义喊要报警。醉汉的同伴赶快遮挡在醉汉前面，解释说大家不要误会，刚摔碎的两酒瓶是不良商家回收去制假酒用，我这哥们不忿才把它摔碎。要是我们不把这酒瓶摔碎，真要让假酒贩子卖了大钱，我们岂不当了帮凶？！他恍惚里揣摩，醉汉不定是哪个单位的领导，同伴有可能是他的秘书，更可能是他的办公室主任。只是这种场合才叫了"老总""老板"。

七嘴八舌围观喧嚷声止，反倒有声音"是啊是啊"地支持醉汉。大堂经理"是啊是啊"地附和两声，然后狠狠地瞪服务员小沈一眼，那意思分明是看我下来怎么收拾你。一转身又笑眯眯地说，罗总，真对不住！改天我给您赔不是。说着，给被称罗总的同伴使眼色示意他们走人。罗总的同伴灵醒，连忙掏出二百元塞进唐破烂的手里，说你还不走等么？真的想等警察来怀疑你制贩假酒去派出所问个一二三？！

闻听，他如光似电兔子般往起一蹿，酒店早已在身后二十米开外。一口长喘后惊魂稍定，他明白大堂经理、罗总的同伴都想息事宁人。警察真要来了，酒店还不得因存在治安隐患被罚款？那个叫罗总的还不得去派出所做笔录，能即刻就闪？整不好还会被围观的拍客发微信圈，当网红上热搜，哪个都不合罗总的胃口。现在也是两端，平民百姓太希望一夜暴红，即使直播带货赚不了钱，起码十拿九稳赚流量；官员就是别一番景象，躲镜头学低调，我勒个去，别一番洞天。

好在手心里攥着的两百元真真切切。除去给小沈的五十元，一场虚惊赚了一百五，也值。只是刚罗总的同伴说，空酒瓶回收是不良商家制贩假酒，自己只看了它来钱，咋就没想到这一辙。

来市里之前，他从没想过自己会在冲突中扮演角色。今晚是他永难忘怀的经见。待心跳趋缓，他望着一轮皎月，思想起独居家中的老妻，和租房里下功学习的儿子，自言自语地说：儿子，咱这个月的房租有了点着落；明天你可以吃顿好饭！忽然，他听到和自己同样讨生活的夜市小贩"撸串撸串"的吆喝，泪水竟流进了嘴角，他想起了泪中有盐。早年，他读过郁达夫《春风沉醉的晚上》，那是上初中还是高中时的事儿，那有些悲天悯人的伤感。他的这个春夜，这个有惊无险的春夜，如同身前流过的车灯灯光，摇曳里颠簸，沿着前行的线——

街道两边的霓虹灯色彩斑斓，极其好看，但他觉得这是些现代玩意儿，不真实，虚幻。自己是局外人，只有旁观；而夜空中的天河，群星璀璨，宽广舒展，那是古代的老物件，看着亲切……

我的爱国兄弟

9月15号以后这几天，区政府办的老张有些纠结。

大儿子爱民是警察，成天守护在经销日产汽车的4S店，害怕游行或反日的人打砸，还美其名曰二十四小时全天候备勤，其实就是值班，几乎成了日产汽车经销店的保安。警察么，哪儿有风险就到哪儿上班，这是警察的本分；二儿子爱国研究生毕业，考了几次公务员，没过关，呆在家等待安置已经两年。求职的事撇在了一边，却成天使劲地嚷嚷，要上街、要游行，要表达公知保钓爱国的良心。谁能保证激动了会不会参与打砸！听听街上的动静，不光砸日产的汽车，还砸日式的寿司料理店，日产的电器、服装店无一幸免。各大专院校也一一封校，严禁孩子们走出学校的大门……单位也不例外。当初，领导考虑问题不周全，公务用车除了老书记座驾买了辆美国产的别克，其余几辆都是清一色的日产本田雅阁。这几天哪敢上街？作为分管车队的办公室副主任，只好通知几位领导上下班乘公交或打的或坐地铁。

这不，十几位司机无聊，算是短暂的"失业"，聚拢在值班室里"挖坑（一种纸牌的玩法）"，谁输了不光要贴纸条，还要讲一小段。过去的段子多少有点荤，是黄段子，至少带点男女风月。今天显然是邪了门，清一色的与游行有关。王光亮输了，说我嘴笨，手里没货，我就说说我们邻居昨天给我讲，前两天还没开始砸车，他去加油站，见顶篷上挂着醒目的"保钓抗日，理性爱国"横幅。但任他怎么说，人家就是不加油给他，因为他的私家车是日产的尼桑。逼得他开车回家，再买了塑料桶到加油站，谎称给自己的摩托作储备。人家问，那你要97号干吗，93号都高啦！他脸一横喊我的摩托是哈雷牌的，美国产，十几二十万，油的标号低了对不起买车的钱。再说了，我有钱，你管?!加油工翻翻白眼道我就是问问，你激动个啥！然后给他把油桶注满。他提了桶打的回家，给爱车把油加满，抚摸着座驾围着车转了好几圈，蹲下来眼睁睁地注视许久，却不敢上街。邻居嘟囔，操他妈，当初考虑欠缺，怎就买了小鬼子的车，给心眼添堵，郁闷不堪。

　　输了的杨坚定扔下手中的牌，说你这哪有我朋友的儿子惨烈？自己到深圳打工积攒了四五十万，死缠硬磨跟老子要了三十万，剩余的贷款，花一百一十多万买了辆日产的丰田，9月14日那天提货，刚出4S店不到十分钟，被游行示威的人砸成了一堆废铜烂铁。一个人蹲在车前，怔怔地一言不发，脸色煞白像丢了魂儿。警察来劝他，他猛发声，满街里跑着疯骂，小日本，你坑爹呀！王光亮可惜一声问，不知他有没有买保险？杨坚定答，你傻？这不刚出4S店的门，距店门不到四五百米远，正式的牌照还没来得及挂，哪儿有买保险的时间。王光亮也扔下手中的牌说，呀，这可瞎啦，找谁赔呀？杨坚定指头向上说，得问老天。王光亮嘟囔，这咋办呀，看来这小子命穷不该有车。一旁的唐进祥搭话，听说警察都立案了，说叫"钓鱼岛反日案"，正在调取满大街的监控，已经逮了好多人。王光亮问，谁说的？你定的！唐进祥有点委屈，这不大家都在传么。再说，人家日本货质量就是一流么！要不也卖不了那么火。王光亮张口就喊汉奸！唐进祥道，我说的是事实，咋就成了汉奸？拳头伸出来就要开打，被大家伙儿拽住拉到一边。

老张虽没参与打牌，却也接了话茬，说他大儿子爱民回家告诉他，前天，警察现场逮了一叶姓砸4S店的人。这倒好，和我家老二同名，也叫爱国。一查，哪儿是大学生啊？压根就一混混，少年时曾屡犯屡关，进监所就像走亲戚串门，六进宫还是七进宫已记不确切，熟悉监所的门槛。就这么个人，后来做生意赚得盆堆钵满，前两天在豪车上贴"抵制日货，保钓卫国"，积极得跟领袖似的。大街上砸车发声动手他都冲锋在前，最最主要的是他用扳手砸了车玻璃又砸车主的头。警察找他谈话，他反倒憋屈着回答，原以为有了钱就有一切！他有了。可除了站街女和一帮冲着他好吃喝的哥们，也没见几个人尊重自己。他心里憋！郁闷了这些年，今儿个才当自己活了一回人儿！因为在砸车现场，他是振臂一挥，一呼百应，他还从没发现自己这么有号召力！噢不，是你们说的组织能力。操他妈，过瘾，有范儿！再说了，小日本不承认侵略，它就该挨鞭！说着说着，戴着手铐竟舞蹈起来。扬眉吐气的那种，神气无限！

警察问：你觉得你这是真爱国吗？他毫不犹豫回答：这还有假？！警察说，我很尊重你这份感情。但爱国要理性，车是日本产的，可买车的钱是人民币呀！你要砸自己的日产车也罢，可你砸的是别人的，给别人造成了损失；你砸别人的头，这属于犯罪，是扰乱社会治安秩序和故意伤害！这还不止，还让国家的国际形象受损。他不屑，不等警察说完就接了话茬说，我砸的不是日产汽车，我砸的是小日本、日本军国主义和野田佳彦，我砸的是人们崇洋媚外的心事儿，哎不，是心理。连这也算犯罪嫌疑？只有你们才这么看！

警察很平静，说那你为啥把自己的丰田锁在车库里，光出来砸别人的车？！再说，你砸别人的车已够恶劣，你干吗要砸车主，那可是颗中国人的头颅。你要砸自己的丰田，我告诉你，你有钱，我还真不理你。你的买车钱是你勤劳挣的，别人的买车钱是刮风逮的？！别做梦当自己仅仅是犯罪嫌疑人了，你用扳手砸一个素不相识的中国人的头，证据确凿，就是犯罪！听了警察此番言说，他瞬间蔫了。嘴里嘟囔，我的家底你们一清二楚？我这不在后悔当初咋也买了小日本的东西，要不我开着车上街游行多威武，多神气么！

大家啧啧，也没做什么评价。

老张在值班室再没停留，悻悻地心怀隐忧。

被市里评为园林式绿化单位的区政府，院落里长满了乔灌木。虽说岁时已秋，春浅秋深的绿叶开始发黄飘落，松柏、黄杨等常绿植物依旧。平日再忙，到院落都会短暂地停下来调节调节视觉的老张，今天破例忽略了树木。

大儿子爱民虽说是学会计的大专，一毕业就考上了公务员，还是警察，在区上的派出所上班。一听说有正式工作，即刻介绍对象的屁股后跟了一大串；二儿子爱国，虽说名牌大学学历史的研究生毕业，考了几次，就是过不了关，进不了体制，只好宅家上网、看书。一看这景况，谈了三年半的女孩前些日子嫁了别人。这让他和老伴心里五味杂陈，交集百感。老大爱民敦厚务实，做事儿有认真劲儿；老二爱国乖巧聪颖，好学、写文章，探究物事钻牛角尖，遇事儿偏激。自己的老爷，也就是老张的爷爷，当年牺牲在了抗日前线，解放以来这几十年，奶奶和他们全家一直头顶革命烈属的光环……较了真说，他们家和小日本是世仇！有先人的恩怨。他和老伴说了，这些天尽量别让老二出门儿，以防生变！

生活没能逃过他的预感——

冲突发生在晚饭的餐桌前。爱民讲这两天的见闻，爱国时不时接了话茬儿调侃。兄弟俩针尖对麦芒，你来我往，争得面红耳赤，干仗！老大说，你别老跟我抬杠，真要打起来有本事去上前线，去钓鱼岛收复河山?!老二说，我不去？我不去怎对得起在抗战中牺牲了的老爷！老大说，那你先找点事做呀！这样闲着也不是个事儿。老二以特有的敏感反唇相讥说，闲什么闲，我不愿意工作还是不愿意上班？你让一个学历史的研究生上街摆摊设点，还是到楼盘拉钢筋搬砖？！你以为我这毕业即失业，心里过得很坦然！老大摇摇头说，这些年我们国家教育的失败，就是培养了一批高不成低不就的人。老二"啪"地在桌上拍了筷子，猛地蹿起来，光火地喊，你说什么？你直接说我废物啃老好了，何必绕这么大的弯！老张说，行了行了，吃饭。兄弟俩争到了气头上，岂可停歇。看这架势极有可能动手动脚。老张劝了，什么调停斡旋？没用！就让埋头吃饭。一声不吭的老伴火了，说了句饭不好吃是不是？！碗给我放下滚楼下吵去！还是他妈厉害，只这一句，两儿子相互瞪瞪眼，这才息了声。老伴是家里的定海神针，绝对权威。平日，他给两儿子说点什么，不是遭遇抵触，就是辩解式的顶撞，但只要老伴出面，总会一锤子定音，搞定！嚷嚷都会平静。两儿子面前，他还真没老伴威严。琢磨琢磨，真还这么回事儿。

平静是短暂的。待吃完饭，兄弟俩对视了一眼，爱民激将地说，要是现在打钓鱼岛你敢不敢去？爱国答，老爷都牺牲在抗日战场上了，我们和小日本是世仇，我咋不敢！爱民说，真开火我去！老张看着这缓和了的场面，来了点小激动，说如果需要我也算一个！八年抗战是国难，我们总不能老被动地让战火在家门口点燃。

老伴这才和颜悦色地说，就你们三个爱国，我爱你们三个算不算有份儿？！三个男性投向唯一女性的眼光，充满了温热和钦敬。

这时，社区的保安带着俩警察来敲门，老张的担忧变现。俩警察和爱民熟，先打了招呼，然后才说，根据大街上的监控，14号那天爱国参与了打砸活动，行为过于激烈，按专案组的决定现来拘留带人。老张表现出意料中的吃惊，注视着爱国的神情。爱国犹豫了片刻，然后对父亲说是真的，做都做了，没什么说的。伸手就把手铐戴了，赴汤蹈火的英雄样子，跟警察走了。刚有的热络活跃，顷刻间变成了餐桌上的杯盘狼藉，和冷清中木然而坐的自己、老伴和爱民。静默了很久后，爱民说坏了，从法律的角度讲，如果这个臭书生——老张插话打断喊，张爱民，别叫爱国臭书生！爱民噢一声说，如果刑事处理，也就是判刑，爱国这一辈子人生的污点就会背负终生，要是能治安处罚，也就意味着这书呆子——老张火了，我说了，别叫爱国臭书生、书呆子！爱民说，爸，对不起！我的心情和你一样急。爱国要是能治安处罚，那就意味着是行为不当，是可教育对象。老伴和他异口同声：你的意思是——

爱民说，等我明天打听打听，爱国的祸闯得究竟有多大！

入夜，老张来到爱国独住的房间。除了必要的生活用品，到处都是书和杂志、还有歌曲光碟。他在爱国的椅上坐下，望着书桌上一沓厚厚的手稿，是爱国曾说过要写的《中国历史的政治解读》。他随手翻到一页，是论历史人物的一个章节："中国史学界对历史人物的评价，缺少据实的客观公正。以秦始皇为例，因循史籍而非史实居多，偏重于负。是的，秦始皇是有暴戾专制、大兴土木、封杀言路、焚书坑儒等等劣迹，但他力推的中央集权，郡县国体，也即秦制，大一统思想，包括书同文，车同轨，以及度量衡，这些历史功勋，历代帝王能比者寥寥，是不该被抹杀或遮蔽的。纵览古今中外的史实，时至今日，没有一个民族的历史是白璧无瑕的，没有一个民族的历史是一无是处的；同样，没有一个历史人物是百分之百应该肯定的，也没有一个历史人物是百分之百能给予否定的。秦嬴政如是，刘邦、项羽如是，屈原、汉武帝、陈独秀无不如是！……"他读不下去了，他发现自己的两眼噙满了泪水。是的，是的，让爱国这样有着历史研究生学历的孩子去街头摆摊设点，到楼盘去拉钢筋搬砖的确是国家资源的浪费！可他就是考不进体制，只能闲置在家里憋屈。正是害怕孩子有寄生的感觉，所以在食宿无忧的前提下，每月他都会主动地给爱国一千元当零花钱，不让他感到拮据。可孩子从不把现金带在身上，除了书和杂志，也从不乱花钱，剩余的万把元至今码放在台灯前，整整一沓。睹物生情，老张有一种至深至极的悲戚！

老伴不知何时进来，拍拍他的后背平淡地说，就这么个事儿，别急！慢慢会过去。他握了老伴的手，点点头，泪水竟如决堤江河的奔流。老两口在爱国的房中默默地呆了很久。

一家三口开始过一段难熬的日子。难熬仍旧表现在餐桌上。昔日老伴的饭菜总是可口，近日厨艺似乎下降，饭菜要么早早地凉了，要么原封不动地放着。一家人的饭量减了。

爱民说，搞预审的同事告诉他。爱国是个汉子。入监后，主动地写了参与砸车的过程，当然写到自己研究历史多年，毕业竟然失业，心里郁闷，刚好遇到了发泄点，这就参与了。他写道：近些年，美国不再和中国正面发生冲突，却支持中国周边其盟友，也就是美国的走狗、小丑们与中国打斗，消耗中国的精力，牵制中国崛起。这一点我看得非常清楚。人和人相处，在平等，在相互尊重；国与国交往，在和睦，在善待。美国佬言行不一。

爱民说，刚开始，警察审讯爱国，爱国很抵触，说连台湾、香港的民众都乘船要上钓鱼岛宣示主权，别说怀有爱国之心的人，别说我这叫爱国的人，就连街边的红枫也生了火焰，我一个大陆的炎黄子孙岂能无动于衷？！你们还维护不维护国家主权，民族的尊严！

审讯的警察愣怔了片刻说，主权和尊严肯定要维护，但如果砸用人民币买的日产车就是维护，问题就简单多了。亏你还是学历史的研究生，这么高的学历本应和我们一道做劝阻砸车爱国者的主力，没想到竟然和街头的混混不理性的小年轻为伍。没找到工作我们理解，但也不能自己堕落了自己！警察的话掷地有声，敲醒了他，爱国一脸绯红。

警察说，你爱国，国家没否定你，但国家需要秩序！

爱国和人家警察较真，说你这语序有问题，国家需要爱国热情，也需要秩序，应该变更为国家需要秩序，更需要爱国热情！审讯的警察笑了，为爱国的迂腐开心，说这不一样吗？！我的意思是说，国家既需要爱国热情，也需要社会秩序，两个同样重要。

爱国说，不一样！然后咬文嚼字地给审讯的警察讲：清康熙年间，经刑部初审，大理寺复审，都察院监督，审判了一桩奇特的案子。对罪犯的处理，最终的呈文是"情有可原，罪不可恕"，判死，秋立决；康熙看后，对罪犯深感同情，大笔一挥，改成了"罪不可恕，情有可原"，也就等于写了个刀下留人，顶多也就判个终身监禁。你看这语序有多重要？关键时候可以保命。两警察短暂发愣，然后审讯那位说，行行行，你说得有道理。我也没说社会秩序与爱国热情孰轻孰重，二者就是不能打架！然后审视了爱国片刻说，你这么有文化参与打砸，可惜啊！爱国说，不可惜！至今我没后悔我的言行。爱国的方式有许多种……

警察说，好了好了！论知识我肯定乐意听，我感觉自己快成了你的学生。但今天这儿不是课堂，你的课也上错了地方。说实话，对你的学养和眼下的处境我深表同情。这样吧，你等待处理的结论。愿你有个好的结果！

一旁搞记录的女警察冲着爱国点点头，满眼流泻的是崇敬。

说到这里，爱民呆子了一声，马上又想起父亲的叮嘱，道声对不起又说，爱国极有可能被判刑，尽管他的行为里杂糅着爱国热情，但客观上还是扰乱了社会治安。咱们得做从轻处罚的努力！老张说，还是我跑吧！你还是注意点，公职人员讲回避。你们是兄弟，我是父亲，再说年龄大了，人之常情，想想不会有什么大碍。老张复印了爱国的《中国历史的政治解读》手稿开始跑动，找关系，打招呼，一个多月下来，没用。根据爱国在案发现场的表现，和到案后的认罪态度及在史学上的潜质，法庭对爱国作了从轻处罚，判刑一年。

在被判刑、治安处罚的几十个人里，有张爱国这样的研究生，也有本科生、大专生、公职人员，同样也有社会闲杂和街头的小混混叶爱国。细细地品啜起来，是件酸涩的事情。

过了些日子，是农历的寒衣节，他和爱民开车特意赶回二百里外的老家，在街上买了五色纸火和祭品来到祖坟前，先放了一串五百响的鞭炮，通知地下的列祖列宗后人来祭奠，然后在土神前和每座坟茔的贡桌上献过了贡品，泼洒了奠酒，在土神前化过了黄裱，贡桌下化了纸钱，即刻坟茔前升腾起缕缕轻烟，天空盘旋的秃鹰"哇哇"地嘶鸣，瞅着贡桌上的贡品不愿远离。他和爱民在每座坟茔前叩了头，然后坐在父亲的坟前。他望了望爱民，眼噙泪花，忽然说，爷、爸，孩儿不孝，一年在外，没几次上坟的机会。快过冬了，今个我和爱民来给诸位祖先送寒衣，你们早作裁剪，天冷时别冻着。他忽然话锋一转说，爱国有事，父子仨不能同来祭奠。你们放心，他会好的——说到这里，他低了声，竟抽搐着突兀一句，孩儿教子无方——说不下去了开始哽咽。爱民也在他身边蹲下来，伸手搭他肩上抚摸，两眼噙满泪花，默默地望着盘旋的秃鹰，望着远天。

归途，父子一路无话——

*背景资料：2012年9月，因日本政府拟将钓鱼岛主权国有化，导致中国大陆包括港澳台多地兴起了蓬勃的反日浪潮，西安是其中之一——！

陌 生 之 城

人海如蚁，川流而去，竟无一熟悉。环顾周边的招牌和建筑，没有认识。自己立身在一座陌生城市的大街。

突然间离开熟人熟脸固化如磐的生存之地，他有短暂窃喜：那是对烦郁过往的摒弃，一种重获新生重新做人的开启。多年来身体里无时不在紧绷欲断的那根弦，那根他从未像瑜伽人拉过的筋，一瞬之间，不是松弛，是从头到尾无影无踪了无痕迹。惬意中他猜疑，自己的身子里是不是有过这么一根莫名的东西？

他想不起，自己是酒醉后上错了公交搭错了车，要不就是动车、高铁，总之是哪个地方掉链子断片，他没法楔接还原。好在这是一个华人世界。满大街汉字招牌，黄种人脸面，方言虽浓，还好大家都讲汉语，沟通应该不是问题。要是把你扔在基里巴斯、海地，荒无人烟的天尽头、地边角，和南极帝企鹅、北极熊作伴，冰天雪地，你试试，人生地不熟，人们又讲当地的土语，看你是不是猫爪子挠心，着不着急？汉语的好处在不管有多少种方言，只要你把它写下来变成文字，不相识的彼此也就知道了对方的来处。当然前提得你最起码粗通文字。这地儿同样使用人民币,这就好,这就好,自己衣兜里好歹还装着七百元。

摸遍浑身上下,除了手腕上一块华为电子手表,和穿在身上的一身休闲单衣,也就七百元钱和自己。身份证、手机,那些日常的伴侣都不知跑到了哪儿。自己竟然没有任何行李。他想不起自己为什么要来到这里?一想到此他的脑海中就黑屏,没有东西。街上熙熙攘攘来来往往的行人匆匆从自己身边穿梭而过,竟然没有一个人愿意驻足,好像谁都没看出来他想咨询求助。他感觉自己就是一团空气,轻微到没人注意。他得整明白自己这是身处何地。

现在的都市的街区,都像去韩国整容过的美女,一个模子刻出来的,没有自己。

终于,在一幢大楼前看到一位保安。询问到这座城市的名字叫赢州。尽管保安带着地方口音反问他:你要去哪儿?你不知道去哪儿你出来干吗?而且质疑的目光把他的全身睃视了个遍,然后盯着他的脸,回答时扭扭捏捏极不情愿。他在记忆中搜翻,就是没有找见"赢州"这两个字的地名。想必这儿是个偏远小城,并不怎么知名。

他走进一家大酒店,望着前台水牌上房间的入住价格至少要两三百元。他压根就没敢上前登记,人家要身份证咋办?囊中羞涩让他恍然发现,自己和熟悉的事物断了关联。看来往后的日子,命运与这七百元钱紧紧捆绑在一起,仿佛奋斗了几十年积攒,全部的家当只剩这七百元。这是他所有家底,他得精打细算省着花,才能支撑得久长一些。陌生的地方,没有人愿意借给他钱。满大街充斥"你是谁?"的猜疑眼神儿,他感到孤立无援。此刻他想起了"在家千日好,出门一时难""一分钱难倒英雄汉"的老话。开初的窃喜惬意,转眼变成对熟悉的怀恋:熟悉真好!熟悉是信任,熟悉是亲切,熟悉是恬淡,熟悉是慵懒,熟悉是你的精神气场人脉,当然更是安全的感觉!眼前,没有身份证的他,证明不了自个就是自个儿,那个养尊处优有点身份的自个儿。信任和身份随着陌生失却。仔细想想,也只能去偏僻的城中村或路边店碰碰运气,最好是容纳自己住下来的小店。

他出了大酒店,天色已晚。肠胃唧唧歪歪提起了意见。没心思先吃饭,不管怎么说,得先把自己安顿下来,再解决喂脑袋的事儿。住店是旅人漂泊途中的休憩,客居时节间歇性偏安。他一路上祷告犯惆怅,思谋接下来的日子怎么办,他住哪儿?他如何维持生计?如何取得周边人的信任?兜里的这点钱,不知能撑几天?他得精打细算,掐着痛、扭着也痛地一个当俩。不过眼前这窘境,即使有钱也住不了店。还好,有这七百元,前两天的温饱不是问题,关键是他得住最便宜的地儿,买最省钱的泡面,加上四十开外的青壮年还有些力气,他得寻找养"己"糊口的工作赚钱。千万千万不敢碰上小偷或抢劫,那就倒霉见底儿。

转悠两个多小时,专找还没拆迁的城中村转。转到夜幕零零散散落下些雨点。来到一处近似棚户区的老街,看见一处门脸前立有"宾归客舍"灯箱的小店。

小店的登记室非常简陋,灯光却亮炫,柜台后坐着一位肥硕的大叔。大叔的背墙上,除了营业执照,还有两个木牌,一个上挂着十几把客房的钥匙,一个上用毛笔字七扭八歪醒目地写着单床三十,大床五十。炫光的柜台对面沙发上,坐着一位浓妆艳抹的红裙女子,旁边盆栽的绿植映衬出了她的好看。红裙女拿着手机一边摇一边魅惑地盯着他看。典型的江南女子,风姿绰约,放肆的眼神有多重蕴含。对撞的目光虽只瞬间,却是触电般的火花四溅。惊诧中,他别转了脸。

年龄、职业,因为不慎丢了身份证件,外边的小雨一时半刻不会停歇,明天一大早去附近的派出所补办临时证明……和胖大叔交涉半天,他要了单床。胖大叔半信半疑中还是给他办了手续,随后把钥匙扔在他面前,告诉他左边8105房间。他顺嘴问了句,店里供不供早餐?胖大叔没有立即作答,倒是盯了他片刻,然后撂出一句,供,供方便面,另外付钱。他知道自讨了没趣,没敢还以颜色地顶嘴,反倒温热地送去感激收留的一瞥。转身进了房间,大功告成地长长吁口气,心说:总算落脚!

客房里的陈设非常简单,既没有电视,也没有网线,只有看起来不怎么整洁的架子床铺、暖水瓶。床头倒是有个充电板,只是他用不着,他没带任何线。华为手表因为电已耗尽,不再显示时间。他明白,这就是个过夜的地方,比露宿街头强点，比三星五星差着十万八千里远。

解决了栖身之所，悬着的心落地儿。他出门到附近的小超市置办了毛巾、香皂、牙膏、牙刷、一个带盖泡面的饭盒，还有两提五包装的方便面。乖乖，七百元的经济总量锐减。进门与住8106的矮矬住户打了个照面。对方望着他的方便面主动搭讪，嚯，这是要打持久战。他没吭声，径自进房间反锁了门，泡面。天一黑没电视没手机没什么可看，早歇。刚躺下没几分钟，有人敲门。谁？他问。门外有女答，服务员。他爬起身开了灯，小心地拉开门缝。昏暗的廊灯下红裙女往里钻，他赶快堵截问，你干吗？红裙女说，叫我花花，今夜我是你的服务员。他软了腿脚堵在门里，颤声说不需要。花花说，大哥，我挺干净的。我会让你满意地连着来几遍。他感觉自己滚烫了脸，呵斥道，快走，要不我报警。红裙女这才不再往里别，惺惺说，当你是个爷们，原来是个软蛋。说完，进了8106房间。他出了一身虚汗，坐在床沿琢磨红裙女——噢，花花的职业？正经的女人一般被动，好像那是"妇德"的门面。只有不正经的女人才会在男人面前大肆渲染性别，提你个醒儿。当然了情人间的打情骂俏压根就没有正经不正经这一折。

8106的床板与床架摩擦受虐，吱吱扭扭好一阵子响，伴和着花花吟唱呻唤。他找了两团餐巾纸当耳塞，就是隔绝不了音乐般生命节奏的灌耳撒欢。他明白了，花花是个驻店的狩猎者——专盯单身男。想明白了上床，大睁两眼，睡意全消，感觉像大白天。夜色如墨，无一物地弥漫。

第二天一早,因为公厕与洗漱间共用,他去刷牙时在水池前碰上了花花正在洗脸。卸了妆的花花看见他,桃唇一撇,不搭理他,开始刷牙。他明白昨夜得罪了她,思谋难中的自己没必要惹她。晨光中的花花亭亭玉立,刷牙时使得劲傲气弥散。他斜视过去,身姿三围竟是那般匀称适宜,特别是胸围,突显着女性的风韵,与她的身形、气质特别匹配,不大不小刚刚好的那种。一眼望去,像两个刚出笼的白色馒头,冒着热气;像一对静卧的乳鸽,温顺和绵,对称宁祥。他记起有次一位"黄"友讲,女人的乳房,硕大的冬瓜垂悬,奇小的"太平公主"。不管叫啥,它总是孩子们的面包房,大米,面粉,粗细杂粮,甚至可以说水果蔬菜皆存的营养宝库。我们每个人都是吃着它才长大,谁也不曾离开乳房。这联想让他感觉自己下流了一趟,赶紧回过神儿搭讪浅笑道,其实你应该化淡妆。刚吐了漱口水的花花嘴角还挂着牙膏沫,回头凝眸问他,什么意思?他说有位女作家叫毕淑敏,主张女人应该"素面朝天"。花花眨巴着一双美丽的丹凤眼问,毕淑敏是谁?是不是很漂亮?漂亮到不需要化妆?他点头回道,那是。意犹未尽,他接着说清朝的李渔讲,女人的化妆分三档。高档天生丽质,不需化妆;中档略施粉黛,弥补不足;只有低档才浓妆艳抹,用于遮盖先天之丑。花花来了兴致,向他靠靠问,这个姓李的官是不是和你一样大?有机会你介绍一下,我去睡睡他。花花的见识让他惊讶。他品尝到了没有共同语言的落差。尴尬中直后悔自己嘴多,但又不能不回答,便硬了头皮说那是几百年前的人

陌生之城　343

了,现在见到了肯定是棺材里的骨架。花花回过神来,你的意思是化淡妆我更好看?他讨好地点点头淡然一笑,往牙刷上挤牙膏。花花蹭到跟前身子放电,那你不想和我那个?

花花背着窗外照进来的晨光,勾勒出剪纸的轮廓。他看不清花花的面容,分明感受到了她身上释放出的神秘密码。和光中清清楚楚看到了她耳际前脖颈上的绒毛,像列阵的兵将,旌旗招摇。那是生命的鲜活。他以为自己看到了人世间最美的雕刻版画。尽管如此,回到现实里的他惊恐地退却,保持着距离明知故问地嘟囔,哪个?花花似乎永远都在状态,发嗲地说大哥你真坏,连这个都装,就是让你用用我呗。我还没被县长这么大的官睡过。他连说两声使不得使不得,三下五除二草草敷衍了洗漱逃回房间反锁了门。果然花花又来敲门,悄声说大哥你让我进来。他没敢吱声。几分钟后花花撂句,穷鬼,不是你夸老娘漂亮,我会白送上门儿。脚步声离去。受气的是8104的门,"哐"地喊痛。四周归于静寂。他狂跳的心趋缓下来。

他赶快泡了包面算作早点。然后上街转悠了半天找到了人才市场。广告栏上贴满了招聘启事。他专拣能坐办公室的招聘单位应聘。坐办公室是他的特长,除此而外,真还不知道自己能干得了什么活儿。风尘仆仆地赶到招聘大厅,填了表,尤其是填了自己名牌大学的学历和副处的职级。几十年的职场,回看,也就熬煎来这点资本和荣耀。面试的人看了他填写的表格,让他出示有效证件。他这才想起除了兜里剩下的那点钱,他提供不了任何证件,身份证、大学毕业证、工作履历等复印件,这些足以证明自己前半生的东西全部落在了原籍。如果不是自己可以张嘴推销,自个肯定就无名氏了。他求招聘的人给自己个机会,人家告诉他只能按规矩来。没有身份证明的人警察来查,说不清道不明,最怕的是负案在身的逃犯,真要那样了,他们是给自己找麻烦。谁也帮不了他。临了给句,都像你那不乱套。再说你年龄偏大,我们不缺领导,我们要耍力气的干事。除非是特殊人才引进才可以放宽一些,你是吗?他摇头。对方说道不好意思,你走吧!喊声下一位!不再理他。

他接着又跑了两家,同样的结局。他感觉现场的自己脸青鼻肿,垂头丧气地碰了几鼻子灰;旁观悬浮于空气中的自己真切见证了叫天天不应、叫地地不灵的现实场景。沮丧感让他感觉自己的过往劣迹斑斑,回首不堪。他忽然怀念起自己在原籍四平八稳的慵懒舒适,恬淡悠然。平常日子是种没有压力的悠闲。

他无精打采回到"宾归客舍",花花又来放电。他没好气地想开骂,骂她个狗血喷头,无边无沿。这样的激愤短暂,就那么片刻,像天上的云彩匆匆走过没有停歇。好在他本性儒雅,忍忍想谁叫咱落魄到人穷志短。不搭理便是了,没必要翻脸。他头也不抬地准备泡面。这时又有人敲门,他以为还是花花,喊了声,你有完没完?门外男声,嘿,好大的火气!我还没招惹你,这就炮火连天。这天底下有没见面的仇人?他开了门,是住隔壁8106的矮矬男。他堵在门前,换了脸色问,有事儿?隔壁吆他和花花一块去吃饭,扯明了要他埋单。他声明

陌生之城 345

他不会喝酒，也没有钱。隔壁审视他一番，质疑地说，你没钱？！啬皮，穿这么光鲜会没钱？！你伸出个小指头都粗过我们腰杆，挤点牙膏出来也该有几万元。那你住这儿干吗？是外出旅游，还是老婆跟人跑了准备寻短见？他不作答，他烦。隔壁说，又不是什么大餐，炒个小菜，一碗米饭，顶多添杯扎啤。第一次聚餐，你好意思让老子埋单？他赶快撇清，转身说，我泡面。隔壁哈哈一笑道，逗你玩，走！老子埋单。

席间，隔壁要了几瓶啤酒，让他喝，他推了。隔壁与花花一人一瓶。他知道了隔壁大专毕业，连着考了几次公务员，没考上，又不愿回村儿脸朝黄土背朝天。这就开始打工，几年下来，人五人六地混成了招揽工人的猎头，哪儿有要干体力活的人，都会电话给他。眼看三十出头的人，到现在婚姻八字没一撇。隔壁自嘲地笑着说，算命先生说了还没到动婚的年龄。说完无奈一脸；花花有家，只是男人不务正业，整天玩游戏打麻将，只在向她伸手要钱时才来找她。只要给钱，花花和谁睡都不管。也许他当我是印钞机，一点都不缺钱。花花的眼眶溢出晶莹的泪水，叹口气快了语速说，他就是个吃软饭的人渣，靠我挣钱来养活他。我倒想离了吧，他死磨硬缠说，这不过得挺好么。唉，我不这样我能咋？花花从平和到郁愤的语气让他听得入戏，他明知故问一句，谁？你丈夫？花花点头，隔壁不屑。他忽然感觉，身旁坐的不是妻子，如果是，他会伸手帮她把眼泪揩去。隔壁和花花说完了期待地看他。是的，他是该说道说道自己，要不怎对得起隔壁和花花的诚心诚意。

他想自己整天坐办公室里，顶多在公职之外，看看电视，逛逛商场，转转书店，还有推不掉的饭局。恍惚里，好像这么些年，自己是第一次和真实的底层坐一块交心。隔壁的类似情况，他曾经见，但就是思绪里一滑而过的瞬间，没当回事儿的快闪；花花的情况他听完，好像调料盒被打翻，五味杂陈或许就是这味儿。他对花花的成见有所改变。面前的这个女人，有漂亮身段，灵魂也未必肮脏，但就是糊口的职业没法提及。刚好，前些天他翻了本社会各阶层分析，难道自己和他俩不在一个堆儿里?! 他被自己的想法吓了一跳。愣怔间，花花踢了他一脚，好奇地提醒说，该你了。隔壁接了话把，这行头住小店，总该有点故事儿。

他感到了生活对所有人的挤压，他、隔壁、花花都没能彻底地做自己。他摊摊手耸耸肩，欲言又止说，我平日里不是宅男，也不善交际，为人处事言语少些，闷骚了点。有时我也觉得憋屈，但也没做动辄红脸的自己。生活在职场里，不红脸或可获取，红了脸就会鸡飞蛋打，前功尽弃。花花说你在说什么，我怎听不懂呢？他忽然有种强烈的欲望，把所有在熟人面前不愿说的话竹筒倒豆子，一股脑地倾泻。他想说，这些年自己生活在一种衣来伸手、饭来张口固化的状态里，朋友就那几位，同事也是几张老脸。书不再好好看，电视、手机的荧屏色彩亮于广告和国画颜料。起先还有点窃笑，以为自己超凡脱俗，主动远离了尘世。今天遇了你俩，才发现不是自己修行了得，是自己遗弃了真实，成天生活在封闭的虚拟世界，主动让

陌生之城

自己变成了一个庸俗的油腻男……平日里大家可以说我装，这一刻我货真价实，一点都不掺假的。思忖间抬眼望望隔壁嘲讽上翘的嘴角，和花花懵懂的脸，他的话变得有点结巴，我是说，我是说，在利益面前，比如涨工资，升职级，没必要，没必要争个你高我低。"啪"，隔壁拍了下桌子，给了他个激灵惊吓。说工作人的套路我不懂，但该说话时就不能当哑巴装鳖！他不想为这些看似遥远其实贰近的话题起争执，言多有失是老古人说的。他不再想说下去，他想收住话题。赶紧说，我都好，没什么特别！隔壁凝神看他，突然说明白了，难言之隐，老婆跟人跑了吧？他刚想解释，隔壁说人人都有一本难念的经，都不容易。咱仨有缘，了解了彼此，也不知道这缘分修行了多少年。来，走一个！说着和花花的酒瓶、他的茶杯撞了一下，举了瓶痛饮。花花踢踢他说，长得白白净净咋这么懒，天下的好事竟不喜欢？当然啦，打工和这事儿都很累。打工是赚钱，这事儿得花钱。嘻嘻！话他没接，装了个没听见。他再没敢正眼看她，再未接她的话茬。倒是隔壁应和：这衣着住小店，肯定好这口，八九不离十。你倒好，一个没钱，颠覆了我的判断。

他摇头，这才告以实情。说自己也想不起来这儿干吗？本来过着四平八稳的日子，非常安逸，也不知搭错了哪根神经来了嬴州。听了他像汇报工作一样简述的原籍、经历和单位里的职务，隔壁非常惊讶，重新把他打量一番道，这么说你是西北人儿，跑到我这儿千里之外的地儿，既不好这口，又不是驴友,那你是为嘛?看来,你只能跟着我干几天,赚够了返家的钱滚蛋。噢,我说你这人干吗不给家里打个电话?他们肯定非常着急,说不定已经发了"寻人启事",你已被当地列入了失踪人员名单;要不你买票回去,高铁、飞机,现在这交通多方便?他说,除了兜里的七百元钱,身份证、银行卡和手机他想不起落在了哪儿。他就差点坐大巴往回赶了,算算已出来两天一夜,剩下的钱不够买一张返家的大巴车票。这时,一旁的花花长舒了一口气儿说,难怪老娘在登记室用"摇一摇"勾你,你竟然不理。原来你没带手机,让老娘白费力气。还以为自己长得差,没被你看在眼里。隔壁愣怔片刻说,这样吧,你告诉我你老婆的号码,家中座机也行。看你这一身行头和愁苦相,量你也不敢撒谎。说着隔壁掏出自己的手机,开了免提,他1531999、1531999地重复了几遍,就是没能说出妻子完整的手机号码。隔壁见状,追加一句,孩子的呢?他苦笑着摇头,干脆说不出号码。你的呢?这十一位数字排序他熟稔,没换气念全。隔壁抓住了救命稻草般连打了几遍,只听得手机里的姑娘字正腔圆道,"对不起!你所拨打的号码已关机。"隔壁坚韧的毅力受了打击,叹口气,朋友呢,有特别好的朋友吗?他沮丧地再度摇摇头说,自从人人有了手机,他手机上存着一两千个号码,家里又拆了座机。过去,他还能记些,这几年真的除了自己的手机号反倒记不住别的。隔壁无奈地动了火说,乖乖,这还真是个大数据时代,现在人离了手机和数据活不下去。行,你真行!这才叫失踪个彻底。看来你只有走着回去一

陌生之城 349

条道儿。听明白了吗？走着回去！像红军两万五千里长征，一步一个脚印走个一年半载地经风见雨，不稀奇的。人这一辈子，日子不都是晴天。说着说着隔壁来气，说实话，我真想抽你！没本事跑出来干吗？他也嘟囔句，是啊，我跑出来干吗！望着他困惑迷惘的窘样，隔壁说，这样吧，明天起跟我上工地干几天粗活，我就一打零工的小工头，保准你三五天攒够了高铁、飞机票钱滚回去。呀，没身份证买不了票也回不去呀。不行，咱得报警。让这边的警察和那边的警察联系，身份证明了，让救助站送你回去。现在这政策多好，不用你花一分钱就可返回原籍。报警？他一惊。是啊，只有报警才能恢复你的身份，要不你黑人黑户，跟动不了的僵尸有什么两样？什么时候是个头啊！隔壁开始打110。别，别，他一惊问，该不会因黑人黑户吃牢饭吧？不等隔壁回声，他突感失重，身子轻飘飘悬浮离地，在空里游弋……惊醒，被子里湿隆隆黏乎乎潮湿粘身——

南柯一梦，惊魂未定，如此离奇的梦境，任你日有所思、夜有所梦也拼接不到一起。他摸摸自己的额头，虚汗水沁。轻轻开了床头灯，弱光中妻在微微打鼾。他愣怔片刻，环顾卧室一圈儿，静谧里聆听构成夜的几种声音，自己怦怦的心跳，窗外滴答的雨声。缓缓神，他注视着睡梦中妻子的脸庞，白里透红，肤色丰腴，左细看右端详就是比平时漂亮。他想起有一次看见密集的柳枝在春风里摇曳，很像新婚妻子的披肩发在飞驰的摩托车后拉风。他当时叮咛自己，一定要像龙爪槐的虬枝，随时支撑妻子的头发和柔嫩的柳枝。他责怪自己婚后怎就少了对妻子的欣赏，把精力放在了那些其实不太重要的地方。俯下身亲亲她的脸蛋。妻子睡梦中别转脸去。他躺下来关了灯再难入眠。

努力回想梦中的经见。梦中的叙事跳跃没法连贯。隔壁不是坏人，倒是有些心善，不知今后的生活中或者以后的梦境里能不能再见？人和人的缘分，说深也深，说浅也浅。毕竟隔壁在梦里帮过自己，自己不管怎说也该表达由衷的谢意。其实花花人不错，可惜选错了职业。如能再见，也该帮帮她，至少给她点钱……想着想着，时间已六点，他反常地起床，冲好了油茶热好了馍。妻穿着睡衣进了餐厅，轻声惊诧，太阳从西边出来了！平日这可是我的活儿。须臾又停顿片刻紧紧盯着他的眼，突然发问，说！有事儿求我？他赶快殷勤回复，没事儿没事儿，我就是想对你好么。妻子半信半疑，问真的？他回道真的！妻子这才伸手摸摸他的脸蛋问，做亏心事儿了？他连忙摇头否认。局促的神态和失常的笨拙，坐实了做亏心事儿的不是他会是哪个！妻子满意地用了餐。

三下五除二地收拾了碗筷，挎了肩包走出单元，看见同单元住一楼的大妈遛狗，他主动上前搭讪；大妈似有不解，盯着他竟忘了回声，他依旧笑脸离开；到单位他见的第一位同事是考进公务员不久的小于，他主动地握手，问好打招呼，外加"昨晚睡得好么"的问候！已适应了他平日不苟言笑的小于思想没有铺垫，一下子没反应过来，左顾右盼没人后指指自个，

陌生之城 351

确定是问自己后,小于没有正面回答他,反倒惊讶地反问一句,领导,你没事儿吧?这疫情也真撕裂!

他的笑凝固在脸上,像拍下的照片。他心里犯嘀咕,疲沓的既往,让自己习以为常。难道一趟陌生之城——赢州的梦行,让重返故里的自己换了副嘴脸?!

午餐后,他惯常地在单位附近街上遛弯。忽然眼前一红裙女子像极了花花的背影,他尾随其后。

今天得帮帮她。

铁　　算

"铁算"是个绰号，用来称呼一位五十多岁的老头。

老头的真实姓名并不重要，重要的是铁算二字像大都市里的老字号，吃香的年月红极了。曾经带来的荣耀，当年让不少姑娘春心如潮，老睡不着觉……过去了，都过去了，岁月不饶人呀！要不怎么就老头喽？铁算自个心里时常捉摸。拨拉算盘时指法娴熟的程度，自个看着都钻了蜜罐般陶醉，别人还用说！上世纪六十年代一次全省的擂台比武，他获了第二，成为全县、全区乃至全省最优秀的财会人员。省上给他奖了一把铁皮包的算盘，他逢人便夸这把"铁算"，痴迷到不分场合地点，听者善意地笑笑了了，他自个却没完没了。谁承想说得多了，竟成了他的绰号，人们都开始叫他"老铁"。听到人这样叫他，他笑合了眼缝，成乐眯眯一条细线。

眨眼年过五十，单位的财会室补充进不少新鲜血液，他成了科室的总负责人。手下的几个年轻人工作蛮努力，实际核算他已基本无须直接参与，除非……特别……那也是数月一遇，他有了许多看报品茶的闲暇时间，于是他把倾注了自己生命历程、陪伴自己多年的那把"铁算"挂在自己的桌墙上,圣物般顶礼膜拜。每日上班,第一眼就是对算盘深情地注视一番。同事们办公桌边墙上的挂历、年画流年变换,他却总是把算盘擦洗一新,小心翼翼地重新挂在老地方。由于心态平衡,下属们开始用计算器核算他处之泰然,还时不时提醒他们别忘了最后用算盘复核一遍。赋闲时节,不时悠哉悠哉到门房与年长他几岁、照看门房的老犟饮酒,下棋,海阔天宽地谝闲。老犟是单位原来的人事科长,如今是退休后又被返聘回来看门。

问题出在近日,眼看再过个把年就要退休,满心净生烦厌。偏偏室里分来位学计算机专业的大学生,说是进行现代化管理,一夜间架起台电脑来,把先前同事们买回的计算器闲在了一边。而且那小子每天总嘟嘟囔囔说什么486、586,硬盘软件,听得他玄。其他的同事老向那小子请教,在他的电脑前时常围成一个圈,那上面不光能计算写文章,还能放电影甚至有扑克象棋,真可谓风光无限。他嫉羡科里这种从未有过的凝聚力,但他这一科之长根本插不上言,内心便滋生一股强烈的失落感。就这还不算,那小子还不止一次在人前人后说长道短,说他铁算已可以进历史博物馆。这让他感到挂在壁上的铁算非常可怜,他替铁算感到亘古未有的委屈。恍惚间神志模糊,搞不清自己是铁算,还是铁算是自己,抑或两者合而为一。他不承受对铁算的任何亵渎!好在退休在即,要不也会下岗分流。原来的贡献只说明过去。当年要有计算机这玩意,不定自己也是一把好手呢。那么他领回来的没准就不是一把铁算,而是如今最抢眼烫手的电脑。知道么,和小子一样神气的电脑!名牌子!让小子着气的那种……思来想去,这不心里有气,回了家看着什么都不顺眼,摔盆子掼碗发泄。老伴莫名其妙间窝出一肚子火焰,念叨你是不是下舞厅进包厢泡小妞第二次更年期吃错了药,家来犯糊涂发神经抖得哪门子威!?他想想也对,老伴浑身通体没有缺点。发作没有借口,只好闭口不言回避论战。

不知不觉来到单位门前,老犟招呼:老铁你加班?没事过来杀两盘!他咦咦啊啊不知自己怎么进得办公室,窝在漆黑的办公桌前坐禅。不知过了多久,老犟进来开了灯,他打个激灵。老犟问他该不是想心事?他摇摇头一笑艰难。老犟问和老伴怄气?!他答没得事。那么遭儿子儿媳"洗劫"?!他还真沉得住气:你别瞎猜猜好不好!嘛事都没,我就是觉得心里憋。

老犟有点穷追不舍,说你不说我也猜得来,是退休前的恐慌!当时我也这味。

他实在无奈,苦着脸这才说:嘿呀,我的老哥!叫你别瞎猜别瞎猜你偏张罗,可是一猜一个不着。退休这事我早想通了,不管眼前多红阳的人物,都有这一天,我算老几?我想他个屁!我是为新来的那小子着气——他终于吐露真言。

哪是为啥?不就一个二十出头的毛头小伙,政治上对你形不成任何威胁,你都这年头了,值得动此干戈,伤脾胃哪。

你是不晓得,有人给他夸我当年获铁算时的风光,那小子竟口出狂言,说我那两下子不值几个钱,电脑出一道题,他计算只需几分钟,我老汉却得几十年。就这他也稀松平常,根本上不了台面,更别说我。你说说,你先进就先进罢,你能行就能行么,我又没踩你的鞋崴你的脚,挡你进步的道了?干吗要损我老汉!我心岂能安然?!

年轻人,冒梁,权当没听见得了,何必当真!来来来,今个我揣了瓶新式西凤,淳厚味足,分享,分享!

也好!铁算与老犟在他的办公桌上摊开了酒宴,没菜。搁平日,铁算也就二三两的量气,今个也许是情绪不佳,也许是酒好贪杯,不等老犟相劝,自个提了酒瓶一气豪饮。老犟夺过酒瓶来看,三停中已去了一停,心生可惜。没等他说出什么来,铁算酒态已现,凝视着挂在壁上被他视为精神支柱、象征着他的过去的算盘,突然神不守舍恶狠狠地问:老舍的《断魂枪》你有没有看过?!

老犟愣了愣,摸不着他为何忽发此问,机械地回答道:看过。不就是说一种枪法一种国粹的失传吗?!

对!对对!!老哥,你是我的知己!还是你了解我。说着铁算伸手夺过酒瓶又是一阵喉咙忙乱,好像作出了什么重大抉择,果断,干练。老犟着了急,一为铁算的酒量他知根知底,一为好酒自己今个还几乎没沾边。不等他伸手,铁算把所剩无几的酒瓶往他手中一塞,猛地从墙上捋下那把铁算来,没等老犟弄明白他欲何为,只见他双手高擎算盘,口中含糊不清念念有词,连续几下向办公桌上的玻璃板砸去。立即,桌上的玻璃板被砸得粉碎,算盘珠四散飞溅,搞得他满手满脸血迹。老犟这时才听清他在诅咒算盘,诅咒那个小青年。最后一句他听得最确切:"又一条断魂枪者是也!"说完了竟口吐白沫,倒地抽搐,典型不折不扣的羊角风。

老犟万万没料到如此结局。模糊中好似看见冬天的风吹着雪花,心生苍凉片片。

冷静了的他左盘算右思量,左右着慌:铁算今个要有三长两短,他老犟绝对脱不了干系。思想到此煞白了脸色,硬了头皮拨打了110电话。待警察们来,铁算停止了抽搐,竟发出一缕悠悠并不难听的鼾息,与醉醺醺的酒气极为和谐。尽管如此,警车还是把他送进了医院。医生诊断他为脑中风,因为铁算醒来后才发现自己口歪鼻斜。单位的人议论,铁算纯粹是被新来的大学生给气歪了脸,小青年真的张狂了点,也就肚里有点儿墨水……

接下来,到医院去看望铁算的人很多,都提了营养滋补品,当然包括老犟和那位刚分来的小青年——

听人说,小青年在病床前给铁算赔了许多不是,一脸找不到后悔药地愧疚悔恨,自责自己人年轻,缺乏社会经验。这教训太深刻,足够他受用终生。还夸说珠算是国宝,到什么时候也不会失传。国宝怎么会失传呢?只有鬼才相信!

话是这么说,事也这么做。后来听说小青年严肃得循规蹈矩了,办公室先前活泼氛围稀薄了乃至不见,沉闷得有点正经八百谁也不想开口言谈。

听说就听说吧,谁又没见。反正铁算没再能好起来,一直病病恹恹——

天 空 案 件

案子发生在飞机降落前的二十分钟，那时他正紧靠舷窗望着蓝天白云的迷幻和纯净浮想联翩。或许是看过同名书和电视剧《西游记》的缘故，自己都心里暗笑，都天上了，咋就不见玉皇大帝和瑶池王母？

先生，请你关闭手机！他转过脸去，只见空姐笑吟吟的，声音里却有种字正腔圆的严厉。身后一排靠过道C座上的乘客一心一意玩着手机游戏，头不抬、眼不眨的，根本没把空姐的话当回事儿。先生，请你关闭手机！！请你关闭手机！！！空姐的脸上尚且挂着笑意，已是很勉强的那种。见对方无动于衷，空姐先自煞白了脸色，变了调地再次厉声。刚好，这时机舱的广播提示：请大家关闭所有的电子设备。他这才想起，登机时，他紧随其后，一股搅拌了腐肉的酒气散发而来，他皱了皱眉头。飞机即将起飞时，两位空姐在过道里指导如何扣好安全带，如何使用氧气罩，哪里有救生衣，哪里是应急门。直到空姐一边送毛毯给需要的乘客，一边检查大家是否系好了安全带时，他才发现酒汉坐在了自己的后排，一米八九的个头，壮壮实实，一身行头雍容华贵，挺考究的，可惜商标没拆；一副金丝的小眼镜，质地没得说，但就是掩饰不住酒后酡红的脸色和一脸的蛮横——怎么说，看着就像保镖的那种气质，话少，硕壮，好像站过桩似的。可惜自己这副真用来研究学问的眼镜却已经老旧，塑料镜架的周边开始掉皮。他摘下来，一边擦拭眼镜，一边思忖什么时候能禁止酒汉登机就好了，但那也只是片刻忽闪的念头。真正让他上心的还是舷窗外的景观。

其实，每一次出行，只要有坐飞机的机会，他都希望座位紧靠舷窗，为的就是鸟瞰云天下壮阔的苍茫大地和九霄之上的云海变迁。看江海云天，看峰峦叠嶂，天空的晴朗，天空的艳阳，那份清纯，那份洁净，那份感觉仿佛到了雪域高原西藏，到了天山穿越的新疆。视野里，地面上沟壑纵横的崇山峻岭，竟然像大海海面上的波纹褶皱，纹理清晰。曾见青海的蓝天、白云与雪山同收眼底的景象。不是在飞机上，哪里能看得到？尤其是看到雪涛般的云浪，气势恢弘磅礴，鬼斧神工造就的如絮般立体的云朵，过去只在传说里听过，影视里看到。而地面上山如丸，川如带，路如细线，沙漠丘陵、戈壁高原宛然绵延，曲折迂回，岂止用个雄奇壮观可以描写。特别是当飞机低空掠过崇山峻岭时的壮美，烟岚萦绕时的叠翠，你会怀疑自己置身于江南水乡泽国的绮丽之中，置身于祖国的瑰宝水墨画中。你会忘情所以。降落了，飞机低空飞行。云退去，烟岚中的苍山、网格状的田野，苍苍翠翠，格外清晰。落地前，江河

天空案件　359

粗壮如蟒，有力前伸；山峦重现挺拔伟岸，参天入云。鳞次栉比的村落和四散漫开的都市，错落有致的田野和耕垄，密密麻麻的森林绿意盈盈，竟像浓缩版的地图尽收眼底。不由不使人联想——交错纵横的沟壑如同毛细血管，河川就是血管，黄河长江就是我们这个民族的动脉。

九霄云外看到的景致，绝对不是常年生活在都市中人所能经见……

这次单位派他到全省能源开发的重镇驼城去调研，去了解开发建设中环境污染与生态保护两大课题合二而一的切合点。

旅途中他俯首在舷窗前，内心中享受着视觉的愉悦。

就在他陶醉于舷窗外眼前和过往的景色时，忽然听到空姐的厉声呵斥，见对方仍置若罔闻，他看不过去了。尽管对方是身材魁梧的大汉，他仍然麻利地解开安全带，"唰"地一下站起来，不等他说话，酒汉悠然自得地抬起头来：小子，你有什么话说？！仅这一句，空气中的酒精度倏增，弥漫在机舱中发酵，化学反应为十足的火药味。吓得酒汉身边的小女子蜷缩一团，虽是非常反感却不敢吭气，紧张成一种哮喘。而周边的乘客尽管也有壮汉，鉴于谁也不知谁的根底，竟然没一个吱声。空姐的脸上一片迷茫。

他有点受不了，自己也三十好几的人了，只不过显年轻罢了。酒汉虽说看着面老，搞不好三十挂零的年纪，小弟一个，怎么反倒喊自己小子？！对这种人还需要客气吗？

这辈子，我最大的遗憾，就是今天与你不期而遇，同生一个时代，同在一个世界，同乘一架飞机，同做一样的人。他张口成文。

嘿——听听，听听！酒汉看看周边的人说，真看不来，酸得跟个诗人似的。你是真不知道还是假不知道？这样会酸掉大牙的。这么说，你是不想做人想做畜生喽？老子玩游戏与你有毬的相干？别以为就你懂事！酒汉傲慢且不无嬉戏地一边说一边解开安全带，矗立起来。

怎么与我无关？说大点我是为大家，说小点我是为自己，包括你的飞行安全，这没有懂事不懂事的问题，这是做人的起码道理。连自己的生命都不当回事儿的人，算什么东西，和吃了睡、睡了长的牲畜有什么区别？！他明白，接下来有点什么事要发生。自己是上了架的鸭子、进了磨道的驴，只能沿着惯性——飞速抛向目的地——那种能使人就是人、尊严就是尊严的东西。他得一直走下去！因此，他沉重地说着，声音羸弱，却如炸雷，机舱无声。他接着又狠狠地说，现在是在天上，要在机场，我早就把你扔出了舷窗！

"啪"一记重重的老拳，漫卷西风般的优美弧线，出拳之快，收拳之速，如同受过专业训练，落在他的脸颊上。即刻，他的嘴角就像苏绣的绢帛，绽放出一朵绚丽的奇葩——鲜红而灿烂的小花。顷刻间，他看见了白云、蓝天和雪山，看见一望无际的云海洁净涌动，看见大地上的公路和河川像细线曲折蜿蜒。只是这恍惚仅只瞬间，马上他就听到酒汉狰狞的狠话：你

天空案件　　361

骂我，你扔我？酒汉夸张地扬起手超过自己的头顶，以示高大。手却撞上了行李架，然后又把手在他颌下比划，如同漫画家画出了他的矮小。又接着说，笑话，看看你瘦得这猴精这熊样，酒汉语言粗俗姿态也不优雅。

空姐和邻座的小女子不约而同地"呀"了一声，空姐煞白着脸色说，你怎么动粗，你没见人家是文化人？你怎么打人！

酒汉蛮横，怒目圆睁，冲空姐吼：文化人有什么了不起，又不是特殊材料制成的。我打的就是文化，打的就是知识。打坏了也就换几个零配件，修理修理大不了多出几个臭钱。知道吧，臭钱。

被称为知识的他脸色白净，儒雅，看上去很文化。虽说挨了打，他仍然咬牙切齿却又不失幽默地说：钱不臭，臭的是使钱的人儿！骂人也不是你的专利，你会我也会。实话跟你说，你的手机一旦干扰了飞行信号，出了事，你倒没有什么可惜，但结果与恐怖分子何异？所以呀，一会儿下了飞机，我就把你的户口迁到重庆去！

酒汉尽管在行为上占了上风，但听起绕了弯子的话来却听得云山雾罩，脱口问：什么意思？

他一字一顿，朗声回答：那里在打黑！知道吧？周边笑声一片。

什么，你说我是黑社会?！酒汉酡红的脸上再涂一层红颜，又一次挥起老拳，却被身后一壮于知识、赢于酒汉的男子牢牢抓住，并油腔滑调地说，行了吧，有完没完？你有钱没钱哥没见。量你钱多也多不过渣打和花旗。知道不,银行里那个多的才叫钱。真有本事,你跟我练!

酒汉亮声张扬一句:哥没钱?笑话!哥没钱哥能打"飞的"在天上游玩?!

哇,大款哪!没看出来。一边的他故作惊讶,真有钱为啥不包趟专机?比如说"空军一号"什么的。专机上可以胡作非为,也免得大家分享臭烘烘的酒气。酒汉被气得龇牙咧嘴又想发作,手臂却被身边那位攥着,不由得转过脸去打量一眼,见对方的体格逊于自己便又想撒野。没想到对方一发力,痛得他嗷嗷地直吆喝。对方这才说,照你刚才的话推理,这坐得起飞机的就是款爷。你太抬爱哥了,你这是歪理邪说。哥的日子过得也就是个温饱型,不受饿,可挑拣着吃。我讨厌公众场合大声说话的人。别以为自己是领导,随便到哪儿都可以作报告。我练太极二十年,第一次想把你这活宝当沙袋捶。我这人眼里容不得沙子,有胆咱试试?三招之内,让你爬着迭声叫哥!

酒汉的脸比登机时还红,犹如一块酱紫的猪肝。但因摸不透对方的虚实,露出外强中干的容色。

这时,机长模样的人过来制止,大家才发现飞机已安全降落机场。于是纷纷站起来打算寻找自己的行李。机长喊一声大家先别动,耽搁大家点时间,请协助警察办案,机舱里倏地肃静,停止了骚动。

酒汉这才挣脱酒精的束缚回到现实:什么?就这事儿值得叫警察来?!他的惊讶一时三刻说不清楚。

天空案件 363

舱门开，上来俩警察亮出警官证，声明：我们是机场公安分局的民警，对破坏公共秩序、影响航空器安全的人员进行调查。然后对知识和酒汉说，对不起，请到机场派出所走一趟；也请其他乘客能去作个笔录，搞份旁证材料。乘客踊跃，就连空姐也说她愿意。

这人是老板还是大款，满嘴臭烘烘的穷得就剩了几个钱；是不是开着黑砖窑？要不又是个一夜暴富的煤老板！素质真低，还戴着副眼镜，是真近视还是假斯文。这样的人能富起来，这社会是不是哪儿有病？现在这样的人不在少数，要不怎么说造导弹的比不过卖茶蛋的；是该给那个书生当当证人，要不野蛮的尾巴会翘上天长成树。过道里说什么的都有，声音尽管姗姗来迟，总还是有老有少，有男有女。

这时，一年轻女子追上来问知识：先生，请问您在哪里供职？您是研究哪方面学问的？

另一中年女子接茬：别问别问，那是警察的事儿。我猜一定是个手无缚鸡之力的学者。闻言，知识回眸，一脸粲然，牙齿与嘴角殷红的血迹辉映，成当下最美的图画。

年轻女子略有愠色说：为什么不问？我是《驼城日报》记者，这样的新闻我能不写？

中年女子伸一伸舌头，不再争辩。

进了派出所，酒汉似乎完全清醒过来，尽管没有交流过年龄，一口一个大哥地叫他：行行好，递个话，罚俩钱行不？三万两万我出。别让我坐禁闭,家里一大堆事儿等着我处理。他雄赳赳权当没听见,心说,早知今日,何必当初。看来有理智时的人才会服软。大哥,求求你,完事我谢你!厚酬!厚酬知道不?酒汉在他耳边婆娘般絮叨,把厚酬二字说得非常响,还扬起手来比划一下钞票的厚度。

知识不屑地白他一眼,说,现在酒醒了,刚才疯啦?!

酒汉这才一脸的羞愧说,那个啥,那不酒多了么。

酒多就可以为非作歹呀?!

大哥,你看这个——是人他不都会出错么,我又不是神仙。

打住——知识一举手说,我怎么觉得飞机上的你和现在的你压根就两个人,一个粗俗,一个谦卑,能屈能伸的变色龙呀。也是,眼下你们这种人吃得开啊——

大哥,这个这个这会儿我不在落难么……

知识不再理他。酒汉仍一个劲地大哥大哥叫个不歇,直到警察正式与他们开始谈话。

一名小警察待弄清了是非,怀着敬意拿两餐巾纸来,让知识把嘴角的血迹擦擦干净。没想到他不领情地说,擦什么擦,擦完了我到哪儿寻证据?一位老警察走上前来给他倒了一杯茶,笑笑说,同志你别介意,实习娃初来乍到,也是一番好意么。他这才平静了说,我知道。于是他开始和老警察叙谈,竟至说出:我对你们警察的有些思维看不惯,有时我真想不明白,为什么你们不把百分之七十的精力放在防范,百分之三十的警力放在破案,这样案子自然少了,少了就不用搞人海战。你说你们那么多人就没俩仨人想这事儿?这道理多浅显。

老警察并不反感他,仍是笑吟吟地说:先生是学公共安全的吧?哪里,我学的是环境工程专业。我只是好想事儿,真要学公共安全,我就不会让你们没案子时歇着,有案子时倾巢而出,守株待兔似的。其实我对公安工作的理解就是百分之九十的精力放在日常防范。

说归说,做归做,二者很难一致。生活中许多事儿都是这个理。

当下,他便知道了酒汉是一家小煤矿的老板,打小就没上什么学;而且年龄整整小他十岁。

当即,酒汉被行政拘留。临走,戴着手铐的酒汉回眸,知识真还说不清他眼睛里流露出的是怨恨还是愧疚……

接下来的一段日子很麻烦。记者采访,媒体报道,知识名噪一时。最主要的是媒介的参与,报刊、广播、网络,红红火火。知识该受表彰,这自不必说;问题是那个酒汉,他的行为该不该判,该怎么判?引发了一场空前的大讨论。当然有法学专家和律师来凑热闹。有人议论这又不是什么惊天大案,说大不大,说小不小,说彻底,一丁点的事儿算不上案件。有人出来反驳,这还不算惊天?都上天了。为什么我们非得等到出事了才当回事儿!贪腐、安检、吏治,哪个不这样子?就连那位派出所的老警察在接受采访时说,能不能判,不好说。那是法官的事儿，警察只能把材料落实了。要说个人观点，我以为市场经济的准入，给一些人，应当说是一些有钱人造成一种错觉，那就是只要有钱，没有什么事不可以干。直接的结果就是无恶不作，这可能是"黑社会"形成的原因之一。老警察的谈话，让原以为警察都是些五大三粗的人刮目相看。也有一位律师在记者采访时谈到，这案子关键在用什么样的眼光看。从维护法律的角度说，预防影响航空器正常飞行的行为，拘留他些时日，没什么错，无可厚非；往小里说，真还就这么点事儿，主要是一种意识，日常养成的意识。不过那种没造成什么后果的观点，准确点讲是鬼话信不得，真要有了后果那还了得？蛮危险的么！

　　传媒喧嚷得一锅粥般黏糊。他却躲一边休闲，除了偶尔会想起关在看守所里的酒汉和酒汉今后的日子，他觉得媒介的喧哗与骚动与自己无关。经见了不少的掌声与鲜花，通俗的说法是见过大世面，便多了一些深沉与内敛，很少再有人能听到他纵横恣肆的言谈。偶尔也有人问他，单身还是已成家？这些直接影响了他《开发建设中环境污染与生态保护刍议》调研报告的出笼，烦哪。最主要的是他在派出所谈话时建议：安检时应包括酒精浓度的测试，多少为正常，多少为超标？过了自控能力缺失的程度就不应再让登机。厌酒者赞赏，好酒者谩骂，更多的人打个哈哈。当然有人大代表、政协委员说来年开"两会"，该建议可以作为一项提案讨论，然后规范立法。想想吧，届时航空环境会更有改观。

有意思的是，他和那个女记者还生了娃。当然这是两三年后的事嘛。什么？男娃还是女娃？管他男娃还是女娃，最主要的是他俩结婚啦！结婚是什么意思知道吧！他俩恋爱时是不是很浪漫很有趣？这都天上飞行中造就的天空姻缘了，还不够浪漫有趣？再说，两个人的事儿，谁知道呢？要想知根知底，随你自己想吧——

这还不算完，就是他的那篇《开发建设中环境污染与生态保护刍议》获奖啦，是他所在行业最高奖项——他得了个二等；只可惜，当时单位报给上边他的"见义勇为先进个人"没批，为什么？理由很简单：就那么挨了一拳，虽说在飞机上影响是大了点，庆幸的是又没造成什么后果。要在地面上，这样的事不很多么！人间烟火，哪能清清的一色。真的！信不信由你。

对这事，他是怎么想的？他没说。冷冰冰的脸色，任谁都看不出喜怒哀乐。都快赶上阿尔巴尼亚电影《第八个铜像》了，深沉的雕塑样子。不过，他心里火啊，在这段日子里，他想得最多的，是后来成为他妻子的那位女记者，还有飞机舷窗前观赏到的景色——

新世说三篇

惹祸的鼻屎

老孔人不错！全单位都这么说。

工作快三十年了，从没出过差错。怪的是由青年而老头，老孔始终是小干事一个。他嘴上不说，心里那个急却是真的。近六十岁的人了，眼看退休在即，如能熬个职衔，退休金就能占得比例高些。可惜不能天从人愿，空让他雪上加霜，华发皆白。

打听打听，参加工作那一天起，打水扫地，招谁惹谁了！就连刚参加工作的小青年都可以指手画脚，唯独他是不能的一个。为什么？他自认为不能那么做。他是那种树叶落下都怕砸破头的主儿。因此，全单位的人缘，老孔数第一。他几乎包揽了每年的先进个人奖，他的票数最多，领导们都说一年里老孔很辛苦。前些年那么多政治运动，他为啥没沾边，还不是谨于言慎于行换来的！空欠的几届，是因为政治运动没有评选，如果评选非老孔莫属，他是唯一的合适人选。

当然，这不是说老孔一点毛病都没。只不过那毛病也就是个毛病，小得不值一提，区区小事么，何足挂齿呢！可对老孔来说，什么也搭了进去——

来单位的头几年，由于他人勤勉，竟成了领导培养的重点。他心里那个沾沾自喜，岂是语言可以形容的！也许是他年轻气盛，那一段老觉得鼻子发痒，到医院一检查，得，鼻窦炎，他觉着晦气。其实这毛病也不是猛然间有的，他这人一直阳盛阴虚，上呼吸道感染是平常的，所以鼻屎忒多。这有鼻屎么就得处理，为此他的小指甲特意留了很长。

有一日单位开会，通讯员刚刚把局长茶杯的水盛满，得，"啪"的一声一丁点什物从天而降，落入茶杯，溅起点滴水粒。局长抬头望顶篷，怀疑有飞雀遗矢，并无鸟踪；再低头看茶杯，漂浮一点异物，分明鼻屎，否则何物？

"小孔！"

"唉——"那时候的小孔在前排立起。

领导虽铁青了脸色，不知为何终未发作，只是恶狠狠地喊声："坐下！"便去继续他的讲话。通讯员赶紧换了水杯换了茶。老孔却心惊肉跳的，七上八下。但下来后风平浪静，什么事也没。只是自此领导不再叫他谈心，自然他的提拔也随之泡汤。老孔深感前功尽弃，机遇流失，不由茶饭无心，抽烟喝酒很凶。从此后开会，同事们不愿再同老孔相邻，好像鼻窦炎变成了艾滋病，而且还传得很神：说什么老孔练就一副好手艺，百发百中。

隔几年，旧领导升迁，新领导大驾光临。老孔洗心革面，重新做人，不日便赢得了新领导的欢心垂青，不少事要办就喊老孔，直让办公室主任与同事小青年看着眼馋。谁知福无双至，祸不单行，又一次开会老孔把鼻屎弹上了新领导的脸盘。老孔落了和在前任领导面前一样的威信。至此，老孔后悔不迭，千百万次地诅咒该死的鼻屎，发誓不再弹，同时加强了看医生的频率，中药一个疗程一个疗程地看，只是病并不见有多少好转。老孔禁不住发自内心慨叹：命运把他的努力当儿戏把玩！那点官瘾也便黯淡。

可是眼前，是退休前的一搏，倘能如愿，晚年或可为自己三十余年平淡无奇的生活增添一点温馨，也可挣回一点脸面。他开动脑筋，终于和现任领导吞吞吐吐地谈了自己的意愿，领导很忙地含糊其词，即未推辞也未说同意。他请教不少人后得出结论：非得"研究（烟酒）"难以如愿。于是他花五百多元，提了名烟名酒到领导家登门造访，时值领导外出不在家。领导夫人正在打扫客厅。见他提了礼品，又是倒茶又是敬烟，令他拘束不安。他忽然想起"枕边风"的威力，刚欲开口，忽觉鼻痒难抑，于是伸出长指甲掏鼻孔，岂知鼻屎沾连，顺手一弹，恰好弹在领导夫人正在揩茶几的手背上，老孔心中迭声苦叫"完啦完啦"。

老孔的毛病该夫人早有所闻，只是没有亲身实践。今日领教，先是绯红了桃花面，而后才是愠怒，却未破脸。跑进卫生间先闻"哗哗"水声，后有干呕的喉咙响，出来了看到老孔

"嘿嘿"道歉的尴尬颜面，径自去擦挂在壁上的全家合影，顷刻间，她被自己的发现愤怒了，合影里她人中上刚好落了一点，看上去有点像当年留小胡髭的日本鬼子，可她是女人，这有些不伦不类，她受不了这般侮辱，转身变了脸道："你给我出去！"说着拉开了门。

老孔赶紧解释："我不是有意的。"

"胡说！谁不知你百发百中。你到这儿来欺负谁！"领导夫人抓了礼品狠狠塞入他怀中，并推他出门，大喊，"你滚！你滚！"接着"哐当"一声关了门。

他深感沮丧，抱了礼物正下楼梯，忽听"老孔"一声喊，他一走神脚一趔趄，怀中的礼物脱手滑落，两瓶五粮液化作液体四溢，两条红塔山泡作了汤稀。满楼道里酒香飘逸。回返的领导已经到了跟前，见状有气无力地嗫嚅，"你怎就不进去坐坐！"

老孔欲言又止，纯粹没了点滴勇气，摇头唉叹一声，扬长而去。

真假科长

这不过是则笑话。这里的"科长"是条狗的名字，并非谈哪位在职科长的品行政绩。

据说某县团单位一有些酸的昔日"老九"童正，眼睁睁看着能力平平、却善与领导交结的同龄人，一个个蹦上科级的官阶，自是有些眼馋，眼馋之余便生愤然，愤然之余又平添华发。回首自己二十余年的兢兢业业，竟然不如刚参加工作、仅凭须溜拍马就提了职务晋了级，工资都比他高了两级的小青年，便感于宦海沉浮、仕途坎坷，将自己家中豢养的爱犬易名"科长"，并不时在大庭广众面前呵斥，且美其名曰："我也管着科级。"

郁愤既泄，竟独自陶然。

此举让当时的单位领导得悉，满心里对童正生了鄙夷，以为其心胸狭窄，无甘居人下的大家气度。于是他就更难与提拔沾边，不过仍一如既往地工作，死了荣升的念头罢了。只是每日晚到小城街头遛犬，偶遇那些看不进眼的科级同事，就"科长科长"叫个不歇，听得那些科级一个个歪脸，三番五次地把风吹进领导耳朵。领导却只能咬牙切齿白瞪眼，因为童正的工作没得说，总不能无故给他穿小鞋。

也是物换星移，时来运转，旧领导调迁；新领导来了放的头三把"火"中之一把，就是把"老九"童正提拔到所在科当副科长。全单位上下哗然，说他得的结局是大团圆。

一日下午遛犬，被新领导遇见，蹲身摸摸"科长"，看似有意无意地笑说："老童，我原来真不知有这么回事，雅兴雅兴哪！说句笑话，现在你们家谁领导谁呀?!"那神色分明既是惊讶又是不怀好意。

"老九"童正红了脸面，扶扶八百度厚如瓶底样的眼镜，明明看见领导的脸上写着狡黠和揶揄，也只能"嘿嘿"干笑无

新世说三篇 373

言。第二天,他就将爱犬改名"赛虎",送给了乡下的亲戚,认认真真地当起了他的副科长。同事们相聚时节,提起了颇感哑然。

老童却是一本正经,仿佛那是人生里一件回首时才发现、歪歪扭扭带稚气的足迹,属难言之隐。你说是也不是?

变色籍贯

一地区单位王君,年逾而立有六,被单位确定为第三梯队(单位领导的接班人),心情自是欢娱。只是这得经省里上级主管部门审批同意方可成立。于是他费神斟酌:如何才能使省里不成问题?

经多方请教获悉,省里主管考察审批的杨处长是邻省某地人氏,特别照顾原籍。他辗转反侧,熬心虑神,终于觅得一个好主意:把籍贯改得和杨处长成了同乡。果然,很短的时间,他的愿望实现,那才叫春风得意。

转眼几年过去,王君吉星高照,荣任该单位的一把手,当了局长兼党委书记,整个领导班子也进行了大调整,全是新面孔。这日,王君作了他上任以来的首次长篇演说,讲话讲得口干舌燥滴水未进。会完后刚沏好一杯茶,通讯员报告省上来客。王君纳闷:省上来人他该事先打个招呼,怎就不声不响搞突然袭击?!莫非专来挑刺?不管如何,不要怠慢了。他让通讯员叫所有的副职都赶快聚集到单位门口,欢迎来者。

来客是一位老者，鬓发均已花白了，文绉绉外省口音，工作人样子。一辆白色桑塔纳停在跟前，牌照是省城的。握手，问候，宾主进入接待室。来者谁也不识。没法，王君只好启齿。老者的司机方才介绍说："这是咱省厅的杨处长。"尾音拉得长长的。杨处长多少显得有些尴尬，但那双炯炯有神的眼睛紧紧盯着王君，一副气愤之色。王君的脸色便由白转红，又由红转青，接待老处长的热情骤增。

老处长沉稳地说："小王，我想跟你单独谈谈。"

闻得话音，其他领导都各自散了。只留王君、老处长和他的司机。于是王君知道了杨处长是离退回乡，路过想看看乡党。不承想，王领导的心中早忘了这位同乡。王君一脸苦涩样，道歉连声。杨处长疑惑地问：

"小王，怎么听来你不是咱那面口音？"

王君本想说他离开故土时间太长，乡音已改。岂知多嘴的通讯员进来，并不知王杨二人间的前缘，竟朗声说："我们王局长是邻县人，离这儿也就百八十公里的距离。"

"什么？！"杨处长吃了一惊，一双充满疑窦的大眼睛逼视着眼前这位已经垂头丧气的年轻人，恶狠狠地"哼"了一声。

王局长尽管脸已关云长般发红，仍不忘礼仪之邦的好客遗风，一意挽留老首长用餐，玩几天。杨局长喊声："我吃不下！""啪哒"车门一关走人……

闯了祸的通讯员雪白了颜面直哭。

王局长气得半死，脸色青一块紫一块，浑身得了羊角风般抽搐。他感到自己被剥光了衣服，像荒漠上唯一一棵突兀的老树，在秋风萧瑟中孤独着。

迷　局

樊仕仁忧心忡忡地踏进了主管经委系统的胡而若副专员的办公室，没想到胡专员正在和经委冯主任下棋。

"胡专员——"樊仕仁不自觉地伸手插进装着东西的兜里。

胡专员似乎早知他的来意，笑眯眯摆摆手示意请坐。他尴尬地坐下来看他俩下棋。战局刚开，他根本没心思看下去。思想起半年来的种种委屈，真想掀了棋盘让他俩下屁。可勇气又在哪里？谁叫人家一个是专员一个是正县团级，自己经理还是个助理。耐住耐不住性子并不由你。

"将！"冯主任一声断喝，噎得胡专员一言不发直捋胡须。眼看着马后炮外带踩车，足足五分钟胡专员都在考虑，豁然间发现自己和车一杆的炮，立刻填了进去。嘿嘿，冯主任反而僵了局，因为他的炮后是老将，离将离不得，踩车踩不起，打炮还要丢马。真正晦气！胡专员却乐哈哈叫声："臭棋篓子，走啊！"轻易多吃一子。

樊仕仁看得有些发迷，这马后炮本是一着好棋，谁料马前填进炮反倒遭了殃。干这事没兴趣恐怕车也会喂到马蹄下去。

唉，我此行要能达到目的，也就会多来几局。也不知当初怎的，稀里糊涂地当了助理，熟人见了翘起拇指直夸自己能干，自己也满以为是这么回事便春风得意，不成想业务倒没难住自己，偏偏是节外生枝让你哭笑不得。可你说起来又有谁相信当真？你岂敢告诉别人，就这么点小事难住了你？你算什么稀松助理？普通人做得也会有条有理。谁相信——那事儿一口气说出来憋死你。你不会缓缓道来，慢慢闲叙，犹如工作之余吸烟品茗，聊天促膝，不要紧张，不要着急，如此这般别人非但不会说你毛手毛脚，反倒会赞誉你沉着老练。问题是临阵乱了阵脚掉进迷宫，简直辨不出东西南北。

这几年经济开放，本公司经营的土特产几乎和全国三十余个省市都有了联系，连回来探亲的台胞也多少带点出去。还有那些老外也来参观旅游，洽谈生意。商贸公司可是连年赢利。能在本公司工作实属热门，何况经理助理，实在是炙手可热的肥缺。而他犹豫再三，不得不下此决心。那事儿实在说不出口。

"小伙子——"胡专员停下手头的残局，望着他神不守舍的样子，打断他的思绪道，"有什么事吗？"

"胡专员，我——我——"他不由地站起来，毕恭毕敬却说不出个所以然。

胡专员雍容大度地扬扬手："别着急，坐下说。"

他拘谨地坐下来嗫嚅："我，我想辞职！"

"什么?！你不是说梦话吧，商贸公司的经理助理可不是人人都能争到的。"胡专员看冯主任掸去烟灰径自抽烟。

樊仕仁的神情看上去既痛苦又坚决。

"那好,你先告诉我为什么!"

樊仕仁反而犯了难,如实讲吧谁知道会触犯了哪条戒律,谁都知道全区部局委办乃至县里的人事安排都要上专员办公会,无论哪个领导的配备都有方方面面的考虑。也罢,就学别人的开会,开口闭口损自己,当然这可不是谦虚:"我人年轻,见识短,阅历浅,能力有限。辜负了领导器重,事情办得一塌糊涂……"

"行了行了,小伙子,别自己给自己扣屎盆子好不好!不是因为你出类拔萃我们也不会提你。别以为靠张文凭就顶事,文凭算什么东西。"

"真的,经过这半年多时间,我已深深感到力不从心,难以胜任,请领导……"

"不对吧,小伙子,我看你是另有原因。和哪位领导闹意见了吧?"

樊仕仁摇头。

"那么是有人议论你什么了?"

又是摇头。

"这么说是你另有高就,想更上一层楼?"

还是摇头。

胡专员看他左一个摇头右一个摇头也犯了糊,便捋着胡须看冯主任的烟头。良久,他用指头点着他的鼻子道:

"我如果没有猜错的话,是因为领导名姓有别老犯糊涂。"

他犹豫片刻,迟疑地摇头。

"哈哈哈"胡专员冯主任对视一下,相对开怀大笑,直笑得前仰后合。冯主任竟笑出泪珠,笑得他丈二和尚莫名其妙。

"小伙子,领导班子的配备,我们有我们的考虑,如同下一盘棋,首先要考虑布局。这不,有关部门又在举荐两位同志到你们单位任职,一位姓常一位姓段。你放心,我们会考虑一个权宜之计,合理的通融的人人满意的各方面都能接受的应变措施。这是我们的问题。你还是回去好好搞工作,我们会替你想办法,怎么样?年轻人这辞职报告我就不用看了吧!"

"你仔细想想,别因这么点小事影响了一辈子。"冯主任插进来附和。

久久地沉默。胡冯二人又开始下棋了。

十几天前的一幕又从他眼前走过:早就说省上的领导要来。这天樊仕仁带了车到机场去接。待到回了单位他和省上的同志俨然老相识了,下了车来到公司院内,便将排列有序站在老槐树下的公司领导逐一向省上同志介绍:

"这是我们的贾书记。"省上的领导抬起了手;"这是我们的甄书记。"省上领导的手悬在空里;"这是我们的傅经理。"省上领导的手向前伸了一点;"这是我们的郑经理。"省上领导的手终于捏住了郑经理的手,跟着的女秘书忍俊不禁出了声。樊仕仁这才发现自己堕入了早已设置好的迷宫,那是某位领导心血来潮的大手笔,精彩设置,此时此刻他才幡然明白,但他又不得不机械地继续介绍下去,力图挽回已经造成的损失,"这是我们的黑书记,这是白书记,这是高经理,这是邸经理。"省上的领导怔怔地注视着他机械的双唇和发窘的脸。他却仿佛没有感觉,"这是傅正经理,这是郑副经理;贾书记是正的,甄书记是假的,噢,副的——"他自个被自个弄糊涂了。

"别说了!"省上的领导早已背操双手不耐烦了,"小伙子,你这是摆迷魂阵啊?!"

"我……"他憋得面红耳赤说不出话来。

倒好,这时赶来的胡专员嘻嘻哈哈几句为他解了围。省上的领导被招呼进客房休息。大半天他站在院里,他感到前功尽弃没脸再见上级。

院里槐树上的秋蝉鸣叫得有滋有味,蛮有节律,好像在嘲笑他呢;炽热的烈日喷吐着炙人的火焰,他感到口干舌燥。

又一次接待两位懂点汉语的老外。同样一经介绍俩外国佬竟面面相觑,好一会儿目瞪口呆像一对白痴;临了还直夸汉语博大精深,他俩还将好好学习……

平时请示问题,烦你的是这称谓,加姓么好像彼此间有距离;不加么你一出声,几颗头同时转过来,你叫谁?你回家唉声叹气,妻子抱怨这活是泔水桶,只有囊肿才甘心般配……

这简直让他怀疑自己的智商是否属于高等级的一类,所以他有了辞职的念头。可两位领导的一席话说得他游移。你能说你想辞职,是因为正书记姓贾,副书记姓甄;傅经理是正的,

迷 局　381

郑经理是副的；黑书记人白，白书记人黑；高经理个矮，邸经理身高，这理儿人前拿不出去。唉……樊仕仁想，立刻走吧脸上下不来，还是换换气氛再说。其实，真要就这么辞了真有些可惜，你想职务不说明你的成绩、能力和高出于普通人的地位?！理自然是端的，只是这换气氛的话从何说起。什么话既不痛不痒又能博得两位领导欢心，当然共识比较好听……不等他话出口，胡专员和蔼亲切地问：

"小伙子，再没事了吧?"

下逐客令了。他忽然发觉自己刚才想换换气氛的想法太稚气，以至落得现在这么狼狈。罢罢罢，怪只能怪自己。他立起想笑却笑不出，点点头逃出来，吸口院子里的新鲜空气，隐约嗅出了谜底。

胡专员"将军"地叫了一声，他却感到自己心里的弦绷得好紧！

长 城 故 事

一

上班铃一响，收发室的老张腋下挟着一沓报纸杂志走了进来。办公室的话声戛然而止。我接过老张递来的报刊，抽出夹在中间的《中华画报》，同事们各自得了喜欢。办公室里只剩了翻动报刊的窸窣声。突然，一行醒目的标题映入我的眼帘：

世界上第一个徒步走完长城的人！

廖凌空！编者按中跳出三个熟悉的字眼。漂亮有力的名字！他曾在我的笔记本上留言；我们曾在一起合影，说来好气，如果不是没上胶卷，这点纪念就不会落空。我在惊喜之余，一跃而起："耿部长，廖凌空！徒步长城的廖凌空！"

"谁？哪个廖凌空！"耿部长闻言先是一愣，反应有些迟钝，一待明白过来，便又迫不及待地敏捷，一把抢过画报，忘了平日持有的庄重。不等他看完画报上的内容，脸色青一阵白一阵，最后洇成了红关公。副部长老兰好像看透了什么，两片茶色的石头镜片后闪出两点诡秘、讥讽却又炽热的光焰。围上前来的同事，看仔细了画报上的标题与照片，都面面相觑，刚才侃侃而谈的话题：文凭与水平，机遇与才能，择偶与标准，豁然间寡淡无味，荡涤一空，各自回到各自的办公桌前，什么也不做，静静的，没有一点声息。这在宣传部可谓史无前例。

这时，我才意识到自己的冒失，我干吗不动动脑筋便发声喊？去年那段往事，对县委宣传部的每一个人来说，都不是光彩的一页！县委大院、县城里所有的知情者、耿部长、老兰，还有韩启、方松两个当时竭力怂恿者，包括我、老孟、刘丽，谁能算局外人？谁的内心是一潭波澜不兴的如镜平湖？我敢肯定，没一个人！

二

去年初春的一天，我毕业分配到县委宣传部仅仅半年。天老爷刚下了一场薄雪，视力所及白茫茫一片辽阔宁远。天虽不是很冷，劲风总往脖颈或袖筒里钻，平添些许寒气。城西的长城垛活像飞舞的银蛇，奔驰的蜡象，素裹银装，令人思想起毛泽东那首《沁园春·雪》的磅礴气势。我已经不是第一次慨叹家乡的美丽。我总在做文学家的梦，想把家乡美丽的图画，呈献给每一个闻西北便心生荒凉的外地人，让他看看长城的雄姿，看看长城脚下生长的西北人，看看西北黄土丘陵的绵延，看看哺育了千百万代西北人的壮丽河山。可恨我的笔触笨拙，写两句便浅搁一边。不过话说回来，气候比起南方是冷了点，特别是春冬两季，满目萧瑟，少见绿意，西伯利亚的冷空气总是往里蹿。这不雪才停，天还没有放晴，漫天起了一阵西北风，所有的一切朦朦胧胧，雪片如云似絮，飞来飘去。虽是早春天气，从家里到县委，满共数百米距离，不缩脖子眯眼帘，保叫你僵在路边。到了办公室照镜子，二十出头的小伙子，也是两鬓落霜，白鹤上头，眉毛胡子皆雪，实实在在的圣诞老人——根本不需妆扮。进得门哆嗦中搓着双手到嘴边哈气，先来的同事乐乎，总会笑得肚皮打战。

刚准备到火炉前取暖，耿部长对我说："小郑，给教育局挂个电话，看曹局长来了没？"不等我拿起电话，他又说，"昨晚，我到县一中教务主任老王家搓麻将，老王对我说，有个从嘉峪关出发徒步长城的人，到了咱们这儿。说是银川的一位老同学写信推荐的。他打算请这人给全校师生讲讲为什么要徒步长城。问我能不能以宣传部的名义组织一下，让城里三个中学的孩子们都听听。爱国主义教育么！我看先和教育局通通气再说。"耿部长说着点了一支烟。

我抓起电话摇了半天，总机上没人，谁知是上厕所了还是到哪儿谝闲。"总机没人！"我恼火地扔下了话筒。

耿部长不满地盯了我一眼，披了大衣出门。我赶紧跟上："耿部长，我去！"

"你知道我们谈什么？"他头也没回。

我悻悻地回来，心想真没好气，不识抬举！一抬头看见老兰那谦和的笑脸，赶忙避开坐下来翻阅"宣传动态"、"宣传简报"、"宣传信息"。

不到一支烟工夫耿部长回来，气冲冲地伸手到铁炉前烤火，我和其他同事笑得出声，耿部长才发觉炉里的柴炭放好还没点着。他没管这些，仍愤愤地说："韩启，拟一份海报，关键就徒步长城这种精神，进行爱国主义教育方面多写几句。贴出去。时间定在下午一点。估计得三四个钟头。"接着又转过身来，"方松通知城里的三个中学，下午全体师生到剧院听报告。小郑到招待所定个好点的房间，买几盒烟，买点瓜子、苹果。讲完了吃顿饭，全算在宣传费里。你算算总共得多少，到财会上预支点钱，完了再结。记住，别忘了发票。"他狠狠地吸了口烟，然后擦根火柴将炉火点着，好像自言自语，"我就不信离了教育局，就会塌了天。"

三

由于时间关系，会场没来得及布置。只是事先给剧院打了声招呼。完了按时间算，又得几十元。哪儿都得用钱！

遵照耿部长的安排，吃过饭我和韩启、方松提了录音机来到剧院。直到插好了电源，学校的人才嘈嘈杂杂地进来坐下。一点整，耿部长和县一中的教务主任老王陪着一位四十来岁，身材矮小，留背头，穿牛仔裤、藏蓝色鸭绒上衣的人走了进来。立刻全场起立，接着是经久不息的掌声在礼堂里轰鸣。

那人很激动，肤色黧黑粗糙，眼中好像闪着泪光，走上台后，双手合十，并在胯部，毕恭毕敬地向台下鞠了三个躬，气质上流露出书生气的迂腐。台下又是一阵骚动，如雷贯耳的掌声我全录进了磁带，这是气氛。那不，台下的教师和孩子们都拿出笔记本，望着台上满脸地仰慕。耿部长走到麦克风前，在讲台上摊开一张纸（大概是老王提供的简介吧），向下摆摆手，立刻整个会场静悄悄："老师们！同学们！今天，县委宣传部组织大家到这里来，是让大家拜识一位英雄。他是我们中华民族的优秀儿女，他是我们炎黄子孙的杰出代表，他是我们民族自强不息的精神。一九八四年五月，他从长城的最西端嘉峪关出发，辞别了父母妻儿，徒步踏上了旅程。经过八九个月艰苦的长途跋涉，走到了我们这里。他是谁？他为什么要徒步长城？他经历了怎样的思想斗争？他用什么样的毅力克服了旅途中的艰难险阻？他的爱国主义精神怎样形成？这些问题，我们就请徒步长城的英雄来告诉你们——"

"哗——"耿部长那激越颇富鼓动性的开场白，引发了又一次经久不息的掌声。

那人，确切地说那个被称之为英雄的人走到讲台前来，又是毕恭毕敬的一躬。然后坐下来半天不出声。我怀疑，他这样，我拿的五盒磁带够不够用？突然，他转过身来，神色有些异样，哆嗦着手指冲老王道："有烟吗？"糟糕！我竟忘了把烟放在讲桌上，我快步走到他跟前，只听他又说："我很激动，我恐怕——"不待他说完,我划着了火柴,他赶快吸着。我给他倒了杯茶放在一边。他却对着台下一口接一口地吸烟,直到烟只有半截了,才对麦克风说:"我叫廖凌空。"然后又从桌上的烟盒里抽出一支,和前半截往一块接。又是两分钟,他才结结巴巴地说:"我是新疆铁路局老干部协会的干部,今年三十八岁。"他哆嗦着,似乎牙齿和牙齿打着战,"十几年前——"台下的师生们没有丝毫的怀疑,"唰唰唰"地在本子上速记。

台上,我们宣传部的全体人员和各学校的负责同志也都专心致志地倾听。突然,我的耳边响起了耿部长窃窃的声音:"怎么回事?你不是说他不会抽烟?!"

"大概是过于紧张吧!"老王拿不准地说。我瞟过眼去,发现耿部长和老王正在交头接耳。

"你们是怎么认识的?"

"我银川的一位同学写信介绍的呀!昨晚我不是告诉你了?信是他带来的啊。"老王指指廖凌空的背脊,显得有些不可思议。

"保险吗?"耿部长掐断了手中的一支烟,似乎为自己当初没有审查、贸然邀请姓廖的作报告懊悔。

"同学绝对保险!"

"我问的是他!"

"这——"老王的脸色一阵突变。

这时韩启来到耿部长跟前,附耳低语:"我不知怎么有种感觉,这人有些掩饰。"

耿部长默默地没有吱声。韩启知趣地坐回了原处。

方松马上靠前，低低地说："是否马上向公安局报案，给新疆铁路局挂个电话？"

耿部长狠狠地瞪了他一眼。他才悻悻地退到一边。

"老耿啊，"这时副部长老兰探过身来，语重心长地低语道，"如果是真的，这影响可就——"他没有把话说完，他发现耿部长刚毅的脸颊抽筋一般。

"我叫他甭讲了！"老王有些迷乱，额上渗出些许热汗。不等他站起来，胳膊肘被耿部长紧紧地攥压在盖着毛毯的桌子上。

贼怪方松，不知什么时候又把自己的脑袋夹在耿、兰二部长的肩胛中间提议："我看咱们晚上在部里开个座谈会，摸出了底细再作打算。"

耿部长的脸颊又是一搐，这才压抑着声音道："是真是假？先稳住！人前人后谁也不要嘀咕！这对我对大家都没有好处。"

老兰和方松回到了各自的座位上，正襟危坐。刘丽和老孟不约而同，打量着耿部长凝重的面部。

台下的师生们还在一心一意地记录。

廖凌空那只夹烟的手指，始终没有停止哆嗦。

四

说实话，演讲也够逊色。正讲着他如何给妻子做思想工

长城故事　389

作,使她支持自己寻求一种精神寄托,为国争光,却又拉出他小时候如何喜欢读书。由于先入为主,抱了点偏见,我倒也没有苛刻。你让一个骗子讲述他压根没做过的事儿,还要天衣无缝,绘声绘色,非天才莫属。不过我始终没有把机子关掉,哪怕拉里拉杂,一塌糊涂,耿部长没吭声,我就得按事先安排,好好地录。要不到头,人家徒步长城是真,失去一笔珍贵的资料事小,一顿好训你就有义不容辞的承担责任。当然,就我个人的得失而言,如若从公事的角度说,即使徒步长城是假的,磁带留下来也是一部挺好的反面教材,大不过一洗了之喽。噢,不过这都是后话,眼前,廖凌空的手还在哆嗦,颇像输液反应了的病人,筛个不住。用前言不搭后语、语无伦次给他的演讲下鉴定,保准,没错!

不过听了半天,多少我还是听出了些眉目,什么单位领导的劝阻、家庭的风波;什么长城专家罗哲文因为终生矢志不渝徒步长城,终竟未能如愿后慨叹:"今后是否有人能全部走完,留待于来者";法国作家朗兹曼最大的梦想,就是从长城的这一端走到那一端;美国人史葛达七十多岁的高龄,还两百多次申请走完长城;什么他打算写部《长城漫记》,记叙沿路的风土人情;什么长城的意义在于象征,它是中华民族的图腾,是中华民族苦难的记载,是中华民族智慧的结晶。他在寻求一种精神,一种长城的精神,他要在外国人之前成为第一个徒步走完长城的中国人。路途中风雨险阻,使他几曾殁命,又几曾鼓足信心。那几百里旷野不见生灵,那几千米海拔的陡壁何其吓人。驳驳杂杂,倒还有些意韵。我上前给他添了几次水,总见他满脸是汗。早春的礼堂还有些冷,即使夏天也阴,而他却像坐在蒸笼,不时地拿了手绢抹脸。满满的一盒"牡丹"烟,也就剩了几支。别人要怀疑他,不是没有根据。而他讲了只有一个多小时。没辙,只好散会。耿部长他们大概巴不得早点结束才对。

但面子上耿部长握着他的手说:"你讲得真好!别说孩子们,就连我们也受益匪浅。"

"我讲得不好。我事前没有一点准备。尤其像今天这么多人,我还是头一回。再说,平时我又不善言辞,所以,今天没头没脑地乱说了一气。"廖凌空谦卑地说。

"哪里,你不必谦虚。同志们听了都觉得很满意!"耿部长说完意味深长地望了望身边的几位下属。老兰、老孟、方松、刘丽都赶紧应称:"是啊!是啊!"一中的老王黑丧着脸立在一边,没有出声,他仿佛受了刺激。韩启一双探究的眼光在廖凌空的身上游来荡去,好像缺乏笑腺的人,没有丝毫喜悦。

"小郑,你陪廖同志先到招待所去休息。吃晚饭时节你和他一块去。不是包了四个人的饭吗?老王也去,老孟还有你。晚上七点在县委的小会议室座谈,多请几个教师和学生代表。现在我还有个会,廖同志,失陪!"耿部长笑眯眯地一面对我吩咐,一面向廖凌空道歉。

这时台下那些没走的老师、学生拿出本子围上来,请廖凌空签字,我这才脱得身来立在一边。心里思忖,与其说师生们

长城故事　391

对廖凌空那么崇拜,倒不如说是对我们宣传部的信任!但是他们何曾想到,这个人在我们宣传部的心目中已经留下了重大嫌疑,一个诈骗犯的嫌疑。一旦辨出真伪,三个中学的数千名师生都将承受蒙蔽。宣传部也将难洗冤屈——

耿部长来到我跟前嘱咐:"看住了,别叫生出麻烦。明天他要走让他去。明白吗?"

我稀里糊涂地点点头,心里说,我明白什么!

五

廖凌空在一本接着一本地签字,溢于言表的激动,已经使他沉溺在酣醉的氛围里。围着他的孩子们争先恐后地把本子递上去。

但是他哪里知道,我们宣传部的全体同仁,自觉地围成一个圈,举行一次临时紧急会议,有县一中的老王列席。

老兰说:"方松,你马上去和公安局联系,查查新疆铁路局老干部协会到底有没有这么个人!老王,你知道他的家庭住址吗?不知道!哼,要不是平时对你的了解,你是免不了和他同伙的嫌疑。韩启,你马上给银川老王的同学挂个长途,问问姓廖的在银川究竟干了些什么。老王,你把那封信交给韩启,你们一块去。小郑,你可得时刻留心,对他当然要热情,不能打草惊蛇,不要露出破绽,让他起疑,一旦有了蛛丝马迹,立刻汇报部里。盯紧了,别让他跑了。老孟和刘丽,下午处理办公室的日常事务。都听清楚了?"老兰在不到两分钟的时间里布下了天罗地网,展示了自己的雄韬大略,倒真有点军事家的魄力。如果廖凌空真是诈骗的货色,料他业已插翅难飞。直到这时老兰才正视着尚未离去的耿部长,"老耿,你看我布置得是否得当呢?!"他的神情定得很平,平静地看不出是嘲弄还是揶揄。

耿部长的面色不知什么时候成了红公鸡,用一种含着郁愤的语气道:"老兰,你应该明白,你这样做的结果会是什么!影响不仅会损害我一个,将是整个宣传部的声誉。再说姓廖的真走长城,人家的自尊心你顾不顾及?我告诉你,这事不能张扬出去,姓廖的明天要上路让他去。我们这儿就算没发生这么回事儿。知道吗?出了问题由我负责,谁让我是正部长呢!"耿部长的话里有种软硬兼施的东西。

可是,老兰听了正部长一说,尽管心里悻悻的,面子上却根本不为耿部长的权威所动,而是讪笑中潜伏杀机:"老耿啊,这你未免就有些神经过敏么。这事我们得对人民负责,不查个水落石出,他还会沿着长城一路骗下去,还不知要坑害多少人呢。我们便宜了他对得起谁!照你那么做,我们的党性原则又能体现在哪里!再说如果我们摸清了底细逮住了姓廖的,不仅不会是受骗者的形象,而且还将为宣传部赢得荣誉。"老兰说得堂而皇之,无懈可击。现在的事—党性—原则就成了问题,但我们所有在场的人心里都清楚,太清楚,老兰的真正目的并不在于党性原则这一实质性的东西。

长城故事 393

耿部长噎得半天出不来气儿，最终只狠狠地环视了在场的大家一眼，愤愤离去。大家也神态各异，没声没息。

我早就听老孟说过，耿部长与老兰之间那层关系。他告诫我，凡事都得不偏不倚，否则就会两块石头中间夹肉——两头受气。我倒没怎么在意，只不过把他俩的关系了解得更详细了一些。那还是机构改革刚开始，老部长退居二线，老部长提议由老兰来接他的班，因为老兰拥护三中全会以来党的一切路线、方针、政策，业务熟，具有领导和组织才能等优点。但是组织上不知怎么搞的，不知从哪儿弄了个姓耿的来（后来才知是从外地调回来的，副县级呢），致老兰转"正"的痴想落空。由此二人间生了龃龉。老兰平日的谦和完全是装出来的，有今天这样的机遇他不会放过。

我实在有些为难。但我在半年多的时间里，对他俩布置的任务是谁说得对听谁。尽管我对"在政界混，你学不会做奴才就别想官运亨通"的规劝抱着十二万分的鄙夷，我对他俩总还是处处笑脸。我相信自己的判断能力。要不十几年的书是白念哩。不过这么长时间，我还是第一次见他俩的矛盾激化到今日这样剑拔弩张的地步。而且今天的事判断起来也不那么容易。

我毕竟是我自己！

"兰副部长，"用"副"字称呼领导的下属不是有意扎眼，便是不谙世事的牛犊子儿。我是后者。我又不打算提拔，晋级；组织问题，学校时候解决了，"你和耿部长的意见分歧这么大，让我们听谁？"我挺有点洒脱地问。我心里挺清楚，老兰的观点不是不对，就是那副盛气凌人的神情我看不惯。既然组织上让你任副职，那就是说你比耿部长少一截。这就增加了我对耿部长的同情，至少体谅他的苦衷。无论哪个单位新来的领导都得明白，不是先放三把火烧烧，烧出你的魄力与名气，你就得保持半年甚至更长时间的沉默，来站稳你的政局，否则你就得倒个地方去碰运气。

老兰听我这么一叫，气焰多少受了点打击，得意之色变成了阴郁，紧抿着嘴唇敌意地盯着我。

老孟在一边不满地望了望我，摇头独自离开了这里。

韩启来到跟前，拍拍我的肩胛道："这得看谁说服了谁！你没有这点鉴别能力？走！按兰部长说的去做。"

我狠狠地甩开他的手，向孩子们围着的廖凌空走去。

六

当我和廖凌空走进会议室时，应来的人中，除了县一中的老王都已到齐。耿部长马上热情地从沙发上站起来，握住廖凌空的手，"你看，一路上辛苦，在我们这儿歇歇脚，还不能让你早点休息，真有些过意不去。方松，赠礼！"

方松走上前来，双手向廖凌空呈上一双旅游鞋、一对皮手套。廖凌空显得很为难，推搡不要。耿部长爽爽朗朗地说："廖同志，我们知道，礼物重了你不会收，带着也不方便，所以仅就你徒步长城实用的东西相赠，略尽我们的绵薄之意，祝你一路顺利啊！请笑纳！"

廖凌空很激动，嘴唇嚅动了半天，也没能吐出一个字来，仅只握着耿部长的手战栗。

"好！座谈咱们现在开始。我希望大家问题提得简短一些，廖凌空同志多日来一路辛苦，明天又要启程东去，今儿又劳累了很久。大家可要体谅。好，谁先提吧！"耿部长给廖凌空递了一支烟，点着。

静默，五分钟的静默。

"随便一点，座谈么，又不是什么正式会议。"耿部长补充道。

"是啊，大家不要过于——"老兰的配角当得是比较合适的。这半年多的时间里，我发现他的话都爱说半句，既像吞吞吐吐，又像意味深长，但意思是明了的。

"廖叔叔，你有儿子吗？"提问的是个只有十三四岁的小不点，脖颈上系着红领巾呢。

"有哇！他和你一般大，刚上初一。"廖凌空挺感动地说，仿佛跌进迷蒙的云雾里。

"我也初中一年级。你能告诉我你们家的地址吗？我想和他通信，告诉他不要想你，因为有你这样的爸爸是值得骄傲的。"

"呵，对！我们打算给您的家眷寄点慰问品和慰问信，可是地址怎么写？"方松顺理成章挺自然地插了一句。

小不点的童音是甜甜的，但在廖凌空听来却是揪心的。他立起来走到小不点跟前，掏出一支活芯铅笔，哆嗦着手指在红领巾的本子上留了地址，然后把铅笔放进小不点的手里，动情地说："小弟弟，送给你！"他的声音打着战，丝毫也没有稀释屋子里凝重的空气。耿部长的赠礼、红领巾提问后廖凌空的举止神态，打消了我的一切怀疑。我当然不知道赠礼是方松给耿部长出的主意，目的在于让廖凌空在晚上的座谈中放松戒备，以便——就连红领巾提的问题，也是他方松事先授意，为的是获得进一步查实的依据。噢，卑鄙！我第一次感到对这个工于心计的同龄人看不起。或许聪明人的智慧都运用在正事上，就不会有人世间的恩恩怨怨。

"廖先生，你觉得在我们中国目前面临的最大问题是什么？"一位中学女教师提了一个古老的却是悬而未决的问题。

廖凌空沉思片刻，从衣兜里掏出一个小本子不停地翻着。大概是只有二三十人的缘故罢，他一改中午结巴和哆嗦的窘态："这个问题我曾不止一次想过，而且做了点笔记。从物质上看是改革，从精神上看就是改造国民的劣根性了……"

那位女老师一时凝想，一时笔录。

"廖同志，想必你一路照了不少照片，能否让我们也开开眼界？"方松问道，一副诚恳讨教的样子。可谁知道，他要验证的是廖凌空徒步长城的真实性呢。

"照是照了不少，洗出来的却太少。真抱歉！"廖凌空丝毫没有察觉方松的本意。

"廖同志，你对当前的不正之风是如何看待的？为什么很多年轻人对传统的东西鄙夷,乃至声称要开除它们的地球籍?"另一位男老师问。

"哎呀,真对不起!大家可能以为我很了不起,其实很惭愧。我对国家大事考虑得并不多,我仅就个人感兴趣的才去想它……"

"廖同志,"韩启的声音提醒了那些怀疑者的警觉,"你能不能就你走过的县名点一点。我没别的意思,只是想看看你的记忆力。"

老师中有人被这种野蛮的提问方式所激怒,怒目逼视韩启,人群中也产生了窃窃私语。我的内心翻腾着对被羞辱、对恶意的抗议。廖凌空的脸上掠过一阵痛苦的痉挛,内心里一定像油锅般滚翻,他已经领略了"考题"的释意,他已经看清了人与人的差异!他搞不清为何结巴、怯场给他带来这样的结局?能说会道者就没有骗局?这算哪家的逻辑?!我是多么期待他的爆发啊,我希望他用一个普通人的暴怒,用市井俚语向这永恒的邪恶宣战!进行早该有的洗劫,历史的洗劫!

整个会议室里的目光注视着这被损害的尊严。可是他在短暂的抽搐之后,向耿部长投去了审视的一眼,而后把怨恨融进眼前的炉火中,像局外人一般平和,不软不硬地说:"你找张中国地图,沿长城一线查查,恐怕记得比我还细。"

韩启讨了个没趣,但对自己的失言并无反悔,一副尴尬的讪笑,左脸呆板,右脸滑稽。

"廖先生,我们打算下去组织学生讨论,你能否就——"

又一个老师抛开值得轻蔑的阴云,把话题导入正题。

老兰双目合十,默默无语。

座谈会就这样一问一答,善意的和恶意的问题交织着,更迭着,进行着。我的心堕入五里云雾中,望着窗外那凝滞压抑的夜色,忽然想起晚餐桌上只有我和廖凌空的冷清场面。老孟和老王一个也没见露脸。在他们的心目中,廖凌空确已如同瘟疫,沾着就中邪?

十一点了,座谈会才完。我又根据老兰的嘱咐陪廖凌空回到招待所,把炉子加旺,等家烧暖了,才和他一起安歇。睡觉前他趴在写字台上凝神痴想写了很长时间,可能是记日记。他记了些什么?莫不是今天同事们的举止行为?还是北国风雪?宣传部每一个同事的所作所为,都会被写进《长城漫记》,真要如此,同事们卑琐的市井嘴脸无异将永远钉上历史的耻辱柱……我突然察觉自己仿佛夹在两垛大墙间,偏斜的阳光沐浴在那洁白高大、好像刚刚用涂料粉刷过的大墙上,反光托出了阴影,剥落的另一边,是那样的阴暗,令人生厌。我不能不重新估价自己,估价西北内陆的干涸,估价这座塞上古城的风土人情与那些被钦定为传统的习俗!

一夜我没能合眼。

七

第二天大清早,我就给廖凌空打好了洗漱的水。他老是说

长城故事　399

过意不去。言谈中，他说他沿路记了已有二十万字的笔记；在银川时还同作家张贤亮谈到过《长城漫记》的构思呢！张贤亮让他边走边写，不要等到最后才整理。他说他读过大量的书，也曾写过几个中篇小说，可惜文学那条路太难了一些。他说他昨天很激动很激动，这便造成了他本来就不善言辞的结巴，好似在陈述自己被误解的委屈。

他是骗子吗?!——我在我当天的日记中记下了这样的语句。如果他真是，他的伎俩就太有些拙劣。干吗行骗"假"个徒步长城的名呢！难道为得竟是那点微薄的赠礼，或者一席佳肴吗?! 借个采购员、推销员或者大人物的名气，哪儿不弄个百二八十花呢！可见怀疑没有足够的依据。不过要怀疑也情有可原。前些日子不是来了个自称是老革命家的儿子的吗？到头蹲了班房还哭哭啼啼。鉴于这前车之鉴而为之？那也不该让人难堪到这步田地呀！我不知道廖凌空同志是否真已察觉，我想他早已洞悉无遗，只不过他是大人气量，不和小人一般见识。所以到头来他倒显得从容自若。等到耿、兰二部长，韩启、方松再来了的时候，他要交饭钱、房费，反把耿、兰二部长给尴尬得发噎。平时口若悬河，滔滔不绝，节骨眼上却成了哑巴吃黄连，有苦难言。耿部长射向方松、韩启的目光是严厉的、狠狠的，是心灵被灼伤者才独有的；是一缕悲伤与羞愧交织的情绪。我望着他们那难堪劲，心里直犯嘀咕，我不也曾想录下当反面教材的磁带？天，我这才明白，生活对人的嘲讽，往往在于人的自作聪明。我仿佛从廖凌空那里得到一把犀利的手术刀，用它来解剖自己、解剖同事、解剖一个民族的疾疴：历史轨迹的重蹈覆辙，往往会触发人类的隐痛和慨叹，使人类去回首往事，沉跌在反思的过滤里，或许由此历史学才应运而生。而往事经过岁月的筛选，值得怀恋的已经所剩无几，尤以悲壮为最。每每思想起张贤亮那篇《浪漫的黑炮》，我就由不得用这样一些话来激励自己记住过去；由不得怅然地回味那至今使我心灵深处激荡不安的日子……但在当时，经耿部长提议后，我们在场的人都愿意和廖凌空合影留念。廖凌空说他的机子照完了卷。韩启说他也带了机子，只见他到院子里的小车上鼓捣了半天，给我们拍了几张。然后廖凌空便背了行李和我们一一握手道别。耿部长让韩启送了他四个胶卷。他似曾想对在场的人说点什么，却用长久的沉默代替，然后头也不回地消失在西山长城垛前的雪地。

耿部长如释重负地长喘了一口气，似在慨叹这一皆大欢喜的结局。老兰、方松、韩启几位却意犹未尽，望着渐渐远去变作一个黑点的廖凌空，悻悻的……

后来，我们向韩启要相片，他笑哈哈，说傻瓜，他当时根本就没装胶卷，把个耿部长气得直想撕破脸。

"你为什么不装卷？"

"我不愿你和骗子站一起丢脸！"

"是骗子还会交饭钱、房钱？！"

"放长线、钓大鱼的事天下并不少见。来的时候说不定就是坐车来的。骗子不会和我们一样简单！"

耿部长愣愣地对韩启那张肉横横的脸注视了许久,坐回到自己的位子去翻阅文件。可他的手指却抖动着。坐一边的方松似笑非笑地说:"耿部长,别生气!不定哪天'廖凌空行骗记'在《人民日报》头版头条一登,你还会庆幸自己没有和他一起合影留念呢。"

"做你的事去!"耿部长放下手中的笔,双手攥成一个大拳头,抵住自己那颗沉重的头颅,长长地嘘了一口气。从此,这事宣传部谁也没再提起。

……

时至今日,廖凌空的事迹和照片登上了《中华画报》,尤其是那张高举着五星红旗站在山海关前的照片,那刚毅与哀怨交融、黧黑却是饱经风霜的脸膛是这样地醒目、这样地悲壮、这样地令人萦怀回旋。我不禁想为所有被误解的真的、美的、善的鸣冤叫屈:那就是长城脚下黄土地上生长的生灵对中华民族杰出儿子的款待吗?那就是炎黄子孙的所作所为吗?那就是西北人耿直博大的胸怀吗?廖凌空同志在觉察误解之后并未气馁,怨天尤人,急流勇退!但他一定会因这些同胞的不争气深感可悲!他会在《长城漫记》中记载这段往事!他会在重新踏上长城之后,对着长城和北方的原野倾诉自己的苦衷!天哪,古老的中华民族啊,在你五千年灿烂文化中,有多少这样的插曲?掺杂着多少历史的陈渣余孽?

"是真的就好!"耿部长慢慢恢复了常态,戴上眼镜,坐在自己的位子上仔细地翻阅。翘起的二郎腿晃动着,口中衔根纸烟，鼻子里还哼着《三十里铺》的民歌小曲，俨然一副获胜者的容颜。

韩启、方松、老孟、刘丽做事的做事，闷坐的闷坐，剪指甲的剪指甲，唯独老兰双目眯合，在烟灰缸上慢慢地搓着烟头上的白灰，神态竟是深邃。

自此，宣传部寂静了好长一段日子。

是的，古今中外有关长城的故事已经很多，我却不愿舍弃这不同凡响的一笔。

后　　记

我总以为，短篇小说的精髓，是高潮在作品中腹，精彩在作品首尾。较之于长篇的体量和故事完整性，以及作品中人物内心嬗变、生存处境有无改善，短篇只是短暂瞬间、生活片段、大山切面，是人生场景的小节，所以它需要更精粹洗练的语言支撑颜面。短篇有时候就是几个出彩的细节。

说精彩在首尾，皆因开篇须有博眼球的带入感、陌生化、辨识度，以激发阅读者的联想、好奇心，创造读下去的氛围、浸染语境。一旦阅读者步入欲罢不能的腹中，成功作者的窃笑是你爱看不看；而结尾处抖出"文眼"的"破题"，即是通篇对阅读者心扉的一击，也是作者立意、体悟顷刻尽显。这需殚精竭虑、宵衣旰食、推敲提炼方可得，来不得丝毫敷衍自欺。为读者，更为自己。

作品是作家的家底。此之谓：作品是作家的思想帝国；优秀的作品获得共情、共鸣的读者众多；没有作品的作家是不存在的；与作家交往，其实就是与作品雅集……没有文本阅读的景仰，或许该算作是鬼话连篇的虚妄。

完美是一种虚构，这是老话重提。如同"没有最好，只有更好"，这是神往远眺。说得好是好，做得好更好；说得比做得好丢脸；说做一体，言行如一，可视于德，抵达满足与充实。

在路上，向完美奔袭——

此作，选三十七年间的二十五个短篇，稚嫩容颜，苍青未熟；悔其少作，恨尚搏击。成长是所有人的履历，出其右者相待另眼。

这是我的第六本书，也是我的第二部中短篇小说集子。想说的话再多，不如作品代述。愿它有它的交集。

感谢上海文艺出版社的厚爱！感谢人生的经见！

李子白

2022 年 6 月 7 日晨于泓谷斋

图书在版编目（CIP）数据

切割高原的河/ 李子白著. -- 上海：上海文艺出版社,2022
ISBN 978-7-5321-8385-2

Ⅰ.①切… Ⅱ.①李… Ⅲ.①中篇小说－小说集－中国－当代
②短篇小说－小说集－中国－当代 Ⅳ.①I247.7

中国版本图书馆CIP数据核字(2022)第153226号

发 行 人：毕　胜
责任编辑：李　霞
封面设计：钱　祯
书名题字：遆高亮

书　　名：切割高原的河
作　　者：李子白
出　　版：上海世纪出版集团　　上海文艺出版社
地　　址：上海市闵行区号景路159弄A座2楼　201101
发　　行：上海文艺出版社发行中心
　　　　　上海市闵行区号景路159弄A座2楼206室　201101　www.ewen.co
印　　刷：上海盛通时代印刷有限公司
开　　本：890×1240　1/32
印　　张：13
插　　页：5
字　　数：258,000
印　　次：2022年10月第1版　2022年10月第1次印刷
Ｉ Ｓ Ｂ Ｎ：978-7-5321-8385-2/I.6618
定　　价：75.00元
告读者：如发现本书有质量问题请与印刷厂质量科联系　T: 021-37910000